U0096567

17條皺紋

陳亞珍◎著

我們並不因自身遭受不幸
而獲取世人的憐憫。

我們向人類渴求的
只是一份持久的友情
和一份永恆的感動！

——手記

讀《皺紋》札記

—董大中

　　《十七條皺紋》是一部長篇小說，陳亞珍著，作家出版社今年一月出版。我已有十多年對當前文學創作不大關心，寫批評也少。有時讀點中短篇，多是零敲碎打，不成系統，過後也就忘了。我近年把精力放在文化哲學上，有幾個課題很想趕快做出來。加之眼睛有病，讀書受到限制，跟課題關係不大的書大都謝絕。這本書看了開頭一頁，感到很不平常，想在寫書之餘，陸續讀下去。哪知這是一本拿起來就不能放下的書。不是走通俗小說的路子，亦無媚俗之處，是需要思考的。它所包涵的意義，不能以字數多少來衡量。而且要連著讀下去，你放下了，就會把思緒打斷。我就這樣一氣讀下來。現在以札記形式，寫下我的感想。

　　小說用第一人稱寫法。

　　「我」是誰？作者沒有介紹，只是描寫。寫到「校園路」，寫到「南中」，寫到老師、校長和班主任。在這個環境裏，來了警車，「所有動的全靜了。所有響的全啞了。」先是「『腳』的頭被打破」，接著有幾個人被帶到派出所，然後是「我」。別人都喊我「巴喬」，我又跟「擒獲『飛鴻幫』的消息」聯繫在一起。

　　作者極善於描寫。作者的筆像一架攝影機的鏡頭，對準各個方面。它有兩個取景框，一個在鏡頭裏，一個在「我」的心靈裏，內外交叉。她不管讀者的感受，只寫人物。剛開始，我還不

知道「腳」是怎麼一回事。「飛鴻幫」知道了，是「我」搞的一個「組織」，一個足球隊的名字；因為喜歡黃飛鴻，就把這幾個字用上了。這是一夥特殊的人群。他們在學校是好學生，在家裏是好孩子，多次給學校帶來榮譽。只是常常被「腳」所雇傭的人員欺負。這次也是被那夥人欺負，然而被定為「不安定因素」、「犯罪嫌疑人」和被學校除名的，卻是並未參與衝突的「我」。是非如何界定？好壞如何區分？

作者寫道：「我以一個首長檢閱士兵一樣的姿態踏上了警車……」這是一個十七歲的孩子。他有孩子的眼睛，有孩子的心靈，還有孩子的思維方式。

最不耐讀的小說，是作者把要告訴讀者的話全寫出來，一覽無餘，又明明白白。那樣的書，讀者不必用腦子去讀，僅用眼睛就夠了。韓先生把這稱為「陳白露」。這部小說屬於「另類」。

我想，跟「我」一起被帶到派出所的「駝爺」的一段話應該抄下來，它是理解整部小說的關鍵。

「駝爺說昨天夜晚，北中的潑皮攔路搶劫，非要向我們要錢，不然就不放我們通行，然後我們就開戰，後來我們才發現指揮這場戰鬥的主謀是咱班的『腳』。『腳』非讓我們交出你來，說要把你的腿打斷，不然你對他的足球發展水平永遠有威脅。我們不交，他們就說要敲斷我們其中一個的腿，他叫我們是狗腿子。他要我們投降，為他效勞，讓他成為足球隊長。我們就唾了他一口。然後就開戰。我們把『腳』的頭打破了，把其中一個的鼻子打出了血。然後就各自跑回家裏。誰知今天早上我們就被帶到這裏。警官在我們身上搜，沒搜出兇器卻搜出了我們『飛鴻幫』的名片，他們問清『飛鴻幫』的意思，然後就問『飛鴻幫』

的頭領是誰，我們就告訴他們你的名字……」。

結果不用問，警官「咬牙切齒」地把這幾個孩子稱為「社會渣滓」，「凡參戰者一律暫罰款五千元，賠償傷者醫藥費、精神損失費共三萬五千元！通知各家大人前來交款領人。」「我」雖然「始終是局外人」，卻因是「飛鴻幫」的頭領，「是組織者，是不安定因素的禍害！」而罪行更大。

第60～61頁是名叫「葉雨楓」的「我」回到家裏以後的情形。有「我」和父親的對話，有作者對兩位老人「生存哲學」的介紹。作者寫道：

父親的生存哲學就是這樣息事寧人。他一貫堅持以柔克剛！他說人活到八十歲，牙掉了，誰見過舌頭爛了的？父親說這世界就是狼吞虎嚥的世界，你生來就是被吞噬的角色，所以你就必須以吃虧為本。若繼續硬下去，班房就在眼前等著呢！

可母親卻不這樣認為，母親認為人活著就該有些剛氣，尤其是男人，沒有血氣方剛的質量，怎麼可以稱之為男人，要不上帝造人時為什麼要做兩個構造呢？

母親很希望把我塑造成處理想中的男子漢，因此母親有意無意訓練我性格中的勇敢，心底裏的善良。但母親的「善良」並不含怯懦和隱忍，母親的「善良」建立在愛憎上，她希望我有正義感，講道理，堅持做人的氣節。可是依了父親，我總是受人欺負。依了母親，我勇敢了，反抗了，保持了做人的氣節，可在是非面前我又無處講理！

這段話是我已讀過的一萬多字裏，作者站出來直接面對讀者的唯一的段落。顯然，作者是清醒的。她在挖掘人性。她還在探討人性的形成原因。作者所寫母親的人生哲學雖然顯得理性了、

概念化了一些，其口氣也不大像她那樣一個普通婦女所說，但從這裏我們已可看出這部小說的思想深度了。作者的筆達到了哲學層次。

「生存哲學」，說得多好！我們不是說生存權、溫飽權是最基本的人權。要哪一種「生存哲學」？是像父親那樣，人家欺負你，你躲開，人家尿在你頭上，你不聲不響擦掉，還是像母親那樣，做一個真正的男子漢，保持「性格中的勇敢，心底的善良」？像父親那樣「忍」字當頭的「生存哲學」，我們從古聖先賢那裏聽到很多。《莊子‧讓王》篇：「湯曰：『伊尹何如？』（瞀光）曰：『強力忍垢。』」「忍垢」，就是忍受恥辱，加上「強力」，跟這裏的「父親」差不多了。《荀子‧解蔽》篇還有這樣的話：「彊鉗而利口，厚顏而忍詬。」要忍詬（詬，跟垢同），就必須要有厚臉皮。這也是幾千年來中國普通老百姓的「生存哲學」，裏面裝滿了辛酸和恥辱。這是在封建君主的高壓統治下和傳統「忍」字文化「哺育」下形成的，有很深的社會根源和思想根源。這樣的人，以前的小說中也有不少，華老栓、閏土都可以歸到這一類。不幸，「父親」把這套哲學奉為楷模，還要傳給下一代。有趣的是，讀書不多的母親，卻有一種相反的「生存哲學」，應該慶幸。這是否意味著，讀這種教人安心做奴隸的書越多（父親是知識份子，讀書當然多），精神負擔越重？

這兩頁描寫很重要，特別是上引最後一個自然段。「依了母親，我勇敢了，反抗了，保持了做人的氣節，可在是非面前我又無處講理！」這話像鉛一樣沉重，像市場上投了手榴彈一樣讓人震驚。生存哲學是個人的，是非問題卻是一個社會問題。不同的人有不同的是非標準。派出所的是非標準本應跟全社會共有的

是非標準相一致，可是實際上全在執行者個人，他會有屬於他自己的解釋，也會有打扮成「符合精神」、實際卻根本站不住腳的詭辯。一個「犯罪嫌疑人」，到了派出所，如何能夠講得清。按照母親的哲學去做人，卻無道理可講，這真是一種讓人難堪的吊詭。要不去講道理，也就只有按照父親的哲學去做的一條華容道了。

事情已經清楚：是先被「帶」到派出所的「駝爺」、「飛毛腿」和「小非洲」幾個人的家長合謀把「我」說成「指使者」，以減輕他們的責任，並得以繼續上學。背後黑手是「腿」。「腿」原來跟「我」競爭足球隊長職務，現在取得了勝利，而且把「駝爺」等人收在麾下，即「腿」先前所要求的「投降」。「我」也有幾個「鐵杆」，他們向「我」表示了最大的愛心。他們自動集資，準備向派出所「送禮」，因為太「明目張膽」而被拒。現在，「我」要逃亡了，這不為別的，就為了「拯救父母的尊嚴」。「為了父親能挺直腰杆做人，我將離他們而去，必須無聲無息地消失……」

作者繼續在哲理的階梯上攀登。父母兩位哲學家繼續著各自的生存哲學，「我」繼續在那兩種哲學思想中間尷尬著，難受著。父親又提出一個深刻的哲學命題：「我是誰？」原話是：「理是你這號人講的？你也不看看你是誰？」作者沒有停留在表面上。她說我們這個世界「原來是『凸凹』二字」，也就是等級森嚴，有權有勢的人和有理的人常常勢不兩立。「我」在心裏說：「現在我已分不清對錯了，一切都在顛倒，一切都讓我產生混淆。如果你好，為什麼還讓學校趕出來？學校是多麼聖潔的地方，留住的自然都是好的，趕出去的肯定大逆不道。派出所是多

麼神聖的地方，好人從來與那裏無緣，只有壞人才在那裏受到懲罰，你能說得清楚嗎？當一切人搭起夥來說你壞，那你再好也好不成了。『你硬世俗比你更硬』，爸爸的話一夜之間就有了真理性，演變得真是快如一道閃兒……」「我」還有這樣的感悟：

我不是自己的，是專為父母的驕傲活著的。

父母也不是自己的，是專為別人的羨慕和讚嘆活著的。

人為什麼活，為誰而活，是人生觀的大道理。在過去兩千多年的封建社會裏，人人是為皇帝而活的，末代皇帝垮了，《白鹿原》上的人們就哀歎，「這今後的日子怎麼過？」現在，這個問題又擺在人們面前。

封底內容簡介中說：「全文分B、C兩線。在閱讀過程中，如果你想知道印入孩子眼中的社會縮影，那你可先看B線；如果你想知道印入孩子眼中的校園縮影，你可先看C線；如果你想知道社會和學校給孩子造成的一切後果，那你就A、B、C全文關注。」

作者不是從三個視角去寫，而是把主人公──那個十七歲的少年──從五歲到十七歲的成長過程分作前後兩段，開頭發生的那個不幸事件是分水嶺，屬於後續發展的為B線，屬於過去生活追敘的為C線。兩條線交叉描寫。不按時間單元，也不按情節單元，而是從情緒出發。人物基本不變，說到一個相關處，或某一個情緒告一段落，戛然停止，轉入另一條線。中國古典章回小說每回結尾都留有懸念，這本小說在B、C兩線轉換之間也留有懸念。你急於讀下去，可是下一章卻轉到另一條線上。舊小說「欲知後事如何」，在下一回就可得到「分解」，而這部小說還得隔著一座山才能望過去，這，自然使它的懸念加大了。如

一個B章的最後寫「……狗子噢噢地叫，慘絕人寰，我的眼睛蒙上了一層白霧，繼而變成水淌著淌著……」，接下來的C章開頭是：「二狗子死了嗎？」說的卻是過去的事。下一個B章結尾寫道：「……是的，我看到了我的同學程超，他從遙遠的方向走來——」，接著的C章開頭：「程超的出現讓我心動！」同樣說到過去，並不馬上給你解「他從遙遠的方向走來」的套。B章和C章寫的不是同一時間的事，作者以此把兩個時空環境緊密地連接在一起。這簡直就是電影上的蒙太奇手法。整部小說也有電影劇本的格局，卻又不是電影劇本。因為電影劇本必須顯示出可見形象，而這裏描寫的有許多是不可見的，是內在的。

B、C兩線各像一把梳子，或者說各是一個齒輪，若把兩者相對交錯起來，互相咬合，便成為一個整體。這部小說即有這樣的效果。這是作者的獨創。我在文學作品價值評價上，一直使用兩個基本價值標準，一是審美價值，另一是獨創價值。我看許多小說，都只有審美價值（且不論高低）而無獨創價值。這部小說兩個基本價值都有，這就難得了。

以下所談，便是從B、C兩線的咬合中表現出來的。

「腳」是個什麼樣的人，他為什麼那樣「橫」？

原來他是這個城市最富的富人的公子，那個富人富到只一個電話就可以把正開常委會的市長、書記叫來，儘管是打賭，市長、書記也不敢發一點怨言。錢，在社會的這個角落——也是整個社會——具有主宰一切的力量。在小說裏，兩個最有能力、也最具有判別善惡、正邪和是非的資格的人物——派出所所長「瓦刀」和班主任老師「齙牙」，卻成了顛倒黑白、混淆是非的「傑出代表」。所長不用說，在齙牙那裏，該表揚的不表揚，犯了錯

誤的學生卻給戴紅花；相反，做了好事，給班上爭得了榮譽的卻要除名。他們都是看那富人的眼色行事。富人的眼色就是他們判斷價值的標準。剛接觸這兩個人物，我曾想以「投機主義」概括他們，繼而一想，錯了。他們哪有主義？他們是金錢的奴隸，是富人的工具。為了巴結有錢人，他們出賣了自己的靈魂。「我」慨歎「難道這世界上已經沒有是非了嗎？」乃是一個孩子投給這世界最初的疑問，在驚奇的眼光中透出一點不解。

小說的內在意義，不止於此。錢，是一隻「看不見的手」，它推動著故事的發展。「我」的十七年生涯中，主要是上了中學以後的幾年時間裏，所遭遇到的多次辱罵和毆打，幾乎都跟錢有關，都跟錢的生物體現者「腳」有關。另一方面，為「生存」而掙扎的人們，包括「我」和幾個好朋友，對錢有著完全不同的態度。他們靠勞動掙錢，對不義之財，則視如敝屣。追根溯源，社會的這個角落所產生的一切矛盾、一切衝突，都是由此而來。這才是值得深思、值得研究的一個社會問題。

父親和母親代表了兩種不同的人生態度。父親是一個現實主義者，母親是一個理想主義者。他們，「一個要成績，一個要精神」。「我」受到冤屈，父親只知道向人求情，低聲下氣，不知屈辱為何物，而母親卻以樂觀主義精神，循循善誘，引導向上。父親沒有原則，母親堅持人性的尊嚴。父親有太多的世故，母親「永遠讓我感到自信」。母親在為「我」做的旗幟上寫的是「物質上要甘於平民，精神上要爭當貴族」，父親是不管白貓、黑貓，只要能考上好分數、升入北大、清華，就萬事大吉，「讓我給孩子繫鞋帶也可以」。父親和母親像兩股繩子，向不同的方向拉扯，「我」就是在這樣的家庭環境下成長起來的。如果說派出

所所長和班主任老師是兩個可恨的人物，代表了社會這一角落的黑暗，那麼，母親就是可敬的，父親則有些可歎。小說最後，父親因等不到「我」的歸來而死去，多少有一點象徵意義，他和他的哲學都不適於在這個社會生存。不過他仍然是一個非常好的好人。小說的題目即由他而來。作為書名的那幾個字，不是對現象的描述，它乃是一種隱喻，正如父親臨死時所說，「以後你長一歲，爸爸的額頭就會添一條……」那是風刀霜劍的記錄，意味著人生充滿險惡。

　　無疑，母親的價值觀跟現代文化合拍，也是「五四精神」的回光返照。「五四精神」是什麼？就是個性解放，所有人都是平等的，人要活得像人。所謂「民主」和「科學」的兩大旗幟，就都以人性的張揚為基礎。當父親花了許多錢把「我」轉到貴族學校以後，「我」真的憤怒了，他幾乎是咆哮著說：「我是一個人，在你決定與我有關的事為什麼不提前跟我商量？難道我是一頭豬一條狗，拎到哪里都能正常存活？你自以為是，獨斷專行，你這是對人權粗暴的踐踏！」真可說是理直氣壯，義正詞嚴。母親的教導，使「我」更懂得了自尊的可貴。在小說裏，「自尊」是經常出現的一個詞，也是許多人最主要的人格追求，只除了那些有錢的人。「我要表現出自己獨立的態度」，「一個有血氣的人是不應該受辱的」，「我拼命維護我的自尊」一類話經常出現。正是自尊，使「我」在受到屈辱的時候，鄙視下跪；在受到「婦人」高規格優待的時候，寧可做臨時工掙錢。也不接受高額的賜予。

　　什麼是「主旋律」？在我看來，主旋律應該是表現什麼而不應該是用什麼去表現。正如音樂上的主旋律，指的是各種符號

表現出來的樂音（器樂和聲樂）的高低、強弱和快慢等等，而不是符號本身。1、2、3、4、5、6、7（音樂符號）不是主旋律，五弦譜也不是主旋律，只有它們表現出來的東西才是。我國現在處於社會主義初級階段。這意味著我們沒有經過一般社會必經的資本主義，經濟上沒有原始積累，政治上沒有憲政改革，文化上沒有個性解放。文化，其本質乃是人的自我解放歷程在各方面的表現。「五四運動」本來是補這一課的，所以那時很強調「自由之思想，獨立之精神」。它是對中國人奴性意識的反撥和克服。新時期以來的經濟變革為弘揚人性打下了現實物質基礎，新的人性觀正在普通人群中滋長。父親代表了封建時代的人性，母親代表了社會主義初級階段應有的人性。既然我國沒有經過個性解放這個階段，而這又是必經的，那麼我們的文藝就應該在這方面起很大作用，把弘揚人性當作主旋律。不管你寫的是什麼，是改革本身還是別的，只要能表現這樣的主題，就是高揚了主旋律。否則，即使你寫的是改革，但卻宣揚「上帝拯救苦難的人」一類跟個性解放背道而馳的思想，同樣應該受到批判和抵制。這部小說裏的許多人，把自尊當作人格追求的目標，就是弘揚了人性解放這個主旋律。而且作者是清醒的，並不是偶然的一筆。這就使這部小說具有了思想上的深刻性和主題的先進性。

在主人公的周圍，我們給他劃三個圓圈。第一個圓圈是家庭，第二個圓圈是學校，第三個圓圈是社會。它們一圈比一圈大，一圈比一圈複雜。家庭是兩種「生存哲學」在拉扯，學校被金錢拜物教所統治，所主宰，社會又是什麼樣子呢？

我著重說「婦人」這個人物。

「婦人」是「我」被學校除名以後在社會上混日子時碰到

的，她理所當然只能出現在B章裏，也是在B章裏出現的人物中最主要的一個，其他都無足輕重。她曾給過「我」最熱忱、最無私的照顧和幫助，也給予過豬狗不如的生活待遇。她是富人的妻子，卻享受不到真正的愛情，現在被晾在一邊，住著華麗的別墅式的房子，有一個洗車的企業歸他支配，整天陪伴她的是一條狗。那狗已跟她建立了「愛情」，她也有時要靠那隻狗發洩情欲。當那只狗發現她對一個男子過分親熱時，會發出憤怒的嘶叫，就像情敵間的嫉妒。

這個「婦人」，一半是聖女，一半是淫婦。她兼有「食利者」和寄生蟲兩種身份。她收留「我」，讓「我」住在她的地下室裏，與其說是施以援手，毋寧說是看到「我」可以作為她性虐待、性發洩的物件。她盡量暴露她性格上醜的一面。她發瘋似地要一個十七歲的孩子「親親我」，她要孩子跟她同床，她把自己的身體暴露給他。她被愛情遺棄，卻又想努力找回。這是一個性變態的女人，她這一切都是性的苦悶導致的，而其根源，是在錢字上。如果丈夫沒有錢，她會有正常的愛情和家庭溫暖。這是我們這個社會「讓一部分人先富裕起來」所製造的一個畸形兒，帶有深深的時代烙印。

「婦人」本質上是好的，她的醜惡更多的應該由社會負責，由「錢」負責。我們不會忘記，在「我」昏迷不醒、幾乎要死去的時候，是她把「我」送到了醫院，最後救活了過來。她給了少年「重生」。在那一刻，她是世界上最美的，人性美，心靈也美。這使她贏得了少年對她「姐姐」的稱呼，滿足了她對人際親情關係的一個微薄的要求。她曾經以欠她飯錢、房錢為藉口，留住那個十七歲的少年，現在她卻給他一筆銀行存款，足夠買一

套房子。她把自己的一切給予了他，最後她點燃了那棟豪華的住宅，跟房子一起離開了人世。她的這個解脫辦法，或者說她的這個悲劇結果，隱含著對現實的無聲抗議，只是由於她的醜的一面暴露得多，使人難以對她灑下同情的眼淚。

小說中寫到一個名叫歐陽白雪的女學生。她漂亮、純潔、聰慧，兩個孩子暗暗相戀。後來那姑娘變了，成了一個三陪女。其所以如此，就因為「腳」插了進來，先是跟「我」爭奪，以後要霸佔，為此發生過打鬥。真正的愛情被金錢打散了，被邪惡力量強姦了。這個白雪是「婦人」的縮影，只是造成同樣結果的原因不盡相同。

「婦人」似乎沒有可恥之處，倒是讓我們覺得可憐，同時也引人不得不思考這一切是怎麼樣會發生的，達到對當今社會物欲橫流現狀的批判。

我還想到一個問題，就是那一群中學生的生存狀態。人們常常以「親情」、「愛情」、「友情」三「情」並舉，同學之間的感情就應該叫做「友情」。

當我們把眼光投注在這一群「祖國的未來」或說「祖國的花朵」身上的時候，我們不安地、痛苦地發現，在這一群本應是天真無邪、純潔可愛的兒童、少年身上，竟然染上了當今社會所有的病毒：追求虛榮，追求官銜（在「腳」看來，足球隊長也是一個了不起的官兒，所以不惜雇凶傷人），追求金錢，追求美女。當然不是所有的孩子，而是其中很少的一些人。然而正如俗話所說，一隻老鼠壞了一鍋菜。「腳」就是一隻大老鼠，他把一切壞東西帶到神聖的校園裏。他不是靠勤奮學習而獲得人們的稱讚，他靠的是父親有錢，有錢自然就有了權，有了勢。錢、權、勢三

位一體，統治著周圍的窮學生，統治著人們的頭腦，也統治著以教書育人為神聖使命、被稱為「人類靈魂工程師」的教師們，齙牙只是其代表。在學校和社會這兩個圓圈之間，「腳」是一根紐帶，他把兩個圓圈連結了起來。

跟「駝爺」、「飛毛腿」等人充當「腳」的走狗和打手不同，在「我」的周圍，也有幾個「鐵杆」朋友，那就是司馬、程超和鍾煒等人。這幾個人──包括「我」在內──被稱為足球隊的「四大天王」，「打遍天下無敵手」。他們幾個也是友誼最深厚的知己，鍾煒家庭生活困難，靠揀廢品為生，大家就設法捐助，哪怕以「騙」的手法向家長要錢，也都感到高興。最後發動全校同學募捐，每人一元錢就集合成一個大數位。司馬等也都有自己的困境，都在友誼的力量之下得到緩解。這是真正的友情，是純潔的，並且不因一時一事而改變。這是貴族學校裏獨立寒秋的一群。這幾個男孩應該叫做陽光男孩，給人溫暖，令人可愛。

把一群少年安放在各種不同人性的夾縫中，寫出他們在凸凹世界裏的險惡人生，又給予深刻的解剖，提到人的個性解放的高度做出評判，同時鞭撻了社會上的黑暗面，作者賦予她小說裏的這個沉重任務，我以為是完成了。

以上，我從橫向視角觀察了一些主要人物，沒有從縱向視角言說故事。我能告訴讀者的，是我感到這位作者堪稱一位織錦好手，她把材料組織得嚴密、恰當。B線和C線交叉，過去與現在花開兩朵，各表一枝。時而現在，時而過去，過去照應現在，現在引出過去。作者不急不躁，她總是用徐緩的調子，描寫情景，展示人物內在世界，讓讀者感受她的感受。沒有武俠小說那種故事，要說也說不完整。事件的進展，是在描寫中不動聲色地帶出

來，那樣隨便，那樣讓人不經意地接受。似乎每一章、每一節都恰到好處地存在那個地方。沒有一節、一章讓人感到可有可無，或沒有必要讀下去。

語言也好。作者辭彙豐富，用語也很「現代」，卻又不玩弄詞藻和概念。隨便翻開一頁：「貝克（按，狗的名字）的眼睛讓我打了個哆嗦，它使我想起了一個人的眼睛——『腳』！他和貝克竟是有如此的相似，他每看到我和歐陽談笑風生，他的目光就發出如同貝克一樣青紫恨恨的光……」「世界突然變暗，萬物都如此沉默無語！黑夜掩蓋著我眼角間不時滾落出來的眼淚，一切的欲望敵對態度都標上了價格，欲望越高價格就越大，我驚奇地發現每一次的夢想背後都被金錢切割得支離破碎！沒有了鍾煒，我們的『青足』比賽很難成功。沒有鍾煒，我的生活枯燥無味。我有幾天茶飯不思。想到鍾煒在狗子欺侮我的時候他敢挺身而出。又想到『腳』用金錢離間我們的友誼時他大義凜然的拒絕，奠定了我們牢固的友誼。可是分離讓我嘗到了類似雙胞胎斷臍一樣的痛苦！」從這最平常不過的兩個段落，可窺全貌。

作者常常改變詞性。如說「……幾個灰頭土臉的人，木在室內了」，「於是大家就又高尚起來」，「臉上都厚起了一層茫然」，「我儘量顯出一些很『社會』的老到」，「淚水和血水汪洋了一個世界」，「許多女生臉上浮起了山高海深的敬意」，「這個小乖乖……很信譽地支援過我們一筆錢」，「歐陽白雪向我們提供了一個非常陽光的辦法」，「……在學校『陽光』得不得了」等，這裏的「木」、「高尚」、「厚」、「社會」、「汪洋」、「山高海深」、「很信譽」、「陽光」等都有著其他詞語難以比較的表現力。這些，自然也構成了這部小說藝術上的

特色。

　　沒有必要把「重大成就」、「新貢獻」一類詞語加在這部小說身上。我只能說，平常我讀小說很少能夠從頭讀到尾，而這一部卻是一氣讀下來的，而且沒有跳過任何一行、一段，讀得很仔細。我很少有過這樣的閱讀快感。

2005年4月11~14日，三閒居

凸凹世界裏的險惡人生
——讀陳亞珍長篇小說《十七條皺紋》

—董大中

　　最近由作家出版社推出的長篇小說《十七條皺紋》，是描寫一群少年的險惡人生的。作者陳亞珍，我不瞭解其生平，但從小說所展現的現實人生情景來看，她對當今社會和潛藏在其下的各種暗流、各種矛盾、各種醜惡，對普通老百姓的生存狀況及其困境，對散佈在「祖國的花朵」前進道路上的豺狼虎豹和「帶刺的玫瑰」，都很熟悉。她的描寫很到位。藝術上，她已相當成熟。整部小說，構思完整，結構緊密，在寫法上有獨創性。在當今文壇，這樣的小說並不多見。這是一件好事，至少，它可以滿足尋找真正藝術品、真正文學精品的讀者的閱讀需要。

　　小說採取第一人稱寫法。主人公出生在一個具有知識份子背景的普通城市居民家庭，從小受到良好的家庭教育。上學以後，學習雖不出眾，卻又不時有閃光的表現，曾多次給班級帶來榮譽。他也曾經受到一個人稱「腳」的同學的欺負。主人公十七歲這年，那「腳」為爭奪足球隊長職務，利用了一場打鬥事件，又收買了一些參與者共同作弊，使從未參與的主人公成為「犯罪嫌疑人」和「不安定因素」而遭到學校除名。從此他在社會上流浪，經歷了各種磨難，也見證了各種人性。作者把這個社會稱為「凸凹世界」。主人公在凸凹世界裏像一隻小船一樣顛簸，是由多種因素促成的。有不同生存哲學的拉扯，有社會惡勢力的擠

壓，有善良人性的影響和熏陶。作者懷著十二分熱情關注著主人公的命運，又以冷靜和客觀的態度寫出主人公十多年裏的遭際。主人公最後浴火重生，意味著人生無論有多麼艱難險阻，最後總是光明的。這一人生道路，對青年一代成長具有啟示意義。

這部小說沒有停留在對生活現象的平面掃描上，作者努力在兩個方向上進行開掘。一是探求造成凸凹世界裏險惡人生的根源何在，一是探討人應該怎樣在這個凸凹世界裏更好地生存。「腳」是一個普通的學生，卻又為什麼具有那樣大的能量，連派出所長和學校的校長、班主任都得按他的意志辦事，其原因就在於他的父親是全市最有錢的人。有了錢，就可以支配有權的人，就可以把老百姓視為豬狗。那個富人在小說裏幾乎沒有出場，體現他那種價值觀的主要是他的兒子。「腳」是金錢的象徵，是金錢製造出來的一個怪物。他的以金錢為後盾的胡作非為，實際是對權力的嘲諷，對人世間公平的玩弄。「婦人」屬於另一種情況。金錢給她帶來了無邊的物質享受，同時徹底扼殺了她應該享有的精神愉快。她有丈夫卻失去了愛情。為了得到彌補，她向一個十七歲的少年發泄。她折磨他，也把最大的熱情和愛給予他。最後，她把自己的遺憾留給他，自己選擇了死亡。「腳」的所作所為帶有較大的社會性，後者則偏於私人性，但也同樣給社會帶來了嚴重的負面影響。

小說在思想上的另一個深刻之處，是對應有的人性做了探討。父親和母親信奉兩種截然不同的「生存哲學」，那是兩種不同的人性觀的表現。父親是個現實主義者，又經了太多的人情世故，為了生存而把人的地位、價值和尊嚴拋諸腦後。他再三要兒子容忍、忍耐、忍辱負重。他教育兒子，如果有人要打你，就

往家跑，如果有人往你臉上唾，你不聲不響自己擦掉。這是中國人民在幾千年的封建壓迫下形成的，是一種奴性，是一種精神創傷，不能適應當今「生存競爭」形勢的需要。跟父親相反，母親接受了較多的現代文化的熏陶，她把人性解放、努力捍衛人性尊嚴放在最主要地位。用這一套去對付「腳」一類蠻橫無理者，難免吃虧，但卻捍衛了人性的尊嚴。自尊自重，保持人格完整，成為當今年輕一代普遍的精神追求，這是令人可喜的。

這部小說分A、B、C三章。A章寫當下發生的事件，B章寫其後續發展，C章回敘以往十多年「我」的成長經過。A章貫穿首尾，B、C兩章交叉，反復出現。作者採取的敘事策略，是以描寫主人公的內心世界為主，在敘述中順便交代出事件原委，顯得自然而貼切。作者曾經寫過影視劇本，本書的結構技巧深受電影劇本的影響，有些地方明顯使用了蒙太奇手法。各章結束處常留有懸念，但接著而來的下一個敘述單元卻已改變，從而等於把懸念延續到隔過的另一章，這是需要精心編織的。小說具有很強的吸引力，或說可讀性，跟作者採取這種敘事策略有關。在敘事上，作者顯得成熟、老練，剪裁得當，安排適宜，讀起來覺得環環緊扣。語言也好。辭彙豐富，常有警句。近年一些作者走上媚俗道路，他們不在思想性上進行開掘，更不在藝術描寫上精益求精，而是靠脫離生活的生編硬造、不堪入目的性描寫乃至插科打諢等低級東西取悅讀者。這本書跟那種媚俗做法毫不相干。

近年長篇小說創作依然呈現興旺景象。在此情況下，這部小說仍然顯得突出。對它的出版表示祝賀。

2005年4月16日，三閑居

用小說揭出不和諧病根

——評陳亞珍長篇小說《十七條皺紋》

—郝雨

　　山西作家有著深厚而悠久的現實主義文學傳統，關注社會、關注民生、關注和反映老百姓的疾苦是這片黃土地上生長起來的文學創作者們特別突出的情感指向。尤其是趙樹理為旗幟的「山藥蛋派」成熟以來，到80年代的「晉軍」的崛起，這種現實主義傳統一直貫穿在山西文學的整個發展歷程當中，而進入21世紀以來的張平、田東照等成熟性作家更是屢屢以其現實主義創作的重要成果震動文壇。晉中女作家陳亞珍大致屬於山西現當代作家群中的第三代（這樣的劃代當然只是我本人的杜撰，但也希望能得到同行的注意和認同）。而陳亞珍的現實主義風格則在對於山西文學傳統的堅守中又有著極為明顯的創新和突破。陳亞珍自1982年發表作品以來，已經出版《碎片兒》、《神燈》等長篇小說，並多次獲獎，同時還著有《苦情》、《路情》、《嗩吶魂》等電視劇5部。顯然已經在第三代山西作家群中脫穎而出。也應該說是繼蔣韻之後山西女性作家中為數很少的出類拔萃的一位。其最近出版的長篇小說《十七條皺紋》（作家出版社，2005年1月），就更是表現出了讓人耳目一新甚至刮目相看的藝術特色。該作品已經得到了許多專家的認可，並引起了較為廣泛的反響。陳亞珍的這部長篇小說當然也算不上那種蘊涵豐富大歷史文化意味的宏深厚重之作，但卻是直面現實深層問題的頗具震撼力的批

判性作品。其中也無意對人生與人性中的恆久以及終極性問題去做那些過於玄虛的演繹和追索，而是完全立足於現實環境之中，如當年那些批判現實主義的經典作家一樣，直接了當地把筆鋒指向社會重大問題的病竈，並在字裏行間透露出問題之所以發生的某些根源。

如今，當我們把建設和諧社會作為思想文化以及整個輿論界的一種主流聲音的時候，其實就已經是意識到了社會不和諧問題的存在及其嚴重性，甚至也已經清醒地把握到了種種現實的不和諧還在繼續發展和進一步加劇的趨勢。而要解決這些不和諧問題，並促使我們的社會轉而走向基本和諧，如果只是從表面上頭痛醫頭腳痛醫腳顯然是無濟於事的，甚至對那些社會毒瘤「加大打擊力度」之類也都只能是權宜之計；而從社會更深層次上尋找不和諧之根，就應該是最為重要的環節和前提。陳亞珍長篇小說《十七條皺紋》當然不是專門的社會問題報告和解決問題的藥方，但是，其強烈地現實批判意識，尤其是其中通過一種獨特視角而對當下一些社會問題的立體化刻畫與展露，卻可以使人們從中實實在在地領悟到某些重大社會問題的病根以及滋生之源。

小說塑造了一個剛剛十七歲的花季少年，內心一片稚氣和天真，對社會的認識幾乎還是一片空白，卻因為一次小小的校園內的學生矛盾而被代表正義的「公安」定性成了「黑社會勢力萌芽狀態」的「犯罪嫌疑人」，也就是成了原本他自己心目中的那種地地道道的「壞人」。於是，他被迫離家出走，更直接地跌入到社會底層。因而，那一雙天真的眼睛，從此目睹了社會最陰暗的一面；那一顆純潔的心靈，也從此經歷了人間最冷酷的風暴。小說以中學生葉雨楓作為第一人稱敘述者，從而把那些社會最污穢

之處全部袒露於一副純潔無瑕的眼光審視之中，巨大的黑白反差使得黑者更見其黑，現實腐朽之處得以極為充分地暴露和彰顯。小說通過對於主人公的學校經歷和現實處境兩條線索交叉敘述，一方面在情節上逐漸靠近事件真相，同時也從深層上逐漸揭示出問題的最後根源。原來這個無辜的少年之所以被捲入這麼一大冤案，其背後完全是由於金錢的作用和力量，是眾多的人心受制於金錢的惡果。

當年，我們的社會在經歷了長期貧困的嚴重威脅之後，允許一部分人先富起來的決策，就成了老百姓儘快走出共同貧困的首要一步。然而，由此帶來的經濟上暴發戶的產生，財富佔有的差距越來越加大，社會身份上富裕與不富裕有了強烈地對比，自然也就打破了社會關係原本的相對平衡。那麼，經濟關係上的不平衡幾乎是理所當然地就很容易帶來社會秩序的不和諧；尤其是那些巨大財富的佔有者，如果缺乏良好的社會責任意識和較高的道德素養，手中掌握的大把的「能使鬼推磨」的金錢，就很可能成為他們對社會實施作惡以及對他人加害的條件和資本。陳亞珍小說中的中學生葉雨楓的遭遇，就正是根源於此。一個有錢人家的孩子——「腳」，僅僅是為了取代葉雨楓而成為學校足球隊隊長，引起了孩子們的一次並不是多麼惡性地打架，然而又只是由於「腳」的父親「錢多能使磨推鬼」，這個雖然在小說中從未露面的幕後操縱人，卻無所不在地控制著整個事件的局面。一些老師違心地歪曲事實誣陷葉雨楓；一些家長更是不敢得罪有錢人家而向葉雨楓栽贓；代表正義的「公安」則完全偏袒對方，甚至在葉雨楓強烈辯解時還要加重其「罪」；更讓葉雨楓寒心的是自己的父親竟然為了息事寧人而用三千元去買通「公安」，心甘情

願地把「犯罪嫌疑人」的帽子戴在自己頭上。世界一下子完全發生了顛倒，一向心存美好並充滿理想精神的葉雨楓再也無法接受這樣不合邏輯的事實。而他一怒之下獨自逃離這個丟失了正義的現實世界的時候，卻又處處為金錢所壓抑和控制。因為在當今的世界上，「沒錢真的是萬萬不能的」。為了賺錢，他開始接觸社會的各個方面，他於是看到了金錢是如何把有些人變成了惡棍惡魔，把有些人變成了行屍走肉，把有些人逼得無家可歸，還把有的人變成了街頭乞丐。他曾經親眼看到一個妙齡女孩要用自己的處女之身換取五元錢來填飽肚皮，他也見識了一個送水工是如何無端被人訛詐500元錢的過程。還有一次他看到一位美麗的「姐姐」哭訴自己因為幾次應聘都被暗箱操作給頂替了，實在走投無路而跳立交橋自殺……這種種的現實太不平衡了，這樣的社會如何能夠和諧呢？於是，小說中有這樣一段心理描寫：「是的，我為什麼不是省長、部長、總統？或者是市長、局長呢？如果我是他們其中的一個，或許能救活那位姐姐，救活無數的生命？或者我是富翁……難道『公平』在他們手裏？可我什麼都不是。」經濟的不平等，權力的不公正，就正是造成社會不和諧的根本原因。小說中還通過幼稚園時期的不平等的「小紅花」，和小學時候排座位的不公正，以及牛牛用錢「買」到朋友，甚至買到好成績等情節，入木三分地道出了一個真理：「金錢使一個人加速墮落，金錢是私欲膨脹的毒瘤。」當小葉雨楓眼睜睜看著老師拿了牛牛爸爸一千元錢，而且此後處處為有錢人的孩子提供方便的時候，小小的心靈當中早早地就產生了疑問：「牛爸爸擺出了有錢人的氣派令人敬畏！可是他已意識到金錢毒害了小孩，難道就不怕毒害了崇高的人類靈魂工程師嗎？」

這部小說語言極其鮮活，人物塑造極見個性，其中有幾個人物在小說人物畫廊中堪稱獨步。如那個一向只知道逆來順受的父親，那個極懂得孩子心理的優秀體育老師「鐵塔」，還有那個神秘的「百萬富翁」老萬（他擁有百萬，卻被長期拖欠，不得不靠賣苦力養活自己；他似乎看透了金錢，卻又見機偷走了葉雨楓的賣命錢），尤其是那個富婆「姐姐」，這是一個完全被金錢和社會所扭曲的靈魂，她的遭遇和命運讓人深感人世的冷酷，更讓人無比痛恨萬惡的金錢。雷達先生認為這個人物的描寫有許多不可信之處，他在對小說的評論中認為「由於蕩婦的形象醜惡，難於復原，後面由婦人到『姐姐』的轉化缺乏說服力，不可信。『姐姐』倒比父母親，更不可信」（雷達先生的評論《誰來拯救靈魂》，發表於《文學報》2005年5月19日和《小說評論》2005年第三期，文中的其他觀點我都極其贊同，所以本文就不再涉及我們之間共通的看法）。我卻認為小說中這個蕩婦的形象恰恰是一個非常有亮點的人物形象。其所謂淫蕩和醜惡恰恰體現了金錢的罪惡。尤其是其變態的性行為和內心深處的對於善良和美好的嚮往與留戀，更顯示了人性結構的複雜。小說寫到的這個蕩婦與其寵物狗的性關係在令人驚詫唏噓之餘也更加讓人深深感悟到了人被人所拋棄之後，又找不到精神及肉體依賴的無限地淒涼和悲哀，尤其是對於那些被完全當作有錢人的花瓶或乾脆就是性工具的女人，她們在經濟不平等社會中成了金錢的奴隸也成了男人的性奴隸之後，如大毒蛇一樣的寂寞就難免讓她們產生極端變態的心理和行為。這個人物讓我想到張愛玲筆下的曹七巧，這就是中國在走向大工業時代和完全商品化時代的一些女性遭遇。其身上恰恰折射出了不和諧社會的極典型的病症。只是小說強調她強

認葉雨楓做弟弟的原因——她也曾經有過一個和葉雨楓一樣大的弟弟，這在情節設計上就顯然有些落套。以往的許多類似的姐弟戀情的小說都曾使用過這樣的大同小異的關節，這就缺乏創造力了，對揭示人物更複雜的經歷和心態不夠獨特和深入。

小說在語言上的確帶有很強烈的新世紀語感，由於小說的主人公就是一位中學生，所以作品中基本上採用了適合當代中學生語調的語言風格。這樣讓人讀起來確實感到鮮活潑辣，具有網路時代年輕人語彙的衝擊力。但是，卻也很容易讓人覺得不那麼成熟老道。其中的語言就好比一個性格外向毫無掩飾的女孩，把一切都袒露無餘，而能夠深蘊於文字背後的東西，以及耐人尋味的語句不多。所以應該說是活潑有餘錘煉不足。

另外小說在整體論述中，常常混淆第一人稱和第三人稱的身份，有時直接的議論也稍多了些。不如讓情節和形象自己說話。這都是作家在以後的創作中需要進一步修煉的地方。

我們期待陳亞珍在藝術上有更大的發展，讓山西的現實主義文學在新的世紀中再度輝煌。

誰來拯救靈魂？

——讀《十七條皺紋》

—雷達

雖然沒有人說作為審美形態的悲劇正在逐漸消失，但是，厭倦悲劇，厭聞哭泣，趨利避害，趨樂避苦，卻是今天普遍的社會心理。因而，悲劇不再像上世紀八十年代時顯得那樣莊重；啟蒙與批判，懺悔與抗爭，也不再是人們心中神聖的精神價值。人們需要輕鬆，歡笑，吉利，消遣，需要能帶來快樂的東西，於是盡量地躲避沉重，甚至不惜鈍化自己的良知。這並不奇怪，這是實惠哲學和消費時代必然帶給文學的影響。然而，山西女作家陳亞珍似乎有一雙與眾不同的眼睛，她能透過「關愛」和嘻笑看見潛藏其後的沉重和對人的漠視。她的長篇小說《十七條皺紋》（作家出版社出版）告訴人們，不僅戰爭年代會產生悲劇，極左政治會產生悲劇，就是現時的太平盛世，一樣也產生悲劇——只是悲劇主要不以突發性，對抗性，外在的破壞性出現，而是以靈魂遭荼毒，精神被異化的形式呈現。按作者的話說，「人類的童心正在迅速變朽」。

我是在一個偶然的機會讀到了這部作品，讀後百感交集。我認為，作品道出了許多駭人的真實——精神的真實，其驚心動魄的程度是時下的一些少兒文學所達不到的。在這部小說裏，無辜的十七歲的少年葉雨楓，一夜之間成了「害群之馬」、「黑社會萌芽勢力」的犯罪嫌疑人，被拘押，被開除，那起因簡單得讓人

發笑：有背景的惡少「腳」想取代他成為足球隊長，罪證也單薄得讓人吃驚：一張開玩笑地印著「飛鴻幫」的名片。葉雨楓為此經歷了漫長痛苦的心靈磨難，他年輕的額頭上仿佛也平添了若許皺紋。他發現，父母、老師的教誨與生活的實際常常並不吻合，誠實未必得到好報，真理未必暢行無阻，正義未必得到回應，好心未必得到嘉許。他看到，在金錢和權力的強勢面前，某些老師在怯懦地歪曲真相，眾家長為了自己的孩子，聯合起來不惜把另一個孩子推向深淵，連派出所所長也為抓到了「幫」而竊喜，慶幸年終評先進有了盼頭。要問，是誰把葉雨楓逼上了流浪之路？是誰一再地冤枉他，不准他辨解，直到錯誤地處置他？回答起來卻相當複雜。除了強勢者的淫威，還有孩子與老師的隔閡，孩子與家長的隔閡，孩子與社會的隔閡，孩子與孩子的隔閡，窮孩子與富孩子的隔閡等等。作家以心靈化，藝術化的筆墨，引領讀者隨故事的跌宕起伏，生出了絲絲縷縷的警覺和深思，痛切地體味到：一個勇敢、熱情、積極向上的性格有可能被有形無形的東西擠壓著走向懦弱、順從、奴性，甚至人格分裂。世俗對人性的扭曲固然可怕，對未成年人心靈的扭曲就更其可怕。

孩子的眼睛直逼真實！讀《皺紋》，有一種芒刺在背之感，日常生活中已經司空見慣的事情，被一個孩子的眼睛啟動了，陌生化了，使人不得不重新痛感到它的存在。小說的心理描寫細膩準確，體貼入微，對孩子成長中難言的煩惱，有洞幽燭微的發現，這對父母，老師，成人都有很大啟示性。作家作為母親，顯然把自己的體驗全部付託於此。孩子從一懂事就發現世界出了問題，但成人卻依然故我地在製造問題；而一些問題看似細小，卻對孩子的心靈，思想，性格的成長有著至關重要的影響。上

幼稚園，「小紅花」是老師設置的最高榮譽，可它逐漸演變成了老師逢迎諂媚權錢的手段。年幼的葉雨楓無論怎樣努力都始終夠不著小紅花，小小心靈受到了傷害。老師的遏制，銳氣的受挫，使好與壞的標準也混淆了。上小學，本來座次代表學習成績的優劣，但「款爹」「官爹」的孩子們的座次卻與成績無關，且隨時能得到老師的關照。開始孩子們還有反抗，久而久之也都認命了。「圖釘事件」和「龍頭事件」寫來真切有趣，能進入少年的深心。正如作者所說，沒受過委屈的人是不會知道委屈對人的傷害，沒品嘗過不被理解的痛苦的人怎會懂得理解的可貴。作者為葉雨楓代擬的那篇童話《超人》比較精彩。讀著它，你會為孩子宇宙般博大的心靈和豐富的想像力吃驚，同時頓感中國的成人已喪失了想象力。然而，在愛的名義下，我們眼睜睜看著活潑可愛的孩子為了父母的「面子」，異化為「成績單」，成了呆頭呆腦的「工具」。他們也崇拜熱情、勇敢、堅強，但在各式各樣色情資訊的圍裹下，生理上早熟了，心智卻盲目著；他們也嚮往正義、公道、善良，現實卻在教他們怎麼「送禮」——「滿世界的人都在送禮，還用教麼」？他們很想見義勇為，可事實告訴他們，誰愛管閒事誰倒楣，眼睛和嘴巴是禍害！試想，沒有了眼睛和嘴巴的民族是一個什麼樣的民族？通過少年的悲劇，去思索社會性的悲劇，正是這部作品悲劇精神的軌跡。

葉雨楓一面打工，一面回憶七年校園經歷，於是社會和學校兩種畫面相互切換，體驗與回憶交叉疊印，形成一個旋轉舞臺，把視野和空間擴大了，無形中對世態人情來了個大掃描。一夜之間變成「犯罪嫌疑人」的他，雖經忍從的父親的苦苦求情得以開釋，但憤怒和自尊使他離家出走了。奔波求生不易，他最終成了

一個百無聊賴，極度空虛的「棄婦」的洗狗工，並以陪「婦人」解悶，遛狗謀生。「婦人」與狗之間的不堪場面，以及婦人對他的勾引，激怒了他，肚子問題與尊嚴問題曾激烈交戰，但最終還是肚子問題勝利。在兩個人與一條狗之間出現了一些說不清道不明的糾葛，他與闊少婦之間和解了，以姐弟相稱，與此同時，作品穿插了底層社會的芸芸眾生相，意在表達普遍的生存與精神的雙重危機。比較而言，還是校園生活的線索寫得更為深細動人。由於蕩婦的形象醜惡，難以復原，後面由婦人到「姐姐」的轉化缺乏說服力，不可信。「姐姐」倒比父母親，更不可信。

通常我們喜歡說「教育下一代」，但《皺紋》似乎把問題倒過來，變成了讓一個孩子教育全社會的人。或者換句話說，提醒全社會關心孩子的精神和靈魂狀態。作家很會講故事，更擅長渲染氛圍，語彙潑辣，節奏強烈，頗有表現力。比如，「腳」的頭被打破了的消息傳來，作者寫道：「全校立刻譁然！仿佛東邊的太陽從西邊出來，春天嘰哇一下又返回冬天，在場的人忍不住打了個血紅的哆嗦，寒流開始四處飄蕩，花草剛展開的枝葉開始捲縮」。由於語言的信息量比較豐富，充溢著對中國傳統文化弱點的批判和質疑。小說富於抒情性，在悲情中滋生幽默與沉思。比如，寫出走多日的葉雨楓潛回學校，躲在暗處觀看，希望見到朋友的身影，結果發現：校園匆匆奔走的人仍如往日，並不因我的出走有絲毫變化，看來這世界多一個人少一個人並沒多大關係，於是心生淒涼。陳亞珍的寫作具有人道情懷，強烈的悲憫意識成為有力的審美支撐。

Contents

A 章

一

　　二十世紀末的一個雨天，我做夢都沒有想到我會走進一個未知的世界！我根本沒有意識到我生活在一個悲劇的時代，我也更不知道悲劇的帷幕就是在這一天為我徐徐拉開——

　　雨，連綿不絕地下，天黑穆穆的讓人恐怖，讓人心裏憋悶，讓人恨不得沖天鑿一個窟窿喘一口氣！這樣倒楣的天氣只能用暗無天日來形容，它常常把我的快樂和熱情，浪漫和幻想一併鎖住。

　　也許上蒼早有預測？把一腔悲傷撒向人世，預示著即將發生的事件有多麼可怕。可我彷彿宏門未開，依然生活在我的「童年」裏，天真爛漫不知今是何年地喊呀叫啊地顯示著以往從來沒有過的激情，因為足球隊長的光榮稱號馬上就要在全校公佈……

　　然而，尖利的警笛聲如刀似箭地穿過校園路，剜心刺腑地朝我襲來，把一校師生的目光都吱吱嚓嚓扯直扯硬，把天上的雲圖都吼叫得亂作一團，麻雀飛過也驚得哆哆嗦嗦東張西望不知飛到何處，樹木都直僵僵地伸向空域呈一片呆白。歡樂的校園歌聲如同斷流的河稀拉著停下來。一張張未涉世的稚嫩的臉都由紅變白，由白變成了紫。緊張和恐怖如一塊黑布遮住了南中的上空！

　　所有動的全靜了。

　　所有響的全啞了。

　　在一片奇靜中，靜等警車帶走最後的結果！

　　當有消息傳說「腳」的頭被打破了！

　　全校立刻譁然！彷彿東邊的太陽由西邊出來，也好像春天嘰哇一下又返回了冬天一樣，在場的人都忍不住打了個血紅的哆

嗦。寒氣開始四處飄盪。花草剛剛展開的枝葉開始捲縮，樓群在突然間倏然瘦小。教室裏，桌椅間無處沒有躲藏著驚異。一種從未發生過的緊張氣氛悄然地瀰散在校園的各個角落。

有人把「腳」的頭砸破了？

有人竟敢在「腳」的頭上動土？

我的心立即如夏日的火苗跳躍了一下，覺得這世界真是誕生了英雄！不說幸災樂禍吧，起碼的同情心可一點也搜集不起來。

當又有消息傳出是有關擒獲「飛鴻幫」的消息時，人們立即用目光四處搜索我的蹤影，並且想到我的安危。我並不明白事情為何突然轉折在我的身上，而且我也並不知道「飛鴻幫」與「腳」的頭有什麼截然的關係。很多同學向我投來探究的目光，目光裏傳遞給我的是那種飄忽不定的不安和擔憂。可我並不害怕。我不僅從容自如，而且還有那麼些凜然，是英雄式的，不屈服的，甚至是光榮的⋯⋯

這種姿態讓一校的「靈魂工程師」為他們的教育失敗而汗顏覺得我這孩子不以為恥反以為榮，確是無藥可救了！

如此，一聲聲的歎息就從各自的嗓子眼裏無可奈何地發出來。除去班主任──我們的暴牙老師，是真的出了「班醜」氣急敗壞以外，其他老師的歎息，都是無關痛癢的，是為了附和校長和班主任的情緒而歎息，因為不關他們的獎金和升級問題，無非是應景性的表達而已。

就在我被帶上警車的當兒，許多同學的目光都叮叮交戰起來，那目光好像是求助誰能出來替我說一句求情的話什麼的，可所有可以說話的人全都沉默著，他們嚴肅的表情代表著對法律絕對的信任。

同學們求助無效，就眼睜睜看著我被帶走，並且含淚帶血地喊了一嗓子：

　　「巴喬——」

　　知道巴喬的意思吧？巴喬就是義大利足球名星。羅伯特巴喬早已取代了我的名字，我也早已接受了這個光榮的稱號。他們對我都快要崇拜的死掉了。

　　我回過頭來，看到黑烏烏一片人頭在攢動，一雙雙眼睛張大著，眼白卻出奇地多，他們的黑眼仁都跑到那裏去了呢？

　　春日的風漲起了我火紅的運動衫，我覺得一定如一面獵獵的戰旗，在鉛灰色的雨霧中變悲壯！

　　我笑了，這笑是安慰那些有淚的同學。可這一笑好像更麻煩，居然讓他們的淚水奪眶而出……

　　我以一個首長檢閱士兵一樣的姿態踏上了警車，樂觀有加，神采飄逸，看上去我肯定一點也不像上警車，倒像去參加奧林匹克頒獎儀式一樣。

　　警車徐徐開動，天上的雨絲淅瀝而下，濕潤一層蓋過一層。這當兒，遠處的火車「嗚——」地撕裂著長鳴了一聲，像是頓然把大地裂開了一道黑色的縫隙，使整個校園哆嗦得東倒西歪！有同學好似被這一聲吼叫從癡怔中驚醒，一激靈便隨警車瘋跑瘋竄，勢如破竹，如一股巨大的潮流向我湧來……

　　各班的老師喊破喉嚨，叫塌天都難以阻擋。校長憤怒地喊：「都想上警車是怎麼著，誰想犯罪這就是榜樣！追呀，誰敢再追我開除誰！」

　　我看到車後潮湧般的人流退下了，靜靜地，目光是僵硬的，但我能感覺到那目光裏的問號如同一杆一杆的手杖向我穿行過

來，不知在詢問什麼。

神情是失望而迷惘的，好像感覺到日月星辰有可能顛倒。

陰霾的天，小雨淅瀝得無聲無息。

同學們的心是陰濕的，整個校園的氣氛是恐怖的，剛剛綻開的花也枯黃了，低垂著頭顱撒下一地的殷紅！

我帶走他們什麼了？

不知道！

我看到，一個個受驚的孩子睜大驚恐的眼睛遠遠地望著我，像一根根未成材的林木棒直挺挺地栽了一校園，望著雨天不知他們在想什麼……

二

　　警車一路呼嘯，尖厲地把城街上的人都嚇得紛紛躲開，警官嚴肅的表情如同凍結了的堅冰不能溶化。空氣是緊張的。細雨不停地撒落，就像一個多愁婦人的眼淚，無聲無息地傷感。警車呼嘯而過，雨線被煽動成彎彎曲曲的弧線，街兩邊呈現出透明的灰暗，好像整個世界都隱藏著一個巨大的陰謀。可我因為是「莫名」，所以英雄氣概依然蓋世，神態中不含任何怯意，那股昂揚勁兒無人可比。警官們看上去對這種姿態尤其惱火。

　　我被帶進候審室時，已有幾個灰頭土臉的人木在室內了，其中有「駝爺」，因他脊背有些駝峰樣，並素日喜歡稱爺，故得一名為「駝爺」。有「飛毛腿」，因在運動場上短跑如飛，同學們特為此腿，命名「飛毛」。還有「小非洲」，顧名思義，黑得徹頭徹尾，同學們皆認為他有混血的嫌疑。

　　警官不讓說話，統統面壁而立。把我帶進來的時候，警官讓我轉過身去，聲音很是嚴厲，臉繃得如鼓面一樣，然後就帶上門並且加了鎖踢踢踏踏地走了。隨著腳步聲遠去，面壁者都嘩啦一聲轉過身來，目光劈劈啪啪如燃亮的電燈炮光芒四射地燒烤著我，並且有些歡呼雀躍地說：「我們勝利了，我們『飛鴻幫』勝利了！」

　　我不知就裏，仍是一副莫名的樣子。

　　我說：「怎麼勝利在派出所裏了呢？」

　　駝爺說：「昨天夜晚，北中的潑皮攔路搶劫，非要向我們要錢，不然就不放我們通行，然後我們就開戰，後來我們才發現指揮這場戰鬥的主謀是咱班的『腳』。『腳』非讓我們交出你來，

說要把你的腿打斷，不然你對他的足球發展永遠有威脅。我們不交，他們就說要敲斷我們其中一個的腿，他叫我們是狗腿子。他要我們投降，為他效勞，讓他成為足球隊長，我們就唾了他一口，然後就開戰。我們把『腳』的頭打破了，把其中一個的鼻子打出了血，然後就各自跑回家裏，誰知今天早上我們就被派出所帶到這裏。警官在我們身上搜，沒搜出兇器卻搜出了我們『飛鴻幫』的名片，他們問清『飛鴻幫』的意思，然後就問『飛鴻幫』的頭領是誰，我們就告訴他們你的名字……」

我默了一會兒，作出一種沉思狀，之後說：「這是正當防衛，自衛還擊，替天行道，『飛鴻幫』根本沒有。」

我一向善於總結和決策，經我這麼一說，幾個人就互相擊掌，興高采烈地高呼「耶！」，就好像我是他們的最高裁判員。

快樂如一股狂風漫捲而來，然後幾個人席地而坐，說我們成了打擊壞人的英雄了吧！

我胸有成竹地點點頭。

大家就頗自豪地認同了這個看法。

駝爺說，我們會不會上電視？

小非洲說，大有可能。

飛毛腿說，那我們有可能接受記者的採訪。

又有人說，也許我們會上互聯網？

全體譁然，那我們就成了全國，不，是全世界的英雄人物了。

大家臉上就一併莊嚴起來，各自的神情就都漫上了幻想的線索，並且仔細回憶「腳」的頭是誰打破的，那要錢的潑皮是誰最先砸歪了他的鼻子？這樣回憶著，各自在掂量著功勞的大小，以

便記者採訪時好爭個頭名什麼的。在期待英雄稱號來臨時，都覺得各自的尊容有可能不堪，就都分別開始拍打身上的土，還有整理自己的頭髮，繫自己的衣釦。有的偷著用唾沫擦臉。進行了這麼一番整容之後就都不約而同有些不好意思，但還是掩飾不住內心的喜悅。

我一直默默地看著一室的「英雄」，好像有些沒有參加戰鬥的遺憾！

大家感覺到這一點時，就共同為我默哀！

駝爺說：「也許我們該把你交出來？」

小非洲馬上反對說：「交出來，斷腿的肯定是巴喬，足球隊長理所當然就是『腳』了，『腳』就是企圖實現這個偉大理想的。我看還是保住巴喬的腿為上策。」

話題就又轉移到當英雄，還是保護腿上面來。最後確定他們的英雄壯舉其實是對我參加「青足」大賽的捍衛。於是大家就又共同高尚起來，覺得也對得起我了。然後就開始等待各方記者的來訪。

這是一種漫長的煎熬，每一個人都不時地望著窗外的那一片天，天空灰白得虛無，反饋不回任何期待的結果，但他們並不氣餒，臉上仍是紅暖暖如過年牆上貼的年畫一樣。每一雙眼睛裏都有著色彩斑斕的憧憬。

這當兒，院裏響起了腳步聲，聽起來是那種沉重而慌亂的感覺，就集體朝外張望，卻是等來了盡是些家長，家長臉上都有些氣急敗壞，急火攻心的模樣，就有許多人開始緊張。通常的經驗，叫家長是沒有好事的。可又有人認為叫家長可能是記者要一同採訪吧？比如教子有方什麼的……

這個說法馬上得到苟同。凡是能與宣傳英雄的構想聯繫起來的，他們統統認可。因為他們始終認為他們是正確的，誤解也是暫時的。大家各自馳騁最美好的幻想，誰也不認為打擊壞人有什麼錯！這麼馳騁了一陣，又有人提出巴喬又沒參戰，怎麼還要叫巴喬來呢？立即有人認為，巴喬是「飛鴻幫」的首領當然得叫他，這是「教幫」有方！

　　此說法全體通過。並且因有了我的「英雄」股份集體興奮！

　　可我一直覺得我與他們不同，因為我始終是局外人，但我確實不認為他們做了壞事，因為被打擊者經常欺負女生，攔路搶錢，無故挑釁，有時候由不得你打不打。可警察常常抓不住他們。今天能把此事曝光，警方一定會站在我們一邊，為我們歌功頌德。我覺得我的思路沒有錯。

　　日光從雲層裏透出薄明淡暗的光，雨，如同一個羞怯的少女不知躲到哪兒去了。這一刻每一個人臉上都飄盪著燦爛的天真，驕傲的氣氛就如同長了彩色的翅膀，滿屋子都在撲撲棱棱地震響。我們由於期待記者採訪，上電視，乃至上互聯網，心開始活蹦亂跳起來，好像該找一個釋放興奮的方式才對，小非洲就唱起來：

　　「我們飛鴻昂起驕傲的頭！（全體共唱）

　　我們飛鴻，除遍天下的壞人！

　　我們飛鴻，從來不服輸！」

　　歌聲震天動地，竟是把派出所的肅穆攪得七零八落，警官們忙得如卡通汽車，經這屋子裏飛出來的歌聲一震動，全體停住手中的活，腦袋蹦蹦嚓嚓彈起來，眼睛裏就冒出了意外的光，目光又如一杆一杆的利箭一併朝這間小屋射過來，並且皺起了眉頭。

一個警官拿著鑰匙插進鎖孔裏扭了一下，拳頭大的鐵鎖哳嚓一聲彈響，門嘩啦打開的時候，警官的臉就氣歪了，說：「吵什麼吵，知不知道你們進了啥地方？」

　　我們就一併抖擻起一副「勇士」的模樣告訴他：「派出所呀！」我們好像對他明知故問很是不屑。

　　警官厲聲喝道：「派出所是幹啥的？」

　　「講理的呀！」

　　「知道什麼人才到這地方嗎？」

　　眾目光就都凝在警官臉上不動了。

　　警官就有些咬牙切齒，說：「社──會──渣──滓！」

　　所有的目光就驚慌失措地從警官臉上「嘰溜」一聲滑下來，相互對視了片刻就滿屋子叮叮地打起架來，顯然「社會渣滓」對他們有著深深的侮辱性，每一個人都不贊成這樣的結論，就都紛紛講故事的經過。生怕警官聽不懂，生怕他們搞不懂好人和壞人。

　　警官說：「無論何種原因，殺人償命欠債還錢懂不懂，懂不懂呀你們？」

　　每個人就都低下頭思索，顯然是不懂！因為他們沒有殺人，沒有欠債，他們打擊的是壞人！

　　警官沒理睬他們，卻是把其中的一個叫走了。

　　被叫走的人一臉茫然！

　　所有的人依然固執地抱著「英雄」的幻想，集體用目光祝賀他。

　　卻原來不是採訪，是依次審訊！進行了整整一天。

　　結果是：凡參戰者一律暫罰款伍千元，賠償傷者醫藥費，精

神損失費共三萬伍千元！通知各家大人前來交款走人。

聲音不大卻能震天動地！

身為孩子不服氣力求講理，說是潑皮們先搶我們的錢我們才出手戰鬥的，並且列舉很多事實，說他們搶劫不止一次。

警官就問他們要證據，說：「證據呢？人家搶你們的錢，得拿出證據來呀。仰仗法律的裁決最有說服力的就是證據。」

他們拿不出證據，因為遭劫時他們身上沒有錢。但他們打傷人是真，顯然要錢的來由就不成立，並且大有陷害「忠良」的嫌疑！

所有的人都僵僵地驚著不動了，臉上都厚起了一層茫然！世界突然開始旋轉，開始顛覆，每一雙清澈透亮的眼睛開始模糊不清，他們都想搞清是非的真相，他們並不管打傷了誰，得罪了誰，他們只感覺對攔路搶劫還擊，就是有理！

其實，一切結果都是由一個神秘的人搞糟的，烏黑閃亮的「藍鳥」一停下，一個戴著黑墨鏡，大腹便便，看上去很氣派，但滿身的匪氣。大家都知道那是「腳」的父親。好多人看上去都想討好他，連派出所所長的臉，堆起來的笑意都不敢輕易消下去。空氣如混凝土一樣板結了。沒有風，樹卻戰戰兢兢地搖擺著。沒有地震，樓群卻東倒西歪傾斜著，天不冷，人卻擠擠挨挨恨不得抱在一起，抵擋一下突然襲來的恐懼。牆壁上的土都嚇得嘩嘩啦啦直往下掉。黑色的氣流在空域裏靜悄悄奔走，淹沒了一個城市……

他們的爸爸媽媽頭都快低到褲襠裏去了，連走路都得擦著邊，寧肯交錢換人，悄無聲息地把事情了結，逃也似地拉著他們的孩子離開派出所，第二天好顯出若無其事的樣子，表示他們的

孩子什麼事也沒有，也不願過問是非曲直。難道這世界上已經沒有是非了嗎？我們的爸爸媽媽們難道不知道是非對我們是一件很重要的事嗎？

　　大人們心裏的奧秘誰懂呢？誰也不懂，一直籠罩在我們心裏的幻想破滅了，因此我的同學個個都無力地張著嘴，像一條垂死的魚！

三

　　一屋子的「英雄」湮沒了。只剩下我一個人在沒有燈光的黑屋子裏囚禁著。

　　待審室裏空蕩起來，連塵埃的飄落聲，鳥蟲的鳴叫聲，暮色的擁擠聲，月光的流動聲都清晰可辨。這一刻世界奇靜無比是多麼可怕！我像被一隻無形的魔掌推進了一個窯窟裏，黑暗圍獵了我，我的心開始起風，由於我的判斷失誤，事情從好的方向一勁兒地往壞裏變，最後變得連我這樣聰明清醒的頭腦都反應不過來了。我已經開始懷疑自己到底是以什麼樣的角色被帶到這裏的？這次戰爭和「飛鴻幫」到底有什麼關係？以我十七歲的經驗還不具備洞察一切的能力。暮色開始擠進屋裏，月光從樹的枝杈半露著臉顯得陰冷而沒有生氣，顯然這是不幸的預兆。頃刻間一片嗡嗡聲驀然而起，窗外似乎有竊竊私語，並且窗外探著幾張不懷好意的臉。我就從這幾張臉上似乎讀出了自己是壞人這樣的概念，而且那臉上的內涵是義憤填膺的，是青紫憤恨的！好像我是恐怖分子一模樣，個個用奇異的目光搜羅著我，恨不得揪出我狠揍一頓趕出地球外才解氣。

　　一團憤怒的黑雲鋪天蓋地夾裹了我的心，我竄起來像一頭逼急了的小獸瞪著紅血血的眼睛喊：

　　「為什麼抓我來──」

　　「放我出去──」

　　「我要回家！」

　　接著我身體裏的氣就開始運動，喊出來的聲音吱吱嚓嚓冒著濃煙，並且聲音裏有淚！濃煙在屋子裏抱成一團，翻滾起來竄

到房頂上，又滾到牆壁上，然後「咚」一下摔在地下就彌漫開來
⋯⋯

這當兒那扇鎖死的門微微抖動了，然後把災難放了進來。我
的喊聲如同風一樣撲到門上，打在了警官的臉上，警官用手電光
柱照著我青紫色的臉。然後我聽到了警官輕蔑的笑聲。我渾身就
抖動起來，喘息如同半空中的風呼哧呼哧叫囂不止。

接著是兩種情緒的尖銳對抗！

經歷了漫長的面面相覷之後，警官把我犯人似地揪到審訊
室裏，我這才開始認真觀察了一下，審我的警官有一個鮮明的肖
像特徵，臉的左側一溜向下垮塌著，而右側彎出一個微的弧度，
滿臉是青春痘感染過的麻子，整個面目呈現出如同一把鏽斑斑的
瓦刀樣子。如此，在我記憶中每提到警察，我就想起了「瓦刀」
這個形狀，為不影響警察的整體形象，我就權且把他叫作瓦刀可
否？

我開始劍拔弩張，我說：「我沒有罪，我不接受審訊！」

瓦刀啪嘰一下摔在桌上一疊寸把厚的名片，名片上印有「飛
鴻幫」三個字，並有一個五大三粗的黃飛鴻在名片上手舞足蹈，
那拳頭力大無比，眼神裏放射著灼人的光柱，看一眼就讓人打一
個寒顫。此創意出自我的想像。

瓦刀亮出「罪證」，啞然笑了。

「飛鴻」其意沒有深究，但所有的目光都集中在「幫」字
上，如今「幫」最是讓警方頭痛，他們是黨和政府的衛士，自然
對幫派體系最是敏感，尤其是對不成器的「幫」更有信心。我沒
有參與打架，但他們說我的「罪行」不可低估！我是「飛鴻幫」
的頭領，是組織者，是不安定因素的最大禍害！

瓦刀盯著我就像盯著一個犯人一模樣，目光是那種直刺刺的，好像我是他們等待已久的重大收穫，抓一百個小偷也抵不上一個團夥，起碼這一年的先進牌子和獎金是胸有成竹了！

　　於是那直刺刺的目光中夾帶著遏制不住的驕傲，炫耀著他們偵破中的慧智，工作中的顯著成績。那樣子好像比神探福爾摩斯都神氣一千八百萬倍。

　　我面對那一疊名片是坦然的，自豪的，是理直氣壯的，我認為這是我打造出來的品牌。我覺得我的樣子神氣活現，好像嫌疑人不是我倒是瓦刀，只是身體單薄的缺骨少肉，被高大英武的瓦刀壓迫的越發瘦小了。

　　「敵」強我弱，對瓦刀來說，陣容十分理想。

　　可我弱雖弱卻是一副大無畏模樣，如一棵直溜溜的小白楊，在黑雲壓頂，風雨雷電來臨時依然挺拔。這就讓瓦刀無論如何搞不出審訊的氣氛，為找感覺，審訊官驚天動地地拍了一巴掌橫在胸前的一張桌，竟是把一杯水驚得四處飛濺，叮叮咚咚撒落了一地。大約是用力過猛，他自己的瓦刀臉也好像捲了刃一般，嚇得異常地抽搐了一下，屋子裏的東西都讓他拍得魂飛魄散。借著這點氣氛，瓦刀的臉隨之陰沉如天空中罩著的黑雲，那問話就如爆竹般乒乒乓乓響起來：

　　「叫什麼名字？」

　　「葉雨楓。」

　　「哪個葉？」

　　「寫不上來？那就寫成夜晚的風雨吧。」

　　「跟誰說話呢？嚴肅點！」

　　我就立即做出嚴肅狀。「不是為你們方便嘛。」

瓦刀出現了很尷尬的羞澀。

「『飛鴻幫』是什麼意思？」

「崇尚英雄的意思唄。」

「幹過什麼勾當？」

「注意措辭，啥叫勾當呀？」

「你組織『飛鴻幫』啥目的吧。」

「自衛還擊呀！」

「和平年代還擊誰呢？」

「還擊你們抓不住的壞人呀！」

「咋回答問題呢？打過幾次架？」

「無數次。」

「都在什麼地方？」

「操場，校園路。」

「打傷過人嗎？」

「當然，我們每次得勝。」頗自豪的樣子。

「偷盜、搶劫行為多少次？」

「請尊重人格，再這樣問我拒絕回答！」

「這麼說飛鴻幫確有其事？」

「當然，這還有錯？」

「印這麼多名片幹啥用？」

「發展隊伍唄。」

審訊戛然而止。「黑社會萌芽勢力」罪名成立！

可我為自己對答如流驕傲不已，我以為我成了「飛鴻幫」傑出的外交官。我是稱職的，我為「飛鴻幫」弘揚了正氣！我覺得我天真無邪的臉上，笑意一波兒一波兒地頂上眉骨，恨不得閃電

般飛回弟兄們中間炫耀一番。我無視於警官的存在，我自覺地把自己提升為英雄。我焦急地問：「我可以走了嗎？」

瓦刀說：「沒有最後定論走什麼走。」同時盯住我的小模樣若有所思。

四

　　月光歡笑著透過窗口上的玻璃擁擠進來，碎銀般撒了一地。我披著滿身的碎銀忍不住「嘿兒嘿兒」地笑──勝利了。

　　我想，我為什麼喜歡黃飛鴻呢？因為他從來不輸！路見不平，拔刀相助，那帶有神性的「無影腳」在空中飛舞，嗖一下從耳邊飛過，嗖一下又從頭頂上穿越，飛簷走壁，來去無聲。

　　噢，酷極了。

　　一股美麗的小旋風從門外旋兒著進來調皮地圍著我轉了一圈，然後那桌子上的「黃飛鴻」就在名片上翩翩起舞，變成了無數個黃飛鴻，然後駝爺，小非洲，飛毛腿，程超，鍾煒，司馬柯如期都變成了黃飛鴻，在空中飛旋。刀劍叮叮碰撞不止，飛濺出來的火光染紅了半邊天際。我這一刻想入非非，有關自豪的細胞就迅速地啟動起來，臉上紅晶晶地漫上了難以掩飾的興奮。

　　我眯眯著眼睛笑了。我身陷困境卻渾然不覺。

　　其間，警官如一個有經驗的老中醫切診號脈一樣，把目光搭在我的臉上思索著停頓了一會兒，好似以最精湛的醫術完成他們「治病救人」的善行。

　　只聽電腦吱愣愣一響，一個「秘方」就應聲而出。

　　瓦刀把「秘方」遞給我的時候，頗溫和地說：「小子，好自為之吧，以後隨時聽候傳訊！」

　　「咯」一下，我的心沉下去了，笑意就一下凝在臉上，我覺得這話不知哪兒有些不對勁兒，接過「秘方」仔細一看，腿才開始發抖，血就開始倒流，臉上的興奮倏然消失，我茫然地望著瓦刀，覺得那頭上的國徽開始扭舞、變形、飄忽不定，心中的信念

轟然坍塌！

「犯罪嫌疑人！？」

五個黑色的字如五顆炸彈帶著烈焰通過視角穿入大腦，**轟轟隆隆**地開始爆炸，我覺得炸死的不是我自己，我彷彿看到死在地下的是父親，是母親。我甚至看到父親的血，流成了一條黃河！悲泣就如水一樣冰冰涼涼漫過了我的全身……

我成了壞人？

我的喉結開始發緊，眼前立即出現了一片漆黑，月光是黑的，燈光是黑的，人也都是一團一團的黑霧，飄來飄去；連城市的高樓都像定格在大地上的黑魔一樣；我看不見別的色彩了，恐懼在我體內無限擴張。彷彿一口黑鍋「咚」一下就扣在我頭上，把素常的思維砸得七零八落！我冷，我尿急，我只覺得體內有一種的噪音，接著喉管裏就開始冒煙，兩隻眼睛紅血血如一頭被擊疼了的小獸，橫衝直撞，恨不得咬誰一口，我說：「誰是犯罪嫌疑人呀，我犯了什麼罪你們說清楚呀。黃飛鴻是好人，是英雄的象徵你們懂不懂呀？」

沒有人對我的悖論有所反應，我覺得大約是聲音不夠宏亮，就加倍地吼起來，把房子都震得嗡嗡直響，把一座城市的夜色都攪得一波三折。把瓦刀的眼睛嚇得不住地眨巴。

瓦刀終於耐不住了說：「咋呀，你想咋呀，凡是不符合社會團體的一切幫派團夥都是犯罪嫌疑你懂不懂，其他人只是打傷了人，有錢就能解決問題。你知道你是什麼人？你是這個幫派團夥的組織者。不把你關起來已經夠你偷笑了，犯罪嫌疑理當你來承擔聽清楚了沒有？」

我睜著白茫茫的眼睛表示完全不懂！

當我進一步理論的時候，瓦刀說：「你走不走，走不走？不想走了住幾天班房——有關『飛鴻幫』的事還要繼續調查，要挖根斷苗，還要呈報上級，幫派是事關政治問題你知不知道？」

　　我當然不知道這與政治到底有什麼關係，我於是罵他們是膽小鬼。我說：「滿世界的人都不敢惹『腳』。是因為怕『腳』的父親罷免了你們的官！你們都是勢利小人，是權力支配下的奴僕！」

　　後兩句話是從本書上看到的，此刻跳在我腦海裏用起來簡直得心應手。文化形象自我感覺良好。此話雖然言簡意賅，可我沒想到它會出人意料，一下子就把瓦刀的臉喊成了豬肝色，並且把燈光喊暗了好幾成，甚至把城街上擺小攤的小業主都喊呆喊愣了，把盆盆碗碗都喊得叮鈴鐺響成一片，把警官們喊得大張著嘴說不出話來，看著那怒目而視的樣子，一定是在想，一個乳臭未乾的毛小子罵警察是勢利小人？是權力的奴僕？有沒有搞錯？明天的日頭還從東邊出來嗎？天上還有雲有霧嗎？四季還有輪迴嗎？是不是冬天要下雨，夏天要下雪了？會不會男人要接替女人生孩子了？或者是松柏樹從此要落葉，貓兒要從天亮開始長角了？

　　最先刺激瓦刀神經的，也許不是法律的尊嚴受到損害，而是警官們自身的尊嚴受到威脅。於是臉都不同程度地抽搐起來，呼吸也由此坎坎坷坷，有怒不可遏的力量在喉嚨裏衝撞。片刻的呆木之後，他們不得不用武器來捍衛尊嚴了，既然法律不能使他們高大起來，那就只得下最後通牒。一根並不可怕的警棍非常溫情地指向我瘦薄的身體，警察甚至還帶著笑，沒經一拳一掌我就擊斃在現代文明的腳下蛇樣地扭動，呼號，嚎啕起來……

　　「英雄形象」就這樣不戰自潰……

我覺得我就要死了，好像我的眼睛裏飛出的盡是些黑蝴蝶。耳鼓裏像掠過了鴿子的哨音，扯出了深長的恐懼！可我腦系裏映著瓦刀的微笑。笑，從此讓我害怕，笑，也從此改變了意義。我從來沒有意識到笑能把一個人推向死亡的邊緣！我的呼號如黑色的氣流旋兒著從屋內拐出去衝向天空，震動著這座城市。死亡的號角響成一片，我的肺腑炸裂了，我用手使勁地撕裂著衣服，釦子嚓嚓滿地亂滾。瓦刀笑笑地看著我癱軟在地下扭動不已的身體，呈現出職業的老練和好玩的姿態。

我說：「讓我死吧，讓我死吧！」

這一刻，死真是萬分幸福的事。

可是一個人最想死的時候上帝是不給機會的。就在我即將踏上死亡的臨界時突然獲救了。我的身體解除了電擊之後，我首先看到的是一座「高山」轟隆倒塌的慘景。

我驚呆了！

我怎麼也不敢相信我眼前的事實，那一座高山──我的父親──我心目中的高山！轟隆一聲坍塌了！

坍塌的聲響，轟鳴不止，響過天涯，響過海角，響徹了整個天地人間！似乎還有粉粉末末的塵灰未徹底散去。橙黃色的燈光下散發出汙濁的空氣，映照著那座熟悉的山脊。

那「山脊」抖抖顫顫已沒有「脊」的形狀，屈下的雙膝在冰涼的水泥地板上正發出悲泣的呼號！

一切都像靜止。一切都已死去。

我脈斷筋連地喊了一聲：

「爸──」

淚水便汪洋了一個世界……

五

父親怎麼可以跪倒呢？他偉岸高大的身軀怎麼能如一座大山一樣倒塌呢？而且不分是非曲直就跪。面對瓦刀不住地點頭哈腰，不停地給瓦刀道歉，檢討自己教子無方，給社會造成了麻煩，諸如此類說了滿天滿地批評自己的話。緊張的氣氛把父親的身軀擠壓成一條乾癟彎曲的弧。瓦刀在父親說了一世界動聽的話之後才找回了自己的尊嚴，氣也就漸漸緩衝下來，顯出了人民警察特有的氣度和涵養，並說了那麼多教育下一代的動人語詞。

父親聖旨般一一應是。

瓦刀和他的同事們是在父親的卑微面前雄壯起來的，警官終於又好好地變成了警官。臉上由青紫變紅潤。好像燈光也亮了，夜也寧靜了，連那條警犬也柔順多了，一切似乎都還原了。

我是在父親的卑躬屈膝、點頭哈腰中，陪著感激涕零的小心被解救出來的。

那一刻我睜著黑洞洞的眼睛哭了。連叫喊的力氣都沒有了。

我的絕望來自於父親的隱忍，默許和卑怯！全沒了一個父親應有的強硬。好像我給父親欠了一世界的血債一樣。

在我記憶中，父親是高大的，堅強的。只要有父親，我就昂揚，我就理直氣壯！就什麼都不怕了，一切問題都迎刃而解。我原指望父親會幫我搞清楚是非，可父親絕對的服從讓我絕望！

一個人最大的痛苦莫過於你心目中的偶像突然有了缺陷。

父親曾說：「大丈夫膝下如金。」可他在警官面前膝下連廢銅爛鐵都沒有一星半點。脊梁彎曲得快要鑽到褲襠裏，恨不得把頭叩到警察的腳面上。媽媽說：「男兒有淚不輕彈」。可父親

淚水縱橫，眼神裏滿是巴結央求的成分，可憐得快要化成一攤泥水！全不顧他還是個站著撒尿的漢子。

我就是在這一刻的憤怒之下，又驅策我將那張印有「犯罪嫌疑人」的單子撕成碎片，粉粉末末地揚在了瓦刀的臉上，表示我寧死不服！

一室的人再次驚呆驚愣了！好像天塌地陷的事情發生了，情景風雨雷電變化了，瓦刀的「氣度」一下子又縮回去了，一個個僵硬的臉上被我掀起了驚濤駭浪，空氣白嘩嘩地哆嗦著。這臭小子是吃了豹子膽，怎麼就沒有個怕呢？這地方是幹什麼吃的，法律從來不怕誰硬！瓦刀於是晃著白刺刺的手銬，瞇瞇起眼睛，似笑非笑，顯出令人可怕的溫柔，說：「不服？不想走了進號子裏溜達幾天？」說著就要把我銬在暖氣片上感受一下。

父親在這一刻當機立斷，徹底變成了一條蟲！好像他什麼也不要了，什麼也不想了，什麼也不顧了。

他說：「警官，銬我吧，他還是個孩子，給他個悔過的機會吧，一切都是我的錯！他還沒走出我的監護權，讓我替他受過，我就這一個兒子，是我教子無方啊！」

父親的聲音裏帶著淚……

然後父親搧了我一刮，又搧了我一刮，直到把我搧出門外，把門關嚴了，不知在裏面做了些什麼，大約比我看到的情況還要糟糕。及至父親從房子裏走出來，手裏捏著一張紙，但我看到父親是倒著走出來的，我最先看到的是父親的股部。視覺上的殘缺讓我大吃一驚！父親的脊梁和頭顱哪裏去了呢？

一個殘缺不全的身軀讓我著急！

如同過了千百萬年，父親的背脊和頭顱終於抖抖瑟瑟地直起

來，像被風雨摧殘過的一棵無根樹……父親終於還是滿足了我的希望，給了我一個完整的身體。

瓦刀在送出父親的時候滿臉紅潤，好像看著父親點頭哈腰是一種享受，是充分培養他們良好心情的好機會，也是樹立他們威嚴的好氛圍，只有在這時候他們才真正顯出一點風度。說：「這樣對你的兒子沒壞處，你可盯緊了別再闖禍！樹不通不成木，人不管難成才啊！」

父親立即表示苟同，一臉是虔誠的感激，好像他們剛剛研究了一項最恰當的育人專案似的。父親依然不住地點頭，不住地哈腰，腿不由自主地彎曲。

瓦刀們勞累了一天，這當兒心情看上去出奇的好，那神情不像是送一個犯罪嫌疑人的父親，倒像送一個拜訪他們的客人。

我就開始納悶了，怎麼就突然變得如此和風細雨了呢？父親真神奇啊！他是下了啥樣的靈丹妙藥使瓦刀變得如此親切了呢？父親的形象在我心目中又開始還原了。父親真有本事！因為我想到有可能父親幫我弄清了是非，解除了罪名！我的心開始起飛了。

父親走出了警察的視線之後，一直沉默無言，我一直希望父親能給我說說事情是如何有了突然的轉折，可父親的臉如陰雲密布的天，一直不見好轉。我預感到這沉默中孕育著一場暴風驟雨。黑的夜色顫抖著，昏暗的路燈放射著不懷好意的光。父親走路的腳步一向很輕，好像總擔心地球會突然陷下去一樣。他走路也習慣低著頭，碰見熟人總是陪著笑臉，有時候我覺得父親的笑臉後面還有一張不想笑的臉。不想笑就不笑唄，好像自己也不能左右自己一樣。父親為什麼會活得如此累呢？我可是想不透徹！

六

父親把我領回家裏，母親一臉等待的焦慮，她急切地望著父親想要個結果。父親不說話卻是「拍嘰」一下把那張「犯罪嫌疑人」的結果拍在桌子上。母親顯然是嚇了一跳！臉頰就爬上了不解的線索。悲涼的氣息靜悄悄地流動，三個人木在屋內沉悶得如同扣在籠屜裏的三個饅頭。

我驚訝地盯住父親，我終於找到父親沉默的原因，原來父親替我扛回了這口黑鍋！我看著燈光下那五個大字，心一勁兒地抖動，我用目光求助媽媽，我說我沒有犯罪，我沒有打架，我不是嫌疑人。我向媽媽不下數次的複述「飛鴻幫」的來歷和目的。媽媽把我緊緊地抱住了，媽媽說不要怕，媽媽相信你的話。

媽媽安慰的話讓我找回了勇氣。

我說：「爸，你怎麼可以要了這個結果！」

我說：「爸，我已經把它撕碎了呀！」

我說：「爸，我就是不服這個結果才撕碎揚在警察臉上的，你怎麼又把他好好地帶回來了呢？」

父親一腳就把我踢跪在地下，說：「讓你硬，讓你痛快！你硬的是你老子的臉面；你硬了三千塊錢！你還有理由厲害呀你？」

我腦瓜「哐」的響了一聲驚住不動了！我覺得我眼神裏發出的光又直又硬，唇上掛著哆嗦，嘴角間的怨氣一脈一脈地湧出來，眼裏淚汪汪的像快要決塘的池水，我能覺出我的淚水中滿是怨恨，甚至如火一樣地滾燙！我原以為父親會站在我一邊向警方要回了那個理。可父親說：「這世界上哪有理，你以為你是誰，

也不摸摸你有幾個腦袋，理是你這號人要的嗎？」

「……」

這一夜我怎麼也睡不著，我使勁兒想呀想，我一定要想清楚我是「哪號人」，我這號人怎麼就沒有理呢？

我後來想，「腳」是靠他父親的威勢生存的，任何時候理都在他一邊，老師對他都禮讓三分。連強暴了我的同學歐陽，明目張膽地承認了都沒人敢追究。而自己卻是靠父親的一點卑微一點可憐，才揀回來這一點點的安全。我早就知道我和「腳」有天壤之別，但我並不知道我是「哪號人」。

父親不讓我屬害，父親要我事事都做到忍讓。父親很早就開始打磨我性格中的稜角。有小朋友和我打架，父親一律以吃虧是福的理論教導我。我記得我曾問父親：「要是別人先打我怎麼辦呢？」

父親說：「你往家跑。」

「要是離家很遠呢？」

「那就藏在別人看不見的地方。」

「那要有人唾我呢？」

父親說：「擦了。」

「那要有人尿在我身上呢？」

父親說：「站在陽婆底下幹了。」

父親的生存哲學就是這樣息事寧人。他一貫堅持以柔克剛！他說：「人活到八十歲，牙掉了，誰見過舌頭爛了的？」父親說：「這世界就是狼吞虎嚥的世界，你生來就是被吞噬的角色，所以你就必須以吃虧為本。若繼續硬下去，班房就在眼前等著呢！」

17條皺紋

可母親卻不這樣認為，母親認為：「人活著就該有些剛氣，尤其是男人，沒有血氣方剛的質量，怎麼可以稱之為男人，要不上帝造人時為什麼要做兩種構造呢？」

　　母親很希望把我塑造成她理想中的男子漢，因此母親有意無意訓練我性格中的勇敢，心底裏的善良。但母親的「善良」並不含怯懦和隱忍，母親的「善良」建立在愛憎上，她希望我有正義感，講道理，堅持做人的氣節。可是依了父親，我總是受人欺負；依了母親，我勇敢了，反抗了，保持了做人的氣節，可在是非面前我又無處講理！

　　靜夜中似乎有一條毒蟲在咬噬著我。我聽到窗外的風聲嗚嗚咽咽像是無助婦人的哭泣，我莫名其妙地感到一股冷冬的涼意，透進了我的肌膚，鑽進了我的骨髓裏。意識中萌生的某種黑暗滲入各個毛孔，使我的肌肉迅速繃緊，閉住眼睛卻沒有睡意。

　　可我看到父親在燈下也沒有睡覺，平時不抽煙，這當兒一根接一根地抽，煙霧從他的鼻孔裏竄出來緩緩地擴散，滿屋裏都瀰漫著怨霧愁煙，還不時有深長的歎息傳過來，他一次又一次自言道：「完了，照這樣下去只怕是完了，唉！生就的骨頭，長就的肉！」然後眉宇一挑，很悲苦的樣子。

　　母親聽到「完了」二字就顯出極反感的樣子，她探頭看我一眼，大約以為我已經睡去，就回頭壓低聲音對父親說：「別老對著孩子說完了、完了的。什麼叫完了，他還十七歲不到，誰一生中能保住沒一點差錯，怎麼就完了呢？再說單憑一張名片就判定是黑社會萌芽勢力，是犯罪嫌疑人，這也太小題大做了，這明擺著是孩子們崇拜英雄的一種創造性遊戲嘛！我們應該從某種不合俗流的遊戲中發現孩子們的靈魂光點，他們雖然打架了，可維護

的是他們正當的權力。何況咱小雨又沒參與打架就給他下這樣的結論他當然不服，為什麼不能向警方提出質疑？從這點看，我倒為咱小雨對真理有著不懈追求的品格而自豪，而且也能看得出咱小雨有很強的組織能力和凝聚力。社會有社會的規則，如果父母心裏再沒有一個公正的評判，那孩子還有一個精神的疆界嗎？」

我的淚潸然而出……

人總是在被人理解的時候感情才出現最為軟弱的一部分。

可父親勃然大怒！說：「你到底是個什麼樣的媽，你還怕他不出事呀為什麼狗屁精神疆界。父母公正的評判頂屁用，社會的規則壓倒一切！」

母親說：「你別瞪眼，對於孩子應該正確引導！但對警方你就不該輕易把這個結論拿回來，這對一個人的一生太重要了。」

父親有些哭笑不得。說：「我希望你別只鑽在象牙塔裏賣弄你的空學問不管人間世俗的事好不好，整天叫嚷著人文精神的失落，還立志要把兒子培養成一個靈魂健全的人。你兒子什麼都缺就是不缺你讚揚的『優秀』品格。」

父親一臉是嘲諷的線索。說：「如今搞成這樣，他將受到世人啥樣的待遇？好學生能進那種地方嗎？你說你沒有錯，是冤枉你的，那你向全市人民一個一個解釋呀。現如今大家都講實效，拿到學分你就是英雄，就是好學生，你就前途無量。中國是個講中庸的民族，培養個性你不是往懸崖上逼他嗎？光有靈魂頂屁用，靈魂倒有，考不上大學掏糞便都沒地方用你。花點錢能買到安全就是萬幸了。現在他還是個學生，將來到社會上像他這樣叮噹作響的脾氣兩天就把他放展了。世俗從來不會對誰客氣，你硬，它比你更硬，不信騎毛驢看唱本走著瞧。」

父親和母親常常為我的事爭吵不休，一個要成績，一個要精神，但最終想不出一個更好的法子，我成了他們最大的難題。母親對生活總抱有美好的幻想，但常常被父親打擊得落花流水！

　　母親說：「人總不能像一堆棉花，踩一腳也不知道『哎呀』一聲吧？你倒是連蚊子都怕碰死一隻，你也算是知識份子，你也有知識，那你最終的結果是什麼呢？還不是讓人翹起腿掠過你的頭，不擇手段地爬上去了。請原諒我不是逼你要權，我的意思是人起碼有一個健全的心理，敢於維護自己應該有的權力。如果你屈己讓人，這是一種風度，可你該說的話，想說的話爛在肚裏，卻整天愁眉苦臉壓抑自己。作為一個人我們有權力質問自己搞不清楚的問題，長著嘴，總應該表示一下說話的功能吧？長著頭顱也總該體現一下腦系的功效吧？沒有質疑就沒有尊嚴。我們這一代是這樣，難道我們的後代依然要這樣嗎？」

　　父親像受了嚴重的侮辱，臉上的肌肉激烈地抽搐，像有炸雷「劈啪」一下，「劈啪」又是一下襲擊著他的肌膚，父親說：「你別自以為清高，變著法兒挖苦我，你這明明是變相地逼我要權！我有權能受這窩心氣？我愁眉苦臉，你當是為找嗎？我給老婆孩子帶不來別人應該有的，我心裏難受，我慚愧！可我起碼還可以平平安安地活著。在外面用我的卑微扛起所有的俗事兒，好讓你有足夠的時間去培養精神，有足夠的條件保持尊嚴。可你兒子倒在警棍下臉都青紫了，我哭都發不出音來了，他是我的血肉筋骨呀！可我用什麼保護他？我只能用本能！這是現狀你懂不懂？」

　　父親又說：「他倒是剛強，把紙片揚在人家臉上，可明晃晃的手銬等著他，黑洞洞的班房正向他敞開門！生活從來不怕誰

硬。這世上什麼時候胳膊能擰過大腿來？你偏要拿雞蛋往石頭上碰，那你就碰碰試試看？如果不是那三千元錢，不是用我不值錢的臉面墊著能擺平嗎？你的兒子還能好好地睡在床上呀？」

母親啞著不動了，她含糊不清的目光好像找不到東西南北了，母親常常出現一些與我相同的心理。可她從來堅持不到最後。

再美好的理想也敵不過現實的殘酷！

我多麼希望母親勝利啊！可是母親卻沉默了，悵惘的神情漫溢了一臉……

我絕望的淚水慢慢地淌出來……不知道是為母親哭，還是為父親哭。更不知道是不是在為自己哭。母親為什麼不能永遠堅持她的觀點呢？可父親又為什麼不能鐵骨錚錚呢？如果我們三個人擰在一起一定就厲害了吧？可我們家常常達不成共識。我因此常常茫然。

後來我聽到媽媽走進我的房間裏，我急忙拭去淚水，閉著眼睛裝睡，我不願讓媽媽看到我的淚水，我希望自己能在媽媽面前保持我應有的形象，以慰藉母親的心靈。後來我聽到媽媽在我床前坐了好久好久……

我睜開眼睛的時候這時已是第二天早晨。

母親催我起床，父親依樣地把雞蛋、牛奶給我放在桌上。

我們彼此無言。

父親的眼腫脹著，紅紅的像是一夜未睡。

我吃飯的時候父親總是眼巴巴地盯著我，生怕飯吃不進我的肚子裏。我知道父親有貧血症，可父親從來不捨得補充一些特別的營養，只關心我的身體和學分。父親說：「以後上大學費用

可不得了」但是，父親又說：「只要你能上大學我出去賣血都高興。」

我雖然心疼父親，可我並不引以為豪，我似乎需要一個更強硬的父親。我於是抬起頭來看了一眼父親，父親的眼神裏流露出一些急切和焦慮。

父親說：「快吃，我送你去學校。」

我說：「不用，你要送我，我就不去了。我自己的事自己處理。」

父親堅持了一陣，但還是硬不過我，說：「那好吧，今天老師批評你，你要好好認錯，大丈夫能屈能伸，臨到考試的關口，天大的事情也得放下，以後要遵紀守法，在我們國家除了合法的黨派組織外，一切『幫派』都是犯法的，聽清楚了沒有？」

我半張著嘴，完全不清楚！聽父親的話言辭鑿鑿，好像我真做了違法亂紀的事，我沒有回答父親的話，心裏卻想，既然大丈夫能屈能伸，那我們為什麼總是「屈」，沒有「伸」的時候呢？我這樣想著心裏就又不平衡了。

我說：「為什麼我就不能講理呢？我到底是『啥號人』呀？我們班的『腳』也沒有多長一顆腦袋呀，我和他有啥不一樣呢？難道我們這麼多人就天生該受他欺負嗎？」

父親顯然沒想到我會跟他說這樣的話，父親的臉色就由焦慮變得悲哀，但父親總還要撐著父親的面子。說：「你還是個學生你單純點好不好，你整天想那麼多問題幹什麼？這樣想問題你還能不能學習，吃完飯趕快給我走！一句話，想生存就得忍！忍忍忍，饒饒饒，忍字就比饒字高！」

我被父親「忍饒」弄得稀里糊塗。父親內心的小廟，唯一的

神靈就是忍！我愣乎乎想了一陣，終是沒有想明白，就低頭加快了吃飯的頻率，我們誰也料想不到今天會「忍」出什麼事。我們盡量把昨天的事撇開，用心應付明天的日子。可我一點都沒有想到我一生中這一天的意外。

七

到了學校，若干同學都挨了批評。駝爺、小非洲他們看上去都沒有躲過父母的一場嚴刑拷打。兩眼哭得像紅透了的壞桃，腦袋耷拉在胸前活脫脫像遣送回來的再逃犯。他們一個個受過批評之後，隨他們的父母進了教室，再沒有先前活蹦亂跳的神氣了，彷彿像飽滿的氣球被扎破一樣，蔫不拉嘰。他們的父母把他們「遣送」回教室之後，漸次地退出來，討好地向「暴牙」老師不住地點頭，盡量顯出成人的力量，但他們卑躬屈膝的嘴臉卻毫無遺露地展現出來。當他們看到我的時候態度立即強硬起來，且一併投來深惡痛絕的唾棄態度。我死活搞不清他們為什麼如此仇視我。我到底怎麼他們了？而我也時刻等候批評，可我卻沒有接受批評的資格了。

暴牙老師把我擋在門外，說：「我們的『英雄』回來了？怎麼樣，過了一下進派出所的癮？這下你的人生豐富了吧，狂！再讓你狂！怎不狂到號子裏享受幾天？唉！可惜呀，南中的廟小，放不下你這大神靈。收拾一下，哪裡來回哪裡去吧。」又說：「你的學籍不在南中，學校無權處理你，至於原校怎麼處理就是另外一回事了。」

我迷茫地望著暴牙老師，說：「不是很多人都犯『錯誤』了嗎？」

「你無權質問老師！」

「可我有權力搞清事實的真相呀！」

「你最大的毛病就是刨根問底！」

「可我沒有參與打架。」

「可同學們一致都供認是你的策劃，他們的賣命都是為了保護你這員大將所致的。葉雨楓同學，你看你有多偉大，你的威信都快超過上帝了。」

　　又說：「十幾名家長聯名要求讓校方把你這害群之馬趕出去，否則就要集體罷課，害群之馬出在我手裏你說怎麼辦吧？」

　　我莫名其妙了，我說：「打架是我策劃的？」我把「我」字拉得又深又長道：「誰說的？」我透過老師攔在門框上的胳膊往教室裏張望，我用目光搜尋駝爺和小非洲他們，以求他們作證，可他們堅決不與我的目光交會！頭卻像烏龜一樣一個勁兒地往脖子裏縮，但他們的臉色通紅。

　　他們是怎麼了？

　　他們到底是怎麼了？

　　平時膽大包天，這會兒像個受了驚嚇的小貓一樣是什麼原因？我這樣困惑著，於是就自作主張想衝進教室問個明白。我說：「駝爺，小非洲，你們說到底是誰策劃的戰爭，誰打破了『腳』的腦袋？你們怎麼不說話？你們抬起頭來呀，你們的脖子斷筋了嗎？」我喊叫著，可我走不近他們。因為老師的胳膊就像一條警界線，這預示著我已沒有進教室的資格了，因為我已是眾矢之的！老師對教室內的人絕對信任的態度已決定了我的命運。

　　時間如老牛走路的蹄子踢踏而過。

　　暴牙老師可怕的臉色持續了足有一分鐘。她說：「走吧，別木樁似地栽著了，沒用了！回去讓你可憐的父親領你回原校領命去吧，如果原校手下留情就算你給神靈燒高香了。是你自己把大好的時光揮霍掉了。到了校外可別記我的仇，事先我可什麼都提醒過你的。」話音未落就「哐當」把門閉上了！把一切疑團都關

住了。

　　我望著這所莊嚴的學校，望著藍得讓我想哭的天穹迷惑不解
了……

八

世界原來是「凸凹」二字！

我直僵僵地望著天邊想啊想，使勁兒想，才模模糊糊想出這樣一個「真理」來！這「真理」使我爛漫的心靈頓然灰淒。使我的英雄氣概石擊崖崩般摧毀！

讀書聲依如往昔清脆悅耳。

太陽如常地升起。

地球如常地轉動。

這座城市裏的人個個面孔僵硬，匆匆奔走，各忙各的事，各幹各的勾當。好像天塌下來有地頂著一樣。沒哪個人吃多了撐著，關心一個孩子看透這世界被凸凹所控而為之動容。在別人看來凸凹就是凸凹，凸凹是人類永遠填不平的溝壑，凸凹讓你服輸，讓你沒脾氣！

可我卻時時為之出現憤怒的情緒，憤怒的結果是讓世界把我放棄了……

我開始步履沉重地走那條長長的甬道，平日裏，我從未覺得這甬道竟有如此的漫長，只要下課鈴聲親切地一響，我便如雀兒一樣飛奔出去，從沒有時間的界線。可這一刻就像在泥沼裏做著最艱辛的跋涉！

甬道裏的沉寂，厚如一道城牆或如一座高山，憋悶得把我的喉嚨都擠壓成了一條空空蕩蕩的黑胡同，呼吸就急促如一陣一陣的穿堂風。細碎的塵埃在半空中飛颺得的驚天動地，偶有幾片紙屑被我踢起來嗚嗚哇哇叫囂不止。這當兒一種陰沉之氣從各個門孔和窗口裏流洩出來，利如刀劍叮叮，一桿一桿向我直刺過來，

那是許多目光交會而成的陰沉之氣，這陰氣如霧似煙彌漫了我，幾乎把我細細的身子擠壓成一張薄薄的紙。我第一次感覺到帶著粗淺，陋俗的陰氣是可怕的，比真刀真槍都可怕！那是把人一棒子打死的陰沉，是把一個人看得一無是處渾身腐爛的陰氣。

所有前來學校說情的家長，臉上都掛著匪夷所思的竊笑，好像我的遭遇讓他（她）們獲得了一次幸災樂禍的機會，總算讓他們感到還有一個比他們的孩子更壞更差勁的人，以致世人不會恥笑到自己頭上。我突然覺得人不是生活在地球上而是圈套裏。人心原來是這麼樣的可怕，把一個人推向深淵用不著一指一拳。

可我為什麼無法拒絕別人的陷害呢？

我愣蕩蕩地站住了，睜著黑洞洞的眼睛望著灰白色的天，好像還應該體現一下自己的道理才對？

可這世界有道理嗎？

我沒有講道理的權力啊，沒有人許可我說話呀！

因此我被學校就這樣開除了？

我成了天底下最壞的人？

昨天夜裏爸爸喝斥我：「理是你這號人講的？你也不看看你是誰？」是啊，我是誰？我從來不曾懷疑過我是誰呀。我一生下來只知道我就是我！怎麼長到十七歲了父親才問我是誰呢？難道我是誰他不比我更清楚嗎？我想啊想。我是誰，我到底是誰？為什麼我這號人就不能講理呢？現在我才隱隱意識到爸爸為什麼拚命讓我知道「我是誰」的道理了。

可媽媽卻常常有意無意地混淆「我是誰」這個概念，她讓我永遠擁抱世界，永遠生活在快樂和尊嚴之中。她認為人的生命都是平等的，所不同的就是人格質量的落差，她要我面對任何人任

何事物都要表現出不卑不亢的態度。然而，無形的刀斧已劈碎了我期望的真實，我像一隻碩鼠被這種陰氣追趕著，甚至被吞噬成一具空洞的殘骸。在靜如墓地的甬道裏，乳白色的欄杆正發出冰冷的氣味，畢生嚮往的燈塔熄滅了，意志在陰氣中消沉。天生喜歡被人讚賞的我，再也找不到昔日的氣氛。

九

　　我望著升旗臺上飄揚在空中的紅旗，極力捕捉著曾經有過的激動，但這種激動很快被一陣小風吹散了，我清晰地記起一次次的憧憬，又清晰地記起一次次的轉折！一切如一場夢就這樣從此消散……我的心情持續地糾結著訣別的憂傷和疼痛！

　　長長的甬道好像永無盡頭，不知是我不願走到盡頭呢？還是我本不該走到盡頭。

　　已到中考的關口上，所有的人都在做著旺收的準備，鼻尖上，眼睛裏，頭髮梢，走路的腳步都處處顯示著開花結果的忙碌。可我卻要徹底地與這段生活告別！校園的歡樂已不屬於我。世界好像不容我有意志，有堅持。我的義務永遠應該是順從，妥協，屈服，退縮！知道世界不屬於我是多麼地悲慘！儘管媽媽一再地延續我的童年，但我還是意識到「我是誰」了！

　　下課鈴響得驚天動地，我的心被尖厲的鈴聲刺痛著，似有徹骨的嘶嘶的叫聲穿向天空……

　　鈴聲停息的時候，我的心歸於荒疏和冷漠。我聽到各班教室裏，潮起潮湧般淌出了人流。甬道終於走到盡頭，我寂寥地朝校外走去，四周有喧嘩的叫鬧聲，都似乎與我沒有了關係，我加快步伐往前走，可我聽到身後有雜亂的腳步聲，還有粗重的喘息，有人喊了一聲：

　　「巴喬！」

　　聲音就帶了些不加修飾的熱切和焦慮。

　　我停住腳步，回頭一看，一道厚厚的人牆砌在我眼前！全是球迷。我驚呆了！

有同學跑過來替我出主意，並且熱切挽留，說：「留下吧巴喬，讓你爸你媽求求情就沒事了，送禮也可以，駝爺和飛毛腿他們不都是這樣嗎？」

我就用目光去尋找飛毛腿和駝爺，結果卻蹤影全無。我說：「可是我沒有打架呀，沒有打架也送禮嗎？」

「沒有打架為什麼開除呢？」

「那我不知道。我怎麼知道打架的人沒事，沒打架的人反而被開除？」

我當時心裏飄忽了一下求情的主意，很快就使這個念頭全部湮滅，我知道求情是一件很丟人的事，我再不要父親為我低三下四。我再也不允許自己看到父親為我如同一條蟲似地爬行，讓人一腳就可以把他踩得稀爛！

於是我回頭繼續往前走，故意顯出無所謂的樣子。

「巴喬──」

司馬柯，鍾煒，程超，呼啦一下圍過來抱住我就嗚嗚哇哇哭成一片。程超說：「我不讓你走，我就不讓你走！」

我一動不動地被他們抱著，我愣怔怔的沒有淚，只是惘然。我想，傻瓜，你不讓我走，我就可以不走了嗎？為了足球，為了我們的友誼我當然不想走，可要是面對這個號稱「貴族」的破學校我早就沒興趣了。

哭聲唏噓不已，天地間就響起了一曲聖潔的戀歌……

我們的團聚，使在場的同學自動圍成了一個圈，為我們讓出了一個極好的場地。誰都知道我們是足球隊裏有名的「四大天王」，關係「鐵」得密不可分。我被稱為羅伯特巴喬，司馬柯被尊稱為貝利，程超擁有馬拉多納的稱號，鍾煒永遠是力量的象徵

號稱巴蒂斯圖塔。我們的友情是隨著對足球的興趣不斷升溫而昇華，一度被人羨慕。

然而，現實卻讓我們必須分離！

悵惘如一縷嫋嫋的白煙在我心裏升起，鍾煒只有哭了！我知道他雖然家境貧寒卻最講情義！從他記事起擺在他面前的首先是生存問題，而他能讀上初二以至上到初三都賴以朋友們的援助……面對我，他感同身受表現出恨不得自己替我頂罪的樣子。他轉身抱著一棵樹一拳一拳地搗著樹椿，手上的血一點一點地滲出來……

司馬柯這一刻仰望著天，一副沉思狀。思考使他滿腦子問題，老師對他時時提出的問題厭惡到了極限！他的問題讓老師頭痛，因此凡和他相處的同學一併被視為「問題」！

程超的孤獨似乎是與生俱來的，他兩眼雲霧濛濛，我的離去好像頃刻間帶走了他的勇氣和膽量！孤獨如同一個黑洞把他緊緊地圍獵。

他抹一把淚，說：「送禮吧巴喬，沒有送禮辦不成的事。這是我們的爸爸媽媽試驗出來的一條可行之路。沒什麼可恥的，我們的父母都不為恥，我們有什麼好恥的。」就把一卷兒大小不等的票子塞在我手裏，這是他在「四大天王」中最有條件做到的。他不懂得斂錢，因為在他記憶中，錢對別人最有用，對他卻是最沒用的東西。但這筆錢是大夥集資用來營救我的。他忽然記起了最重要的事，說：「送禮得注意保密，我們的爸爸媽媽送禮別出心裁。可我們不會送禮，真喪氣。」他低下頭淚水一滴一滴砸在地下濺起了無數個小淚點。

後來我才知道，在我被警車帶走的那天中午，凡在南中借

讀的同學都不同程度地回家對他們的父母扯了謊，說：「學校要學習資料費。」各家父母沒有深究細問，就慷慨解囊，各人按各人的膽量獲得一筆數額不等的資金，到學校進行一項地下營救活動——給警官送禮，保我重返校園！

竟是不謀而合。思維驚人地一致！

誰教他們的？不知道！

反正老師絕不可能當堂講有關送禮的功能什麼的。他們也絕不敢說送禮是疏通社會關係的好風尚。

但哪個借讀生不送禮能到南中登堂入室？又有哪個老師沒有受賄的行徑？就算老師想潔身自好，家長們許可你清白嗎？無論老師能否顧得過來個個體貼入微關照他們的孩子，他們都要表示對孩子盡心盡力。所以沒一個花骨朵般的學生認為送禮有啥不妥，倒覺得這是一次面向社會鍛鍊自己的好機會。

他們知道「禮」是拱開大門的有力武器，也是打開關係大門的生存技能。而且有同學當場列舉了種種事實：某某判了死刑用錢能買回命來；某某判了二十年徒刑送禮減輕了多少多少年！諸如此類，就更堅定了送禮的信念。

於是，在莊嚴的派出所院內站了三個送禮的人。他們是司馬柯，程超，鍾煒。因是明目張膽地送，所以沒哪個傻瓜敢接受這份龐大的隊伍集起來的禮數。然而同學們深諳送禮的用處，卻不知道送禮還需要精湛的技術處理。

送禮人並不見得有理，可他們卻個個理直氣壯。

警察叔叔整整衣領，竟也整出幾分威嚴：

問說：「幹啥的？」

答說：「送禮的。」

問說：「送禮幹啥？」

答說：「營救葉雨楓呀？」

警察眉宇一挑厲聲道：「誰教給你們送禮的？」

答說：「滿世界的人都在送禮，還用教？」

警察於是無言。

說滿世界的人都在送禮也不誇大。平日裏司空見慣，倒也沒覺出有天塌地陷之災，可他面對的是祖國的花朵呀！「花朵」怎麼能染上送禮的毛病呢？將來中國的棟樑之材就在此中誕生，如此平庸的思想怎麼能撐起未來的天空呢？無論這「送禮」在社會上如何風行，但在校園裏也成了毫不掩飾的風氣，警察還是抖擻出一些憂患意識，一併把他們趕出大門，保證了他這一刻心靈的純潔。

鍾煒不甘心，伸長脖子扯起嗓門喊：

「要是不收我們的禮，你能放出我們的巴喬嗎？」

警察說：「他殺了人也能放出來？」

「可他不會殺人的，我們敢對天地保證！」

「對天地保證有什麼用，天有眼睛還是地有耳朵？去去去，趕快給我走開。」

「真正的壞人是『腳』，即使他的頭被打破也是壞人！」

警察把他們趕開，不再理睬他們。他們整個人都呆愣著不動了。他們納悶大人們送禮有效，他們送禮怎麼就失靈了呢？

司馬柯一向機智，向前跑了幾步從兜裏掏出一盒煙攔住警察，遞過去一根並表現出一副很「社會」的味兒說：「叔叔，我們瞭解葉雨楓，他學習不一定最好，但他肯定不是壞人，真的！」

警察瞥了一眼他謙而不卑的嫩臉說：「放心吧，法律不會冤枉一個好人的，拭拭鼻涕一邊玩去吧，人不大法兒還不小呢！」

　　司馬柯不完全理解對方的話，但，「法律不會冤枉一個好人」他聽懂了。為了更有把握些，一激動就把那盒煙塞進了警察的衣袋裏，不等他反應過來就飛快地跑了。司馬柯回到「送禮」隊伍中，臉上的自信山高海深，興奮使他通體生輝。他一揮手說：「快跑！」幾個人就應聲不知就裏地跑，跑出一截之後，幾個人就像快要斷了氣一樣，呼哧呼哧不停地喘息，目光卻一併陽光般地搭在司馬柯的臉上以求答案。

　　司馬柯說：「沒事了，警察說，法律不會冤枉一個好人！一盒煙就可以解決問題。巴喬是好人這當然沒有錯！」

　　程超說：「那你跑什麼跑啊，想把人整死啊！」

　　司馬柯說：「萬一把煙退回來怎辦呢？我媽說過吃了人嘴軟，拿了人手短，咱們得讓他嘴軟。」

　　大家就會意了。

　　司馬柯是他們中間的智囊，覺得事情有了把握。幾個人就歡呼雀躍起來。

　　鍾煒把司馬柯背起來跑了一截以示獎勵。

　　程超還了司馬柯一盒煙，不讓窮人虧本。

　　他們被警察的話溫暖著，胸有成竹地各自回家去了。

　　然而事情適得其反讓他們吃驚！他們一併望著天邊自言：「法律是不會冤枉一個好人的呀？葉雨楓不壞呀？」這樣傻乎乎地瞎問了一陣，眼神裏就一併出現了混亂狀態，而後，我的朋友集體為此垂頭喪氣，他們對自己費盡心機也沒能挽救我的命運表示懊惱！

大人們究竟是怎樣送禮的呢？

他們均都在思考這個問題，以求我的出路。司馬說：「巴喬，你等著，我們會替你搞清真相的。」

程超說：「我一定要想辦法替你討回公道！」

十

　　我攢著錢好久好久醒不過神來，這錢好像是覆蓋一切的天頂，它主宰著世間的運行！但並不是對所有的人都能夠起到相同的作用。

　　我彷彿被一種氣流漸漸壓得喘不過氣來，接著是一種酷似腐臭的氣味瀰漫了我的整個味覺，很長一段時間，程超的話還在我記憶中清晰地迴響著……

　　程超的話其實很有真理性！我親眼看見過父親低著頭，東張西望，神色慌張，在詭秘的路燈下躡手躡腳地鑽進一個胡同裏敲開了校長的門和暴牙老師的門，第二天我就到了這所令人嚮往的南中借讀，父親蒼白的臉上才有了些血色，好像還有些疲憊之後的快感。也好像只要到了南中我就必成大器一樣，更好像誰的爸爸能把自己的孩子搞到南中誰的爸爸就最出色最有能力。爸爸在我身上享受了這樣的光榮，可我卻沒有給了父親相應的榮譽。

　　上課鈴響了，我的同學不得不和我依依惜別。我攢著錢用目光追程超，程超已經沒影兒了，想放棄手中的東西已有些困難。後來有很多同學都認同了程超的意見，就都不同程度地拿了一些錢給我，我不知如何謝絕，我說：「我不想送禮。」但我告訴同學們：「我沒有支使駝爺他們打架，肯定是駝爺他們陷害了我……」

　　所有的同學都出現了義憤填膺的表情！

　　有同學追上來，說：「『青年杯』足球賽你不管了？留下吧，我們都相信你，真的！」

　　我默了一會兒，眼睛紅了，我湧了滿目的熱淚，表示了我

最真誠的感激，但我終究還是得走，以我的力量難以滿足同學們的心願，但我總算找到一點點慰藉，原來一個人活著是為了信任二字嗎？可是同學們信任的力量是多麼微弱啊，我希望老師相信我，警察相信我好像才有力量，才能改變我的處境。可是老師和警察均不容我辯解，就算駝爺他們打架不對，可好像我比那些真正打架的人都罪惡滔天一樣。

十一

　　站在窗前，我望著愁苦的父親，一夜之間臉上的蒼色就雲樣地積了尺高丈深的厚，白茫茫的眼睛象徵著精神上的某種散失和死亡。砰砰叭叭之間，臉就瘦如刀削斧劈樣，那額頭上的皺紋絲絲縷縷如犁過的黃土地，靜悄悄翻捲著無可奈何的愁慘。

　　我怯步了，我不敢推門，我不知道是不願面對父親這個樣子，還是怕父親接受不了我帶回來的結果。父親肯定沒有想到我會被開除。我愣蕩蕩地站著，那記憶的碧雲中閃出了一幅圖景：

　　父親的肩膀是寬闊的，穩如泰山！我兩腿搭在父親肩上，小手抱著父親的腦袋，像一個巨人，一個驕傲的王子。父親的臉上洋溢著青春的激情，希望的火花。我摸著父親額頭上細碎的抬頭紋好奇極了，我問父親：「額頭上為什麼有這麼多的小溝」。父親說：「這不叫小溝，這叫皺紋，你長一歲爸額上就會多一條，長一歲多一條，等你長大了，父親的皺紋也就填滿了，將來你也許是個科學家，也許是個政治家，也許是軍事家。那時候爸額頭上，條條皺紋都藏滿了驕傲……」

　　驕傲是什麼含意呢？那個時候我可是不懂。及至今天我看到父親的形象被歲月無情地歪曲了，才知道是我摧殘了父親的驕傲。我低下頭難過地淌出了淚，叮叮咚咚有聲有響。日光照著我瘦長的影子，歪歪扭扭，我伸了幾次手想要推開門，可我終因承擔不起給父親帶來的沉重絕望的打擊而打消了從此踏入家門的念頭。確切地說還有什麼比絕望更讓爸爸傷心的呢？我知道我只要把結果帶給父親，父親的精神卻會崩潰！因為我既不可能實現父親理想中的科學家，也不可能成為他理想中的政治家或是軍

事家，我成了一個令人不齒的「嫌疑犯」被逐出校門……雖然如此，父親再不是從前的父親。因為我面對父親的時候不再心生驕傲感。

厭惡父親嗎？可我的心分明在疼……

我開始轉身離開家門的時候，並沒有預先設定離開的路線。人在最無助的時候其實都是漫無目的。許家的狗在悄悄地窺視我了，懊悻悻的，不像往常那樣搖尾乞憐熱情非常，卻是用很深刻的眼光盯著我，極不友好，好像還有些不屑的神色。我愣愣地站住了，牠的冷淡讓我吃驚，難道狗眼果然看人低？可牠好像對這樣的疑問表示不滿，張起前爪就要朝我撲來，可惜繩索限制了牠的行動。我勝利地笑了，笑得很苦很惆悵！

我疑惑人與狗之間竟是有著如此相通之處。我明確地感覺到今天狗和人的神情一樣對我有一種歧視的味道。我真的成了這個世界上最壞的一個人了嗎？我的心開始升起了憤怒！然後我摸起一塊磚頭就衝狗頭砸過去，怕主人出來干涉，我撒腿就跑，只聽狗「哇」地嚎哭了一聲，餘波兒一著繚繞在我屁股後面，後來我又聽到狗「汪汪」叫個不停，顯然是在與我對抗。狗不依不饒的叫聲，我突然覺得狗比人優越，牠有反抗的權力。

跑出一截之後我茫然地站住了，不回家往哪裡去呢？我望著灰茫茫的天空，沒有一個總主意。

世界空蕩起來，久違了的孤獨滋味又重新貼近……

啪嘰！有誰家把黑黐黐的拖把搭在院牆上，汙濁濁的黑水滴滴答答立即雨樣地淋了我一頭一臉，我的目光立即拉長，躲在一邊怔怔地望著污水肆無忌憚地淋下來，抑或它與世俗也行有所約？不然，我怎麼會這樣倒楣，喝口涼水都磕牙？我莫名其妙地

盯著那黑濁濁的污水漸進地往前走，什麼東西又把我絆了一腳，來了一個狗吃屎！路面詭異地嘲弄著我，膝蓋磕得生疼。我心裏的火氣竄上來，突然的想罵人，可是聲音惡濁濁欲橫空出世時，突然又停到半截不響了，因為有嗤嗤的笑聲傳來，接著是一張怪異的面孔進入了我的視線，接著又出現了好多雷同的面孔，我知道他們的嘲笑一定是不謀而合……

太陽把水泥硬化過的地面烤得劈啪作響，不該出現的燥熱撲面而來，巷道裏的風，把各家門前舊年的迎春對聯掀動得唰啦啦響成一片，我的聽覺裏像出現了群獸怪叫的聲音。全身掠過一陣冷意，一種難以面世的感覺不知不覺挾裹了我……

巷道裏已有不少人在走動，這些怪異的面孔非常冷漠，從他們的神色中看不到對任何事物的興趣，如果對他們個人利益沒有絲毫損害的徵兆，他們是絕不會煩勞感情系統的。他們好像是一個沒有痛苦，沒有歡樂，沒有感情的怪物，心就像板結了的土地一樣乾裂，只是偶然遇一個熟人習慣性地呲呲牙，表示一下貌似人的友好。我站在巷道的一端，盡量使自己隱蔽一些，我知道從巷道這一端到另一端有許多進出口，很多人會從這些進口需要一個轉折回到自己家中。我也知道整個巷道的進口內都是藏龍臥虎之地，像我這樣的人，連狗都生嫌的境遇，他們從我身邊路過，一瞥之下會不會心有所動？我不像在派出所裏的時候那麼理直氣壯了，那當兒我從來不認為我有錯。可是現在我已經分不清對錯了，一切都在顛倒，一切都讓我產生混淆。如果你好，為什麼還讓學校趕出來？學校是多麼聖潔的地方，留住的自然都是好的，趕出去的肯定大逆不道。派出所是多麼神聖的地方，好人從來與那裏無緣，只有壞人才在那裏受到懲罰，你能說得清楚嗎？當一切人都搭起夥來說你壞，那你再好也好不成了。「你硬世俗比你

更硬」爸爸的話一夜之間就有了真理性，演變得真是快如一道閃兒，讓人來不及一丁點兒思想準備就直截進入了情況。從現在開始我已不再是好人，連我自己似乎也很快進入了角色。

因此我不敢站在誰家門口逗留，他們的孩子個個蓬勃向上，看到我如此灰遢遢的樣子又怎能說出他們的心中所想？

後來我倉皇地看到我的同學的媽媽朝我走來的時候，不住地看我，目光裏很有些研究的味道。神色怪怪的。我有些不敢接受他們的目光，那目光裏的含意很複雜，一時說不清楚。我彷彿覺得我必須離開很多熟人的目光，我在這些目光之下體會到了最初的自卑感，我會成為很多家長教育他們的孩子的寶貴資料。

我彷彿看到父親在人前低垂著頭，理不直氣不壯，甚至說話的聲音也不怎麼高昂，因為他有一個不爭氣的兒子，他失去了體面，失去了人的資本。我也彷彿看到父親的精神一點點萎縮，心在汩汩流血……

覺得我不是自己的，是專為父母的驕傲活著的。

父母也不是自己的，是專為別人的羨慕和讚歎活著的。

我已經不能滿足他們的需要了，那我大概就沒用了吧？為什麼所有的人都非要為別人活著呢？一個人為什麼不能掌管自己的心靈？自己活著不關他人的事呢？我在這一刻心裏生出了些許惘然，我不知道是誰把我推進了壞人堆裏的，以至我不能滿足父母的願望。我也不知道一心想當好人怎麼就壞得徹頭徹尾了，別人「壞了」還可以好，自己被認為「壞了」就再也好不成了。這世界究竟是誰出了問題了呢？歸根究柢我又覺出是父親的問題，是父親的隱忍和軟弱造成的，他不讓我辯解只讓我認錯。這已成了慣例，及至今天我連認錯的機會也沒有了。可爸爸並不知道我連認錯的機會都沒有了啊！

十二

天色完全暗下來的時候，這已是第二天的晚上，我蹲在離家不遠的暗處正為離家出走下著最艱難的決心，可細風兒把父親的喊聲吹過來灌滿了耳鼓：

「雨楓——小雨——你回來呀，爸不怪你了，你回來吧，你到哪裡去了呀！我的孩子……都怪我大意，都怪我沒有送你到學校去呀……」

父親一邊喊一邊用拳頭捶打自己的胸部，好像是胸部阻礙了他送我的行為一樣，聲音裏帶著深深的譴責和無奈！這是城市裏不多見的找人方式。

我看到父親彷彿從電影裏走出來，如同祥林嫂尋找阿毛的情形正在重複。阿毛被狼吃掉了，他已完全不知道媽媽為他是如何焦急。可將要失蹤的我，比讓狼吃掉還要難受，因為我眼睜睜看著父親和母親夜不歸宿地尋找我，我卻沒有勇氣把自己還給他們，我沒有出息，我給爸爸媽媽丟人敗興，我怎麼有臉把自己交回去呢？我忍受著心靈的摧殘，再沒有絲毫逗留的餘地，我站起來，雖然心不停地流連，可腳還是不由自主地一步步拉長我與父母的距離，儘管我走得毫無目的，可我知道用不了多長時間我就會走出了思路。

灰暗的魏城，燈光閃爍，卻難以照亮我此刻的心！我明明感覺到我與身後的背離有一種斷根拔苗的疼痛，可我還是得走！

我肚子餓了，口渴了，通常在這個時候父親或是母親就必是料事如神，用不著我有任何的表示，一切屬於生理上的要求全都替我解決了。可眼下我饑，我渴，沒有人願意承擔這個責任。

17條皺紋

走出很多人熟悉的視線成了我的唯一的目標！拯救父母的尊嚴成了我此刻的信念！為了父親能挺直腰桿做人，我將離他們而去，必須無聲無息地消失……

　　我這樣下著最徹底的決心。可是，我眼睜睜看著我的父親和母親焦慮的目光如同掃描器一樣四處掃描，他們幾乎不放過任何一個與我相仿的「可疑分子」。我看到父親截住好幾個南中的學生全都認錯了，認錯了也要拉住人家問長問短，神色非常謙卑。腰依然不住地哈，頭依然不住地點！父親為什麼對誰都這樣呢？

　　那學生是一副無動於衷的樣子，他們的態度是冷漠的，他們的面孔依然帶著課堂上的倦容。越是學習好的學生越不愛關心與己無關的事，他們在老師，家長面前都是神聖的，他們在這個時期就好像自視為未來的社會棟樑一樣，培養出了一副高高在上的態度。他們是驕傲的一族，老師的偉大與否都是在他們身上得以體現並給予歌讚。如今對於我這種已被人認為是「壞人」堆裏的材料，他們當然會更表現出一種不屑的態度。

　　父親好像顧不了對方的態度，父親只想從學生嘴裏瞭解到我的行蹤，那急迫的，欲哭無淚的樣子並沒有引起學生足夠的重視。好像這種事件一天不知要發生多少次一樣。但與他們無關。

　　可對父親來說，這是開天闢地第一次！我是他唯一的兒子呀！他希望能引起別人如他一樣的心情，可這座城市裏的人依如往昔從容自如。

　　後來父親就有些神經質了，見一個學生模樣的人就截住，也不管是不是南中的，拉住人家的手死活不放，恨不得讓人家立即變成他的兒子冒名頂替一下也過癮。再後來誰被父親拉住誰就驚慌失措，使勁兒甩開父親的手像躲瘋子一樣往前跑。

父親就那麼悵然地望著那漸去漸遠的身影，僵僵地站著一動不動……

父親喊我的聲音沙啞得像在哭泣，聽起來讓人顫抖不已……

我在這一刻流下眼淚，為我可憐的父親……可也就是在這一刻我一咬牙，再一次轉過身去沒命地奔跑，淚珠兒砰砰叭叭甩了一路，風在我耳邊颼颼地掠過，夾帶著父親的喊聲，後來又加添了母親的哭泣。暗夜中喊聲，哭聲混雜而來，猶如一條黑色的綢帶緊緊地勒著我的脖子，使我喘不上氣來，我的心絞疼著！兩腿痠軟，儘管我並不知道跑向何處，可我還是要跑。

父親，對不起，真的對不起！我多想做一個好孩子，好學生，有道德的好青年，可是客觀上不允許。

媽媽，我多想給你做一個愛憎分明，血氣方剛的好兒子啊，可現實好像不容有血氣。

我的朋友鍾煒他們替我搞清楚了，我的判斷沒有錯。小非洲，駝爺，飛毛腿，他們的父親為了保住他們的學籍，逼迫他們把所有的錯誤都推到我身上，說是我的指使，是我的策劃幫助我犯下了滔天大罪。聯名要校方把我開除，還要找一個有力量的人簽字。他們集體拽著自己的兒子到「腳」的家裏道歉，說他們的兒子腦袋硬，讓「腳」的父親派一個人也打破他們兒子的頭出出心頭之恨。

可「腳」的父親說：「既然你們這樣願意讓你們的孩子腦袋開花，為什麼不自己拿一塊磚頭砸上去豈不更方便呢？這純屬是敗壞我的名譽，法律已經解決了，一切問題與我已沒啥關係了。」

「腳」的父親讓他們走，可他們誰都不敢走。他們給「腳」

買了若干營養品，都被他們家的小保姆應命扔進垃圾箱裏。他們又給「腳」重新付了醫療費，小保姆再一次應命朝他們的臉上揚了去。他們傻子似地僵在地下不敢動。

「腳」的母親煩了，就將一盆髒水挨個兒地從他們的頭上澆下去，算是對他們的懲罰。不給他們點顏色，他們是不會離開他們家的。因為前去道歉的人已快踢破門檻了。他們被「懲罰」過之後，個個都覺得理所應當，精神似乎輕鬆了許多。然後他們把呼籲學校把我開除的聯名信拿出來給「腳」的母親看。這是最終目的，沒有「腳」的母親簽名是沒有力量的。當「腳」的母親搞清我就是給他兒子競爭足球隊長的那小子，她毫不手軟地簽了字。於是我的命運也就決定了！

「腳」還當機立斷收「駝爺」他們做了他的足球同盟軍。他們不敢不從命。個個都做了勢力之下的奴役。

鍾煒氣不過，在當天夜裏一個人孤軍作戰，把駝爺們痛打了一頓，算是對我的一個交代。我們只能用這樣的辦法解決我們的問題。

我心滿意足了。我完全可以離去了。

我曾經恨「駝爺」他們不義，可我更恨他們的父母的陰險！天下的父母都教育他們的孩子誠實不欺，可他們卻逼迫他們的孩子做著背道而馳的事。好像讓別人替他們的孩子受過是件很過癮的事。我很想知道人心是什麼東西，因為我意識到給我造成最強烈的摧殘就是人心本身！法律，能判決人心的黑暗所造成的差錯嗎？

爸，當你知道這一切之後，你一定又怪罪我生來是個墊背的命，說我什麼都不缺就缺一個心眼。你一定又要怪罪媽媽整天灌

輸一些大道理誤導了我。然後您很可能不惜重金去為我重新打開某一所學校的大門，或者也如駝爺他們的父母那樣去遭受凌辱，為我取得學習機會。不然您又有什麼樣的辦法呢？

爸，我知道我是「啥號人」了，我知道「我是誰」了，我知道我為什麼不能講理了……可我又能怎樣呢？我只有離開你了。只有離開你讓我去找回比100分更值的身分了。

爸，你不要喊我……媽，你不要哭了……回去吧，快回去吧，夜深了，不要四處找我了，不然我怎能有勇氣離去……我不是存心想折磨你們氣你們，真的！我只是想讓父親保持我心目中的形象。爸，我不允許你繼續敗壞自己的尊嚴，不允許你如一條蟲一樣四處為我求情，爸，看到這種情況我的心會疼會哭會流血……

我在心裏一氣給父親說了這麼許多的話，已是淚流滿面……

為了拯救父親的尊嚴我加快了奔跑的速度，力求甩開身後的父子情腸……儘管我看到前面彷彿是無邊的黑洞，左右兩邊似乎有群獸怪叫。空洞，無助正從我的腳底升起……可我還是要跑……

冷風如刀片一樣硬硬地刮著我的臉。父親的喊聲在我身後時隱時現，母親的哭聲時近時遠，夜色被攪得一波三折！我怕我的心就要支撐不住了，我多想返回去抱住爸爸媽媽，可是不行，這一刻的理念牢牢地抓住我，慫恿我朝無邊的黑暗中奔去……

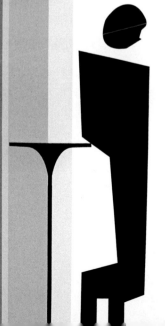

B 章

一

　　我騎著黑馬飛上天了，我看到了閃爍的星空，包羅萬象的宇宙真曠達呀，我呼吸著大氣層裏濕潤清新的空氣，我聽到有音樂在天國裏四面奏響；我還聽到月球上有呀呀的讀書聲；那裏也有很大很現代的足球場，守門員很胖，像一扇門似的，整個身子把球門擋得嚴嚴實實，足球射過來他一腳就踩爆了。我對這個守門員很感興趣，然後我要黑馬停下來，我昂首挺胸，非常英武地走進足球場介紹說，我在地球上是最好的前鋒，我想同這位守門員較量一下。我的提議很快被月球上的人所接受。我上場後第一個球就踢在守門員的額頭上，守門員向後一傾身，球就進去了，可是守門員把球門壓塌了。

　　場上一陣掌聲，說我是英雄。

　　他們說：「自從選了這個人當了守門員，他們月球已經上億年沒有進過一個球了。地球上的人真是太厲害了！」

　　後來他們建議我留在月球上，讓我當足球隊長，給我最高級的待遇。

　　我心動了，我說：「你們這裏講理嗎？」

　　他們說：「當然講理，我們有最嚴謹的法律，誰觸犯了法律就處罰誰。」

　　我說：「那你們是厲害的人才有理，還是有理的人才厲害呢？」

　　他們說：「當然是有理的人才厲害。連國王犯錯誤也和我們一樣受罰。聽說你們地球上人與人之間等級森嚴！有權，有錢的人沒理也厲害。沒權沒勢的人總是受欺負，是這樣嗎？」

我哭了，淚水變成帶血的雨簾灑向地球……接著，月球上的國王舉行了隆重的接見儀式，並請求我留下來傳授球技。

　　國王說：「我們這裏人與人之間和平相處，沒有紛爭，沒有殺戮，沒有欺騙，沒有訛詐。是生命都是平等的。人人都生活得自由自在。」

　　我聽了國王的話興奮不已，就決定留下來。可是黑馬「嘶——」叫了一聲就把我騰空架起，飛入茫茫的太空裏，看不到星空，看不到月亮，只感到我向黑的深淵一點點墜落，我的頭髮一根一根直立起來，衣服被風脹鼓著，堅硬的空氣從我的指縫間流過，我彷彿聽到上面有人在喊：「——留下來吧，我們這裏是平等的王國，這裏能實現你的理想。」

　　我只覺得心一揪一揪地疼，我希望自己能夠呼應一下，可是我身不由己，一路墜落下去。後來我感到我掠過荊棘，越過懸崖，哐噹一聲我的身體扎在無數根芒刺上……

　　日光如一記響亮的耳光啪嘰一聲打在我的臉上，我的全身抽搐了一下，但我睜不開眼睛，我先是覺得鼻尖上有一種涼沁沁的刺激，接著是嘴，下巴得到同樣的不適之感讓我猛然睜開眼睛，我先是看到一個黑黑的鼻子，黑黑的嘴巴，然後看到了一對必有用心的眼睛正在研究地觀察我。我「哇」地叫了一聲，神智完全清醒過來才看清是一隻雪白的巴兒狗正用粉嫩嫩的舌頭貪婪地舔著我。巴兒狗隨著我的叫聲驚愕地向後退了幾步，我這才發現它被一條精緻的銅鏈條極溫柔地牽引著，當我的目光順著鏈條一針一線地移上去，我方才看到一個身著白色晨衣的婦人，優雅地露著白嘩嘩的碎牙，笑笑地看著我，那目光的內容讓我怦然心動！我一骨碌爬起來拔腿就跑。在一段時間內我特別懼怕各式的眼

睛，可為什麼到處是必有用心的眼睛呢？身後的恐懼讓我拚命地跑了一截之後，覺得並沒有人追過來，然後我就停下奔跑，回頭望去，我看到剛剛發綠的草坪上，那美麗的婦人牽著狗，正靜靜地望著我。身後是一幢淡黃色的別墅，遠遠望去就像童話世界裏的木房子，四周栽滿了柔情似水的紫丁香，綠樹半遮半掩，環境幽靜地讓人發怔。看上去如同一幀淡雅的油畫……

我鬼使神差地盯住那婦人，覺得她並無惡意。那婦人隨著顛兒顛兒的小狗也姍姍地朝我走來，好像在看她的寵物一樣地看著我。

她說：「你為什麼睡在我的草坪上？」

我說：「我怎麼知道這是你的草坪？」

她說：「人是不能如狗一樣睡在露天之下的。」

我說：「我找不到合適的旅店當然應該睡在露天之下。睡在露天下就是狗嗎？」

她說：「我當然不希望你是狗，如果你願意，我可以為你提供最優惠的旅店。」

我說：「我沒有身分證。」

她說：「我完全用不著核對你的身分。」

我有些意外地證實了事情的真實性之後，說：「多少錢？」

「最少拾塊。」

我搖搖頭說：「如果再便宜一點我會住下的。」

她依然那麼笑笑地看著我，作了一番思考之後，說：「可以八塊。」

我知道這是最便宜的了，不好再繼續壓下去，唯恐婦人突然變卦，而主要是用不著身分的核對。無論條件多麼的差，我也只

能住下了。我四面打量了一下，這裏的別墅錯落有致，每一幢別墅都有一個停車庫，比我的同學程超的小樓闊多了。不遠處有一片浩大的棗林，棗林背後是黃土高坡的顯著特徵，棗林前面有一個規模不小的洗車行，全是現代化設備。

婦人說：「我是洗車行老闆。」

我聽到婦人對自己的介紹有些肅然起敬。她居然可以當老闆？一點都不像。我想應該加個「娘」字還差不多。

我決定住下的時候，又對婦人說：「住下完全可以，但你得答應我，無論什麼人來找我，你都不能把我交出去。」

婦人聽了我的話，有一些吃驚，但吃驚之後好像願意承擔這樣的責任。她走近我，對我做了一陣仔細研究之後說：「我不會成了『窩藏犯』吧？」

我心一動！對「犯」字彷彿特別的敏感。我說：「我不是壞人！你要是把我當壞人看我就走。」

她莞爾笑了，笑得極美極可愛。她的笑，讓我心顫了一下，但我到底也不知為什麼會出現心顫的現象。

她說：「既然你不壞，我怎麼可以把你當壞人看呢？如果你願意住下，我可以創利捌元，如果你不住下我或許可以創利拾元。」

為了「優惠」我當然不會拒絕她的挽留。我隨她而去的時候，看到的並不是什麼旅店，而是一間地下室。她說這是洗車員工們住的宿舍，剛好還有一間供我享用。這種較為隱蔽的居住我當然更願意接受。可是這種尋求隱蔽的心理，無端湧上一股淒涼扼住了我的咽喉……

C 章

一

　　我是壞人？我成了壞人？我到底壞人還是好人呢？

　　我開始反省自己，是在想起暴牙老師對我最後的提醒：「你最大的毛病就是刨根問底！」

　　是的，如果世界上有《十萬個為什麼》那麼我的問題就有「二十萬個為什麼」。母親說我的問題多如牛毛，父親說，我的問題多如天上的星星。五歲的時候我終於發現了問題。父親和母親總是催我吃飯吃飯，於是我就問：

　　「爸，人為什麼要吃飯呢？」

　　爸說：「因為肚子餓。」

　　「肚子為什麼要餓呢？」

　　「因為身體需要消耗。」

　　「什麼身體需要消耗呢？」

　　「因為幹活。」

　　「人為什麼要幹活呢？」

　　「人活著又是為什麼呢？」

　　父親一怔，好像他也沒有認真考慮過這個問題，於是就有些煩。說：「活著就活著唄，為什麼，為什麼，你說活著為什麼，你奶奶把我生下我就活著了，我哪能考慮那麼多為什麼。」

　　我就「嘰」地哭了。

　　母親就接過來說：「人活著是為了改造世界呀！」

　　「改造世界幹什麼呀？」

　　「改造世界是為了活得更舒適，更富有呀！」

　　「什麼是舒適什麼是富有呢？」

「有好吃的，好穿的，好玩的，好住的地方呀！」

「那咱啥時候才能有好吃，好穿，好玩，好住的呀？」

「不久的將來呀！」

「不久的將來有多久？」

母親終於也不耐煩了。說：「好我的兒，你的問題有沒有完？」

我緊咬著下唇做出沉思狀，顯然是沒完。

「媽媽，蕾蕾為什麼住的是樓房，咱們住的是平房呢？」

「媽媽，蕾蕾家怎麼有那麼多好吃的呀？他們家的蘋果都往垃圾堆裏倒呢！煒煒她們偷偷撿著吃呢！咱們家買回的蘋果都不如他們家扔掉的好。」

「媽媽，他們家吃得好，住得好，他的爸爸媽媽是不是就不用幹活了？」

「媽媽，蕾蕾家為什麼有那麼多人給他送東西呢？」

媽媽說：「捂住眼睛什麼也不要看。」

「長著眼睛為什麼不讓看呢？」

「閉住嘴不要亂說話！」

「長著嘴為什麼不讓說話？我明明說的是真話怎麼是亂說呀？」

爸爸有些哭笑不得。說我是個問題婁子。

可世界上存在著那麼多問題我怎麼可以不問呢？

媽媽就十分的自豪，媽媽說很多像我這麼大點的孩子白癡一個，可咱的兒子已經能想這麼多問題，而且都是非常現實的問題。媽媽還說我將來一定是社會的棟樑之才。

「棟樑」是什麼呢？我可是不清楚。後來媽媽把支撐樓頂

的柱子指給我說：「那就是棟樑。世界就是靠一幢幢棟樑支撐起來的，一層一層的樓就好比是世界，棟樑就是一個一個優秀的人。」

爸爸說：「還棟樑呢，說不定吃虧就吃在這張嘴和眼睛上呢！」

我想，嘴和眼睛又與「棟樑」有什麼關係呢？難道「棟樑」不需要嘴和眼睛嗎？可我是人，我怎麼可以如「棟樑」一樣不要嘴和眼睛呢？

二

記憶的碎片日積月累紛紛飄落。我清晰地記起了母親陽光燦爛的臉，母親面對我的時候，總是那麼熱衷於誘惑我做一個好孩子，在母親的概念中，好孩子的模式曾是那樣簡單，媽媽說：「把字寫好，十個字寫好五個字你就是全市最好的孩子。」

我說：「要是寫好六個字呢？」

媽媽說：「那你就是全省最好的。」

我又說：「那要是全寫好呢？」

媽媽說：「那就是全國最好的。」

「我要一天寫好一百個字呢？」

媽媽說：「那就是世界級好孩子了。」

也許是在媽媽面前我總是最棒的，才導致了我事事爭強好勝？

媽媽還說：「宇宙間有一個聖誕爺爺，他整天在各國視察。哪個孩子最聰明，最善良，最勇敢，最聽話，最愛學習，聖誕爺爺就在耶誕節獎勵誰最珍貴的禮物。」

我於是兩手托著腮，眼前經常出現模糊的幻覺，我似乎看到聖誕爺爺在天上飛來飛去，白粼粼的長鬍子在風中飄盪，他拿著各種各樣好玩的東西送給小朋友。那時候我並不知道全國大還是全世界大，後來媽媽替我搞清楚之後，我就想，我要做世界級的好孩子了！

於是我開始注意自己的事情自己做。還注意做一個勇敢的男子漢。就在一天中午，蕾蕾從許家門口走過，那狗支楞起耳朵「汪汪」地狂叫，好像要把蕾蕾吞掉一樣。蕾蕾一貫嬌嫩的身

體嚇得僵硬尖瘦且哇哇大哭。是我擋住了狂叫的狗把蕾蕾護送過去。蕾蕾脫險之後，連「謝」字都不懂得說一句，臉上浮了一層青紫紫的驚恐，拔腿就跑。

那一刻我在媽媽臉上看到了對兒子的驕傲和讚賞。媽媽說：「你是個善良，熱情，勇敢的孩子！」然後我就在耶誕節收到了「聖誕爺爺」送給我的一面小紅旗！媽媽說這是最珍貴的禮物。在任何一個領域裏「旗幟」是最高獎賞，它代表著最神聖的榮譽！

可在我的想像中，聖誕爺爺有各種各樣好玩的玩具，但他為什麼不多造一些小紅旗呢？

媽媽說：「小紅旗是聖誕爺爺的上司造出來的，因此才珍貴，只有少數人才可以得到，而且必須是最勇敢最善良的人！」

從此我對旗幟有了一種特殊的理解。 然而，恰恰是這個美麗的誘惑成為我命運中的第一口陷阱……

我感覺到自己的重要，甚至是唯一。母親常常給我一些意想不到的獎賞，我並且從母親這裏一級一級提升到世界級好孩子的行列裏。因為我在五歲的時候背會十二首唐詩，還會寫書法。母親給我裝了滿滿蕩蕩的自信，昂昂揚揚進了一家幼兒院。當「第一」成了我潛在的信念！然而在眾多花朵中間，我失去了在媽媽面前的豔麗。

三

我幼年記憶最深的就是想擁有一朵小紅花。

七朵小紅花如七顆小太陽紅彤彤地掛在雪白的牆壁上，跳跳蕩蕩地波動在我小小的心靈裏。

老師說：「誰得到小紅花誰就是好孩子！」然後小朋友就集體舉頭仰望，表現出了很大程度的嚮往。做一個好孩子是多麼的光榮呀！我發現好多小朋友都如我一樣嚮往那朵小紅花，每當做好一件事都要望一眼小紅花。

可是，我曾經懷疑自己笨，只要運動就有犯不完的錯誤，走路時不住地摔跤；吃飯的時侯，小朋友說我像個漏嘴巴的大公雞；洗手浸濕了袖子；洗腳蹬翻了盆子；早晨疊不好被子；有時候還尿床……這都是不能做好孩子的事項。每當我被老師指出來，都自知犯了錯誤。回到家裏我對媽媽說：「媽媽為什麼我總是犯錯誤？」

媽媽說：「凡是活著的人誰都會犯錯誤的，只是多與少的問題。」

「媽媽，小紅花和小紅旗一樣不一樣？」

「性質一樣，都代表榮譽。」

「那我為什麼總是不行呢？」

「只要努力一定行！也許還有人比你還不行只是你不知道。」

我低下頭，做出一副沉思狀。好像又有了一些信心。

為了得到小紅花我一點一點克服自己的錯誤。

有一次做遊戲，老師讓我當了一個騙人的狐狸，教我如何的

聰明，讓好多小山羊因為受騙，生命受到山洪的襲擊，受到狼群的圍困。多虧有大象公公救護，山羊才脫險。

老師宣布遊戲結束了，大聲問小朋友：「狐狸聰明不聰明？」

小朋友說：「聰明！」

「騙人好不好？」

「不好！」

「小朋友應該做一個什麼樣的人？」

「聰明誠實的人！」

「狐狸」低著頭認錯的時候哭了，哭得很傷心。因為我把自己當成狐狸了。我想，當了騙人的狐狸就再也當不成好孩子了。

老師驚奇地問我：「你怎麼真哭了？」

我說：「我不想當狐狸，我不願騙人，我要當大象公公。」

老師說：「下次吧，下次你當大象。」

我說：「不！我現在就要改正錯誤。」

老師拗不過我，就讓小朋友重來一次，我當了一次救人的英雄，神氣就昂揚起來。

我說：「老師，我是不是好孩子？」

老師肯定地說：「是！你表演得非常投入，很有藝術天分。」

那時候我並不懂藝術天分的含意，但我知道我已經是老師心目中的好孩子了。可是我並沒有因此得到小紅花。我就問老師說：「我是好孩子為什麼不給我戴小紅花呢？」

老師說：「你各項事情都做好了嗎？中午吃飯是不是撒掉飯了？」我低了頭仔細想想是撒在胸襟上一點點飯。好奇怪，老師

的眼睛無處不在，可為什麼老師只能看到我的缺點呢？

我為擁有一朵小紅花每一件事都做得很辛苦。可是我卻一直未能如願以償，我每天都羨慕那些戴花的小朋友，我試圖和他們接近，也試圖和他們玩，覺得和他們在一起，就更能接近小紅花。可奇怪的是，老師沒有指出我的錯誤，我也得不到小紅花。後來我發現了一個重大秘密，七朵小紅花多是被那些坐小汽車到幼稚園的小朋友得去了。老師和他們的父母非常的客氣。全不像在爸爸面前那麼驕傲。

我茫然了。

有一天，我對老師說：「只有坐小汽車到幼稚園的小朋友才能得小紅花嗎？」我覺得我當時的眼睛一定是如明鏡一樣透亮，因為老師看我的神色很特別，好像突然在我的眼睛裏發現了她的影子一樣。她對我提出的問題表示意外。但老師並沒有回答我的問題。

於是我回到家裏要求父親用小汽車送我到幼稚園。

父親說：「坐小汽車得花費很多錢。」

我說：「那別的小朋友就有錢嗎？」

父親說：「那是人家自己買的汽車，或者說是當官的父親才有的特權。」

我說：「什麼是特權呢？」

父親說：「特權就是特別的權力就叫特權。」

我說：「那你為什麼沒有特別的權力呢？」

父親說：「因為不是當官的當然沒有特別的權力了。」

我說「那你就當官呀。」

父親說：「當官不是父親能決定的，就像你們的小紅花一樣

得老師認可，然後才能擁有。」

我說：「那咱家就買汽車吧，坐上小汽車我就可以得到小紅花了。」

父親說：「咱們家哪有錢買汽車，你倒是什麼都敢想。能維持簡單的生存就不錯了。」

「那別人家為什麼就有錢買汽車呢？」

「人家有本事唄。」

「那你就沒有本事嗎？」

父親好像出現了很長時間的難堪。然後就把話題進行了轉折。說：「小紅花是一個人的榮譽，榮譽是要靠自己努力得來的，不是靠坐小汽車去得。」

我又茫然了。

我不知道是該相信父親的話呢？還是該相信自己的眼睛。可是我每天都在證實我看到的事實。我並且發現有的小朋友一星期犯好幾次錯誤老師都給他戴小紅花。

我開始揭發了。我說：「老師，蕾蕾打人，躺在地下打滾，吃飯扔了碗，怎麼還給他戴小紅花呀？」

老師一愣怔，驚癡了半響才醒過神來。說：「你的話怎這麼多呀？」

我以為老師不信任我，就說：「你問桐桐，她奪佳佳的積木，沒奪過去就滾在地下哭喊。」

佳佳公正言明地證實了這一點。

老師竟被問啞了一陣。但這也並不影響蕾蕾戴小紅花。蕾蕾得到小紅花就扔了。我多想揀起來戴在自己的胸前，然後很自豪地回家向媽媽彙報呀。可是我不要揀來的，我要老師親自給！

後來我又對父親說：「爸，你努力當官吧。」

爸說：「為什麼？」

我說：「當官的小孩子可以坐小汽車呀。」

爸就長長歎了口氣說：「官怎麼可以想當就能當上呢？等你長大了你當吧。」

「你的老師不給你官當嗎？」

「是的。」

我覺得我對當官很感興趣，我說：「怎樣就能當上官了呢？」

爸說：「好好學習有了知識就有了頭腦，有了頭腦統領了人就可以當官了。」

我說：「那你沒有頭腦嗎？」

爸說：「有呀，可你爺爺是個放羊的當然不行。」

「為什麼爺爺放羊的就不行呢？難道頭腦和爺爺放羊有關嗎？」

爸就突然不再說話了，好像很難過。過了一陣說：「小孩子懂這麼多幹什麼。中央首長的孩子從娘胎裏出來就是縣團級幹部。放羊的孩子升到縣團級也就頭髮長白了。」

「哦！」這我可就不懂了。可我不甘心，我說：「爸，我們幼稚園得到小紅花就是好娃娃，好娃娃是不是長大了就可以當官？」

父親有些煩了，就隨意回答我說：「是！」

我有些急不可耐了，那時候我認定當不上好娃娃是沒有小汽車坐。父親說買小汽車沒錢，當官又沒指望。我就逼著父親借一輛小汽車送我到幼稚園。

我對父親說：「一次，就一次。」

父親不依，我就賴著不走。那時候我最大的法寶就是鬧！父親心一煩，大事即可告成。無奈，父親就只好打了個「臥的」送我到幼稚園。

我記得那天的太陽又大又紅，彷彿天幕上滾了一個大火輪，不停地向我笑。我神氣極了，一路上彷彿覺得所有的小朋友都在為我喝采。而那一刻我看見路上所有的人都小如地下滾爬的螞蟻，他們走路都慢如老牛拉車，樓房也因我坐了小汽車而比往常矮了許多，小鳥也驚得不敢飛了，白雲也為地癱在天穹上不能動了，林蔭樹也把鹿角般美麗的枝枒直僵僵伸向天空驚呆了。汽車河流似的，而我也在這河床上幸福地流淌。我覺得爸爸真偉大，沒有錢，沒有權也可以讓我坐上小汽車。這件事在一段時間裏一直壯大爸爸的形象。我的眸子更亮了，小臉紅淫淫的，話也多了。

我說：「爸，星星為什麼晚上才出來？」

「太陽為什麼是圓的？」

「地球和太陽離多遠？」

「人能上月球嗎？」

「月球上的人會不會造汽車？」

「世界上最長的河有多長？」

「最深的海洋有多深？」

「天為什麼是藍的？」

「……」

父親被我問得昏頭脹腦，雨點般的問題砸向父親，把父親砸得七愣八怔，答一下不答一下，有時候經意，有時候不經意。

就這樣一路問一路答，父親並沒來得及回答我幾個問題，幼稚園就到了，路怎麼會變得如此短？我故意磨蹭著不下車，連汽車師傅都有些急！可我不急，我希望能引起老師和小朋友的注意。當父親把我從車上抱下來的時候，我異常獨立地說：「爸爸你回去吧，我一個人進教室。」

院裏的小車，自行車，摩托車魚貫而出，小朋友的哭聲此起彼伏。我頗自豪地背著小手朝教室走去。

我發現文文又抱著母親的脖子哭個不停，她難道就不想戴小紅花嗎？哦！她肯定是哭她坐不上小汽車。真可憐！這樣一比，我就格外的神氣，見人就報告：

「我坐小汽車了。」

「蕾蕾，我也坐小汽車了。」

「平平見沒見我坐小汽車啊？」

「老師，我坐小汽車來的！」

我蹦蹦跳跳一刻也不停地炫耀著，我從來沒有像那天那樣高興過。

可是小朋友好像對我的通報均不感興趣，連老師都不足為奇呢！然而這並不影響我高漲的情緒。這一天我格外的聽話，故事也講得好，歌唱得也宏亮，連老師都為我鼓掌。午休的時候最先閉上眼睛，鄰床文文爬起來跟我說話，我絕口不言，我閉住眼睛，睡不著的時候就用媽媽告訴我的辦法數綿羊，一隻，二隻，三隻……數著，數著，一片火紅的色彩遮住了我的眼簾，七朵小紅花在腦海裏跳跳蕩蕩，時而變成七顆小太陽，時而變成滿天的星星，時而又變成了七面小紅旗，時而又匯成一片火焰。我慢慢地融入火紅中，後來在一陣驚天動地的掌聲中，我光榮地走上講

臺，小朋友在為我喝采，老師給我戴上小紅花，窗外的柳樹笑彎了腰，小鳥在枝頭上不停地叫。我全身暖暖的，心跳得厲害。

我看見聖誕爺爺從天上踩著雪白的雲彩飄然而至，那長長的白鬍子被風吹成了一片飄逸的雨絲，輕輕地落在我臉蛋上，冰涼涼如水一樣滑過，舒心愜意。紅日正頂，天空不見一絲兒雲煙，黃爽爽的日光在大地上四處漫瀅。我仰頭望著聖誕爺爺，聖誕爺爺臉色紅潤，用芭蕉扇一樣大的手掌撫摸著我的頭說：「小朋友，祝賀你戴上小紅花，你終於當上好娃娃了。」說著就架著雲朵飄然而去，聲音在空域裏漸去漸遠……

我久久地望著天穹，隨聖誕爺爺的消失，天空出現了彩虹，像玉女為下的彩帶。還有一群寧靜的白鴿，翕動著翅膀在彩虹下掠過，鴿的哨音悠長而平和地劃過長空，如同來自天堂的和聲在空域裏久久縈繞。

而我胸前戴著小紅花，紅光閃閃地跳蕩在山間，驚飛了一群家在半崖上的烏鴉，它們怔怔地落在遠處的高枝上，驚羨地望著我像盯死了一般！我還驚跑了三隻雪白的小兔，跑一截回頭望一下，眼睛都被映紅了。

山間的流水潺潺汩汩如一首不懈的歌，綠草上成批的花朵在日光下緩緩綻開，彩蝶忙什麼呢？這兒站不穩就飛到那兒去，它和蜜蜂是朋友嗎？在花叢中忙碌地追逐。聽說蜜蜂是專為人類釀造甜蜜而存活的。媽媽曾說做人要有蜜蜂的精神！我小小的身體仰躺在如茵的草地上聆聽那小溪的歡唱和小鳥的啁啾，我融入在一個幸福的夢幻之中……我咯咯的笑聲，把鄰床的小朋友驚得一乍一乍，把他們全都一個一個地笑醒，一骨碌，一骨碌從床上爬起來揉著眼睛，驚訝的四處張望，最後目光全都落在我的臉上。

17 條皺紋

我是在睡夢中最後一個笑醒的，當我的兩隻眼睛像兩扇大門嘩啦打開時，高喊著，我見到聖誕爺爺了！我見到聖誕爺爺了！

　　小朋友們嘩地圍上來說：「聖誕爺爺是什麼樣子？」

　　我說：「啊！好長好長的鬍子，白地像雪一樣，還有一個閃閃發亮的大腦門，笑眯眯的，他是踩著白雲專門來祝賀我戴上小紅花，當了好娃娃的。」

　　小朋友就一數兒地斜斜著眼睛朝窗外的天空望去，那麼神往，那麼好奇。說聖誕爺爺會不會再來呢？又說為什麼聖誕爺爺只來看你呢？

　　我仔細想想說：「我媽媽說誰最勇敢，最善良，聖誕爺爺就來看誰。」

　　小朋友就都羨慕我。

四

時間快如一道電閃。佩戴小紅花的莊嚴時刻到了，我張開希望的小翅膀一勁兒地往前飛，眼睛一刻也沒有離開過老師，戴小紅花的事似乎是成竹在胸。媽媽給了我的自信一刻也沒丟失過，我習慣了媽媽對我的細心，有一點兒小變化媽媽就會及時發現加以表彰，老師當然也給予過我同樣的愛護。我今天坐小汽車了，而且也很乖，這是一個重大的變化，老師一定記得。可是最後一朵小紅花又戴在了蕾蕾胸前，老師還說：「戴回家去給爸爸看，蕾蕾每天都是好娃娃，小朋友，請給好娃娃鼓鼓掌。」

就有掌聲響起來。

可我沒有鼓掌，我記得我當時把老師往死裏盯，我企圖想，老師一定會拿一朵小紅花朝我走來，或者老師突然向我道歉，承認把我忘了的錯誤，或表揚我今天的重大變化什麼的。

可是老師始終沒有看我一眼，老師把我忽略了，老師根本就沒有注意我！

我不幹了。我說：「老師，我坐小汽車了呀，我真的坐了，不信你問文文，坐了小汽車？啥還不給戴小紅花呢？」

我記得老師的反應很遲鈍，好像聽不懂我的話。說：「就你虛榮，誰規定坐小汽車的小朋友就該戴小紅花的？」

我說：「戴小紅花的小朋友大部分都是坐小汽車的呀！蕾蕾每天犯錯誤，老師還給她戴小紅花，這是為什麼？」

老師這一刻往死裏盯我，臉上掀起驚濤駭浪一般，然後老師就不大喜歡我了，說我頂嘴，說我話多。還說我眼睛賊！

眼睛「賊」是什麼意思？我可是不知道。但我不敢說話了。

誰在六歲的時候嘗到過刻骨銘心的失望的滋味呢？眼裏的淚水一波兒一波兒湧上來，三寸長的小河在我臉上流淌不止。回到家裏我和媽媽談了很長時間的話。我站在媽媽面前盯住媽媽。

我說：「媽媽，什麼是虛榮？」

媽媽說：「虛榮是圖求外表的榮耀呀！」

我說：「當好娃娃，戴小紅花就是外表的榮耀嗎？」

「當然不是，那是獎勵的辦法，是鼓勵小朋友爭當好孩子的一種方式。」

「那別人戴小紅花就是好娃娃，我想戴小紅花怎麼就是虛榮？」

媽媽說：「這不是虛榮，這是競爭心理，是上進意識。」

「可老師為什麼說我是虛榮呢？」

「你大概還不懂虛榮吧？可能是老師用語不當吧？」又說：「你是不是把榮譽看得太重了？」

「什麼叫太重了？」

「就是你在做每一件事都是為了小紅花。不是自覺地培養一種習慣。」

可老師說：「誰做事最好就給誰戴小紅花的呀。」

「不戴小紅花並不都是壞孩子，只不過老師是在好娃娃裏面選出更好的做榜樣。」

「不對！蕾蕾每天鬧，吃飯還得阿姨餵，所有的玩具她都霸佔著不讓小朋友玩，她大便的時候還得我給他拿盆子，他還把褲子穿反，可老師還要給她戴小紅花。媽媽，什麼是好，什麼是壞？我們班，戴小紅花的人大都坐過小汽車。可我今天也坐了呀！為什麼我就戴不上小紅花？」

我覺得我的目光一定是咄咄逼人，閃現出那個年齡不該有的銳利。不然媽媽怎麼會大張著嘴不說話呢？也許媽媽也回答不了我的問題吧！

媽媽只說她要好好想想，這裏面的問題有些複雜。

是的，媽媽沒有像往常回答問題那麼睿智。因此，直到現在我也沒有搞清楚虛榮和上進心的根本區別。好像大人也不是特別能搞清楚吧？

我只記得媽媽目瞪口呆之後很激動，用她特別柔滑光潔的手撫摸著我細軟的頭髮說：「乖乖，你才六歲就長了這麼一顆複雜的小頭腦，對是非問題如此敏感，在不公道面前敢於質問。媽媽不知是該為你高興還是擔心。你開始有思想了。」

我當時搞不清媽媽是表揚我還是埋怨我，對於門第觀念和人與人之間的等級問題，大約那時候我就有很細微的體驗，只是還在蒙昧狀態，未被造成特別的傷害。因為媽媽常常能製造一些美麗的「謊言」慰藉我的心靈。直到現在我仍然不能平靜地面對這個從遠古時代就一直存在的最普遍的問題。而且傷害著許多人的心靈。其實媽媽是衛護我童心的勇士，可她又從來堅持不到最後。媽媽可以陪我玩，陪我講故事，我們曾為「賣火柴的小女孩」共同流過眼淚。可是一遇到現實問題就會被爸爸擊敗。

當時我記得因為小紅花的問題媽媽和爸爸又有過一場激烈的爭論，因為我拒絕去幼稚園，並且堅持要搞清楚我和蕾蕾的差別。

媽媽就決定給老師談話。

爸爸不讓，爸爸說：「談什麼談，伸手給孩子要榮譽？十個指頭伸出來不一般呢，那麼多孩子人家顧得過來嗎？」

媽媽說：「我不是非給孩子要榮譽，我要給老師談談這個時候孩子的心靈，思想，和眼睛。老師就是孩子眼裏的一桿秤，讓孩子感覺到不公平，對孩子心理建設有傷害。」

爸爸如同訓小孩子一樣訓媽媽說：「你是市長？省長？還是教育局長？公平，怎麼就能公平？蕾蕾的父親是人事局長，實權人物，我是甚麼？」

媽媽說：「總不能這樣回答孩子吧？」

爸爸說：「這問題是遲早要面對的。」

媽媽說：「為什麼不能讓孩子的童夢作得長一些呢？」

爸爸說：「夢再長總歸要醒！」

媽媽說：「你太殘酷了！」

爸爸又說：「是生活本身的殘酷。再說別的孩子就不提這個問題，他就非要打破沙鍋問到底！這是最危險的毛病。」

媽媽說：「你怎麼知道別的孩子不問呢？只有孩子才能提這樣的問題，這正是孩子的可貴之處。成人對是非，對等級早已漠然，他們的奮鬥只有不停地製造等級，難道那些身居要位的人會考慮到等級對人性的殺傷力嗎？孩子的是非觀念很強不好嗎？」

爸爸說：「好什麼好，槍打出頭鳥，天下的不平事多著呢！讓他學會受委屈，面對不平有能力承受，他才有上進心理。再說，你每天都得把孩子交給老師，事情挑明瞭說，老師把不明確的事做得更明確，你又能怎麼樣？如今的人都很現實，每一種行為都與現實利益聯繫得很緊，你給人家空談道理酸不酸啊？我說你還不如給老師送二斤毛線頂事呢。」

媽媽睜大眼睛停止爭論了，爸爸的話像是讓她很吃驚一樣。媽媽眼睜睜望著我被爸爸拽著到幼稚園，好像要把我拉下地獄一

般。我哭得很厲害，我唾爸爸，咬爸爸的手，我說：「我不去，我就是不去……」可是在爸爸的威嚴下我不可能不去。媽媽試圖抱我，被爸爸無情推開，我看到媽媽也和我一樣哭了，但我明確地看到，焦慮凝死在媽媽的臉上。

這種表情我似曾相識，媽媽喜歡種植，最是喜歡無花而結果的花卉，她在澆水，修枝的時候，就像在給我講故事一樣的歡樂。當她發現一片葉子焦黃了的時候，就會出現同樣焦慮的表情，缺泛水分？染上毒菌？管理不善？每當她和父親認真討論這件「重大」事件時，父親總是表示無關痛癢的樣子，好像一切都順理成章，並不該為家事如此煩慮。可媽媽總是出現天塌地陷一樣的傷感……

媽媽的擔憂，爸爸從來不屑，爸爸好像忙得很，他從不留心我的叩問。爸爸的臉總是黑沉沉的，沒有一點笑星兒。他一向對我提出的問題表示厭煩，嫌我多嘴多舌，說：「再要沒完沒了地問這問那，就割了你的舌頭。」

我非常驚異於父親的「兇惡」，世界上存在著那麼多的問題我怎麼可以不問呢？

五

我的世界還原，是在幾天後想通了一件事。

有一天我問媽媽：「全世界大還是全幼稚園大？」

媽媽說：「當然是全世界大了。」

我說：「那我是全世界的好娃娃，連聖誕爺爺都送我禮物，為什麼連幼稚園的好娃娃都不是呢？」

媽媽說：「全世界的好娃娃是永久性的，幼稚園的好娃娃是階段性的。」

我說：「什麼是永久，什麼是階段性呢？」

媽媽說：「階段性是幾天，幾個星期，幾個月。永久是沒有時間限制的。」

我說：「那我就是永久的嗎？」

媽媽說：「只要你永久地保持美好的心靈就會永久。」

我低下頭想了想說：「媽媽，今天蕾蕾睡起來撒尿，老師要我給她端盆子，我偏不給她端。」

媽媽說：「為什麼呢？」

我說：「自己的事情自己做，她又沒有生病，為什麼她的事情讓別人做？媽媽我這樣做是不是壞孩子？」

媽媽說：「你應該給老師講清你的意思。不然老師可能會誤解你不聽話。男孩子有力量，幫助女孩子做一點事也是應該的。不過你想促進蕾蕾的自理能力，你也沒有錯！」

我說：「那我算不算永久性的好娃娃呢？」

媽媽說：「當然算了。」

我覺得我的心好像閃了一道亮兒，世界傾刻間還原了。

事實上那是媽媽「謊言」的功效。媽媽給我設立了一個永遠實現不了的理想，但永遠讓我感到自信。我曾是那麼嚮往做一個好孩子，可現在怎麼成了一個無家可歸的壞人呢？

B章

一

　　這一天的陽光與往日截然不同，好像與我的心情賽跑，它匆匆穿過集市、人群，驅趕著我在大街小巷不停地奔走。招工廣告成了我視線的主要目標。在陽光的映照下我迅速地瀏覽了各種不同的工作，因為沒有任何的技能，適合我的大約就是酒店服務員了。我想，起碼該到五星級酒店吧，那些不上檔次的小店不在我選擇的範疇內。店小二那油漬漬的衣服，兩隻並不衛生的手在為客人端飯的時候，大拇指總是毫無顧忌地浸在飯食裏，吃者居然毫不介意。從中看出兩者之間的地位和生活習慣有著相同的特徵。於是我大約覺得我不該與這一切為伍。

　　站在鏡子面前打理一下自己，自認為儀表還算不差，比起排隊中的鄉下人，我的形象一百分的光輝！自信就如雨後的青草瘋長瘋竄。我的風度也比他們翩翩自如，禮貌用語常常會讓他們匪夷所思發出莫名其妙的笑。難道文明對他們來說是件很奢侈的事嗎？

　　很快這個結論驗證了，由於我的禮貌和秩序一次次被人擠掉，總是截至我，招工就滿員了。我只能再一次排著隊耐心等待，可我的運氣頂糟糕，好容易輪到我了，老闆說我苗子雖然不錯，可酒店不是保育院，不培養童子工。

　　我對這樣的「幽默」還不習慣，一時不懂其中意思。後來有人告訴我說年齡太小，沒有工作經驗不予接收。

　　我心裏才轟隆一聲有一種天崩地裂的感覺。多麼愚蠢，我居然不知道給自己長上幾歲。本想再爭取一下，旁邊的人毫不客氣地把我推開了。從他們的臉上能看出對我的落選幸災樂禍，在他

們急不可耐的表情中顯示了熱門熱路的優越。雖然他們推我的力氣重了一些，可我還是想與他們結成同盟讓他們帶我一下。然而他們似乎並不與人友好，好像我是伸進他們衣兜裏的偷兒。他們的臉色把我甩開了。這個動作讓我有了一些經驗，想要諮詢什麼問題得找面善一點的人，否則你定會遭到錯誤的欺騙和作弄。

然而，搞清了這個，我的判斷還是常常出現失誤，那些看似老實的鄉下小子，內心並不與他的外表相同，打工隊伍也並不輕易接收誰，除非你與他們是結伴同行的，相互才肯照應。他們的善良是有範疇的。尤其是你和他盯著同一塊「麵包」的時候，他絕不會把任何技術性的競爭機密透露一點。開始我並不明白他們的心腸為什麼會有那麼堅決的排他性，都是同病就該相憐。可是他們沒有這樣的氣量。未接近「麵包」之前，彼此還可「友好」一些。「麵包」一出爐，那貌似老實的人眼睛立即變色，就像一隻餓極了貓等上了千年未逢的老鼠。在這裏，豪橫，野蠻是一種力量。斯文，謙讓絕不沾光。

這裏絕對的自我不容置否。

後來我總結出來了，這都因為一個字——餓！誰都想吃飯當然謙讓和關照的氣度就會被饑渴所榨乾。你若和他搶吃同一塊麵包他當然就會把你當敵人來看。他們對我的防範意識尤其重，他們懶得問我叫什麼名字，都管我叫「小白臉」，小白臉的意思大概是認為我面嫩或者是涉世不深吧。其實他們中間有很多人與我也大不了多少，但看上去皮膚粗而黑，頭髮亂而硬，長相尤其野，說一些粗話老道得讓人吃驚。在他們面前我當然嫩得可以，雖然聽起來不舒服，可也覺不出有太大的惡意。因此我也不與他們認真計較。可寬容也仍不能驅策他們與我有任何一點合作。開

始我有些納悶，後來我看出來了，他們與城裏人畫著一條界線。若城裏人有錢可賺，就是讓他們提鞋跟，擦屁眼他們都能彎得下腰。若要面對一個無錢可賺的城裏人他們的態度就立即冷若冰霜。好像只有這樣才能有機會表示一點尊嚴感。在他們心裏，和城裏人打交道只有一種形式，我賣力你給錢，二話沒說。而我是和他們分吃麵包者，自然不會輕易縮短距離。

我感覺出了我的不和諧，也有一點勢單力薄的孤獨。可我到底還是總結了一些經驗，那些儀表不怎樣的人靠的是隨機應變的經驗，至於誠實和信譽好像不怎麼在意。很多時候誠實倒是一眼陷阱，這讓我在事前拿不定主意，可我也不能「死」在誠實上，稍作考慮，一個機遇就錯過去了。設若我謊報幾歲，問題不就解決了嗎？那個鄉下小哥比我還小一歲呢，可他卻知道隱瞞年齡，並且說他已有二年的服務業經歷。這種本事一定是無數次的碰壁教會他的吧！從他的身上我取得了積極的態度，疲憊也算不了什麼。

二

　　我晃晃悠悠走在大街上，一種從未有過的放鬆和自由讓我新鮮不已，一時間學校那長長的甬道甩在身後，展示在我眼前的是如此寬廣的街市，曾經被趕出學校的難堪，對父母承受力的擔憂都如煙霧一樣遠去了。我盡量顯出一些很「社會」的老道。天色已經完全暗下來，星星寶石一般一枚枚在天上突現出來。流光溢彩的霓虹燈下，滿大街都是勾肩搭背的男男女女，他們或竊竊私語，或大聲發笑都顯得旁若無人，整個夜的空隙都讓他們所占據，城市就變得異常曖昧。

　　一對男女，身高比例極不協調，女的纖巧而嬌小，脖子如同鴨子一樣頎長，面龐透明而白皙，長長的睫毛就如商店裏的洋娃娃，看上去很是動人。男的卻像一棵挺直的白楊樹，細長地驚人。他們的身體緊緊貼在一起，女人白皙瑩潤的胳膊很費力地攀住男人的脖子，墊著腳尖將自己柔軟的雙唇，無私地獻上去……我看到那女人富有彈性的雙唇一觸即可的情景，並且清晰地聞到她身上傳過來的那一縷兒幽香，心跳的頻率加快，我閉住眼睛不敢看下去，可另一種好奇又驅策我勇敢地睜開來，目擊的狀況是那男人低下頭如一只老鷹，兇猛地叨住女人的雙唇……

　　我的心房轟隆一聲巨響！整個人軟塌塌地靠在樹上動不得了……女人輕微的呻吟攪得我口乾舌燥！一團色彩斑斕的喧鬧擠進我的大腦皮層轟鳴不止，種種的幻覺把我托上雲端，我在雲裏霧裏漫遊著，身體如一團被風吹起來的蒲公英，在空中起起落落。然後輕輕地癱下來，我長長噓了一口氣，剛剛目擊的那一對情侶，把我無情地擊垮，一種動盪不安的恐懼讓我膽戰心驚。我突

然害怕那瘦長的男人衝過來揍我。因為我好像偷襲了他的權力。我突然產生了一種罪惡感。我問自己這是不是學壞？對情慾的襲擊我還沒有足夠的思想準備，甚至沒有足夠的理解水平。沒有人發現我的「無恥」，可我自動給自己戴上了一頂無恥的大帽飛快地走開了。

三

　　我簡單吃了一點晚餐，沒有過分的浪費，在未找到工作前，我知道該怎樣的節省。我回到我的住處，更確切一點那裏是個老鼠聚集交流的市場。午夜，鼠族肆無忌憚地與人共宿，牠們來去從容，嘰嘰喳喳的交談旁若無人。吵得過分心煩的時候我拍拍床沿以示牠們肅靜！可牠們怒目圓睜，好像一副井水不犯河水的樣子。如果我再進一步干預，它就乾脆竄上床來與我對峙。毛絨絨的身體，紅血血的眼睛不時揮起爪子向我招招手，齜齜鋒利的牙齒，發出令人發怵的目光！我常常尖叫著敗下陣來，用被子捂住臉，全身唰唰地發冷……

　　隔壁洗車工喊：「有人強姦你了嗎？」

　　我便不好再叫出聲來。

　　我聽到鼠族勝利後的嘰嘰大叫。用牠們特定的語言慶典牠們的強大。這樣無數次的勝利過後，我意識到我是客居，牠們永遠處於主人的位置。此後，每當牠們成群結隊地出來視察世情的時候，我都恭敬地退在一邊讓路。夜晚，牠們昂揚地穿梭在屋中四處捕食。我怕牠們找不到食物來分食我，我就每晚必得多餘一個饅頭給牠們吃。每在這時我都鞭策自己趕快致富脫貧，走向與「人共宿」的高級住處。

四

　　洗車行老闆的員工又開始聚堆兒打牌，他們的薪水不多，一個月才二百多塊錢，可他們夜夜都有賭博的行為，有時候為幾塊錢打起來不要命。敗者的淒慘哭聲要人可憐……

　　有時候有人推開我的門叫我打牌，我說我不打。被我拒絕後的眼神裏就發出青紫恨恨的光。那目光比老鼠的目光更多了一層陰狠，多了一層不安全。鼠族們只要井水不犯河水就能相安無事。可住處裏的人好像不這樣，時時有挑釁的可能。在他們的眼裏許是看我很有錢，他們的目光總是那麼不懷好意，好像我侵犯了他們什麼一樣。那天，一個洗車工端著飯，從我身邊路過，我覺出他故意撞在我身上，碗就譁然碎在了地下，飯撒了一地。我被這種故意的行為感到意外。還沒等我醒過神，他就向我「橫」起來，硬要我賠他的碗，還有飯錢。一共算下來是二十塊錢。

　　我說：「是你碰我的。」

　　他說：「不管誰碰誰，反正是你損壞了我的東西！」

　　我不賠，我要他講理。他說他不懂理，他只懂得打碎了碗，沒有工具吃飯。我說他故意，他說我故意。這樣就爭執起來，並且動手打起來，他們人多吃虧的自然是我。可是骨子裏的強不許我退縮，這樣我的虧就吃得更大，我的頭頂上有鞋飛過來，腰上挨著棍棒，臉上甩著巴掌，鼻孔流出了鹹腥的血……雖然我的應戰也不算太差勁，但寡不敵眾。終是占不了上風。

　　打了一個段落後，他們說：「不要你賠二十塊錢了，你陪我們打一夜牌。」

　　他們終於亮了底線。我想，他們一定是想合夥搞我的錢。我

這麼聰明，我當然不幹！不幹他們就要繼續打。

洗車行老闆出現在走廊裏攪了他們的局。這個年輕的婦人公開站出來維護我。

她說：「怎麼了？在給誰過不去呢？」

她看見我被毆打後的形象吃了一驚！

她說：「這是我留下的客人，礙著你們誰的事了？誰再敢動他一根毫毛我就炒了誰的魷魚！」

他們表示了最徹底的意外之後，都訕訕地笑著散開了。

婦人用紙巾為我擦鼻子上的血，目光卻讓我震驚！成熟女人對我表現出來的那種東西難以讓我遣詞造句，她的喘息和手指的抖動令我窘迫。我不要她動我。我跑回我的住處，自顧一個人收拾殘局，可是婦人抱著她的長毛狗進來，關嚴了門，懶懶地倚門而立，臉上出現了匪夷所思的笑，看上去好像上帝專門派她出使笑的使命一樣，這笑一定醉倒不少人。因為我就是被她的笑留住的。一頭酒紅色的鬈髮，常常提醒著她的與眾不同。這當兒她又露著白嘩嘩的晶瑩剔透的碎牙盯著我，如同一隻蚊子觸到肌膚一樣的貪婪。眼神裏一定藏著「骯髒」這個形容詞，我腦子裏掠過一絲不祥的念頭如同一隻鳥匆匆飛過。婦人此時的笑，很叫我陌生，她讓我驚訝，讓我莫名其妙……

C 章

一

夢魘的開始，總是如煙如霧。我彷彿置身於沙漠，四面荒涼，颼颼的風，沙漠如同白光光的平原，沒有樹，沒有房子，沒有田地，只有狼群在我身後嗚嗚哇哇的叫……

我在睡夢中不時地驚醒，然後彷彿聽到從很深很遠的地方時隱時現著母親的哭泣和父親的叫喊，我像被一根很細很細的線勒著我的心，我常常出現痙攣的疼痛……

一到夜晚，父親的喊聲和母親的哭聲總是持續不斷地在夜空中旋轉，不間斷地傳進我的耳鼓，撕扯著我的心！我好像覺得父親的喊聲是對母親的聲討；而母親的哭聲是對父親的申辯，他們只有互相埋怨，再無別的辦法。我多想跑出去回答父親的喊聲和平息母親的哭泣啊，可我已經沒有這種可能。假如我及時出現在他們面前呢，可能會暫時停息一下悲苦，但會有更深切的悲苦滲透進骨髓裏！

因為他們的孩子丟了！

他們的孩子——十七歲的我，不能按他們的教導去實現他們的理想了，我要另闢蹊徑。當然，這並非是我情由所願，是連我都不明白的一股濁流把我推到了這一步，我要自立門戶，踏出一條屬於自己的路！既然權力和金錢是覆蓋一切的天頂，我憑什麼不直奔主題呢？我想，找工作我已有了一定的把握，只要敢撒謊就成。我設想著，若能找到工作，「腳」算個什麼東西？他的錢是他的「款爹」給的，他的威勢是他的「款爹」的輻射力。可我的錢是自己掙的，我將會成為同齡人最闊的人！我計劃著我第一個月的工資該怎麼支配呢？我想，給媽媽買一件粉紅色的睡衣讓

媽媽永遠美麗！給爸爸買一個最高檔的公事包，讓爸爸像一個當官的樣子，爸爸再不必那麼謙卑。我決定了這樣一個目標，這麼快就想清楚了人活著的根本，認為自己真是天才的思想家。

這一夜我夢見我睡在很多很多的紙幣上，我唰啦啦地點著錢，手骨都點睏了還是點不完。醒來的時候我聽到「鼠弟鼠妹」們正分食一張破爛的報紙，吱吱嚓嚓堅持不懈。很長一段時間我仍疑惑是點錢的聲音，及至鼠老弟叼著紙窩上床來向我報告牠的勝利果實時，我才從陶醉的夢幻中回到現實。肚子餓了，很想吃點肉類什麼的，可是我沒有錢！錢是一個多麼有用的東西啊！

可是，父親曾說：「錢如糞土，知識是金！」

現在想來，這是多麼大的謬誤啊！錢既然是糞土，為什麼所有的人都要錢而不要「糞」呢？糞土多好得呀，全世界最不缺的就是糞土。錢是糞土，難道一個有知識的人，有糞沒錢能活嗎？在南中我意識到權力的厲害和人心的黑暗，這一刻我意識到了錢的厲害，沒有錢寸步難行！若不是程超的英明，塞給我這一筆送禮錢，飯店不可能因為你沒錢會憑空給你吃一頓飯，店老闆不可能因你沒錢白讓你享受一個晚上。我能背三十首唐詩，可誰給我一分錢呢？其實大人們整天奔忙，追根究柢還不是為了「吃穿」二字？思來想去，錢，原來是老大，錢是第一！我想清楚了這個道理就明確了目標。

二

其實我九歲的時候就對錢有了較深刻的影響！那是前桌牛牛，牛牛的朋友很多，因為他的衣袋裏常常出現花花綠綠的鈔票，他的父親像管理企業一樣管理牛牛的學習，習慣於物質刺激，百分獎勵制。牛牛一個百分可得拾元現鈔，兩個百分可得二十、三十不等，全看牛爸爸的情緒而定。因此牛牛就極早擁有了大量的消費機會。課間時可以買一大堆糖葫蘆，羊肉串，泡泡糖之類的食物和他的朋友分享著吃。那時我並不屬於牛牛行列裏的人，因為我還屬於那種內斂的小孩，正因為內斂才更需要朋伴。我也常常被他們香氣逼人的品嘗和千姿百態的吃相所感染，饞涎不間斷地往肚子裏嚥，那一刻我非常懷念幼稚園集體用餐的方式，越吃越香。但最主要的好像是對牛牛的分配權力更感興趣。有了錢就像一個至高無上的首領一樣闊。我也企圖靠近牛牛，可牛牛並不屑於和我玩，我覺得孤獨極了。後來我也就有了一個主意。

那個午後，我斗膽向媽媽要伍毛錢，我決定也去交幾個朋友。

孤獨是我們這一代人與生俱來的癥結，我們沒有像爸爸媽媽們有成群的兄弟姐妹，不必出門求人就可以玩得天翻地覆。同時我也想告訴牛牛我也有錢。既然錢可以擁有很多朋友，我為什麼不使用這個有力武器呢？可這個計劃媽媽不允許我實現。媽媽非要問我買什麼，否則，絕不放棄為我購買東西的權力。

我當然不能把動機說明。

媽媽當然也就堅持她的態度。

可我多想盡快如成人一樣拿著錢去換東西呀，在我看來那好像代表著一種力量！

可媽媽不給我怎麼辦呢？通常的法寶當然是鬧，可這次我沒有鬧，我理直氣壯地要錢，因為有了錢才能有了朋友！如果沒有錢難道媽媽能給我很多朋友嗎？當然不能。因此我認為這是一件比較嚴肅的事情。

媽媽堅持不給。

我就堅決不走。

媽媽無奈，只得拿出兩毛錢哄我走，我像是被這兩毛錢壯了膽一樣，奪過錢來扔在地下還鄙夷地外帶了一腳！我突然很討厭媽媽追根究柢，覺得我好像一點自由都沒有。「兩毛」沒有達到我的目的，我當然不要。牛牛家至少是十元，可我要五毛，媽媽還要進行苛扣！我感覺到了媽媽對我的輕視，她一點都不關心我需要朋友的心情。於是轉身氣昂昂地走了。走出一截之後，我突然有些害怕，可能媽媽會追出來揍我？我的肌肉有些緊張！一時間眼前出現了一片漆黑，然後有很多小白星飛濺著，耳鼓裏有輕微的嗡嗡聲連續不斷地震響。這是我第一次對恐懼的感覺。

可身後悄無聲息，我回頭一看，媽媽早被我的行為驚呆了！媽媽泥塑一般，臉上出現的不是惱怒卻是悲涼。我突然覺得媽媽如此的狀態不如打我一場放心！於是我放慢腳步希望媽媽完成了這個程式，可我卻沒有等到媽媽的武力。

下午我當然沒有能力去收買朋友了。孤獨就是在這一刻開始的。但是，晚上我依然對自己給媽媽發脾氣延伸著恐懼！因此我這天的功課做得又快又好，以此抵消媽媽的憤怒。

可是媽媽並沒有打人的徵兆，卻像班裏愛告狀的女同學一

樣，把我的行為匯報了爸爸，爸爸顯出天塌地陷樣，好像不把這件事情搞個水落石出，天下就會大亂一樣。兩人第一次思想達成了共識，合夥拷問我要錢的動機，不然就要武力解決！

我不得已交代出了「動機」。

我記得爸爸媽媽大張著嘴說不上話來。他們通過這個小小的「動機」透析了我對錢的興趣和攀比心理。就覺得我是個墮落者一般。於是就講一大通道理讓我改邪歸正。諸如金錢是毒害人的腫瘤之類。

我不明白錢怎麼會與腫瘤有關呢？

爸爸媽媽的教育學術也太不通俗了。

我不明白大人們整天不擇手段地為錢奔忙，甚至為幾個獎金或一級工資爭得魚死網破，可小孩子一提錢字就好像一夜之間把思想爛掉，像爹死娘嫁人一樣可怕。生在向錢看的年代了呢！

三

據母親提供，我出生的時候正是中國共產黨執政以來重大的變革時期，打破大鍋飯，「小鍋」萬元戶像雨後的青草風勢勢地長。這個時期也許不為軍事家，不為政治家，也不為藝術家，卻盛行「款爹」、「款娘」、「款姐」、「款爺」。很多思想前衛的爸爸媽媽們，當機立斷扔掉曾經夢寐以求的「皇糧」這個鐵傢夥，「下海」撈錢，個個撈得膘肥體壯，盛氣凌人。讓人看一眼就羨慕的打一個哆嗦！如此大款、特款，又同款子、款孫，同坐一室，相濡以沫能不感染一些「款」的習氣嗎？

那時社會上正時髦物質獎勵，據說爸爸媽媽們曾被空虛的精神搞得很無奈，他們剛剛羞羞答答嘗到了一點點甜頭，還沒有徹底放心大膽地從精神的此岸直奔物質的彼岸好好地享受一下，猛然被他們的孩子們提出來，彷彿像日軍侵華一樣可怕。他們面對金錢物質從感情上心急如焚，可在理智上又充滿了徬徨。他們的生存意念如同被風吹起來的破紙片在空中飄忽不定。導致他們的孩子思想也混亂不堪。因此，我在要求爸爸媽媽也如牛牛家一樣給我百分獎勵制的時候，父親一巴掌就把我搧得不敢動了。爸爸就是在那一刻告訴我：「金錢如糞土，知識最重要」的道理。

媽媽也不失時機地灌輸「精神第一，物質第二」的品格。

可是無論爸爸媽媽的道理講得如何精闢，我還是想不透徹，大人們嗜錢如命，為什麼小孩子愛錢就是不良習慣呢？

四

「金錢使一個人加速墮落，金錢是私欲膨脹的毒瘤！」

這種一直不被我理解和認可的說法，很快在牛牛身上應驗了。牛牛擁有了很多朋友只貪玩不學習，結果考試雙百分落到單百分，又從單百分落到沒百分，可牛牛有辦法，為了得到百分獎勵他居然弄虛作假，借了好學生的考卷回去領父親的獎勵。第一，能保證父親的良好心情，第二，能在玩伴們面前保證至高無上的地位。而伎倆非常的簡單，感謝科技的發達，為他提供了消字靈！把別人的名字科學地一蓋，「牛牛」從容自如地爬上去，不動神色地領了獎，便可以請他的朋友到遊戲廳裏大闊特闊地狂歡一次。然而這個伎倆很快敗露，父母毒打；老師狠批。牛牛很快成了欺世盜名的謊言大師。很多同學在老師的嚴格監管下不再和牛牛接近，而牛牛也拿不出足夠的資源讓他們去享受。王子一樣被人簇擁慣了的牛牛一下子淪落成了孤家寡人。好端端的學生被金錢毀掉了。血的教訓！

而牛爸爸卻執意認為是遊戲廳對兒子的毒害，他的職工因物質獎勵，效益月月有增無減，怎麼對兒子起了反作用？

看來對金錢的承受力是有年齡界線的？

無論如何牛爸爸是一氣之下把遊戲廳砸了個七零八落。反正他有的是錢賠償。可砸了一個遊戲廳無數個遊戲廳蓬勃興起來。牛牛和大批學生的魂已被遊戲廳纏得魂不附身，分不清了日月星辰。就像吃了鴉片一樣上了癮。家長叫苦不得。牛爸爸無奈，氣急敗壞地找到班主任，把一千塊錢甩在班主任面前，說「我每月給你加一千元外快，你給我把牛牛盯好了！」

老師驚呆了，說校內可以，那校外呢？我是老師我不是保姆呀！

牛爸爸說，保姆有資格掙一千塊嗎？

牛爸爸相信重賞之下必有勇夫。好像他是中國土地上第一個人認識錢的力量一樣！

　牛爸爸很自信地走了。

老師攢著錢，出現了長久的沉思。

是竊喜？意外？還是憂慮呢？不知道。既然錢是毒害人心的東西，老師就該不接收吧？

牛爸爸擺出了有錢人的氣派令人敬畏！可是他已意識到金錢毒害了小孩，難道就不怕毒害了崇高的人類靈魂工程師嗎？

在以後的日子裏，出現了一次座位大調整，通常是好學生在前三排座，以此類推。調整後牛牛坐在第一排，還有幾個不太好的學生也躍居前位。很多人都覺意外，但那時候老師的意願就如皇帝的聖旨，誰都不敢問這問那。

但我又犯勁兒了，我說：「老師，雅男和我分數一樣怎麼就可以坐在第一排，我卻依然還坐在第四排呢？」

老師對我提出的問題出現了暫時的陌生感，通常這類問題是無人敢問的。但老師很快找到了答案說：「雅男眼睛近視。需要照顧。」

這是一個極為充分的理由。然而，好多同學都近視為什麼還在原位？難道他們不需要照顧嗎？

老師又說：「這次幾個同學調整了位置都有特殊的原因，請同學們理解。」

我於是和許多不服氣的同學就都傻呼呼地給予了理解。

牛牛經常不斷被老師叫起來提問題，牛牛常常是面紅耳赤。

　　這個年代，老師最愛叫誰答問題，就是對誰特別的關照，通常都是家長委以「特殊」的重託！而老師盡可能地完成他們的「人情」債。「人情」的出現拉開了同學之間等級。

　　所有的同學都羨慕第一排，因為這個座次代表著在班裏的威望、榮譽和地位。即使明知他不夠格也還有些羨慕。總之，這個座次代表著一個人某一方面的優勢！人生最初的欲望開始在我體內行動，對這個座次有了特別的想法，可我沒有想到這種欲望引出了一連串我意想不到的情況讓我驚慌失措……

B 章

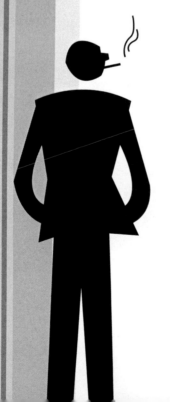

一

　　薄薄的雲，天空始終蒙著一層灰。我站在街角，望著熱鬧的集市，熙攘的城街，匆匆趕路的人群……彷彿這一切都與我相距很遠，並且有些水乳不融！

　　我躲在街角擦了一下鼻孔裏流出來的血，一種鹹鹹澀澀的東西在我的眼睛裏打轉，但我知道不能讓它氾濫成災。我得以堅強，以耐力忍住悲涼，把希望寄託在我迎來一個又一個的黎明當中。

　　奇怪的是，人人都有做錯事的時候，人人都能逃過罪責。為什麼我一有錯就會受到懲罰呢？我知道我兜裏的錢已經用完，再找不到工作將會流落街頭。因此我有些急不可耐，應聘時我插了別人的隊，結果被人甩開，我只好再訕訕地回到原來的佇列。結果原來的佇列也因我臨時出動所不容。我不服！不服就挨了別人的拳頭。就像過街的老鼠，人人喊打。我被這氣勢壓垮了，我又忘掉「我是誰」了，我和他們其實毫無差別，我甚至連他們都不如，因為在投機鑽營方面我還沒有足夠的技術力量。這裏不缺武力，也不缺蠻勁兒。若不是我確實認為自己有錯，我活出命和他們幹一場又怎麼樣。可是，我容不得自己有錯當作沒錯與人爭與人搶。這就足能證明沒有生存的心理素質。

　　我知道我多少比他們講道德，有禮貌，我骨子裏流淌的血液比他們文明！可是現實逐漸讓我懂得，文明也是有階層可分的，生活在最底層的人好像容不得別人講文明，他們不像電視裏的應聘方式優雅，老闆坐在對面，應聘人員回答老闆所提出的一切問題，只要對答如流，就全看老闆的興趣而定。而我們用不著

複雜的問答，只要有服務經驗，你能接受老闆所給你提供的可憐的薪水就成。掙這點點可憐的薪水的群體簡直太多了。可也並不是每天都有應聘的好運，即便有也是供大於求的局面。因此在等待的隊伍中常常發生戰爭。他們沒有足夠的物質基礎使自己「文明」，他們不橫下心去搶去爭就沒有自己的份，沒份就會餓肚子，這個死理，文明解決不了。可我怎麼樣就可以把那點點微的文明習氣從心裏面驅逐出去了呢？靠空想不行，得有厚實的功效。

當一個人生存不下去，但還想要命的話，就會長出餓狼般的爪牙，只是我的爪牙還沒那麼鋒利，若我無視於他人的存在，只顧自己爭搶，首先過不了自己這一關，好像挨打也是應該的。我也知道老實、規矩是生存的陷阱，可是我做了幾次出的嘗試均不成功，我變不成沒理爭三分的無賴。這是最要命的！撒謊也不從容，聲音發顫，話語結巴，紅暈一浪趕著一浪，漫布在臉上。因而我被一次次淘汰下來。別人都有出其不意的伎倆，而別人的「經驗」對我而言竟一條都用不上。

老闆問：「有無服務經歷？」

答者說：「兩年。」

事情就定了。

可老闆以同樣方式問我，我以同樣的方式回答，老闆卻要像審視壞人一樣地打量著我追根究柢，在哪個酒店就過職？為什麼要跳槽？

跳槽為什麼叫跳槽？這個新名詞不像對待人，倒像對待一頭牛或是一頭豬。我有些受辱，可肚子餓顧不了這麼許多，無論是對豬還是對牛，總之，老闆的問題如長江黃河般地湧出來。

我怎麼可能知道那麼多呢？

　　於是我的謊言就敗露得徹頭徹尾。不過老闆好像見怪不怪。他說：「你急於求職的心理我也理解，如果你願意留下也可以，但你得交一千元培訓費……」我到哪裏去拿一千元呢？一百元也拿不出來。

　　我很像壞人嗎？為什麼我總是面對很多沒完沒了的問題？且是陌生地猶如掉進了看不見亮光的黑洞裏。經驗對我而言永遠是錯誤的兒子。好像我不配在這個社會存活一樣。我加入不進生活的潮流裏，那裏面有無窮的難題……

二

　　街角上一個女孩兒在哭，和我的年齡差不了多少，她哭什麼呢？難道她也無家可歸了嗎？我心有所動！她瘦削的身體，還不具備成熟女性肉體上的彈性，她的頭髮好像也學著時髦女郎燙、染過，但看上去營養不良，或者是劣質燙、染，造成了乾糙蓬亂的現狀。她滿臉是茫然無助的樣子，如同一隻鳥，筋疲力盡時找不到可以棲身的枝頭，那麼孤單，那麼落魄……

　　我蹲下身去對她進行了認真的翻閱，從她的情緒中我找到了自己的特徵。我想起了丹麥街頭上「賣火柴的小女孩」，我很擔心她有一天夜裏會凍死在街頭。那些談天說地的人均不在意別人的事情，好像誰死誰活都與他們無關。面孔千篇一律的漠然！好像見了老鼠在天上飛翔都不奇怪。我很想去安慰她。並且想牽住她的手給她些溫暖。

　　我說：「你為什麼哭？」

　　她警覺地躲閃著我的目光，縮了縮身子低下頭。

　　我說：「我不是壞人，我是出來找工作的。」

　　她突然抬起頭睜大眼睛閃著爍爍的光亮，在光亮中我看到了某種不可抵禦的勇氣。她看看周圍無人，便壓低聲音說：「小哥哥，你要我嗎？」

　　聽口音是個外鄉妹子，我茫然地搖搖頭說：「我為什麼要你呢？」

　　她伸出五個指頭說：「你只給五拾塊錢我就把我給你。」

　　我搖搖頭。

　　她說：「那肆拾！」

我依然搖頭。

她咬咬牙說：「三拾！」

我就驚奇地盯住她不動了。

她又說：「貳拾！」

她看我沒有反應，就豎起一根指頭在我眼前拚命晃動。目光有些歇斯底里！看得出牙在嘴裏也不老實，吱吱嘎嘎幫助她在促成某種事情著急。最後她惡狠狠地把所有的指頭都收起說：「那就五塊錢行嗎？五塊！」語氣中已帶了破釜沉舟賠血本的意味。

我說：「你是不是餓了？你也找不到工作嗎？」

她點點頭，目光瓷瓷地盯著不知正前的哪兒，疲倦地說：「我兩天沒有吃飯了，我們被酒店老闆騙了，開始他說試用期工資二佰塊錢，試用期滿逐步加薪，可是期滿後除不加薪，我們被老闆七扣八扣每個月只夠吃飯，然後我們就集體辭職。結果我連吃飯的地方也找不到了。連我們當初一千元押金也拿不回來了。我想回家，可是我沒有路費……」

我說：「我沒有錢，不然我一定會幫你回家的。」

她的目光就倏然黯淡下來。她說：「小氣鬼，那些大姐姐給那些男人，最低價五拾，最高的幾百幾千呢！我才不相信你出來找工作不帶錢。」

我怦然心動！我看到了她的眼神與她的身體有著極不相稱的成熟和世故。我也看到她滿身的疲憊，但充滿了求生欲望。我說：「你是『雞』？你是在賣自己的肉體嗎？」

那女孩兒就雀兒似地拔腿跑了……

我想我表現出來的吃驚面目一定很可怕，不然那女孩兒不會跑。那女孩兒讓我立即感到這世界很可怕，女人為活命可以一點

一點賣自己，那麼男人身無一技之長，為活命賣什麼呢？我的心彷彿被芒刺扎了一下。丹麥的女孩想吃麵包到街上去賣火柴，可中國女孩想吃飯為什麼賣的是自己呢？難道除了自己之外再無可出賣的東西了嗎？哦！她出賣力氣了，可是掙不到錢……

三

我離開了一場陌生的故事，又進入了同樣令我陌生的場景。

洗車行老闆的眼睛總是紅紅的，像整夜在哭……

後來有人說她是被「大款」承包起來的一個「二奶」，也有人說她眼睜睜看著他的男人與別的女人勾肩搭背在大街上游走，她曾經為此大吵大鬧都無濟於事。再後來男人為門外的女人賣了車，肆無忌憚地在她面前晃來晃去。聽說還為其「合歡」買了一幢和她同樣的別墅。

她的眼睛由紅變呆，終於敗下陣來。她只滿足於男人為她所提供的豐厚的物質，日日慵懶在家裏，洗車行無非是她名下的一份資產。她並不參與任何經營活動。

黃昏如期抵達，我帶著一心的疲憊走向那間地下室的時候，被車行老闆的目光絆住了，她沉默無聲，齜著白花花的牙，臉上卻有壞壞的笑。她為什麼總對我這樣笑呢？我在閱讀這一臉笑的時候，總有不祥的念頭閃過，而這樣的目光和笑臉卻越來越頻繁地絆住我。我知道我已經欠了她很長時間的房租，心裏總有些發慌！她總是指令我：

「去，把衛生間的手紙給我倒掉！」

「去，把廚房的垃圾給我倒掉！」

「去，給我的貝克（狗）洗洗澡……」

我白住人家的房我不能不聽人家的指派。可是這一刻她又讓我做一件超乎常規的事情。她說替我買一包舒膚佳衛生棉去。由於事件突兀，我臉紅了。

她說：「臉紅什麼小孩子家家的。快，接錢呀。」

我依然表示著為難。不情願！

她嘿兒笑了：「給你拾塊錢跑路費行了吧？」

我一聽錢，肚子就立即造反，拾塊錢對我而言可是一筆鉅額，省著點可以買四十個饅頭！一道閃兒亮過腦系，再為難的事也無理由推開。因為肚子，一切屬於人的羞恥心都毫無意義地喪失掉。在這種境遇中，記憶中的父親總是催我讀書、讀書！書讀好了就是人才，書讀不好就是奴才。這話如此精闢地透析了我此時的行為！我的心開始湧上了酸楚……

黃昏的天色熟悉而清冷，城街上的人們在為生計而忙碌地奔波。我攢著錢，想到街頭哭泣的女孩，她會不會餓死在街頭？假如她推遲一些時間遇上我，或許我可以分給她五塊錢用。可是她跑到那裏去了呢？我的心襲來陣陣惆悵。

臨街店面的玻璃，已蕩滿灰塵，裏面的貨物好像停滯不動。我看著櫃檯裏的「舒膚佳」一言不發，很多人對我的沉默無探究之心，只有店主人對我有所察覺，她臉上出現了迎接財神一樣的喜悅！

可是「舒膚佳」就如固定在我心裏的一個「恥」點，我死活難以啟齒。店主人在長久的等待中好像出現了失望的情緒，許是她急於關門才不客氣地逼問我：「買什麼？你到底要買什麼？」那語氣大有豁出去了的決心，寧肯讓我什麼都不買也要我趕快離開店面，好似有更重要的事情要做一樣。大約看我這樣子也給她帶不來多少經濟效益。那市儈的嘴臉就暴露得淋漓盡致。

我不得已才說出：「舒──膚──佳」！

她笑了。

在完成著一切貨幣交換的程式中，她並沒有放棄對我研究

的態度，她詭秘地，一臉是戲謔，「給誰買的？看把你羞成啥樣？」我不聽她的囉嗦，轉身飛快地跑出她的視線。我喘著氣，好像受到了天大的侮辱，我難以恢復我正常的心態，我也早不記得還有拾塊錢的交易不容我拒絕。我把所有的怨恨都發洩給了舒膚佳，要你「舒服」要你「舒服」！無辜的舒膚佳被摧殘得面目全非。我驚呆了！怎樣交代老闆娘呢？這是個問題。

　　一縷兒細風吹來陣陣的飯香，隨著生理上的反應，頭腦漸漸得以清醒。一個小飯店「哧啦」一聲油煙四起，接著肉香味兒瀰散而來。「生」的意識又強烈地誘惑著我。無論如何「舒膚佳」可以換拾塊錢呢！我把舒膚佳搶救起來在褲子上擦了又擦。回去遞給老闆娘的時候，她並沒太注意，只是壞壞地盯著我笑：「知道這是幹什麼用的嗎？」

　　我說：「不知道。」

　　「是女人過月經用的。」

　　我的臉「嘩」一下如同點燃了一根火柴，熱辣辣發燙，立即讓我陷入了難堪的境地！

　　她說：「知道墊在哪裏嗎？」

　　我說：「不知道！」

　　她指指褲襠說：「小傻瓜，在這裏——」

　　我立即無地自容。我恨不得唾她一臉，心想，變態！

　　她卻快活地笑了！她說：「今天我過月經不方便，把盆子裏的衣服幫我曬出去。」

　　我說：「憑什麼？」

　　她說：「再給你拾塊錢！」

　　錢錢錢！又是錢！可難道我不需要錢嗎？哼！舒膚佳都買

啦，難道還怕曬一下衣服嗎？可我拎起來的是女人的胸罩！

老闆娘說：「見過沒有？知道在哪兒用嗎？」沒等我反應過來，她就掀起衣服露出兩隻白嫩嫩虎視眈眈的大奶子橫在我眼前……

我突兀驚呆了！

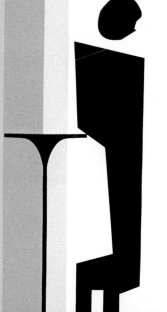

C 章

一

　　經歷了前桌牛牛的教訓之後，我好像覺得爸爸媽媽的說法是正確的，畢竟成績好可以使很多人羨慕呀！我開始暗暗競爭第一排的高位。最有力的證明當然是成績，因為我還不懂成績以外的東西。

　　我希望有好多人羨慕我！

　　可是生活並不能如人所願，因為粗心我總是得不到雙百分，不僅我喪氣，最主要是引發父親的一聲聲歎息，我吃飯的時候不敢看父親，因為父親歎息雖歎息，可還總是把菜裏的瘦肉盡往我碗裏揀，我不吃白肉，父親就把白的吃掉紅的給我留下。

　　母親說：「這樣慣孩子不好。」

　　父親說：「總有一天我讓他知道不好好學習對不起我。」

　　後來我就紅肉也不吃，我怕對不起父親。

　　可父親又不依，說營養上不來腦子就發育不好，學習會更糟。父親沒有想到他設計的「良心債」會讓我抗拒。吃飯時他出現了無可奈何的表情。就只好一個人躲開，試圖讓我恢復原狀。我看看父親不在身邊，果然忍不住吃肉，其時父親偷看了也不拆穿，一個人偷著樂。父親滿足於我的配合，好像也不敢有過分的要求。只是家裏無論吃什麼東西一分為三的時候，父親從來不吃他那一份，他總是放在一邊，等我去吃。

　　媽媽說：「這氛圍不民主。」

　　父親說：「只要他學習好，我不吃飯都情願，只要他有出息，我當驢做馬都高興。」

　　媽媽說：「這是畸形心理，對孩子情感世界發展不利，你會

讓他養成利己的習慣。」

可父親依然照他的邏輯對我日復一日的貢獻。日子久了，我也真的不記得什麼東西還該有父親一份。在生活上父親比母親還要細，可有心裏話我更願意給母親說。

在上初中之前，我穿鞋沒有繫過鞋帶，即便在外面開了結也一樣堅持回家讓父親為我效勞，好像這項工作與我無關一樣。鞋帶開了把我絆倒好幾次，有一次把我的門牙碰掉一個，血淋淋跑回家裏，哭聲震天動地，淚水和血水汪洋了一個世界……

父親像是終於發現了問題一樣說：「我要死了，你也不知道繫一下你的鞋帶？」

我說：「我不會呀！」說這話的時候我無一點慚愧之心。

父親說：「你會啥？就這樣侍候你也給我考不下個百分！」

有時候我不以為然地笑笑，有時候笑也不笑，就那樣理直氣壯直挺挺地站著。父親卻單膝跪下給我十分認真地「工作」。

我說：「爸，要是我上了大學你會跟著給我繫鞋帶嗎？」

父親好像十分樂意交流這個問題。他說：「繫！你要真上了大學，爸就去大學給你繫鞋帶也光榮。」

我說：「那我要出國留學呢？」

爸說：「會不會有這一天啊，要真有這一天，那我就跟著你到國外去繫呀。」

父親的愛心就這樣毫無原則地貢獻給我，他的感情好像與我的學習做著巨大的抵押，十分的辛苦。可我卻毫不介意。在學習上我確實也想讓父親光榮一下，可總不能讓他滿意。後來我問媽媽說：「為什麼我總是不行？」

媽媽微笑著說：「誰說你不行，再加一把勁總行！不是就

差三四分的距離嘛！」

　　我對媽媽的寬容總是充滿了感動！學習的負擔一天重於一天，每一個小節考試，落差都是七上八下，而我總不能按自己的設想衝上去，我總懷疑那些比我強的人會不會是腦細胞多長了一萬個？一個人，希望有多高，失望就有多深！打擊多了，信心就小了。於是，厭學的心情也就無以復加。後來我上課開始走神，腦袋裏總有一些奇奇怪怪的東西出現，一會兒我想變成一條觀賞魚供人養著覺得輕鬆，一會兒又想變成一條巨大的鯊魚逞霸海洋覺得爽氣。一會兒又想變成一隻鳥自由自在在藍天上飛翔……總之，能逃避人間繁重勞動的活動我均想過千遍萬遍，但均不能實現。坐在第一排的願望並不因我無數次下決心而順利達到目的。意志和行動總不一致。

二

就在一天夜裏，我想也沒有想到，我會坐著太空船潛入美國最先進的科技大樓去履行我的設想。尋找一種東西：「知識輸送器」。這是我跟媽媽反覆討論過的一件事。結果是翻了很多資料都沒有這項科研題目，我失望極了，問了一個大鼻子老外，怎麼不創造這個對後代最適用的東西呢？全世界都在研究如何減輕人類勞動的各種科目，為什麼不研究減輕學生的勞動呢？每天叫喊關心下一代，實際上下一代弱小的身體都快要壓垮了你們都不關心。我們兒童沒有國籍限制，因有國際兒童節，如此，我以國際兒童的身分批評了大鼻子老外。

老外說：「我們還沒有想到這個呢。這個資訊非常珍貴，也非常新奇，我要保存下來，然後打報告爭取國際科研資金馬上投入研究。」

我說：「研究出來你會首先給我們中國兒童使用嗎？」

老外答應保證首先給！而且認為中國是個大市場，因為中國的孩子負擔最重。

當我愉快回國的時候，老外給了我一筆資訊費，說再不准給任何人透露這個資訊。給了我這筆資金表示一種「成交」。我還不太懂「成交」這個鬼勾當，但我知道幾句話可以在美國賣拾萬美金，令我吃驚！我想，這下我可以擁有很多朋友了，我可以超過牛牛了，我有了朋友一樣不理牛牛。這樣想著，我就高高興興準備回國，可是行至英國境內，太空船需要修整。然後進了英國科技大樓，英國博士湯姆斯得知我拾萬美金賣了一項科研資訊非常可惜。

他說：「太廉價了，你們中國人真是太眼小了，拾萬美金就要把真貴的科研資訊給了異國，那我們以五佰萬英鎊的高價買回來可以嗎？而且科研專利你可以終身受益。

我說：「那你們可以馬上投入研究嗎？」

他們說：「當然！如果你願意留下繼續提供想法我們將十分歡迎。」

我於是就留下了，我和英國博士把一佰個人腦打開，研究了人腦的構造，以及人腦在睡眠期和工作期的興奮和沮喪狀態時吸收信號作了研究。發現人腦發射出來的電磁波各不相同，有的強，有的就弱，強的可以影響弱的思維，因此，人與人之間出現了聰明、愚笨之說。人類才出現了勞力與勞心之分。有的人理性電磁波發達，有的人感性電磁波發達，還有的人邏輯電磁波發達。所以人類出現了科學家，藝術家，哲學家，政治家，軍事家以及普通的勞動者。

上帝不給人類同樣的智慧，但我卻要給人類同樣的機會！。

我認為最好是在睡眠期把知識輸入大腦，等到白天可以盡情地玩。

英國博士同意我的看法。他說在最安靜的狀態，輸入知識最牢固，因為不受外界影響。我們日夜兼程研製出了世界上第一批知識輸送器。以人腦電磁波發出的電波信號與輸送器發出的電波信號進行資訊的互相轉換，接受知識輸送。

結果令人滿意！

回國後，我把和我一樣的倒楣蛋同學均都免費增送一台，讓他們均有機會坐在前排享受光榮。而我是第一個！

三

　　馬蹄錶響得驚心動魄，我睜開眼睛，一縷初升的陽光如小貓咪的舌尖舔著我的臉，麻酥酥，暖洋洋的，我以為我依然在異國漫遊呢！卻原來發現我好好地躺在床上，許是因為從美國到英國，天上地下的折騰，被子都踢在了地下。我在床上靜躺著尋找感覺，回想睡夢中的壯舉，我一骨碌爬起來就把這個偉大的夢境告訴父親和母親，父親臉上出現了恨鐵不成鋼的表情，認為這是懶惰！懶惰意味著淘汰！

　　我說：「這是科學。」

　　媽媽笑了說：「這真是一個偉大的創意！不過，科學需要知識，你的想法的確奇特，世界上絕無僅有。好好保密，肚裏有了知識才能創造出來小傻瓜。」

　　媽媽的話一向很有力量。為了創造，我學習熱情得已升溫，我暗暗下了死勁兒，那個學期我學得很苦很累。但我並不知道我是否能有相應的成績。考完之後我不去看考分。卻有人對我說：「你考了雙百分！」

　　我眼前「騰」一下閃過一道亮光，覺得這世界好像有了些變化，我雖然沒有熱淚盈眶，但情緒的高漲卻是無以復加。我故意以平靜的外表，掩蓋內心的沸騰，用眼睛的餘光掃視著所有同學的面部表情。我想他們怎麼也該羨慕我一下，以示我努力的結果。可是最壞的同學都平靜得如一潭死水，倒是好學生對我有些異常的表情，卻是看不出羨慕的味道，好像我的雙百分是冒名頂替一樣。

四

我自信的恢復絕對來自於「雙百」的幫助！

回家時如一陣輕風，思想又長起了翅膀海世界漫遊，媽媽說
我是個有理想的男子漢。

是的，任何一種信念都是有力量的！理想讓我有了勁兒，
我覺得我在一點一點靠近理想。於是我又昂揚起來，看誰都比我
矮幾成。我知道我終於可以消解了父親的歎息，舒展父親滿臉的
愁容。這個願望並沒有失效，父親為我的雙百分果然長出了一口
氣，這口氣好像憋了千年萬年，這一刻我懂得了什麼叫做叫揚眉
吐氣！

素日父親不愛到人多的地方聚堆兒說閑，可是自從我得了雙
百分就一反常態了，走起路來身體板板的，脊梁骨挺挺的，好像
也注意起儀表問題了，扯起有關孩子的事項，父親不再是自卑的
神情卻是謙虛的態度了。對我好像也更有父親的威嚴了。父親的
尊卑都抵押在我學習的優劣上了。

媽媽別出心裁為我做了一面極美極飄逸的小紅旗掛在我的床
頭上，並寫了兩幅字帖同時掛在紅旗兩邊，曰：

「物質上要甘於平民」

「精神上要爭當貴族」

這個酷似學校辦公室專欄一樣的布置，竟也潛移默化讓我
深信幸福來自於一個人的榮譽！因此，快樂增添了我的自信，我
欣賞著自己的光榮。我若站著呢，就像陽光下挺拔的小白楊，微
風吹過喇啦啦作響就如升向天國的琴聲，七仙和嫦娥都在為我翩
翩起舞。我要走起路來像只掛帆的輕舟，在藍天碧海中間順風而

行。我好像比過去更愛幫助人了，因為我有足夠的能力幫助人。人在快樂的時候覺得所有的人都需要幫助。於是我幫助完別人心裏特別高興。

可是生活非常奇怪，當你在享受快樂的時候，馬上就有可能讓你承受一些不測！它就像人體內的心電圖一樣起伏不定，歡樂好比是起，痛苦就好比是伏。就在我剛剛感受到一點光榮的滋味，就被一種莫須有的小陰風颳得沒了影兒。我沒有想到別人得了雙百分都是理所當然，我得了雙百分就有人懷疑它的來歷。我在班裏屬中等水平，這次一躍成為優等生，有人大惑不解。追根究柢認為是我偷看了鄰桌的學習委員吳桐桐的考卷，因為我周圍只有他是「雙百」。我被這種說法驚癡了半响，然後心裏就翻騰起不平的波紋，我第一次感受到什麼叫義憤填膺。我辯解，我爭執，可沒有人相信我。我沒了辦法，我渾身長嘴也說不清！

後來我求助於吳桐桐的幫助說：「吳桐桐我看你的考卷了嗎？我看了嗎？」

吳桐桐一翻白眼說：「我怎麼知道？眼睛在你臉上長著，看沒看你心裏清楚！」

「咦？」我傻眼了！

吳桐桐不動神色就把我那點小光榮掃盡了，說這話的時候一臉是鄙視，一室的人都帶著深深的懷疑性，連老師好像也不例外，因為她並沒有制止這種說法。

我的精神坍塌了，我的美好心情破壞了，我像一隻傷了翅的小鳥，那馳騁萬里的理想咔嚓一下攔腰砍斷了。陽光被淹沒了。連春天也有些愁慘！沮喪氣兒如一團化不開的雲霧遮蓋著我的心。我奇怪吳桐桐為什麼不給我一個清白呢？好像「雙百」天生

就該是她拿的。而我穩穩做她屁股後面的中等生她才好受些。我心裏憋悶的要死，恨不得給誰吵一架才對心思。我又看吳桐桐的時候，才發現她長了一張扁平的醜臉，黃褐色的雀斑星星點點像蒼蠅整天光顧著拉一泡屎一樣，一張骯髒的臉！瞧她那德性，鼻孔翹翹的，一副天生傲慢的神氣，嘴巴又是地包天，好像天下的人她誰都不服氣。哼！下雨時若沒有傘，準保灌她兩鼻孔倒溢水淹死她，長大了寧死也不找這樣的醜婆姨！我憤憤地這樣想，於是就很想找些「手段」對付一下吳桐桐。人的報復心理絕對來自於冤屈！

五

並不費很大的力氣我就找到了手段。

我把一枚圖釘尖尖朝上放在吳桐桐的凳子上，我把武器準備好，就靜等一場戲的開演。上課鈴一響，吳桐桐興沖沖地跑進來，「撲通」往上一坐，隨即「啊」的一聲尖叫，復又站起來，聲音又尖又慘在教室裏砰砰叭叭旋了一圈，一室的目光都給拽了去，白茫茫霧樣地瀰漫著不解和困惑，空氣中被她喊出了一股紅血血的腥味兒，濃濃烈烈地沉浮在教室裏。

室內奇靜無比。只聽得吳桐桐抽抽達達的哭泣，因為來自疼痛的處所是屁股，不好張揚。獨自摸著把兇器從屁股上拔出來，白裙上浸出一朵殷紅的血花……素常的傲慢沒影兒了，只一副慘兮兮的模樣展現給大家。

我暗自竊喜，我以為我終於神不知鬼不覺地報了一點點小仇！

可偏有人追問：「怎麼了？」

她不說怎麼了。

又有人問：「到底怎麼了？」

她才把圖釘摔在地下，嘴一撇一撇地喊：「是誰把圖釘放在我凳子上的！」

同學們的目光就一併打上了問號進行互看，卻也拿不出準確的答案。後來，善於偵破的海海說：「把圖釘撿起來看看是蓄意謀害還是不經意掉在凳子上的。」

同學們興趣大發問海海：「怎麼樣就鑒定出其中差別？」

海海說：「辦法很簡單。」然後就煞費苦心地撿起圖釘從高

處往下掉。他說：「如果掉下去，是針頭朝上就很可能是不經意的，如果是針頭朝下就可能是有人蓄意謀害。」

大家認為有道理。

於是就掉。

很多目光監視。

結果是掉了幾次，圖釘均沒有準確地定格在凳子上卻是滾在了凳子下。掉下去的狀態各異，有朝上有朝下。同學們都認為海海的偵破手段說不明問題。

可海海說：「結論已經有了，是蓄意謀害！」

我心一緊！接著心跳聲震響天國。黑色的氣流就在我體內水樣地流過，驚顫顫，涼浸浸⋯⋯

一室的目光都警覺地盯住海海，說：「你怎麼知道？」

海海說：「既然掉了幾次都掉不在凳子上，結果不就是蓄意謀害是什麼呢。」

許多腦袋就咔咔嚓嚓點起來，認為很有見地。

我也驚異於海海的謀略，心臟跳動的頻率加快，震得我全身發抖。細碎的汗珠汩汩地直往外冒。我不敢掉頭和誰的目光進行交流了，我低著頭盡量表現出從容的姿態，但我相信只要有人認真對我作一番探究，立即就會發覺。

可後來有人說：「那你知道是誰『蓄意』的嗎？」

海海搖搖頭說：「這恐怕就不好進一步搞清了。如果想搞清就得指紋鑑定，可是我們沒有儀器。」

同學們直勾勾的目光就從海海的臉上鬆懈下來。很掃興的樣子。

我的心，立即鬆動下來，心跳聲也隨之減弱。海海的推理雖

然準，可他並沒有辦法確定謀害出自誰手。這就令我得意。大家正為此事喧嘩不止。老師進來了，用黑板擦咚咚地敲響教桌，以示安靜。

全體肅然！

吳桐桐竟然再次痛哭流涕報告了她被蓄意謀害的遭遇。

老師的臉立即陰雲密布說：「這個星期我很不滿意，攢著吧，一切等到例會咱們再說。至於圖釘事件誰是『兇手』我心裏清楚，但我現在不點名，我希望給他一點時間自己出來認錯，不然我就得點名。」

「？——」

好像一面銅鑼在我腦中敲響，聲音不絕於耳，竄出窗外，滿世界迴盪，然後有無數道黑色的光線四射出來干擾著我的思維。我的心提到了嗓子眼上，兇手為我突然對這個字眼產生了一種心驚肉跳的感覺。

老師說：「一枚圖釘和一把刀是一個道理，因為都是兇器！現在你只能拿動一枚圖釘，將來如果能拿動一把刀呢？那你不就是殺人的兇手？只要認錯證明你的心靈依然善良，不認錯呢，很可能你會犯更大的錯誤，甚至導致走上犯罪的道路。」

我的腦海裏從此有一種酷似敲鑼的聲音，咚，咚，咚……

整整一天我都在回想老師的話，我並不知道一枚圖釘和一把刀有如此深刻的關係，我怎麼也聯繫不到一枚圖釘會導致犯罪……

那個年齡我沒有能力洞察老師的伎倆，我只覺得老師在等待我自動站出來認錯，我經歷了一個同齡人從未曾經歷過的錯亂和慌恐，我好像真的已經走上犯罪的道路，我成了一個名符其實的

兇手！報復吳桐桐只是一小會兒的快感，接下來我的心就沉重起來，如一塊巨石壓頂，我喘不上氣來，我不敢抬頭，我知道我遲早得面對老師，面對同學，因為老師已經知道誰是兇手。是自己認錯呢，還是等老師點名變成了我當時矛盾的焦點。時間一點點地縮短，太陽飛快地從東到西，時針如腦系錯亂了的病人飛速轉動，樹葉彷彿一天之間就匆匆忙忙由綠變黃，容不得我有決定的機會。

過了一天，老師仍沒有點名。老師曾說，給我一點時間。「一點時間」是多少？二天？三天？十天？八天？不知道！我聽不進老師講課，我也看不出老師對我有懷恨在心的表情，既然她認為我是兇手甚至是罪人，老師為什麼不恨我呢？連我自己都開始恨自己了。

她為什麼不恨我呢？為什麼？

我總是呆呆地坐著發愁，我也總是偷偷地看老師，但總也看不出老師對待「兇手」的目光。我的心，因此稍稍鬆快一點兒。

可這也只是一小會兒，鬆動過去，馬上就又緊張起來。老覺得有無數隻小蟲子不停地啃咬著我的心。我開始想一些事了，人，再冤屈也不能報復，報復使人脆弱，使人膽怯，使人總是擔心讓人洞察你的心靈，從而失去了自由……

六

在那些日子裏我的心靈飽嘗著動盪不安，生命彷彿在白晝和黑夜被無形的魔刀劈成了兩半。晚上，獨自一人的時候總是鼓勵自己明天認錯做一個善良的人以免走上犯罪的道路。罪人對一個孩子來說是何等可怕啊！可是天一亮勇氣全無，萬一老師把這件事忘掉呢，不是正好可以逃避罪人亮相嗎？在全班同學面前亮相畢竟是難堪的。如此我就又戰戰兢兢打消了自首的念頭。這樣小心地一天一天拖延著。心並不輕鬆。我在不停地自我成立和自我否定中折磨自己並且越陷越深……

一踏上上學之路，沉重的枷鎖也就隨之而來，當我看到快樂活潑的同學總是自卑，總是面紅耳赤。總覺得他們在窺視我的心，等待我前去自首。他們不捅破是對我最大的寬容。

老師夾著書匆匆走來很認真地看我一眼，臉上出現了古怪的表情……

我腦海裏「啪——」的一聲，心驚肉跳！我馬上意識到「時間」到了！

我決定自首了，爭取主動。可是我走到老師的辦公室尿褲了。死勁兒遏制都沒有辦法使尿液停止奔流，而且具有長江黃河之勢。我「哇」的一聲哭了，哭聲把所有的老師都嚇了出來，曹老師驚愕地盯著我水濕的褲子說：「你怎麼尿褲了……？」

從天際上灑下來的光線彷彿唰唰唰地照著我的褲襠。很多人的笑聲讓我無地自容。空氣白花花地流動著。陽光也羞怯地縮回了雲層。風也不動了。樹也被這突發事件驚呆了。

我被送回家裏，母親詫異於我的突然返回，並且以為我生了

奇怪的病症。經過醫生一系列的檢查，認為是心理受了某種驚嚇所致。媽媽反覆盤問，甚至誘引都沒有使我承認心中的隱秘。因為這種行為不符合媽媽對我教育的標準。

對雙百分我再也不感興趣了。因為沒人相信我！我不再下死勁兒硬拚了。有關知識輸送器的遠大理想也早已偃旗息鼓了。反正那是長大以後的事，造出來我也享用不上了，至於代代受這種勞心之苦，跟我有啥關係呢？我受這樣的苦，我的下一代憑什麼不受呢？

「報復」讓我遠離人群，讓我有了罪惡感，時間越久，心就越是承受不住，想忘記又不行，連夜晚的寧靜也不能給以寬恕和安慰。惡夢總是連著片，先是吳桐桐裙子上開放的那一朵血花，接著是一片汪洋的血海，我就在這血海中沉浮著，我看到同學們亂紛紛的臉在岸上對我口誅筆伐。我看到曹老師憤怒的目光。看到媽媽鄙夷的表情。看到父親低垂著頭好像在流淚……我想呼救可是沒人理我！我清晰地記得媽媽說做人就要光明磊落，我並不知道「磊落」何意，可我知道光明就是不做「暗事」，可我做了「暗事」，媽媽自然是天下第一個有權力鄙夷我的人。

我哭了，我失去了所有人對我的信任。我想，那就讓血海淹死我吧！我再也承受不起這心靈的折磨了。然後我沉在了海底裏，我遇到了一群巨大的鯊魚張著血口朝我蜂擁而來，我知道死就藏在某個角落裏等著我，不定什麼時候死神就擒住我的咽喉了。我想著，先讓腦系死吧，這樣會減少痛苦。可是當一條鯊魚把我吞進肚子裏時，我並沒有死，反而有了安全感，我發現了一個巨大的世界，有山有水，有天有地。我於是在鯊魚的肚子裏築起了一幢高樓，然後我決定把父親和母親接進來，一家人在這裏

生活。讓時光倒流，忘記過去的不愉快，重新建設自我。我還要在這裏建設一個農場讓各種生靈在這裏繁殖存活，首先要有糧食吃。然後我要把人類的優秀分子引進幾個搞科研，主要科研專案是「罪惡清除器」，凡有過罪惡歷史的人，只要有悔過之心，就可以享用「清除」待遇。清除乾淨罪惡，輕輕鬆鬆地活！

我正得意忘形的時候，許家的狗不知因何叫個不停，狗無情地把我拉回現實中來，屋簷上探過一縷兒陽光賊亮亮地照著我，我好像已經不習慣如此陽光明媚的氣氛了，因為我的心失去了光亮。狗叫了一陣之後，彷彿是累了，把嘴支在前腿上，閉起眼睛想心事。做一條狗多好啊，因為牠不會犯錯誤，就是犯了錯，人們也會原諒牠。上帝為什麼對人如此苛刻呢？我的身體濕漉漉的，出了一身的虛汗。牆上的日曆進入了我的視線，綠色的頁面「啪嘰」一下定格在我的眼瞼裏，星期六！我極其敏感這個日子，因為這是開班會的日子。我整個神經都緊張起來，時間容不得我繼續拖延，它催促我必須盡快拿出決定。

自首？還是硬挺？

我想我得找個人說說話了，找誰呢？沒有人回答我這個問題。

這幾天老師對我上課「走神」頭疼不已，連連向父親告急。父親臉上又晴天轉多雲了。父親很忙，可還是抽出專門的時間談判這個問題，因為是老毛病，父親沒有耐心總問我心裏想什麼，檢查了我參差不齊的作業就決定武力解決，父親相信棍棒底下出英才的說法。可母親恰好相反，母親習慣以平和的心對人。她像一個有經驗的醫生，看病先搞清前因後果，然後才做手術。

媽媽藉故把父親支出去，用極溫和平靜的目光看著我，我似

乎找到了一種依託感，渾身暖暖的，媽媽的目光如一團輕盈的雲柔柔地落在我的心上，濕濕的，能充饑消渴。

我就有些感動了，淚水不知不覺地汪洋下來，媽媽的力量是巨大的，她的目光不容你有欺騙的想法。於是我就將一心的沉重包袱卸給了媽媽。我說：「我做了不光明的事，我成了壞人，我害怕，全世界的人都會看不起我的！」

我原想對自己的行為做些辯解，可是媽媽好像跳進了我的心裏，知道我事出有因，還知道我心裏後悔，內疚，難受，想認錯又沒有勇氣。媽媽沒有把我當壞人看。

媽媽說：「犯了錯誤，有能力自省，並且敢於改正錯誤，不僅不是壞人，而且還是最勇敢最了不起的人！大可不必背起這麼沉重的包袱。」

我睜大了眼睛，盯著媽媽，想搞清楚其真實程度。但我從不懷疑媽媽的話裏有假。媽媽的力量真是大，在這些日子裏，壓在我心頭上的巨石嘩啦一下掀翻了，無數的光點透進了我的心房。我又有勇氣做人了！好像一隻黑暗中待久了的小鷹釋放在陽光下，我又看見了山川，河流，花朵，青草，樓群和橋樑，還有穿行的汽車……是的，媽媽是我的朋友，知己，安慰！

七

　　我知道我該怎麼辦了，我想出了自己認錯的辦法，我並且為自己認錯的辦法自豪。我決定不直接面對吳桐桐，也不直接面對全班同學，我寫了一份檢查，獨對老師。我並沒有多餘的話說給老師聽，因為我堅信老師早已知道我是兇手，不然，我一定會隱瞞到底的！其實「自首」遠比做一件錯事更需要勇氣，在別人沒有揭穿之前有太多僥倖的幻想。可老師的「那點時間」恐怕不多了，時間是不容我有幻想的。

　　老師看了我的檢查，先是出現了始料未及的表情，然後目光盯在我的臉上好一陣，再然後就勝利地笑了，笑意一波兒一波兒蕩漾開來，好像得到了一份意外的收穫。我雖然不能準確地透析這笑的含意，但有媽媽的話做後盾，就不像先前那樣皮緊尿急，反倒是多了一些坦然，因為我知道起碼在為做一個「了不起」的人做著努力，而且老師也沒有因此顯出特別的嚴厲，只是不斷地看我，從那張笑臉裏我似乎發現了媽媽的特徵，於是我就有些出奇的大膽。我要求老師保密，可老師說這不徹底，就當堂讀了我的檢查，引起了一室人的喧嘩，還挨了吳桐桐的好幾個白眼。有的同學認為自投羅網最是不聰明。但我更深切地遭受到了很多同學的厭惡，冷眼，輕視和取笑……

　　這一刻我思想極度混亂，我並且有點恨老師的殘酷；恨媽媽的指引；使我經受了一場無已復加的難堪和孤立無援的可憐！我眼淚汪汪了……

　　可這一切被老師壓下去了，老師認為我不僅給全班同學做了個好榜樣，而且給全校同學上了一堂活生生的思想品德課，老

師肯定了我這樣做的正確性。一室的同學都僵僵地豎著頭顱不動了，好像大家都在調整著思維的錯亂，情景也隨著老師的傾向風雨雷電變化了，世界從冷漠中變得溫和起來，我的自信也在這一刻鮮活鮮活地甦醒了，我從恐懼和混亂中解脫出來。

就在星期一全校舉行升旗儀式的時候，正教處主任站在紅旗下再次讀了我的檢查，弘揚了我做錯事敢於承認錯誤的品格。並且講了紅旗的來歷和升旗的意義，同時講了新中國的後一代不僅要有文化知識而且要有良好的思想素質和道德品格。

我成了全校的楷模！

我聽見了像過大年時爆竹般的掌聲，經受了全校一千多雙目光的追尋和注視，看樣子那目光根本不是追尋一個改邪歸正的壞人，而像注視一個突如其來的英雄。

在這個我永遠難忘的早晨，一種從未發生過的新鮮，刺激的激情，從我的體內滾燙起來，我毫不掩飾自己驕傲的情緒，受人讚賞，受人愛戴，或許這才是人的本質。在這一刻世間的萬物都變得可愛變得溫文爾雅變得和風細雨起來。就在國旗冉冉升起的那一刻，一種神聖感油然而生，我即刻溶入在一片紅色中，心裏彷彿長起了一面面小紅旗，在細風中起起落落飄動著。因為媽媽曾經說過，旗幟是世界上最高的榮譽！

在此後的一些日子裏，無論上學還是下學每每走到旗台前，我都要停下來凝望著飄揚的紅旗，默默地停留很久很久……

八

我的心情持續著一種激動和興奮，在同學中間自我感覺威信好像日日築高。這點幸福感，讓我的生命意義一點一點突現出來，我不僅愛學習，而且愛勞動，愛幫助人，對老師同學一律恭順，甚至對路邊的乞丐都充滿了愛意。對樹木和小草愛憐有加。

可是我身上卻多了一雙憤恨的眼睛，我很想對她道歉，但是卻走不近她。我想同她和好，可她的敵意即在一天天生長。就在那個黃昏，我們下了學，排著佇列出了校園，很多家長遍佈在路邊比學生還密集。

我往前走的時候，一個大漢站在我面前，「啪嘰」就搧了我的腦袋一巴掌。我很想知道這巴掌的來歷，可是沒有等我搞清楚那碩大的巴掌因何而起，腦袋就再一次交付過去了，天地間即刻旋轉起來，在恍惚中，我看到馬路上有很多人的面孔萌生了莫名其妙的線索，並且朝我圍過來。

打我的漢子說：「這狗雜種每天欺負俺娃娃，欺負了人還想落跑，一點點大心眼就深得像一口井。老子我就因為缺心眼吃了不少虧，俺娃娃這麼大一點點就遭你雜種算計。」就又向圍觀的人說：「你們娃娃可要當心著點，這是個劣鬼！拿圖釘往人屁股上扎，你說他劣不劣？」

男人的話很有效，他很快就把大人打小孩的尷尬扭轉過來，許多人的目光都硬僵僵地盯著我，像盯一個壞蛋一模樣！那目光，那神色是打死也不解恨的特徵。我的腦袋嗡嗡地炸響，好像要裂成碎片一樣，我沐浴了全校一千多雙目光注視的光榮，可這一刻每一雙目光中的摒棄都讓我椎心泣血！

我還聽到有家長問他們的孩子：「他是哪個班的？和你一個班？離這種『鬼』遠點，別招惹他！」

我瞬時間連人都不是了，未經變化竟就成了鬼！他們的孩子不以為然。他們的家長就反覆生戒。

吳桐桐站在漢子一邊，下巴翹翹著，一臉是忘形得意。

我說：「叔叔我已經承認錯誤了，老師說認了錯就是善良的人。」

漢子就搧了我一刮，又搧了一刮！說：「別他媽使這彎腸子，老子噁心的就是這一招！你認了錯，別人就不疼了嗎？老師，老師不那樣說怎說？殺了人說一聲我錯了命還有嗎？」

我被碩大的巴掌搧的站立不住，自尊心像一幢傾倒的大廈，我的靈魂彷彿已被砸得粉碎！我看到許多人臉上都沒有同情我的意思，淡去了的罪惡感又重新貼近，我不敢反抗，也不敢大聲哭，在旗台前一點點溫暖起來的心，這一刻又一點點地涼下去，我的心靈從遙遠的記憶中作了一次漫遊。像一本高潮迭起的書。一種恨意又如雨後的野草瘋勢勢地長，很多時候一個人真心實意想存善，世事是不容的！我看到勝利後的男人牽著幸災樂禍的吳桐桐鑽進車裏，嗚一聲，車屁股後面吐了一縷黑煙遠去了，一種無助，無邊無際地生長……

我想，吳桐桐你等著！

九

又一個白天開始了，再見吳桐桐的時候，她已恢復了先前的傲慢，她再看我的時候並沒有心生內疚，而是看你還敢不敢囂張的表象。我的恨意是從這一刻確立的。可是我懼怕那碩大的巴掌！假使我受了氣我的爸爸會像她的爸爸那樣義無反顧嗎？不！肯定不會！我的爸爸習慣於忍讓，我要向他報告我受了氣，他定是嚴格地審問出我的過錯，然後教我保持息事寧人的態度。讓爸爸也像吳桐桐的爸爸那樣以成人的強勢去打別人家的弱勢小孩就如自己在打自己的臉！

所以我的仇恨得由我來解決。

課間操吳桐桐總是在我前面，只要我一伸腳就可以讓她來一個狗吃屎，可是每當思想蠢蠢欲動的時候，那獵獵飄盪的紅旗和一千多雙讚許的目光就阻止了我。達不到目的是痛苦的。看來做一個壞人不容易，做一個好人同樣難！

又有一天生活給我降臨了一個極好的際遇，我們排著隊打開水，水龍頭不知因何突然跳起來，滾燙的開水不從下面好好地流，卻變成了水花一直朝天冒上去，又向我們紛紛揚揚灑下來，這個故障是吳桐桐造成的，水花燙得她哇哇大叫，她只知道用胳膊護她的臉卻並不知道遠遠地躲開。我用一塊磚頭朝水龍頭上端砸下去，「水」就砸老實了又好好地向下流……

吳桐桐驚異於我的果敢，也感激於我的搶救。很多同學都為我譁然。我以為吳桐桐會把此事彙報給她的家人，以此消除我的惡劣影響。可中午下學我又見他父親的時候他仍然不懷好意地白我一眼，我有意停留在他們面前，試圖吳桐桐給我平反昭雪，可

吳桐桐一見父親鼻子就一抽一抽，淚水盈了滿眶，說她的手被開水燙了。他父親就大驚失色進行追根究柢，說你們老師呢？老師死哪兒去了？好，下午爸給你找老師算帳去。

吳桐桐把燙傷的過程複述給父親卻隻字未提我的壯舉。

我失望極了！

我的心掀起了波瀾，我想起了他父親毫不留情的巴掌。想起了那麼多椎心刺骨的目光所給予我的恥辱。救了任何一個人我都高興，可救了吳桐桐我心裏不平衡！多麼好的一個復仇機會，可我卻自動放棄了。沒有時間叫我思想一下，我氣得心疼。

可是這件事我受到了老師的表揚，她說我不僅勇敢而且有機智。

我自豪地瞥了一眼吳桐桐，心靈找到了天平。人到底願意做一個好人，老師雖然不知道我內心的矛盾，可我畢竟保住了自己的形象，我復仇的烈火也就水撲火滅了。我驚異於老師總像長了一雙隱形手，每到關鍵時候就不動神色地拉我一把，讓我按照她的思路前行。我為此站在升旗台下，望著血一樣飄動的紅旗，悄悄地流淚，因為委屈，也因為紅旗下有我的榮譽。紅旗意味著什麼？意味著一個人心靈的旗幟！

我又迷上紅旗了，因為那裏面有無數的英雄！

我想，設若我能當一次升旗手，該是多麼的光榮呢，能擎起無數的英雄！此種殊榮只有班幹部才有資格享有。可我離班幹部的距離遠在天邊。怎樣就能當一次升旗手呢？這個憧憬和渴盼一直糾集著我的情緒……

B_章

一

我從地下室裏偷偷地溜出來，唯恐被婦人絆住。早晨的陽光非常清晰，在地下室裏住久了，好像已不太習慣很明媚的氣氛。我貓著腰溜出了公寓，沒發現異常，才鬆弛下來。

然而，滿大街都貼著尋人啟示，我的照片懸掛在牆上穿越了無數個人的視線。若有人能把我交回父親和母親身邊，「告示」說，必有重賞！「重賞」那兩個字牽住了很多人的視線。這個告示有了經濟效益，頓然輝煌無比。接著就有人開始撒開自己的視線遍地追尋。他們議論著：「一定是個獨生子女吧？」

「一定是！如今城裏人無獨有偶的不多，這筆交易要成功，必定能得一筆好收入，比打半年工值一萬倍！」

「作夢吧！哪有天上的餡餅這麼巧就掉在你嘴裏的？」

「萬一呢？萬一掉下來就得狠咬一口了。如今獨生子女可是價值連城。比當年國民黨懸賞共產黨可值錢多了。」

他們議論著，目光卻不放過路上的每一個人。

我將領子往上拉一拉，低下了頭，準備迅速撤離此地。我不能讓他們把我捉回去向父母領賞。我怎麼可能讓他們掙這一筆最容易賺的錢呢？我從他們的背後從容地走過去，以為會很安全，可是我渾身載負著目光，就像一個蜘蛛一樣糾集了很多光線，我全身的細胞開始緊張，腳步就由衷地加快，恰恰由於這個細小的舉動引起了那些懸而未決的目光，他們開始認真辨別，後來我聽到「哧啦」一聲，一定是撕下了告示的聲音。接著我聽到了凌亂的腳步聲在身後馬蹄一樣地響起來。我立即隨身後的腳步聲飛跑起來，如此他們就更證明自己的判斷緊隨其後。我立即變成了

「逃犯」宛如驚弓之鳥。他們的眼前一定看到爸爸「嘩嘩嘩」地為他們點票子的情景了，不然我已筋疲力盡了他們還毫不鬆懈，只有錢才有這樣的力量。

沒有人指示前面的人抓住我，他們一定是想到，讓別人抓住起碼得賞金一半。因此他們只一味地緊追不捨，到手的賞錢誰肯放棄呢？可他們誰也想不到我曾是全區八百米田徑賽冠軍，只要給我時間我會一個一個把他們甩掉。

這是一個非常刺激的過程。我鑽進一條胡同裏沿著這條起伏擺盪的小路急速滑行，有幾隻遊閑的鳥暫時放棄飛翔，落在地下覓食，聽到我迅雷不及掩耳的腳步鼓點般地向牠們襲來，牠們一縱身跳到房頂上，無比驚愕地為我放行。我由緊張到放鬆，由放鬆到機智。到底保住了自己的安全！

我躲到一個僻靜的地方，腳步聲早已被我甩得無蹤無影。我沉浸在勝利後的喜悅中，我慶幸我替父母又省了一筆錢。可是我的目光觸到灰白的天，這種色調無意中添了些惆悵，心裏升騰起一縷兒濃濃淡淡的思念，我想媽媽了，我也想爸爸！可是我又怎能就這樣站在他們面前呢？我得有點出息，我得還給父親一個驕傲。可是怎樣就能達到驕傲的程度了呢？

一直籠罩著我的幻想開始殘缺不全了。想找工作碰不到好的運氣，想做生意又沒有本錢。父親和母親已布下了天羅地網，不惜重金發動起天下所有的人尋找他的孩子。我彷彿看到父親空洞失神的眼睛；母親焦慮憂傷的面容……我眼前漆黑一片，心開始了疼痛！淚就淹沒了整個城市……

二

　　我又得回去面對那婦人壞壞的笑了，只有她允許我欠她的房租費一直地住下去。那婦人看上去其實並不算難看，小模小樣的，直挺挺的鼻梁很是脫俗。她好像沒多少愛好，看起來愛她的狗勝過了一切！她的男人不常回家，可是每次回家婦人都要藉故把我叫到家裏表示著與我不應有的親暱。我心裏感到無比厭惡。可是肚子餓，我需要婦人的報酬，婦人不會虧待我，這點我是堅信的。婦人還教我怎樣與她表示曖昧。

　　我說：「我不！」

　　她說：「你不想要報酬了？」

　　我就氣餒了。

　　她故意摟住我的肩膀，我只覺得全身發冷，我想掙脫，可是又不能。我很怕她的男人揍我一頓。可是男人對她的行為很是不屑。看我的時候也是那種不可捉摸的目光。臨走的時候還捏捏我的鼻子一副不無嘲笑的表情。我對這個男人感到噁心。設若他打我一頓呢我覺得他像個男人。可他的全部尊嚴是可以養起無數個女人，厚此薄彼誰都拿他沒辦法。他的金錢托起了擁有帝王一般的生活作風，到哪個女人房裏過夜全看這一天他需要哪一種風情。誰得寵誰就燦爛無比，誰像抹桌布一樣被他擱置起來誰就傷心無比，但他也不切斷對她們的一切供給。這就是這個男人的「魅力」。

　　人心的骯髒讓我對世界一點一點充滿了失望。

　　男人走後，婦人就坐在一邊傷心掉淚。把頭髮搞亂，把精心挑選過的衣服從身上扒下來扔在地下用腳踩髒，破壞的動作歇斯

底里。看得出在這之前她是進行過一番修整活動的，不然她不會對自己的失敗如此介意。在這個時候我對她萌生一點點同情。我說：「妳不要哭了，妳好好經營你的洗車行，妳還可以發展更大的事業……」

她說：「小嫩嫩，你懂什麼，對男人來說永遠是事業，對女人來說愛情就是她的生命！沒有愛情我要事業要金錢有什麼用？」

我真不明白她眼底裏到底囤積了多少淚水，一直不停地流。我和她同在沙發上坐著，我想安慰她，可是沒有合適的言語，她說要愛情，可人家不給她，我有什麼辦法？她拿我來給男人看，男人還會愛她嗎？人心真是千奇百怪！

她哭了很長一段時間，天色黯淡下來，月光悄悄地從窗簾的縫隙中潛進來，地毯呈現出一片秋草的枯黃。她顯得有氣無力，好像需要一個支撐就爬在我的身上哭，我下意識躲了一下，結果躲得讓她伏在我的腿上。她濕漉漉的臉，貼在我的大腿上，嘴裏的熱氣呼呼地傳進我的肌膚裏，好像有無數的小蟲子在我的腿上竄，我害怕極了，我推開她拔腿就跑了……

C 章

一

夜晚的繁星總是給我以溫暖的記憶。

記得我十二歲的時候爸爸媽媽？我的前景萌生了混亂，不知我究竟是一個什麼樣的人，朝什麼樣的方向去。

爸爸習慣於訓話。

媽媽習慣於研究。

一切的緊張氣氛都是來自於考試成績的落差所致。自從出過「圖釘」事件之後，雙百分無論如何與我無緣，我是做過努力的，可是無效。於是我就習慣於朝後看，因為不如我的大有人在，設若我後面再找不出一個「黴球」那我可就死定了！我找了這麼點點理由自慰。可是我不是我自己的，我是父親和母親的。我的成績優劣直接影響著他們的品種的聲譽問題。因此爸爸不高興，爸爸恨不得我事事佔先，我若成了一個「全才」爸爸大約就是世界「之最」了。可我奇怪，父親為什麼不直奔「之最」呢？何必把這種光榮讓給我來完成呢？

父親說你總是看不如你的人，怎不看看前面那些比你強的人，強者是要給有能力的人比的，和弱者相比你比弱者還弱！

父親像一個幕後操縱者，總是迫使我給所謂的強者比！比！比！

我說那你為什麼不當市長，卻當一個小職員呢？

父親伸長了的脖子卻怎麼也收不回來，那目光針一樣地刺向我，氣得一句話都說不上來。許是我的話無情地打擊了父親，在父親極度頹廢的狀態中，我感覺到我們雙方都被判了死刑，這輩子我們誰都難以光宗耀祖，更別說成為國家的棟樑之材了。父親

總是以足夠的理由開脫自己，說他沒有趕上學習的機會，說他家境貧困，姐妹兄弟居多，並憎恨「四人幫」多麼多麼的惡毒，荒廢了他們的學業爾爾。

因此他才把希望寄託在我身上。可謂苦口婆心，卻難以讓我托起這崇高的希望。就算「四人幫」再惡毒也不可能死對著父親不放吧？和父親同齡的人不也一樣局長，市長一溜不停地「長」上去嗎？難道「四人幫」是有意給他們喝了「解毒藥」？

其實一代人有一代人的使命，難道人類生存的意義就是為了一代人填補另一代人的缺憾而存在的嗎？那我們該有何其的累啊！

後來我發現了一個驚人的事實──人類的辛苦原於零！

於是我寫了這樣一篇短文：

「大家都說清潔工辛苦，警察叔叔辛苦，老師辛苦，工人、農民最辛苦。其實我認為整個人類都辛苦！科學家最無辜！他們發明了汽車，火車，原子彈等等，可這一切都會給我們共同的家園──地球，起到極大的破壞性作用。汽車的廢氣對大氣層有影響，會造成臭氧層空洞，太陽的輻射會使人患皮膚癌；原子彈爆炸的化學放射物會對人類造成最大程度的殺傷力，殺傷力越大，科技成果就越高！而且各個國家都在爭取科技含量，企圖有一天競賽自己的實力，這是何等的悲哀？

人類在你死我活地證明自己，可還要強調保護地球。一邊破壞，一邊保護，人類累不累，辛苦不辛苦？人們真傻啊，只看到眼前利益，卻並不去想會給我們的媽媽──『地球』帶來多麼大的痛苦。如果人類活著就是為了辛苦的話，總有一天使人類不再辛苦，永遠躺下去，再也爬不起來！

我的理想是做一個農夫，永遠美化地球，無傷於她的軀體！」

媽媽看完這篇短文，黑洞洞的眼睛望著窗外，足有十幾分鐘難以言表，後來我發現媽媽的眼睛裏出現了讚賞和喜悅，她一定是奇異於我奇奇怪怪的想法吧。她後來給父親推薦並朗讀這篇短文時，神色充滿了新奇和自豪。

而父親的眉宇間卻皺成了一疙瘩。他說他腦袋裏都裝了些啥呀？他的理想居然是當一個農夫，我們家幾世幾代修地球，吃盡了苦頭，受盡了人間的歧視，到了我這兒費了多大的勁兒才脫離了農夫這個「光榮」稱號，他的理想是當一個農夫？「農夫」二字深長如一眼暗黑的枯井。父親悲涼地質問蒼天，他怎麼會創造了這麼一個智商低劣的品種，面孔就毫不猶豫地爬上了絕望的線索。

媽媽卻神往地說：「瞧，兒子想的是人類哎，並非是一人一事，是國家元首都不曾思考的問題。他才十二歲，十二歲就有如此的思想呢！」媽媽欣喜若狂，臉上天真的像一朵綻開的荷花。

我非常欣賞媽媽此刻的美麗，她的心靈總是那麼富有感性的質量，並且從中找到了孩童心理的特徵。

父親不屑地將頭扭向一邊：「別在這兒生這種酸勁兒，你要真喜歡他做農夫，現在就可以去創業呀！他爺爺正愁沒人幫著種地呢！」

媽媽不管父親的情緒，卻津津樂道地朗讀另一篇短文：

「今天我看了一則報導：上海市青年突擊隊立功競賽活動揭幕式，正在上海浦東國際機場舉行，來自全市建築，工業，交通，郵電，綜合經濟，城區上千名先進個人受到表彰。假如我是

市長我也開展一次這樣的活動。」

　　父親緊繃的臉鬆動了一些，可能是我企圖當市長的狂想，啟動了父親的希望，他神色明顯回暖了一些，啞然地笑了。媽媽卻樂此不疲地繼續往下讀：

　　「今天山東台又演《劉羅鍋》我很喜歡這個歷史人物，雖然他的背有些駝，可他的脊樑比誰都硬。相對和珅這個軟骨頭是個貪汙之王，真是先人的恥辱。和珅是滿族正旗人，家境貧寒，沒讀過多少書，但為人精明機警，伶牙俐齒，因得乾隆青睞，爬上公爵、軍機大臣和內閣大學士的高位，其家產值銀兩二億三千餘萬，相當全國半年的收入，大家說這算不算「貪汙之王」呢？我要是乾隆就一定親自斬首示眾，以整朝綱。可惜乾隆白白英明了一世卻眼睜睜養了這麼一個大蛆蟲！」

　　我看見父親目瞪口呆了，他好像也贊同我這樣的看法，並迷戀於母親朗朗有聲的閱讀。媽媽頭也不抬地說，這篇更有意思：

　　「今天是世界上的一個節日，我要向世界發出警告，聽說日本要發動第三次世界大戰！日本軍備已經達到七十五萬人，雖然聯合國杜絕日本有軍隊，可他們又要來了，聽說他們正在偷偷地研究核武器，據說七個月造出來，十二個月要造出比原子彈殺傷力更大的武器……」

　　父親驚呼道：「誰說的？他怎麼知道？」

　　媽媽笑了說：「請注意。」

　　父親屏聲靜氣注視著母親。母親讀完最後一句：

　　「四月一日愚人節！」

　　父親鬆了一口氣，忍不住笑了，這種笑，對於父親是不多見的，他在生活中似乎總是泰山壓頂，笑，對他的神經來說彷彿是

久違了的活動。爸爸的憂鬱不知是來自這座城市的壓力，還是懷才不遇，更大的可能是對我學習成績的不滿所致。這一刻他被我狠狠地愚弄了一下，竟忘記了父親的威嚴，出現了家庭中從未有過的樂趣。父親和母親的情緒融會貫通了。父親的「聽興」被我的短文引發起來。母親成了我作品的傳播器——

「今天是星期一，我們班升旗，我多想當一次『升旗手』啊，可我不是班幹部，真喪氣！然而我討了監督員當，雖然不能直接擎起雄偉的國旗，可『監督員』是帶有法律性質的。我要執法嚴格，絕不手軟！無論是哪個班，就算我們班也毫不留情。既然執法，就要『執』出個樣子來，我抓了幾個在國旗下極不嚴肅的人。可提出批評他們怎麼不害怕呢？他們說我小題大做，說我無聊，還說我假正經。就算他們把我罵死，我也要執法如山，報告給正教處嚴肅處理，以整校規！」

父親和母親的目光白熾熾地交流著，我看到父親驚異的神色，出現了茫然不知所云的線索。而媽媽的興奮毫不掩飾，她伸起大拇指向父親晃動著，意思很明瞭：「看，這就是我兒子。一個剛正不阿，鮮活鮮活的小法官！」媽媽喜歡男人身體裏堅硬剛強的骨質，並有正義感。她當然希望她的兒子也有同樣的質量。我看到母親眼神裏對我的肯定！這對我的自尊是個不小的安慰，為了這點安慰我似乎對自己又有了一點小自信，並且隱約確定了某種價值取向。

二

一個人簡單的夢想深藏於心，通常需要一些精微的秘密和無所不在的細節引導。

升旗這個神聖的儀式，一直珍藏在我設想的深層，我的自信得益於「承認錯誤」時的讚揚，因禍得福的幫助。在很長一段時間裏我懷念那種自豪的激情，甚至從小學至初中都沒有消除來自那個時刻對我品質上的確定。而童年的任何行為都在於成人對你的定界。

只是日復一日繁重刻板的學習生活越來越不適應於我。後來我開始自動看媽媽書架上雜七雜八的書，並不像過去那樣靠媽媽的指引選擇性地閱讀。那世界真是奇妙無窮。

我的思想到過英國境內和「簡愛」對過話，我欽佩她性格中的精神和尊嚴，我當然也喜歡羅契斯特的風度。

我也到過美國與郝思嘉會過面，這個女性的熱烈、野性對愛的執著曾使我驚歎！美國對女人的道德約束並不亞於我們的祖先。白瑞德的性格特徵是我一段時期模仿的形象。此書為什麼叫《飄》呢？

都說《紅樓夢》是我國文學之最，我那個年齡能看到的大概也就是寶哥哥和林妹妹的淒淒慘慘，我憤恨曹雪芹為什麼把所有美的全揉碎呢？

可我更喜歡《三國演義》。我驚異於諸葛亮的神機妙算，更愛曹操不僅具有軍事品格，而且更具有政治品格。若我生活中有一個關公一樣的朋友該有多棒。

《水滸傳》讀起來更歡樂，我試著把自己分別扮演成各不相

同的英雄，對宋江我不滿意，是他決策上的失誤讓弟兄們一併為他殉身。我愛武松骨質裏的真俠氣。

《賣火柴的小女孩》幫助我發展同情心。

後來我對俄國的保爾產生興趣，覺得他與我國《紅岩》裏的江姐，許雲峰之流有著異曲同工之處。

從這些書中我感覺到了戰爭的殘酷，人民生無著落，顛沛流離。我恐怖於戰爭的血腥，我設想假如世界上有一個「超人」統一全球，不再有邪惡和戰爭，人類該有多麼安詳啊！幾千年來戰爭——和平，和平——戰爭。建設中破壞，破壞中建設。人類在苦難中不斷地代代相襲，何其辛苦。人類互相殘殺，掠奪，目的究竟是什麼呢？

有一件事我一直不能妥協，據歷史書上記載，八國聯軍瓜分了我們圓明園的國寶至今還存放在他們的博物館。我們為什麼不能名正言順地取回來呢？那是我們的東西呀，可有人說這樣會導致戰爭。氣死我了！

假如我長大有了錢，我第一件事就是修復圓明園，把所失的國寶全部收回。有關這個問題我一直日思夜想，有一天晚上我夢見我變成一隻鳥，決定飛往各國去討要國寶，結果是沒有翅膀飛不起來，然後我就迷失在森林裏……

後來在一段時期內我和我們班的同學一直在設想「取寶」的辦法。點點說：「外國人都喜歡熊貓，咱們變成熊貓賣到國外去，等到夜晚咱們就潛伏在博物館附近，一旦時機成熟就開始行動。」

大家一致認為這個辦法可行，可是誰能變成熊貓呢？誰也變不成！就很失望。再後來不時有人報告說：「我們變成火箭吧，

火箭可以在天空中穿過去。」馬上有人反對：「火箭只能在我們的領空行動，此設想不成立。」又有人想變成白雲，白雲是沒有國籍的。可大家又想到白雲是一股氣體，一到地下就消失了。我們就又是一聲哀歎。總之我們什麼都變不成。

有一天晚上我從睡夢中驚醒，震耳欲聾的爆炸聲連續不斷地出現，眼前是一片火焰，火焰下屍體一排排地倒下。我夢見全世界所造的原子彈爆炸了，把整個地球炸成個碎片，人類全都被核武器覆沒了……

於是我就想假如我是一個超人，我就要統一全球，創造一個自由，平等，和平的王國。我要把和平鴿作為國鳥來保護，時時提醒人們的和平意識。那麼創造這個王國的人一定首先得有錢。經濟實力決定一切。於是，無窮的奇妙幻想呈現在我的感受中，就在這個時候我寫出了第一篇童話：《超人》

媽媽在一天晚上發現之後，像哥倫布發現了新大陸，樂不可支地把熟睡的父親推醒又開始了她朗朗的閱讀，那聲音裏的歡樂就像飛向天空的鴿群。那音色裏的質感像小河流水，在夜間聽起來格外生動——

《超人》

一、基本簡介

　　世界五大跨國公司之一，偉業集團董事長葉雨楓，已經擁有百分之九十七的股權，他的個人資金達9700億美金，是世界上第一首富。

　　偉業集團什麼生意都做，衛星、房地、農業、工業、宇航、甚至生態變化、生物存活等等。他在2570年就已經和多個星球有聯繫，為了防備地球上的戰爭，他買下了整個月球，把它變成能存活生物的第二個地球。

　　後來他的事被地球廣泛傳誦，很多大企業紛紛與他結為聯盟，要求入月球股份。葉雨楓來者不拒，廣集良才，月球秩序日日建全。有地球人要求到月球發展的，他也一律支援，但必須是熱愛和平，有誠信有正義感的人方可通行。月球已發展到二億人。而葉雨楓是月球人的始祖。

　　葉雨楓出生在一個平凡的家庭，爸爸是機關職員，媽媽是心理醫生。父親雖然有些兇，可他心底特別軟。媽媽雖然要求嚴格，但心靈世界豐富多彩，給他釀造了充分發揮才能的條件。因此他成了一個超能量的人。他把從小到大的壓歲錢全部攢起來拿去擴股，每次全部投放，並無差錯。

　　在他十六歲那年他已經有900億美金的個人資金，在他十七歲那年就擁有2700億美金，在他十八歲那年上升到8700億美金，在他20歲時建立了偉業集團公司，每年收入2800億左右。同時入股的還有他的好朋友，海海，豆豆，點點，二旦，程超，希林，

偉奇。他們各管一面，海海管政法，豆豆管宇航，點點管衛星天線，牛牛管微機軟體發展，程超管生產種植，希林管汽車製造，偉奇管生態和石油。二旦管房地產

他很愛國，所以他決定重建圓明園。

就在2570年他20歲時向全世界宣告，要求八國聯軍搶走中國「圓明園」的全部財寶歸還原主。條件是他給每個國家50億美金，不然的話就搞成世界金融危機！通過衛星傳播：緊急告示！

消息剛傳出去，美國總統甘乃迪被中國的強大所嚇倒。即刻表示同意！不到一個月工夫，國寶全部收回。

於是他拿出一億美金重建「圓明園」他的舉動引起各界人士的不同反響。同時他還有其他設計，「圓明園」除去保持原來造型外，為了長遠打算他還在地底下造一幢地下宮殿，直通地球中心，其用意只有他心裏清楚……

二、月球

在宇航方面，豆豆有突破性進展，他已經與72個星系，10個星球有聯繫。他們廣泛傳誦著葉雨楓這個名字，他的信譽，品格，能力震驚了宇宙，豆豆在外交過程中遇到困難，只要提到葉雨楓的大名，問題就迎刃而解。

葉雨楓聘請了全世界最有名的科學家到月球上去發展事業。各國的精英就出現了爭先恐後的局面。他給月球上了個玻璃罩，在內釋放了大量的氧氣，讓他們安全工作。先是讓他們在月球上種植了地球的植物，然後把地球上飛鳥昆蟲及各種走獸動物移養到月球上。接著仿地球而造了沙漠、平原、高山、海洋、湖泊、河流、森林……

海洋與陸地的對比和地球相似，人們把月球稱之為第二個地球。亞、非、拉、美各占一地。葉雨楓還把各國最先進的政治體系、經濟結構、文化學術，傳播到月球並且進行改良。這裏有嚴格的法律機構，和諧的人際關係，形成一個沒有戰爭，沒有掠奪，沒有邪惡的王國。月球的造價花了700億美金，這是偉業集團三年的成果。

三、第三次世界大戰

　　第三次世界大戰爆發了。

　　葉雨楓這個聰明的企業家帶領家人，朋友，弟兄，還有500名受過他救命之恩的勇士及保鏢，躲進了圓明園地下宮殿——太和殿。

　　上面的情況是，很多小國家都已滅絕。戰爭全部用的是核武器，根本用不著人力。地球瀕臨崩潰，再有幾小時就徹底完了，葉雨楓本想到太和殿躲一下就坐太空船上月球，可行至太和殿的途中，發現前方有人，那人厲聲喝道：「誰？」

　　葉雨楓說：「我還想問你是誰呢，太和殿姓葉，你又從何而來？如實招供！」

　　來人立即軟下來說：「您是大名鼎鼎的偉業集團董事長吧？」

　　葉雨楓傲慢地仰起下巴：「沒錯！」

　　來人客氣起來：「快跟我走，我們大王正等您呢，請！」

　　葉雨楓跟隨來人一同前去，他對牛牛說：「如果我五分鐘以後回不來，你們就穿上太空防護輻射服準備戰鬥。」

　　牛牛回說：「ＯＫ。」

葉雨楓隨來人直通地下宮殿的主殿太和殿裏，太和殿仿古代帝王朝政的建築形式，四壁鍍金，雕梁畫柱，700盞形態各異的壁燈，照得太和殿金碧輝煌。

　　寶座上坐著一個人，神氣昂揚，很有權威的樣子，見葉雨楓進來就問：「閣下就是偉業集團董事長吧？」

　　「是的，請問您是……？」

　　「我是亞裏克斯帝國的國王，我們馬麗斯五百六十三世都生存在地下，是靠『馬托尼』（石油）『卡斯托』（煤）生存的。可你們地球上面的人已經把『卡斯托』『馬托尼』全部用完了，我們無法生存，我們曾經對人類發出過多次警告，可人類並沒有引起重視，所以我們只好改變生存方式，到地球上，又恐人發現。因為人類高喊友好相處，卻戰機重重。聽說偉業集團董事長承諾全球，與人為善。因此我們發現了您所建造的這幢地下宮殿，適合於我們居住，請董事長允許我們借住這裏。對不起，不好意思。」

　　葉雨楓說：「沒有關係，是我們人類對不起你們，將來我決定把地球，月球，凡有生物的球類，統成一國，沒有戰爭，沒有毀滅，全球類均可成為鄰居，友好往來。噢！對了，人類正用核武器打仗，地球馬上要爆炸了。我們現在是在地球心臟，核武器的輻射物馬上就會進來，你們得有長遠辦法才是。」

　　國王說：「那咱們合了吧，您到哪裏我們也到哪裏。」

　　葉雨楓說：「那你們就得歸我統一指揮。」

　　國王說：「只要您讓我們生存下來，我們就聽您的。」

　　雙方達成協定，葉雨楓把兄弟們叫來，一切安排就緒，即刻就準備上月球，可葉雨楓的爸爸媽媽因留戀地球，寧死不走。葉

雨楓急得沒辦法，只好忍著在太和殿陪父母又住了數十天，經探測儀探測，核輻射已到了地球心臟，許多人開始咳嗽，氣喘，皮膚疼痛。葉雨楓再也不能依存父母的意願，命令全體人員分批出行。

可是先誰走呢？

經過幾天探測，亞裏克斯人身體毫無異常。於是葉雨楓對國王說：「你們亞裏克斯人抗輻射力比我們強，你們在核輻射條件下比我們生存時間長，所以我決定用太空船先把我們的人運上月球，然後再來運你們一同上月球，你看如何？」

亞裏克斯帝王起了疑心說：「你們人類最自私，最詭詐，一到關鍵時候就看出你們貪生怕死的秉性。你們心裏光有自己，爭奪了我們的石油和煤，又因互相爭奪地盤，毀滅了地球。現在你必須先把我們運上月球，以實際行動表示贖罪。」

葉雨楓說：「我們的人已到生命垂危的時候，你們居然毫無同情心。再說太空船是我們製造的，不說存活問題吧，就從禮貌上也該先我們上。我能接納你們就是證明我代表人類，向你們道歉的。可你不與我友好合作，就是上了月球也不好相處的。」

亞裏克斯國王就發動亞裏克斯人和偉業集團的人打起來，為爭奪太空船大戰一夜，亞裏克斯人沒有打仗的經驗，屢戰屢敗。最後亞裏克斯人被降服。葉雨楓以大戰得勝而告終，乘坐太空船上了月球。

而他的父母卻在這次戰爭中死於非命！葉雨楓是含淚而去的，當時天上下起了綿綿細雨……

四、思念地球

　　葉雨楓帶著他的人上了月球，經幾十年的改造，把月球建設成比戰前的地球還要繁榮，他不僅在工業，農業，科技，軍事方面有突破性進展，而且在政治，經濟，文化，法律都有了一套可行的辦法。月球安居樂業，非常和平。

　　可有一天，宇航部門接到幾個星球的求救信號說：「北天門和南天門大戰，要求立即報告葉雨楓！」

　　葉雨楓經過一番調查瞭解，分析是非，發出命令帶精兵強將前去支援正義一方。

　　豆豆馬到成功，沒傷一兵一卒就大獲全勝。歸來時繳獲了各星系高科技儀器578種，武器上萬種，挑動戰爭者，失去自主權，歸降葉雨楓所管。據副官說，還發現了一種強力粘合劑，可以把任何物體粘起來。

　　葉雨楓立即想到破碎的地球。

　　於是他把粘合劑交給科研人員去研究，看是否能把地球粘合起來。

　　經科技部門提供消息說，還缺少一種「痰」元素。此元素只有地球上才有。葉雨楓即刻派人下地球的碎片上找回「痰」元素，生為了90000億噸粘合劑撒向地球，十五天內地球還原了。一次性成功！

　　白髮蒼蒼的葉雨楓，生於地球，長於地球，想到生他養他的父母死在地球上，對地球充滿思念之情。於是他把月球的生物放回地球，帶著願意跟他走的弟兄們回到地球。重整家園。讓全世界，全球類皆成一家，不分彼此，互相支援，友好往來。形成沒

有戰爭，沒有貧窮，沒有邪惡的天地。

他並且把所有的宗教歸為一家。

「從此他成了地球的始祖……。」

媽媽閱讀的餘音依舊在屋內旋轉，父親卻出現了目瞪口呆的樣子說：「這是他寫的嗎？這是他寫的？」

媽媽說：「我想應該是吧！」

「這麼說我們已經死在『太和殿』了？」

媽媽說：「這種死法我很驕傲！」

「這麼大一點小腦袋盡想些啥呀，天上，地下沒有他不去，沒有他不通。從農夫到市長又到皇帝至下而上地當了一遍，最後還要當一個無事不能的『超人』？學習成績怎麼能趕上來，這文化知識往那兒放。」父親似乎終於找到了我得不到「雙百」的癥結之處。出現了前所未有的惱火。

媽媽說：「這不代表文化嗎？而且充滿了浪漫色彩，一般孩子能有這種想像嗎？」媽媽神往地說：「我兒子就是渾身毛病也是可愛的！這是一個生命的精神！」

這句話讓我頗為感動！

也許正因為媽媽的肯定性態度，導致我不斷有宏大的理想出現。

父親卻為之焦慮不已。他說：「現實不需要這個，現實要求他一個年級一個年級升上去，紮紮實實的成績單！」

父親和母親的爭執，從不避諱我的存在。我常常搞不清我究竟該聽誰，但我的天性更貼近母親。

我看到父親繃緊的臉背後有忍不住想笑的意味。許是他見識了一個現實中的「超人」吧。而這個「超人」正是他的偉大的精

液所產生出來的。

而媽媽的思緒好像依然在驚心動魄的《超人》中旋轉著……

父親已經徹底回到現實中來，他毫無顧忌地破壞了媽媽美妙的「沉浸」，一意孤行地喊：「小雨你給我過來！」

其實用不著過來，我本來就在他們的房間門口悄無聲息地貓著腰觀察動靜呢。但我還是裝作在我的房間裏認真寫作業，並不給他馬上過去。又聽父親喊了一聲，我才從「認真」中拔出來，帶著莫名其妙的表情走過去。

父親揮舞著本子說：「這是你寫的？」

我低頭不言。

「啥時候寫的？」

我說：「反正不是上課寫的。」

「還給我頂嘴！你說說你整天都想些什麼亂七八糟，以後再寫我敲斷你的手！」

我就用目光掃描母親以求援助。並且想知道父親是不是真生氣了。

媽媽說：「你的想像力很好，但首先要學好功課，不能本末倒置。」

媽媽真不夠意思，她持中立態度，既不得罪爸，也不得罪我。全不像剛才那麼欣賞中帶著炫耀。還不能本末倒置呢，哼！

爸爸說：「聽見沒有？」

我把頭扭向一邊。

父親即刻就要把我的童話撕掉，是媽媽手疾眼快才搶救下來。我懸起來的心方才回了正位。

三

在此後的一些日子裏，《超人》在我們班悄悄傳閱，後來又在全校掀起了高潮，凡是偉業集團的成員，一律隨著「超人」驕傲起來。

牛牛對電子遊戲興趣減弱，對微機軟體卻開始關注。

海海對偵破更感興趣。

豆豆對宇航方面的電視節目、雜誌之類從不放過。

二旦每天望著高樓大廈發呆。

希林開始注視馬路上的各種汽車。

唯有程超說他不想管生產種植，他更喜歡宇航。

我說：「那我給你改過來，讓豆豆管生？」

誰知豆豆又不依。兩人為此爭吵起來，甚至動了武力。老師追根究柢搞清楚是因為我的童話挑起了戰爭。

《超人》的結果是被老師沒收！這讓我痛不欲生！我們偉業集團的全體成員為了安慰我破碎的心，悄悄潛入老師的辦公室進行「敵工」活動，而《超人》經過緊張的搜索卻蹤影全無。

全體默哀！

但這也不影響我的威望在班裏正如建設一幢高樓大廈一樣日日築高。董事長的稱號已在全校不脛而傳，無論上課，下課，走路，放學，誰見著我誰都要愉快且神秘地喊一聲董事長，以示尊重。而我的神氣也是隨著董事長的稱謂漸漸飛揚起來的。那時候董事長這個新名詞在我們中國大地剛剛興起，誰擁有這樣的稱號誰就代表著實力，統領著時尚。而我們學校我是第一個。雖然有關董事長的一切實力難以兌現，但神氣是董事長的神氣，頭髮

梢，腳步裏，眉宇間，舉手投足一併帶有「董事」的派[

後來我們偉業集團的人下學不按時回家了。我們跑到[
店科技書籍區找我們想看的書，先是根據各自的分工找各[
業書籍進行閱讀，我找的是經濟管理方面的書，假眉三道看[
章，結果是看得很乏味，其他人的下場和我一樣。

後來我們的閱讀興趣一併從科技轉移到科幻，個個看得[
津樂道。《星球大戰》看得我們神魂顛倒，看迷了星辰，看醉了
天空。看得書店店員一見我們進去就鬧心，因為我們光看不買。
後來點點和二旦為搶看一本書把封面撕破了，我們被這個巨大的
「意外」驚下了一片！白茫茫的眼睛一併僵死在被損的書面上不
知所措，書店把我們扣住非要我們買下不可，說每天來看書，不
收磨損費就已經是最大的寬容，損壞了書不買定要把我們交給學
校處理，我們被嚇壞了！那時我們統統恐懼於老師的懲罰，最後
集體ＡＡ制，把書購置下來，才算了事。

研究宇航的豆豆看了《星球大戰》在一天早晨醒來，發
現有遲到的可能，並且失去了拾級而下的耐心，突發奇想，
為節約時間決定乘「降落傘」飛樓直下。於是把太陽傘撐開，
站在陽臺上眼睛一閉，在初升的陽光照耀下，一個小小的身
軀隨紅色「降落傘」驕傲地飄然而下，落地後腳踝骨折。

此壯舉不僅把全家人嚇得半死。而且豆豆付出了沉痛的代
價，不能再和我們一起到科幻世界裏享受歡樂，上學時還足足坐
了三個月的輪椅。

豆豆雖然倒下去了，但更多的人加入進來。後來《時光列
車》奪取了我們整整一個週日的時間，導致我們忘記了寫作業，

第二天我們一併被老師擋在門外，拒絕我們登堂入室聽他講課。老師把我們熱衷於科幻的熱情稱之為「妖風」。說非要把這股「妖風」壓下去不可。擒賊先擒王，當老師把目光停留在我的臉上的時候，我的肌肉就突突地跳起來，就像有無數根芒刺扎進了肌肉裏。嚇得滿頭大汗。在老師把目光固定了的時候，我感覺到其他同學的神經鬆弛了下來，按常規來說，法不責，有人替罪了。於是我看到他們的目光也斜斜地朝我掃過來，替我擔驚受怕。如此，我反而有了一些承擔責任的勇氣。

老師說：「好事也是你，壞事也是你，葉雨楓是不是你帶的頭？」

我不置可否。

老師把手裏的一個本子晃動著說：「這一出我還沒來得及收拾你哩，你倒又變本加厲地出錯，說吧，你打算怎麼樣？」

我們的目光全都被那個本子揪集過去了：

「《超人》？」

我們忘記了所處的困境輕呼起來，聲音是不約而同的。因為我們為此搞過「敵工」活動都沒有獲取。此刻出現在我們眼前就像久違了的朋友。

可老師瞇瞇著眼睛笑了，她把《超人》部分哧啦一聲撕下來，就像一個人被掰成兩瓣一樣，接著是把它無情地撕成碎片摔在地下說：「以後誰再搞這亂七八糟，這就是下場。回去，寫二十遍作業，把你們的家長叫來！葉雨楓你寫五十遍！」

我是隨著這樣的命令全身出現了發冷發硬的狀況，五十遍的懲罰老師的聲音不打一點彎，可對於一個生命來說是何等殘酷的欺壓？

我們看著那一堆白色碎片，如同一個白色的墳墓，把我們的夢幻埋藏了，就都紛紛流下眼淚，悄悄地哭了……

我們的歡樂也隨那一縷青煙飄向不可知的地方。

此後我們把家長叫來。

老師就像經歷了十七級地震一樣的驚慌和家長進行了一次促膝談心。大意是嚴格控制我們的課外活動和課外閱讀，勒令家長每夜監視我們的作業情況。

名曰「收心」。

「收心」活動搞得緊鑼密鼓。

我的同學無一例外遭到了一次武力襲擊。並把他們所有的科幻故事一併化為灰燼！想像的翅膀就這樣血肉橫飛地砍成了碎片！

從此我們腹背受敵，到處藏滿了間諜。我們沒有了理想，大人們嚴格執行老師的精闢誘導，除課本以外的一切興趣全部挖苗斷根，我們必須成為一群盯著功課兩眼發直的病孩子。

創造僅僅來自於書本嗎？我覺得更大程度是想像。

事實上，從那一次訓話之後，許多同學不再出現歡蹦亂跳的局面，每一個人的面孔都爬上了無奈的線索，我們不再有夢幻，不再有想往，情緒總像泰山壓頂一般。對教科書產生了敵視，學習飛流直下，這好像是對老師和家長的一種懲罰！因為小孩子獲得一點自由是何等珍貴，當「自由」過度，犯下了錯誤，我們一樣有負疚感，如果老師和父母提出警告並不剝奪我們的自由，我們對這點自由一樣有回報心理。

可惜沒有人願意尊重小孩的心啊！

而我的母親並沒有像其他家長那樣聽從老師的話，做完作

業並不反對我繼續馳騁自己的想像，並且有很多時候與我同樂。這是我尊重母親，愛戴母親的根本因素。因為媽媽尊重了我的心靈！

可我的父親為此認為我的媽媽不稱職，夫妻關係出現了緊張局面。很多家長也譏笑我母親的寬容是教子無方，因為我並不是個「成功」的孩子。我很怕有一天母親突然變卦，也板起面孔學別人的媽媽。事實上母親一直很寬容，然而這也未能使我如先前一樣歡樂起來，孤獨一天天向我逼近，失去歡樂的原因是心靈的無形囚禁！

四

在陽光下我只看到自己的影子，只有影子是我的朋伴，我以陽光為鏡不斷地轉換角度，看著自己的影子拉長變短，不時擠出一絲兒悲傷孤獨的癡笑，否則我再也找不到可樂的事情。到同學家我恐懼於大人們那像驅逐一條狗一樣的目光。設若學習好一點的同學到家裏玩，大人們的目光還客氣一點，恨不得讓這些優秀人種的靈氣發射給他們的孩子一樣。設若像我這樣成績平平的學生到人家家裏玩，那目光無情的就像秋風掃落樹葉一樣的殘酷，好像我們都屬於道德敗壞的人，不入上等人之流一樣。我的很多同學都受著這樣的歧視，雖然同學之間沒有多少等級觀念，可在大人們的視線裏有著難以想像的等級森嚴！我們同學間的關係都不同程度地受著這樣的離間。因此，我們各家的媽媽們都自覺地監控著我們的行動，禁止到別人家打擾。

我們不安全，我們在惶惶不可終日的氣氛中生活，到處有監控的機關。我們小孩子沒有尊嚴，到處受著大人們的殘酷蹂躪。有一次我被偉偉的父親毫無顧忌地支出來，說偉偉複習功課，你到外面玩去吧。不等我邁步就被偉偉的父親用手推出來。偉偉留戀地望著我，我也留戀地望著他，我們彼此無奈。可這個情節正好被父親撞上，父親就好像受到天大的侮辱，他拽住我回到家裏對我說：「你不好好學習也不讓別人學習，誰讓你隨便到別人家去的，現在人家不讓你進家門，將來到社會上人家比你強了，連話都懶得給你說你懂不懂，懂不懂呀？」

我當然不懂，我怎麼會懂這樣的混帳道理呢？我很委屈，委屈得哇哇大哭。我說：「我和偉偉都做完作業為什麼不讓我們

玩，我們是人又不是你們大人使用的機器，你們大人還有娛樂的時候，我們整天上學下學都沒有自己的空間，你們大人都是我們小孩子的惡霸！」

父親的表情驟然間出現了驚濤駭浪。父親肯定恨鐵不成鋼，因為我看到他一片啞然之後，又聽到臉上有劈劈剝剝的聲響傳過來，眼神裏的驚愕如鵝卵石一樣砸在我的頭上臉上腳上，我直僵僵地站著一動不動，意要反抗到底！

可我怎麼也沒有想到父親的一句話，就像日頭在我頭頂上炸裂一樣，自尊從此遍體鱗傷！他說：「看看你那站相，一看就是在學校站慣了的奴才，我算看透了你，這輩子就是奴才的命！」

我咬緊了牙關，胸腔裏如夏日滾動的雷聲轟鳴不止，我感覺到雲遮日暗，天地一片混濁，內心憋足了一股含冰帶霜的氣息。我於是對父親大聲疾呼：「我恨你，我恨你，我恨你一輩子！」

我並不知道我是找到了什麼樣的勇氣喊出了這樣大逆不道的話來，喊這話的時候我感到天地都在傾斜，高樓一併塌陷，腦殼裏一片空白，分不清今是何年，我攢緊了拳頭，牙咯咯地碰撞著。因為我覺得我在父親面前迅速變小，甚至無地可容，是誰摧毀了我的存在，我就恨誰！我的仇恨從來沒有疆界。

父親聽到我的喊聲臉色如匆匆更換的四季，由白變紅，又由紅變白，甚至全身發抖，顯然面對我如此這般的態度始料不及，他拿出父親的威嚴一巴掌就把我搧的不出氣了。

母親反對父親給我灌輸這樣的觀點，並且阻止父親的語言暴力。媽媽說：「語言的暴力是對人心毀滅性的摧殘。」

可父親堅持著，現實就是這樣的殘酷，當不了人才便是奴才，有本事你去改變了。

他們的爭辯雖然激烈，但也以無奈告終。

五

在這次「語言暴力」發生之後，父親出現了長久的沉默，家庭出現了少有的僵硬。

我的精神在孤獨中萎縮，我當然不再企圖到誰家去玩，我們孩子與孩子之間只能透過樓群隔窗相望，我們從小就被大人們把關係扯直扯硬，心態在教化中呈凸凹形，並且在早期不同程度地世故起來，很難找到孩童的特徵。我們只能日日看著自己的影子發癡發愣。沒有日光的時候影子都找不見。孤獨原來是一種很深很深的黑暗⋯⋯

靜下來的時候我常常望著媽媽發呆，我想假如我的媽媽能變成孫悟空，揪一根毫毛可以給我變出無數兄弟姐妹，不出門就可以有很多玩伴，那該是多麼好的事啊！

父親在後來的一天養起了信鴿，大約是看我無藥可救了。我們的對立情緒越來越強，他硬我比他還硬，他讓我稍息，我給他立正，他讓我朝東，我給他向西。他難以把我修剪成形，因此信鴿成了他唯一的樂趣。

信鴿雌雄各一，是父親捂著眼睛請回來的，據說此信鴿很神，神到可以從魏城飛到遙遠的西安，又從西安飛回魏城，也可謂功臣。主人在轉送父親的時候流過眼淚，因與父親友情深厚故而忍疼割愛。父親如獲之寶只怕信鴿離心離德，背信棄義回歸故里，因此把信鴿獨斷專行地囚禁在一間屋裏表示珍愛，羽毛在空中飛舞，鴿糞肆無忌憚地滿地墜落。

母親開始煩惱，但也難以提出更合理的建議，母親一向尊重每個人的生活樂趣，不好橫加干涉。

而我倒暗自慶幸父親唯一的情趣給我帶來的某種快樂。我樂於飼養鴿子，為牠尋找各種喜歡吃的食物，可是鴿子並不以此感動，牠與我總是處於對立狀態，牠不吃也不喝，情緒顯得暴躁而憤怒，在憤怒中日見瘦削，我開始不滿意牠了，因為我不知道拿牠怎麼辦好。

　　可是有一天我在牠身上發現了牠與我有著相同的心情，牠飛起來的時候四處碰壁，碰得過重就跌落到地下撲騰幾下，力氣蓄足便有更深重的輪迴。牠似乎在尋找出口企圖奔逃，後來牠爬到玻璃上望著窗外的藍天發怔，出現了孤獨憂傷的神情，我看到了牠眼睛裏流淌著清粼粼的淚，如一條惆悵憂鬱的小河⋯⋯

　　難道鴿子也在渴望自由嗎？

　　是啊，小屋雖然溫暖，主人雖然好吃好喝悉心飼養，可牠失去廣闊的藍天就失去了自由，也就失去了展翅飛翔的才能。因此，再溫暖的小屋也便成了地獄！就是在這一刻牠觸動了我的心，我從門縫裏閃進去，將信鴿捧在手裏，我們彼此默默相視，心靈好像在一瞬間溝通，淚水蟲子一樣爬出了我的眼瞼，汩汩地流淌下來。我說：「鴿子，你也渴望自由嗎？你也渴望有很多玩伴嗎？你也很孤獨嗎？」

　　鴿子居然奇蹟般地點了一下頭。難道人鳥之間也心有相通？一個念頭迅雷不及掩耳地闖進了我的心裏，幫助信鴿越獄的決定在此誕生！

　　我警覺地朝臥室望了一眼熟睡的父親，回頭望著窗外，正午的陽光從天際上靜悄悄地灑下來，寂靜並無出處，比寂靜更恐怖的同樣沒有，屋外颳著細風，有幾片樹葉在天空中紛紛揚揚地飄動，鼓勵著我這一刻與父親對立的行動，我如一個偷兒一般，將

信鴿帶出屋外企圖「越獄」。

我站在院裏側耳細聽，各家關門閉戶，好像都在防範著什麼。我聽到我的心跳一陣陣加速，當你立志背叛一個人，原來也是如此困難！一隻飛鳥從我頭頂上飛過，我嚇了一跳！我回頭張望，四下依然寂靜，我於是趁著一縷兒細風跑上了魏城最高的樓頂，我和鴿子望著廣闊的藍天，胸腔裏的憋悶才有所釋放。我把鴿子放在手心上，高高地托起，我對信鴿說：「如果你要自由你就飛走吧，不要忘記我和你一樣孤獨，如果你夠朋友每天在這個時候一定到這裏看我。」

信鴿並沒有馬上飛走，牠回頭看看我，好像有很重的心事。

我突然生出了一種依戀的情緒，我將信鴿貼在我的臉上，淚水就浸濕了牠的羽翼……

我說：「鴿子，雖然你解除了我的孤獨，可我不能剝奪你自由的理想，理想的翅膀一旦折斷，你就永遠如常地循規蹈矩，沒有想像，沒有創造，只是覓主人為你準備好的食物維繫生命再也飛不起來了……要飛就飛吧。也許我還給你飛翔的權力，你還會飛到更遠的地方，成為全世界飛翔最遠的信鴿。人心最是霸道，他可以把屬於大自然的走獸飛禽都囚禁起來按照他框定的規則取悅於自己，限制你的自由。我理解你的苦楚。所以我即便恐懼於父親的責難也要替你解囚，可是有誰能解除我們小孩子的困苦呢？誰能還給我自由的空間呢？如果你是隻有心的鴿子一定常回來看我好嗎？」

鴿子猶豫了很久很久，但最終還是起飛了。鴿的哨音劃出了很深長的憂傷，我靜靜地站立，望著遠去的鴿子，牠帶走了我的依戀，帶走了我深藏在心裏對人類的拷問！帶走了這個城市裏面

一個孩子心靈的秘密。

　　我不知因何心裏難過得要死，這許是我有生以來第一次嘗試到別離的滋味，坐在高高的樓頂上望著瓦灰色的天際，孤獨如電話裏的盲音一樣從四面八方聚集而來，我的心隨之倉皇起來，恐怖就如天羅地網圍獵了我，我的眼淚默默地流淌著，我想念我的鴿子！

　　當我裝出一副若無其事的樣子回到家裏，我看到父親白茫茫的眼睛望著空盪盪的屋子發怔，心裏就開始發緊，父親並沒有問我鴿子的去向，因為他知道比之他我更愛鴿子，自然，鴿子的去向與我無關。他只是懷疑鴿子的精明一定是找到機會回歸了故里，父親當然不可能再次讓友人忍疼割愛。我慶幸父親的愚蠢赦免了我的背叛！

　　在此後的日子裏，我常常看到父親長久地坐在那間屋子裏長吁短歎，他對鴿子的懷念令我感動，我甚至希望鴿子以牠的精明回來看望一下父親。可是當我一次次跑到那幢高高的樓頂上等待鴿子的時候，鴿子卻再無蹤影……

　　人與自然形成了溝壑，難道它恐懼於人心的霸道，同時也對我失去信任感了嗎？我望著藍瓦瓦的天空久久地發怔……

B 章

一

室外響起了叩門聲。

我知道這是又一個早晨，天的一角有光在往下滲，我慢慢將舊事推開，側耳傾聽外面的動靜，有誰會大清早光臨「暗舍」？我每夜都在追憶往事，所以在很多時候不經過早晨就直接進入了正午，這樣可以省去一頓飯錢。

門繼續有人在敲，我不得不翻身給「光顧者」一個面子。

打開門，婦人直勾勾的眼盯住我，她說：「你為什麼總是躲我？」

我說：「我沒有躲你呀。」

她說：「你到底想要什麼？」

我說：「工作。」

她說：「你要工作幹什麼？」

「賺錢呀！」

「會賺錢的男人都學壞，你要錢幹什麼？」

「給我媽買一件粉紅色的睡衣，給我爸買一個高級公事包。」

婦人笑了，第一次笑得很慈和，好像有一點媽媽的感覺，我頓然產生了一些親切感。她把幾根火腿腸送給我吃，我瞥了一眼她腳下的哈巴狗，毛色順順的，飼養得很是肉潤，牠懂事地向我點點頭，好像同意我與牠分食。我很快意識到我與狗劃上了一個最貼切的等號。我本想拒絕，可是肚子不允許。自尊是個什麼東西？是一閃而過的蠢物。「處優」才可能會「養尊」呢！而我生活到劣等的極限自尊還管用嗎？我來不及等婦人離開就急不可耐

地開始吞食。婦人摸摸我的頭笑了。說：「只是給你媽你爸買這兩樣東西，我現在就給你一筆錢去實現這個願望。」

我猛然停住吃，困惑地盯住婦人。我說：「為什麼要你給我錢呢？我要拿自己掙來的錢買。我要讓我爸我媽驕傲。」

婦人對我的想法好像覺得很可笑說：「那好吧，從今天開始我給你一份工作。」

「洗車？」

「當然不是。替狗洗澡；陪我散步；聽我講心事。」

「這也是工作？」

「這叫家政服務。」

「報酬呢？」

「陪著我吃飯，每天五塊錢。比洗車工優惠多了。」

「不！我不想做這種工作。」

婦人表示很意外說：「那好吧，今天你把房租交清走吧，不然我叫警察替我討債。」

婦人的惡毒之處就在於不動神色。可是欠債難道可以不還嗎？可我又拿什麼來還人家呢？現實世界裏的狀態讓我陷入就範和逃避的兩難境地，在生活這個大背景之下我還得使用「情非得已」這個詞。生活如同一頂巨大的帽子，壓在我頭上，載負簡直太重了，但我暫時還想要活命，因此我對婦人的「幫助」無可奈何。可是我真的潛意識中有堅決的抗拒。因為我害怕她時不時對我壞壞地笑。還有那些不可思議的舉動。但抗拒也最終會失敗，因為「活命」是個最硬的傢夥。在趨於就範的意向中我仔細地觀察婦人，她表情中並無惡意。或許婦人把我當作「賣火柴的小女孩」？可我連火柴都沒得賣。好的傾向誘惑著我。我想，如果婦

人是這種想法，我就跟她去，同情憐憫我都要。

我說：「你看過《賣火柴的小女孩》嗎？」

婦人好像早就料到我要問這個，她點點頭說：「當然。」

我說：「你是不是把我當作那個『小女孩』了？」

她說：「你是小男孩。」

「可我們的處境一樣。」

「所以我不能讓你餓死在街頭。」

我愣怔了好一陣，然後就淚流滿面了，我們在這一瞬間找到人類的共同點，有多久找不到「同情」這個感覺了？好像隔了一個世紀。我忘卻了婦人往日給我的印象，因了這一點點同情心她完全成了另一種形象。我甚至認真觀察了婦人的模樣，原來美若天仙，光潔的臉上施了淡淡的一層粉。黑黑的眼圈，睫毛長長的，眼神裏藏著一絲兒暗淡的憂傷才最是動人。嘴唇也特別美，經過精心勾勒稜角分明，微微向外翻翻著，像一朵微閉的花，鮮不可觸。身上的香味也異常醉人……

於是，所有的防線全都被婦人的好心摧毀了……

二

窗外下著細細的雨絲，眩目的路面在一盞盞淒迷的燈下發出詭異的光，赤、橙、紅、藍、綠，相間有致的雨傘在燈光下擁擠。濕漉漉的斑馬紋上交叉著無數條頎長的腿，無聲而且匆忙。一條長裙閃過，裙裾擺動出線條淒涼的剪影。裙裾的主人彷彿載滿了心事，走走停停，東張西望，茫無頭緒。燈光下的她，濕漉漉的頭髮垂掛在臉上，異常失魂的情態，讓我怦然心動！

媽媽？

是媽媽的身影！

我將目光收回來不敢進一步確認。可我怔怔地盯著那秋黃色的窗幔，呼吸不知不覺急促起來，心跳的頻率頓然加快，一種遠於肉體那種尖銳的疼痛如同鋸齒拉扯一樣……

我的心音在無聲地哀鳴，媽媽……如果是您，回去吧，快回去吧！媽……雨下的這麼大，天又這麼涼，當心著涼呀媽媽……您給我一點時間好不好，等我掙了錢有了一點出息再回去看您好不好？媽……媽……

我失聲哭了，可我知道壓低聲音，我怕驚動了婦人，以免不必要的饒舌。婦人妒忌於我對任何人任何事物的興趣和眷戀，她恨不能給我吞一味喪失記憶的良藥，讓我獨對著她，獨想著她。我沒有思想馳騁的自由。我必須服從於她，否則我就掙不到一分錢。她沒完沒了地講她的愛情故事，我必須表現出不厭其煩的耐心。魏城，其實就是個土城，雖然各種建築如雨後的青草日日瘋長，可環境的污染即便青天白日，空氣中也罩著一層灰濛濛的薄霧。可她早看日出，晚看暮色，她的眼睛似乎整天都在追尋太

陽。對那些匆匆趕路忙於奔命的人，稍不小心對她有一點冒犯，她就動了闊人的脾氣，罵人家畜牲，說人家瞎了眼睛。這還不夠，她慫恿我也同她一起罵人。

我不罵，我媽媽從不讓我開口罵人，她總是讓我與人為善。尤其是對那些可憐的人。

可是婦人卻說我沒用。她說帶我出來就為了維護她的尊嚴。

我想，難道人的尊嚴就是在這個時候體現的嗎？

讓我納悶的是社會上怎麼會出現這樣一份奇怪的工作，一個金錢滋養著的女人，居然專門供人聽她喋喋不休的愛情經歷，好像這是她一生中最為豐厚的財富。似乎她生下來就是玩味愛情的，就像玩味珠寶一樣心不在焉。

有時候從健身房出來，路遇一個男人，她就要顯出不應有的親密。那算不算愛呢？有時候她顯出一副很悲傷的樣子，用很憂傷的姿勢憑窗遠望，睫毛翹翹著，很神往的樣子，手裏撚著脖子上的一條金項鏈，讓那顆碩大的藍寶石在她的雙乳間閃閃發光。有時候到戶外活動她徵求我的意見，穿哪件衣服合適？我就以自己的審美指給她一件。她就作了最後的決定。她說只要你看著好就行。我彷彿覺得這話裏不懷好意。但我故意聽不出來。

三

出神的時候，我總在想外面的一些事，我想誰能幫我找一份比這更合適的工作呢？

她就問我：「想誰呢？你到底在想什麼？」

我說：「難道我不可以想一些事嗎？」

她武斷地回說：「不可以，不可以，堅決不可以！你只能看著我，只能想著我！」她任性的像個小女孩。

我說：「為什麼？」

她說：「因為我供你錢！」

是的，她供我錢。我當然需要錢！因為錢，我只得裝出專注於她的樣子。「忍辱負重」這個成語的發明者究竟是誰？它極深刻極明瞭地告訴我沒有「負重」是決不會「忍辱」的！

我驚異於我突然的成熟，正因為我出現了這樣的情況——我變成了一個不能完全按自己心靈說話的人。我才真的想我的爸爸媽媽。從前在爸爸媽媽面前總覺得沒有自由，沒有意志，整天都盼著長大了就自由了。可是真正長大了，為了一天五塊錢，我得不停地陪笑臉，永遠以主人的意志為主，小心做事。其現狀是真正失去了自由。由此，我突然懊悔，我怎麼可以看不起父親呢？想到十七年前每一天的神氣活現是誰給的？想到爸爸整天小心翼翼地走路，小心翼翼地出入，小心翼翼地和路人點頭。難道那是天生的嗎？那一定是情非得已的處境吧。因此他希望我有出息。有出息的人一定有自己的一點自由吧？想起可憐的爸爸只有在我身上才可以找到一點歡樂，可我卻很少讓他如願以償。天下的人只有在爸爸媽媽面前才是真正的孩子。想笑就笑，想哭就哭，毫

不掩飾自己的情緒。無需包裝，無需面具。可惜這樣的時光竟然在不經意中匆匆而去⋯⋯

一團霧一般的粉紅翩然地飄落在我眼前，有淡淡的清香味兒傳進我的嗅覺⋯⋯

「雨，睡覺吧！」

我猛然間聽到是媽媽的聲音，我脫口喊道：「媽⋯⋯」

啪！一個巴掌迎頭痛擊，我驚呆了！我看到了一雙怪異的眼睛⋯⋯

C 章

一

我似乎天生比別人更恐懼於孤獨和寂寞，可有時候一個意外的動向可使人驟然間歡樂起來，你相信老師的一次稱讚可讓你的心靈起死回生嗎？可我們的老師似乎都特別吝惜於對人的表揚，卻慣於板著面孔訓人以示威嚴不倒。

在期末考試的鑒定表上老師寫道：

優點：該同學思想品德好，愛勞動，愛集體榮譽。

缺點：上課愛走神。

要求：學習方面要挖掘出自己的潛力來。

我的天地於是又充滿了陽光，原來我並非一無是處！我不厭其煩地看著老師的讚語，卻並不看老師提出的缺點和要求。我原來是那麼渴望老師的讚揚。我不知道別人是不是也有同樣的心理特徵。

在一個偶然的機會我被選為班裏的勞動委員，我才發現心靈的焦渴彷彿如一段舊夢重現，心海裏飄盪起來的首先是一面面小紅旗，星星點點暗示著我每時每刻接近那個目標。

「勞動委員」的來歷得益於我發現了園丁爺爺的一個重大秘密，那天我和我的同學程超沖進廁所裏蹲便，我們「方便」完之後朝氣蓬勃地站起來，另一個茅坑卻有粗重的「吭哧」聲接連不斷地傳出來，聽起來很是駭人，我和程超一併將目光投去，卻讓我們目瞪口呆！我們發現園丁爺爺蹲在茅坑上死活站不起來，最後就跌坐下去，他神色好像很緊張，拚命掙扎也起不來，我和程超一併跑過去援助，園丁爺爺好像還不服氣，努力想獨立站起來最終還是失敗了。我們幫園丁爺爺站起來的時候說：「爺爺你是

不是病了，要不要我們送你到醫院？」

園丁爺爺：「噓──」的一聲，示意我們小聲。他艱難地四處看看無人就說：「我腰腿疼，你們可要幫我保密，可不敢告訴校領導我有腰腿疼病。」

我們被這種神秘嚇住了，心裏頓然飄起了一朵小黑雲。我說：「為什麼呢？你應該得到照顧的。」

園丁爺爺的臉上就出現了山高海深般的愁苦。他說：「如果校領導知道爺爺有腰腿疼病，下學期就會把我辭退掉，我還有一個孫女，我得供她上學，我自己也得生活呀！」

我們從來不知道世界上還有這麼苦的人，我和程超對望一眼，不約而同地點點頭，決定給園丁爺爺保密，我們向他保證絕不告訴任何人！

園丁爺爺就感激地蹣跚著走了。

二

園丁爺爺那張愁苦的臉不時出現在我的視線裏干擾著我，沒有人注意到他蹲下去幹活的時候，站起來是多麼艱難，可我每看到他的艱辛，心裏就很難過，「賣火柴的小女孩」在寒冷的冬天點燃了最後一把火柴取暖，假如有一個人幫助小女孩，她還會凍死在街頭嗎？於是在星期天我早早做完作業，就和程超聯繫到學校幫助園丁爺爺勞動。可是程超苦著臉說：他很想和我一起去幫助園丁爺爺，可他一天的時間全部排滿，他媽媽要他練鋼琴，學英語，做完作業還要提前預學功課……

他說：「我想死，我活得真累，真沒意思。」

我就低下頭與他同哀！死的概念我不完全理解，但在我們同學之間有關死的話題屢見不鮮，他們很多時候都用死來威脅他們的父母，他們的父母就以此信以為真，但這多半是他們的欲望達不到使然，才導致任意放縱。

而程超的「死因」，是他煩惱於家裏各課專職老師如蜂湧而來，他連睡眠都恐懼於無數雙眼睛的監視。他的爸爸媽媽下海經商，已在這座城市小有名望，但他們悲傷於文化的淺薄，所以把一腔熱望寄託在程超身上，他們沒有過多的時間關照程超的起居生活和學習狀況，但他們並不吝嗇用金錢僱用各式高人前到家裏教誨。程超的每時每刻就被這些先導們駕馭著、掠奪著，他成了待遇極高的囚犯，他的家庭成了裝置極豪華的囚牢！因此他死的意念每時每刻滲透著他的心靈。他說他有一天晚上夢見他變成了一縷輕風無拘無束，四處飄盪，他飄到了丘陵、高原、海洋、沙灘、荒原……他獨討厭喧囂的城市。他快樂極了，他看到他的父親領了很多追捕他的人，撒下天羅地網，可他慶幸於他是風，他

們有天大的本事也難以擒獲，於是他找到了自己的出路……

可他醒來的時候哭了，他說他是從那一刻開始憎恨這個世界的，他憎恨這個世界為什麼有那麼多的壓力，有那麼多的人有權力壓迫他，壓迫的原因明明是滿足大人的虛榮，還說這是為他好。他還說他想殺死他的父親和母親，殺死那些監管他的老師！他說完之後望著窗外的天發怔……

我並不驚異他的一切想法，我也不感到程超企圖殺人有什麼可怕，他不過想想而已，因為他連看見一個毛毛蟲都嚇得吱天哇地，只要他舉起刀來就會先把自己嚇死，何況殺人要流好多血，他斷不敢妄為。在我們那個年齡什麼不敢想啊！逼急眼了真敢拿頭往牆上碰，碰疼了當然是我們的感覺，可比我們感覺更疼痛的大有人在，我們可以用這種自虐的方式折磨別人。設若我們的父母說一聲你「滾」！那我們當然不懼怕「滾」，難道我們還怕沒有人在後面急著回來哄勸我們？服軟的當然是讓我們「滾」的人！你讓我們「滾」，難道我們「滾」錯了嗎？

任性是誰培養起來的？

是父親？

母親？

還是我們自己？

大人們怨聲載道，叫苦連天，說父母難當，可我們認為我們這些小孩更難當！因此我同情程超的處境，比起程超我似乎寬鬆多了，我的媽媽認為一切專長性的技能多半來自於天賦，所以她並不強迫我學那些趕鴨子上樹的事。我是孤獨了一些，可比起程超，又算什麼呢？

我救不了程超。我只好一個人提著水桶去幫助園丁爺爺勞動。

三

　　這一天我幫園丁爺爺澆花、剪枝，我還替他把男廁所便池裏的尿鏽全都洗得乾乾淨淨。做這一切的時候我非常快樂，園丁爺爺也十分的喜歡。我看到蜜蜂與蝴蝶在花叢中嬉戲，這一刻的陽光很溫和，有細微的風拂面而過，我的心情很舒暢。就在這一刻我看到一個極美的少女掠過花叢去追趕那翩翩起舞的彩蝶，她跑得輕盈，飄逸，淡粉色的連衣裙隨風緩緩飄動，像電影裏放慢的鏡頭。一抹粉紅掠過紅綠相間的花叢，如一縷彩雲飄盪在藍天碧空之間一樣的亮麗，我的視線倏忽豐富起來，我疑惑是從天而降的一個美麗的天使。我的心開始動盪起來，我的身體有某種微的戰慄，從而讓我獲得了非常陌生的美妙感受，那一瞬間激烈無比的歡樂出現時，我的面孔有一種不期然的燒灼，這是我第一次面對女孩出現了莫名其妙的狀況。當然我並不瞭解這種感覺的來歷，它不過如一道電閃兒稍縱即逝。

　　女孩撲蝶的動作十分可愛，但她靈巧的小手卻難以準確地捕捉翻飛的彩蝶，我如一個拔地而起的勇士，脫下衣服一傢夥蒙住了三隻彩蝶，那女孩驚奇地望著我，眼神裏閃爍著讚許，我很喜歡這樣的目光。如此的目光讓我至高無上，讓我產生驕傲感！這是我有生以來第一次被一個人的目光激勵起來的高大形象。我們對視著，我把蝴蝶遞給她，她欣喜地向我點點頭。

　　我說：「你是誰呀？」

　　她眼神蕩滿了笑意，不說她是誰卻指手劃腳打著十分熟練的手勢，我並不懂手勢，從她咿咿呀呀的呢喃中我驚奇地發現她是個啞女。可我不願意相信這個事實，因為這個女孩太美了，比我

們班裏所有的女生都美。她使我想到安徒生童話裏的美人魚，我盯著她那柔順的黑頭髮，大眼睛和那兩條頎長美麗雙腿，彷彿幻化出了蔚藍的大海波濤起伏，一個美人魚，把舌頭割下來交給了老巫婆，魚尾在慢慢分叉⋯⋯

我驚奇地望著她。她打完手勢看我的反應，可我就像面對一個外星人。她那打滿問號的眼波，顯然渴望與我交流。我於是在地下寫了字，問她：

「你是什麼人？你從哪裏來？」

她以同樣的方式告訴我：「我是山裏人，我從山裏來。」

「你為什麼不說話？」

「因為我是啞女。」

我說：「你真漂亮！」

她撇撇嘴不言。

我說：「你爸爸呢？」

她說：「汽車撞死了。」

「你媽媽呢？」

「跟別人不知跑到哪裡去了。」

我說：「你真可憐。」

女孩就哭了。

我說：「誰管你呢？」

她說：「我爺爺。」

我這才恍然大悟，原來她就是園丁爺爺的孫女。

感謝上帝的餽贈，她成了我那個時段最好最神秘的朋友。她使我的孤獨從此煙消雲散。在她面前我一次次重複著那種激動不安的快樂的震顫，我因這種震顫恐慌，同時也無比渴望它的親切

到來！我難以解開這種生理之謎！我心裏藏了這樣一個秘密，渴望著每個星期的到來。幫助園丁爺爺勞動，成了我的善行，我並且向媽媽要錢學會了撒謊，我要的「書本」錢常常照顧啞女，每一次啞女接受我的援助她和園丁爺爺都要哭。

他們哭什麼呢？我可是不太清楚。

爺爺說：「以後再不准這樣了，爺爺只要保住這份工作，生活還是過得去的。」

可是我的執拗使他們難以拒絕。每到颱風下雨我都把啞女和「賣火柴的小女孩」聯繫在一起。我希望我的勞動可以幫助園丁爺爺把這份工作延續下去。

可是有一個星期日的上午，我和啞女、園丁爺爺勞動得正起勁，一陣尖厲的皮鞋聲嘎嘎地從大門外一溜傳過來，我看見我的老師朝辦公室走來，心一慌！嚇壞了。

我知道我們的老師和爸爸媽媽們並不需要我們勞動，更反對我們管閒事，只需要我們大把大把的知識往腦子裏塞才是最理想的孩子。何況我必須為園丁爺爺保守秘密！

我在老師走近的同時，一閃身趴在花叢下，可是花下的泥水濺了我滿頭滿臉，我像一個軍事演習的戰士靜靜地爬在戰區一動不動，生怕暴露了目標。我慶幸我的機敏不會被老師目擊，可我不知道這樣欺騙老師對還是不對，但起碼對園丁爺爺這份工作安全進行是有利的，因為我常常恐懼園丁爺爺被辭職後會凍死餓死在街頭！我這樣想著就心安理得了！

皮鞋觸地的聲音由遠而近後突然停止了聲息，我疑惑我的老師這麼快就消失了？時間一分一秒地走過，我的衣服全被泥水濕透，花兒詭異地望著我，陽光透過斑斕的花叢不無取笑地撫摸著

我的身體。雲朵不斷地飄過，日光神秘地忽明忽暗，滿院靜得讓人想哭。我放鬆了警惕，我決定站起來，可我並不知道這當兒正有一雙目光嚴厲地盯著我，我聽到了一個極熟悉的聲音喝道：

「葉雨楓你給我站起來！」

我的心一驚！猶如地球爆炸一般。我倉皇地跳起來，驚惶失措地望著老師，眼淚不期然地溢滿了眼眶，我感到了某種老謀深算的作弄，這是一場心理戰爭的失敗，男人對失敗最是惱羞成怒！

老師哼哼地笑了：「孫悟空本事再大也跳不出如來佛的手心，你給我出來！」

我不敢不出去。

園丁爺爺擔憂地望著我。

但是我故意挺起胸顯得很大無畏、很英武的樣子。這是由於啞女和園丁爺爺處於弱勢對我激起來的勇敢。我跟著老師走進辦公室，「大無畏」就一併掃地！

「說吧，星期天不在家裏寫作業在這裏幹什麼？」

「我做完作業了。」

「你並不是個出色的學生，你應該抓住別人休息的時間迎頭趕上去。」

「可是有人更需要我幫助！」

「誰？你能幫助誰？呵，救世主一樣」

我驚愕地咬住下唇，顯然覺得走嘴了。

「你的行為不像是幫助人，不然你見了老師為什麼躲？難道老師對你行俠仗義有意見？你是怎麼衡量老師的？」

我漸漸地抬起頭望著老師說：「老師你真的不反對我幫助

人？」

老師說：「幫助人是一種善行，老師怎麼可能反對？」

「那我告訴你一個秘密你不可以說出去。」

老師臉上爬上了意外的線索，顯然對這個秘密非常感興趣。

她說：「老師遵守諾言。」

我說：「你對天起誓。」

老師就舉起手來表示對天起誓的樣子。

我感到萬無一失了，朝門外掃描了一下再無其他人，就把園丁爺爺的生活窘困告訴了老師。

我說：「園丁爺爺不能蹲下幹活，不然他就會跌倒在地，可是校長知道了，就會把他辭掉。園丁爺爺生活不下去，啞女也就要失學。老師我常常恐懼園丁爺爺失業後會餓死在街頭，啞女也會如『賣火柴的小女孩』那樣可憐。老師，請你允許我幫助園丁爺爺保住這份工作好嗎？」說這話的時候我已是淚流滿面，我仰著頭盯住老師近乎央求，彷彿園丁爺爺已經流落街頭……

老師似乎被我所感，眼睛也因此濕濕的，她望著我的眼神非常慈和、新奇和意外。這一刻空氣很清新。陽光緊張地幫我探視著老師此時的心理變化，我好像從來沒有機會認真地觀察過老師，原來她是這樣的溫和……

老師伸出手來摸摸我的頭頂，說：「老師不僅允許你幫助園丁爺爺，而且還要幫助實現你的美好心願，週末咱們全班抽出半個小時幫助園丁爺爺勞動你看如何？」

完全是商量的口氣，我和老師立即顯示了一種平等的氣氛，這使我感覺到自己迅速變大。平等和尊重對我們小孩來說是何等的珍貴，而這樣的情況卻讓我始料不及，我非常非常感激我的老

師，這是我長到十七歲記憶最深的一件事情。我情不由己地向老師鞠了一躬，樂不可支地飛奔了出去……

跑進花叢中，陽光也在歡樂地舞蹈，天空晴朗的一絲兒雲煙，連細風兒也和我的歡樂一點一點融會進來。當我把這個消息告訴啞女和園丁爺爺，他們的笑容如花朵的葉子一片一片慢慢綻開……

看著園丁爺爺的笑容我非常感動，能讓一個人快樂是多麼好的一件事情啊！於是我的心裏又有新的設想和抱負。我望著遼闊的天空，我想我長大要學醫，我要賺很多的錢，辦一個世界級聾啞醫院，把世界上所有的聾啞人治好，讓他們像正常人一樣說話。後來我到書店看了若干有關治聾治啞的醫書，也沒有找出一個可行的辦法。唯一的辦法是在聾啞人耳朵裏配置儀器而已。現在看來當時的想法顯然天真，可那一對苦人兒卻信以為真。

園丁爺爺說：「爺爺相信你是個有出息的人，爺爺要活二百歲等你成事。」園丁爺爺還說：「你不像城裏的孩子，城市的孩子都嬌氣，不太願意管別人的事。你也不像山裏的孩子，山裏的孩子野，可沒你這教養。」

我得到了園丁爺爺的讚賞欣喜若狂！

四

那個夏天，我經常像鳥一樣飛過我居住的城市，一次又一次俯瞰世界的模樣，她的新奇摧毀我平日對她的印象，她的明媚好像是由於我而存在的春天。有一些時候我覺得我自己本身就是天空，廣闊，深邃，不可捉摸⋯⋯

更有一些時候我抬頭發現馬群在天空中飛奔，老牛在樹上唱歌，魚兒在森林裏遊過。老鼠在貓背上跳舞，蝴蝶長起了兩條修長的雙腿⋯⋯夢想和欲望如鳥翅一樣翔動，荒誕的法則竟成了童年最美的一首歌謠。

就在那個白雲飄動在藍天上默默微笑的一個安詳的日子裏，老師當堂表揚了我幫助園丁爺爺勞動，還宣佈我榮升為勞動委員！我在這一刻看到了太陽開花，白雲長起了翅膀，千萬隻蝴蝶趕來向我祝賀！

榮譽，好像對我天生就有一種奇異的誘惑，火熱的電流水樣地流遍全身，我情不自禁地朝天蹦上去，落地後向宇宙大吼幾聲。心裏裝了一個火球滾滾蕩蕩，也許我天生不甘寂寞，在平淡的生活中，對外物一向敏感。我的心情昂揚起來了，神氣一定很瀟灑。我看到很多同學看我的目光都發生了變化，甚至一些學習好的同學也向我行注目禮，我的姿態當然偉大，難道有誰不願意享受眾目所歸的感受嗎？我不掩飾我的自豪。下課鈴響過之後，我飛奔著告訴了園丁爺爺我得到的殊榮。

只有園丁爺爺才出現那種意外且驚喜的笑容。他的下巴高興得一翹一翹的。後來他和啞女共同贈送我一枝自動筆以示獎勵，這對園丁爺爺來說也許是一筆驚人的開支，可是他們並不吝嗇。

我沿著校園路，如一縷兒細風迅速向家裏颺去，陽光滑過我的身體暖洋洋的，未來的夢想一點一點浮上來，我一個人忍不住嘿兒嘿兒地笑，把所有的路人都笑得莫名其妙。回到家裏我不無驕傲地向爸爸媽媽宣告我的光榮升遷，我滿以為會皆大歡喜，可爸爸怎麼不高興呢？

　　媽媽與我有過一點同樂之後，又給我剪了一面飄逸的小紅旗掛在牆頭上表示祝賀！

　　父親的臉卻灰邊邊的，不見一絲兒笑星，他覺得媽媽的行為很可笑，他對媽媽說：「你知道什麼叫單純嗎？單純就是傻！」

　　媽媽對父親的「中傷」表示吃驚，但莞爾一笑就過去了。單純雖然對媽媽不合適，然而卻可愛。

　　「要不你就是個極其虛偽的女人！」這句話是從牙縫裏擠出來的，而且有一點深惡痛絕的意思在其中。

　　媽媽這一刻臉上出現了意外，她愚蠢地問道：「你這話是送給我的嗎？」

　　父親說：「難道這個家還有第二個女人嗎？你有沒有想過，這不是毛澤東時代了，用不著你用會勞動來妝點自己，這是高科技時代，沒有文化你就必將淘汰！我爺爺是勞動者，我父親是勞動者，我如果不是上學依然脫不掉勞動這個偉大天職，難道你真甘心你的兒子是塊會受苦的料子？」

　　「可是熱愛勞動有什麼不對嗎？」

　　爸爸嘴角上掠過一絲兒嘲諷說：「勞動當然沒有什麼不對，對你這樣具有崇高思想的人，勞動當然光而榮之。可是，穿著白大褂在實驗室的科學家和在農田裏受苦的人一樣不一樣？坐在辦公大樓喝茶看報掙大錢和烈日下搬磚和泥的人一樣不一樣？人往

高處走，水往低處流，人該活得有點創意對不對？」

　　父親就如老於世故的哲人從容不迫地教育著我和媽媽，但我能感覺到父親對於我，內心囤積了難以預測的怨氣，他總是對我不滿意。他說：「過去兩耳不聞窗外事，一心唯讀聖賢書，你一個十來歲的毛小子能把天下有困難的人全都解救出來，難道你比毛澤東還偉大？如今農民進城被稱之為『盲流』，幹部下鄉卻被稱之為『扶貧』。這人格的落差你們不感到悲哀，一個受苦人意味著加入盲流！」

　　父親用手點著我的頭顱：「一個勞動委員把你高興得屁顛屁顛的，有耿氣你怎麼不當學習委員呢？難道你真要彙入盲流佇列不成？」

　　我聽到父親說這話的時候，用眼睛去尋找媽媽，「盲流」是個間接的詞語，比起「奴才」的直接性對我的傷害遲鈍了一些，但給我的直覺，絕不比「奴才」的殺傷力差！為什麼人與人之間會有這麼嚴重的等級呢？

　　媽媽手裏端了一杯水嵌在沙發的一角顯得無精打采，我知道媽媽出現這個狀況通常是不屑於和父親爭辯，同時也不得不認同其中的一些道理。

　　後來我問媽媽：「為什麼你們的觀點總不一致？」

　　媽媽說：「你爸爸對普通勞動者在社會上所受到的不公平待遇有更深的體驗，所以他希望你好好學習脫離這個群體。他的想法也沒有什麼不對。他只是怕你分心而已。」

　　可是，園丁爺爺怎麼辦？我一直擔心他和啞女流落在街頭多可憐呀！

　　「當然，媽媽也欣賞你的熱情和善良啊！但你對園丁爺爺解

決了暫時卻解決不了永遠。」

　　「那你們大人們為什麼不去解決這個問題？」

　　「這不是某個人或者是一代人能解決了的。」

　　「那需要幾代人？」

　　「不知道！或許幾代吧。」

　　「假如我有錢，或者我有權我就可以解決這個問題。」

　　「但願吧，你父親就是讓你做這個努力的。」

　　「那麼說我幫助園丁爺爺並沒有什麼錯？」

　　「當然沒有什麼不對」

　　我得到媽媽的認同，心裏飛起來的那朵小黑雲還是風吹雲散了。

五

在一個夕陽西下的周末，老師笑盈盈地宣佈了一個消息：
「下週一，由勞動委員葉雨楓同學負責升旗儀式！」

我聽到這個命令，體內「劈啪」一聲，電擊般地響了一下，
眼睛裏跳躍了一個亮點，就像等待已久的一個徵兆。教室裏非
常安靜，穆穆的秋色，有著旺收的喜悅，如同我心靈的收穫！我
如醉意深重的歌者，盼來了第一個黎明的早晨，我不知道這是虛
榮還是信念。我只知道這是我渴望已久的一個夙願。因此我用眼
睛的餘光掃視旁人的表情，卻並沒有發現有羨慕的意思。我疑惑
他們可能是沒有聽清楚？抑或這個事實來的不真實？我驚怔了半
天。

老師複又強調了一下：「葉雨楓同學，聽清楚沒有，週一你
升旗！」

我這才認定是千真萬確！好似有一股強勁的春風吹綠了我的
心田，也好似一輪紅日照遍了我的全身，我覺得我真輝煌，真自
豪，也真光榮！可為什麼同學們都不經意呢？在他們心裏升旗好
像是喝水吃飯，跑茅廁拉屎，走平路一樣並不覺得有什麼新奇，
許是他們都覺得自己沒有指望吧？

走在校園的路上，我在同學們之間覺得格外高大。我湊近我
最好的朋友程超，希望他對我表示些什麼，可程超依然是一副寵
辱不驚的漠然，好像見了驢上樹也不奇怪一樣。

我說：「程超，周一我升旗。」

程超說：「我聽見了。」

我使勁強調說：「——是我呀！是我升旗程超。」

程超迷惑地望著我：「你和別人升旗有什麼兩樣嗎？」

「咦？你怎麼這樣呢？」我好像是想從他那裏找到些同樂才是。可程超並沒一星半點同樂的興趣。這讓我尤為掃興。

我又對劉希說：「星期一我升旗！」

劉希說：「升唄，祝賀你了，勞『苦』委員。表情十分的怪異。

我？咚停住腳步，不由自主地咧咧嘴倒吸了口涼氣，我怎麼從這口氣裏聽出了一種嘲諷的意味呢？

我不甘心，我又對歐陽文說：「星期一我升旗。」

歐陽文說：「我聽見老師說了，用不著勞駕你重複。」話音未落就飛奔而去……

我怔怔地站著不動了，一種惘然，悄悄地彌漫了我的心，校園路兩邊的夜來香垂頭喪氣，浸染著我這一刻的心靈。我有些氣惱，我掃興極了，我找不到共鳴的物件。哼！還是好朋友呢，有樂不同享，有難不同當算什麼好朋友呀。我在「偉業集團」裏可都給他們委以重任，哼，如此不夠意思，算了，我統統把他們取消，可讓誰來取代呢？好！就讓園丁爺爺管生態，啞女管宇航，不，啞女聽不見，就讓他接替微機軟體吧，那不需要說話，微機可以代替他說話。我決定了這個，突然想起了園丁爺爺，是啊，我為什麼不去告訴園丁爺爺這個大好消息呢？

園丁爺爺果然被我這個消息驚怔得合不上嘴了，他說：「這是榮譽呀，這是一個人的光榮呀小雨！」他說他年輕的時候在中華人民共和國成立的第一個國慶，他舉著小紅旗滿城街喊呀跑呀，心裏那個高興，那個光榮可是說不盡，後來，你知道怎麼著，我們村委會成立時那面紅旗是爺爺我親自插上去的，那時候

爺爺我是民兵連長……

我托著腮望著爺爺神往的樣子，就像在聽一個古老而貼近的故事。他眼裏閃著激動不已的光芒。我說：「爺爺，我升旗也光榮吧？」

「當然光榮了，聽說是好學生才有資格升旗呢。爺爺替你高興，升旗時爺爺一定參加！」

我得到爺爺的同樂之後心靈起飛了。我說：「爺爺謝謝您！就跳起來拔腿跑了……」

晚風像是醉了，吹散了晚霞，露出了彎彎的月牙兒，街兩邊的垂柳輕擺著細軟的枝條，對面的卡拉OK唱著戀歌，五星級酒店的飯香飄散著夜晚的溫暖，我踏著輕風的舞步，高唱著精神的讚歌，飛奔在理想的夢幻中……

六

這個星期天，我根本不需要媽媽催我寫作業，自己寫起來格外的有勁，做得也相當順利，頭腦又十分的清醒。但凡有一個字寫得不順眼我都不厭煩撕掉重來。精神是人體內的一劑良藥，精神也如照亮心靈的陽光，精神能讓人獲得更精彩的生命意義，精神使你每一天都活得有新意！因此，我神清氣爽，破天荒做完作業還自覺地提前預學了功課。

媽媽說：「照這樣的學習態度，用不了多久就能趕在前面。」

我向媽媽友好地一笑，好像我突然的長大一樣，做事很有條理。是的，我不能讓他們總以「勞苦委員」的眼光來看我，我要讓他們看到我學習也是出色的。

父親看到我不驚不乍的變化其實比母親都高興好幾成，但他不露神色，他從來不輕易表揚我，他的支持和愛是默默的。我知道只要我學習態度積極，全家人都會歡樂起來。素日生活節儉的爸爸有了不惜「揮霍」的氣勢。說：「我去買只白條雞，費腦過度營養得趕上去。」這足以證明爸爸內心的喜悅。但我知道這只雞，買回來要分幾頓吃，但父親不會輕易動筷，他習慣於不停地往我和媽媽的碗裏放，然後默默地欣賞我們的吃相，很多時候媽媽都會被欣賞出一些愧疚來，催促爸爸吃。爸爸就象徵性地吃一口。可我是沒有愧疚心的，對於這點小習慣在我心裏的感覺就好像一切都如沒波沒浪的河流一樣順路而行。所以我不足為奇。

完成好作業之後，我照例去幫助園丁爺爺勞動。人是該有信譽的。

可是在回家的路上，我被一群橫眉愣眼的半大小子攔住說：「要錢還是要命？」

我被這突如其來的意外下了一跳！活得好端端的什麼叫要錢還是要命？錢與命對我來說有什麼關係呢？這個問題我從來沒有思考過，但那些人的樣子讓我萌生了些恐懼感，我不理他們，伺機躲開要走。可是一個歪戴著太陽帽的小子衝我的臉啪嘰就是一個耳光。說：「爺爺我發煙隱，給錢！」

我更覺毫無道理，你發「煙隱」跟我有什麼關係呢？我說：「我沒錢。想要錢往你爸你媽要去！」我以為這是天經地義的忠告。

可是歪帽子卻蠻橫無理地說：「爺爺我的老子媽『下崗』了傻瓜，不往你要往誰要？算你今天倒楣。」就一揮手說：「給我搜！」

我說：「憑什麼搜我呀，憑什麼？」

他們好像管不了憑什麼，反正一擁而上就搜。我拚命反抗也敵不過蠻力。由於我態度強硬，沒搜出錢來卻把我狠揍了一頓，我的牙被打落了一顆，鼻孔流了血……末了他們揪著我的耳朵說：「明天一早，在這個地方給爺爺我拿錢來，不准告訴任何人，否則你爸你媽你的小命統統別想逃脫！」臨走時還沒有忘了補上一腳。

我如一根無力頂風的小樹，「咔嚓」一聲就被突兀襲來的風雨連根折倒在地，睜著白茫茫的眼睛，驚怔地望著靜靜默默的藍天白雲，覺得這世界突然的不對勁兒了，生活中惡的一面開始顯露真實的本質，這使我陽光明媚的心靈始料不及，它像一個不邀之客突然而至，讓我猝不及防。朦朧的生命前程刹那間出現了陰

影，整個遼天闊地的氣象都罩上了一層陰氣，這陰氣波波濤濤淹沒了前面的高樓、後面的大廈、兩邊的樹林和大街小巷……

「下崗？」他們說他們的老子媽「下崗」了？「下崗」是最近流行的一個新名稱，下崗就是失業的代名詞，失業就是沒地掙錢養家餬口，可他們下崗為什麼往我要錢呢？難道他們的父母下崗是由於我的存在而出現的嗎？下崗為什麼威脅在我頭上了呢？

我覺得好恐怖呀，更恐怖的是心的陰影，明天拿不拿錢給他們呢？我驚異於我這麼小就面臨著對自己生命的安危進行艱難的抉擇。若給了，我會不會是一個向邪惡妥協的軟蛋？可有誰能助我強硬起來嗎？明天是什麼日子啊，是我盼望已久走上旗台的日子，一面獵獵的紅旗經我之手，迎風升上藍天碧空之間，上千夥人的目光注視著我，享受著別樣的殊榮，那該是怎樣的滋味啊！

生命的意義又重新清晰起來，我決定用金錢購置下明天的安全。為了那一刻的使命，我並不知道我交出去的遠遠不是金錢，而是人格和尊嚴！可我清晰地記得當時我不無驕傲地想，他們不過是一群街頭賴小子，他們有誰升過國旗呢？若他們站在紅旗下，烈士的鮮血也會把他們淹死！

我就是帶著這樣的優越抵消了被打的事件。我慢慢地站起來摸摸鼻孔淌出的血，慌了一下，心裏一陣難過，似乎特別的想哭，想到媽媽常訓導我的話，好男兒流血不流淚！眼淚湧在半路上就又攔腰砍斷壓回去了。可是，腿打出了青塊，額頭上也碰起了血包，畢竟還是個孩子呢，淚水還是不受拘束地光臨了，反正也沒人看見。望著遙遠的天邊，想到在《超人》裏虛擬的葉雨楓處處贏，而現實生活中實在的葉雨楓卻處處輸，一種沮喪遍佈了我的心靈。

生活中原來最難戰勝的是無奈！

　　我一個人面對我內心潛藏著的軟弱怔癡了一陣。在水管裏把臉洗乾淨，為了男子漢的尊嚴，回到家裏，故作輕鬆，細心的媽媽追根究柢都沒有得到傷處的真實來歷。我只說是踢足球碰的，但我的語氣明明帶著恍惚帶著不堅定性。媽媽問不出究竟，自然信以為真。我以裝出來的從容埋下一場危機！

七

這是一個特別漫長的夜晚，有恐懼也有興奮，我幾乎是在一分一秒地煎熬著時間。也是在一分一秒抗拒著時間。

我要媽媽給我洗了紅領巾，拿出最白的襯衣疊得方方正正壓在枕頭底下。聽著秒針不慌不忙地轉動，心裏有安慰也有焦慮。我聽到昆蟲的鳴叫在催我入眠，可我的睡意卻非常遙遠。這一夜我是躺在起伏擺盪的紅色中度過的，期間起來看錶三次，最後一次是六點，破天荒沒有讓爸叫床。飯吃得也非常匆忙也非常不安。

升旗的時間步步逼近。

憂慮的雲團也層層纏繞！

我穿上筆直的藍褲子，白襯衣，莊嚴地繫上紅領巾。

我當然沒有忘記向媽媽替那些混蛋討要一筆「資料費」為自己的生命威脅去做第一次交易。十元錢對我來說也足以稱得上鉅額了，我並不知道索錢的人，胃口到底有多大，手裏攥著錢，心裏卻敲著鼓，我幻想著這次交易是一場遊戲一場夢。

然而通往學校的必經路，那群「歪帽子」準時等在那裏不動神色地接待我，他們沒有恥辱感，可我並不覺得我有什麼錯，只想迅速地進行「成交」之後買通過路的權利，但並不代表我胸腔裏沒有憤怒，我把「鉅額」照「歪帽子」的臉上扔過去，「見錢眼開」的俗話，在這一幕表現得淋漓盡致。他們不生氣，臉上溢滿了友好氣氛，他們的眼睛發出藍藍綠綠的光，就如餓狼撲食一般揀起了錢，拍拍我的肩膀說：「小子，聽你們學校的人說你是個扶貧濟困的主兒，聽說你經常救濟啞女，其實我們他媽的比啞

女都更需要救濟，常記著點哥們兒，以後遇到麻煩儘管找哥們兒替你做主。現時代你這樣的小乖乖可不多見了。」

我「呸」地朝他腳下唾了一口，「見錢眼開」的心態壯了我的膽，算是對他們的回答。也算是微弱的一點點反抗。詐騙了別人的錢還要找個理由，無恥！

可他們顯示了出奇的寬容，並不因此生氣，卻是嘻皮笑臉地甩了一個響就離我而去了。

他們說他們連啞女都不如，可他們卻值不得別人同情，他們學壞，呸！我又表示了憤慨，出了一口惡氣。一塊石頭總算落地了，我似乎感到格外的輕鬆。

可是我這一刻發現了吳桐桐和歐陽文驚愕的目光在注視著我。然後像遇見一個魔鬼一樣，慌慌張張地躲開了。我當然用不著向他們解釋。也顧不上想這目光的含意，更顧不了研究他們所出現的狀態。就飛快地往校園裏跑，因為我今天身負使命！

我的心又被幸福感所填補。我好像覺得滿院的人都在向我行注目禮，誰都在替我驕傲，因為並不是所有的同學都能享有升旗的資格。我不住地和同學們打招呼，我也不住地感謝陽光為我而如期而至，我也不住地向我頷首的花木蟲草投去微笑，我對人與物都特別的有禮貌，我的快樂增加了我的氣度，我的精神築起了我的高度，我顯得格外熱情、矯健、有朝氣。我走進熟悉透了教室，朝暉如一條條彩帶柔柔地飄撒在我的桌面上，我把書包安置好，坐在凳子上雙手托著腮，盡量掩飾著內心的喜悅和渴盼。雖然大家按部就班的表情如往日毫無區別，但我好像覺得他們比往日親切，可愛，友好。

人活著多有意思啊！我保全了自己的生命，還維護了我升旗

的資格。

　　可是就在這當兒有人傳我：「老師有請！」

　　我想老師許是安排升旗的事易，我滿面春風地跑進辦公室，熱情未減卻倏忽地站住，驚恐得一動不敢動了！

八

　　我看見老師黑沉沉的面孔如天上厚起來的烏雲，一經風吹就會電閃雷鳴，暴雨就會劈頭蓋腦瓢潑下來！

　　我驚愕且納悶，我帶著無比感恩的心情，好像自己人一樣提醒著老師，小心地問：「老師找我有事嗎？」

　　老師並沒有正面回答我的問題。卻說：「你剛才幹什麼去了？」

　　我說：「我沒有幹什麼呀。」

　　老師拍案而起！說：「你果然不誠實，才這麼一點點就搞陰謀，玩手段，欺騙同學，欺騙老師，獲取榮譽……」

　　老師的暴力性語言把我整個人都擊斃的搖搖欲墜！心如重錘擂著的鼓面轟鳴不止，我全身冷風颼颼，我被搞懵懂了。房頂被震得嘩嘩落土，就連太陽也好像嘰哇一聲鑽進雲裏嚇呆了！屋裏頓時黯淡下來。

　　什麼是手段？

　　什麼是陰謀？

　　我又怎樣欺騙老師？欺騙同學了呢？

　　白呆呆的空氣有著同樣緊張的詰問。

　　這世界怎麼了？這世界到底出了什麼問題？

　　卻原來，我在與「歪帽子」他們「成交」的事被目擊者通報了老師。「歪帽子」是被學校開除出去的一個壞學生，他不僅好打架，最主要是常常不能如期地交上學校的一切費用。老師就斷定我不學好。說我幫園丁爺爺勞動完全是虛晃。她主觀臆斷那次在校園裏她遇見我鬼鬼祟祟地躲藏在花叢下一定是與外界勾結有

關，卻以「幫助」的謊言為由，裏應外合攪亂學校的秩序。因為最近老有形形色色的人在校園裏出沒，很多家長都反應襲擊過他們的孩子。

她說：「真沒想到原來罪魁禍首是你！」

「她對她最初判斷的失誤惱羞成怒！」

我想，我是受害者呀！我被人敲詐，被人欺負，我只不過今天不便和他們糾纏才進行了一次交易，保全了自己的安全呀！怎麼一時間我竟成壞人了呢？何況我那個年齡什麼陰謀，手段，欺騙，獲取。如此複雜的思路就算成人恐怕也得費些周折才能達到最終的圓滿吧？

原來語言的暴力遠比武力侵襲更可怕！

據說這是我們先人的遺風，那個時候老師卻在我身上得以使用。如果使用者不曾在生活中獲得成就，怎麼可能把我想的如此精明？而且縝密得渾身是嘴也難以辯清？

我說：「是他們往我要錢的呀！」

老師說：「他怎麼不往我要，不往吳桐桐要，不往歐陽文要，不往程超他們要，難道你比他們有錢？」

是啊！為什麼往我要呢？

我又怎麼知道他們為什麼往我要？

難道我還希望有人往我要錢鬧著玩嗎？難道我不知道拿錢自己揮霍一下過過癮嗎？知不知道我受了多麼大的精神折磨呀？難道我不需保護嗎？

老師列舉的自然都是些成績優良的「品種」。意思很明瞭，優良「品種」概不會出現這類問題，就是出了問題也是受害者。像我這等貨色只有害人而無被害的可能。好像他們是鮮花，我是

毒刺！

人心是不公的！

人心的不公，導致語言的不公，行為的不公！

權力可以寬恕一個人的罪責，但不公平的人心絕不會放過一個人的弱點！偉大的造化經過無數年的孕育，把冰冷的石頭化為人類，造物主最偉大的成就就是形成了人心！可仁慈的上帝為什麼不把人心造就得公平一點呢？

我做了通盤的解釋，我盡可能說得通俗一點讓老師對我的苦難遭遇，多一些同情和理解。

可老師鐵了心認為我是在愚弄她，欺騙她。我在編造，我在自圓其說！包括以前吳桐桐的「圖釘事件」都是我想獲取榮譽的花招。

她像一個會占卜的預言家，預感到中國境內即將要天塌地陷一樣地告誡我說：「聰明過頭就流於心術和心機！這種人是最可惡的！我最討厭的就是這種人。」

她說這話也相當的語重心長。她似乎在竭盡全力，以「挽救人民挽救黨」的沉痛姿態教導著我。好像再不拉我一把就會滑入恐怖分子的陣容裏。瞧我卑鄙的多偉大。好像上蒼特別關照了我一顆複雜的頭腦。好像我天生就有能力成為一個高級騙子一樣。

我是喜歡榮譽！

可誰不喜歡呢？

沒有榮譽感就沒有精神渴望！我就是這麼認為的。

老師說她要把我交待給我的父親和母親，不然出了事，我的安危學校概不負責。

我想，交就交唄，現如今學校除講課之外，什麼不都是交給

父母去解決。一個孩子的「榮辱」都擱在父母的肩上。於是，我們在父母心裏常常如同一道判斷失誤的分解式，越肢解好像問題就越多。

上課鈴響了，就像震響天國的號角！偉大神聖的時刻終於來臨，我聽到一校師生都集中到院中央，可是他們一定看不到升旗手，沒有升旗手，儀式怎麼開始呢？

我為全校師生著急，我更為自己著急。我於是緊張而殷切地望著老師，近乎央求：「老師今天我升旗，你放我出去！不然大家會著急的。」

老師哼哼地笑了，笑得很陰沉。說：「沒有你學校無人能勾結賴小子，可沒有你學校照樣升旗！」

又說：「給我轉過身去，面壁思過！沒有我的指令你不許踏出這裏半步。至於說升旗你永遠也沒有這個可能了！」

老師說完帶上門走了。

隨著門咚一聲，我的淚水奪眶而出⋯⋯

屋裏靜如墓地，連塵埃飛落都震天動地！桌椅書櫃都像長出了無可奈何的眼睛怪怪地盯著我，我聽到我體內的血液和心靈在悲涼中一同低泣。隨著中華人民共和國渾厚的國歌響起，我淚眼朦朧地順著窗外，心情無比惆悵地望去，吳桐桐驕傲地翹起朝天鼻孔，紅旗就隨歌聲冉冉升起！

沒有人關心今天突兀出現的變故。好像壓根就不記得我本應該站在旗臺上一樣。

可我看到遠處園丁爺爺惦著腳尖翹首眺望，努力辨認旗臺上的升旗手都一再出現難以置信的線索，他好像不甘心，低頭揉揉他渾濁的老眼，再一次翹首確認，最終是一臉的費解，一臉的納

悶，一臉的失望，一臉的意外……

我知道園丁爺爺在尋找誰，渴望在旗臺上看見誰，他在等待著為我驕傲，為我助興。可我卻讓他空等了一場……

我眼淚汪汪地默言道：「園丁爺爺對不起……」

九

生活就是這樣陰錯陽差，我以為這一切都是人為的，習慣性的愚蠢判斷所造成的悲劇。這出悲劇是否一再上演，不知道！

可我的美好願望破滅了，精神隨之坍塌！現實和理想老不一致，好像現實不許人有理想。「勾結」事件定形後，老師把我交給了父親。

父親對此事大驚失色，並對老師的慧眼能及時發現，表示了千秋萬代要感恩戴德的心願。

我覺得這世界真是滑稽，他們慣於成人愚蠢的思維，強加在一個稚嫩的孩子頭上，還自以為是。我似乎是在那一刻把一切都看得無所謂了。

沒有是非的世界是個渾濁的世界、顛倒的世界！難道誰有力量能反過來嗎？

老師及為痛心地指點著我的頭說：「像你這樣的腦袋瓜，要用在正路上不是全校第一也肯定是第二。可惜呀，可惜好鋼用不在刀刃上。」

我的腦袋就像懸掛在空域裏的木爪，在被她毫無人道的敲擊下內心發出呼號——有沒有想過，用手這樣指點別人的腦袋，是對人最大的侮辱！

可我到底沒有像他們把我想的那麼壞，我究竟還為師道尊嚴盡一點孝道。我以表層的麻木掩蓋著內心的激憤。我只是低著頭，兩腳並攏，規矩地站著。

父親聽了老師的話心如刀絞，他老人家與老師的看法毫無二致，若他生出一個傻子也認了，可他不甘心的就是我還聰明，

卻沒有做出了應有的效益。然而此時他已顧不上這個，他對「勾結」充滿焦慮。好像我已經是個無惡不作的壞蛋，或者我的一條腿已伸進了局子裏一樣。

父親對此事沒有手軟，甚至連一向睿智的母親，也開天闢地第一次顯出了她猙獰的面孔與父親「同謀」，參與了為我準備的這場酷刑。

但他們卻沒有得到任何意義上的「招供」！那怕是辯解，那怕是否認，對他們都是一種安慰。

可是我保持了沉默！

冤枉深重的人從不屑於辯解，他們怎麼認為都可以，一張潔白的紙被人亂七八糟地任意塗抹你能企圖揩乾淨嗎？當一個人失去了生命存活的嚮往，好與壞還很重要嗎？他們信奉一個偉人的話：「世界上沒有無緣無故的愛，也沒有無緣無故的恨！」當然更不可能無緣無故就攔路要錢。

因此「勾結」就再一次成立！

是的，也許我的爸爸媽媽確實沒有體驗過無緣無故的事發生過，可只有上蒼知道無緣無故的事確是讓我遇上了，這與經驗毫無關係。也許這種「無緣無故」的事就要從此開始了，甚至就要從我這一代人開始！比如說「哥們」的異稱，他們以前有過嗎？聽說人與人之間只有一個稱呼——「同志」！而「哥們」不代表親切，代表著蠻橫和霸道！並且是具有團夥性質的。沒有政權的人綁上「哥們」也可以在社會上揚眉吐氣橫行一陣。「哥們」是可惡的象徵，異類的象徵！

難道這種出現也是我的過錯嗎？

爸爸說：「他小時候家裏大開著門都沒有小偷光顧，何況平

白無故攔路要錢，告鬼說都不相信。」

我想，告鬼說當然不相信，鬼怎麼知道人間世俗的事？

如今各家各戶的門都上了重重保險，小偷不辭辛苦潛入其中進行偷竊。難道他們是閒得無聊，在演習他們的職業技術使然？那不是平白無故，難道是原於失竊者跟小偷有著親密的聯繫？

父親用蘸過水的繩索朝我的身體一下連著一下地抽過來，好像這樣抽就能把「勾結」抽去，豈不知抽急眼了適得其反，我還果真有去「勾結」一下的意思不虛此「打」，所幸，我對「勾結」不感興趣。還沒有那麼大的膽子。可自以為挽救革命後代的父親，越打越來氣，我只感到我體內的血液在混亂中不辭辛苦地應付著。

面對父親的暴力我笑了，笑的一定很怪異！因為把他們嚇了一跳！是神經出了問題還是沒有打疼？

父親就更賣力地抽。

我就更直白地笑。

誰說我們這一代人缺乏堅強性，我們沒有錯就是沒有錯，想屈打成招門都沒有！我想，對待漢奸，賣國賊也不過如此吧！假如第三次世界大戰中國被侵略，我絕不可能投敵叛國了。因為我已歷經了如此慘烈的酷刑應該說也經歷過考驗了吧？

「施刑」者的最終目的是讓受刑者痛苦。

可我的笑，讓他們惱羞成怒！

精明的二老到底深諳了我是在嘲笑他們的無知。

媽媽因此就在這一刻加入了暴力行為。她心平氣和慣了，可能在投身暴力之前不夠習慣，於是她先是擎起一個精巧的玻璃煙灰缸砸在地下，那七彩的碎片立即譁然而起，落地後一幅粉身碎

骨的圖景壯烈地點綴了一地！母親的怒火也隨之而生，可我不太願意損害媽媽一向沉靜溫和的形象。

她想打屁股我就給她屁股，她想打腦袋我也絕不吝嗇，只要她願意打，有力氣下毒手，我一併給予方便和鼓勵。反正我也不是我個人的，許多時候我的存在與他們休戚相關，我的表現優劣是他們的榮辱。他們願意相信我有「勾結」的行為，我也沒有辦法。生死我也已經置之度外。我的生命是他們製造出來的，隨便你怎麼處置都行。反正我要的東西他們從不慷慨，我已是五年級學生了既不被信任，也沒有尊嚴，更不配有人格，靈魂的主權不在我手裏，要一具任其宰割的肉體有什麼用呢？我並不在乎當什麼好孩子，好學生。「圖釘事件」我認錯是因為我心裏難受，獲得榮譽又不是我預期的。幫助園丁爺爺是因為我的同情心使然。勞動委員又不是我要的。至於升旗我當然夢寐以求，難道熱愛紅旗不對嗎？

母親在抽我的時候，表示了最大程度的憤怒，她似乎替她的暴力尋找足夠的理由，她抽一下，罵一句：「笑，笑，笑，我讓你笑！」

是的，我只能笑，我怎能不笑呢？因為我已經流不出眼淚了，如果一定要我表示痛苦的話恐怕流出來的只有血了……

父親怎麼不打了？一副疲憊的慘相！

母親沒打幾下，怎麼哭了？一副比我還痛苦的樣子！

奇怪，「受刑」者不哭，「施刑」者倒是哭了。

現在的世道什麼都反著來。受刑者的態度如此好還不滿意，那要他怎辦呢？難道是他們被自己這種法西斯手段無情地摧殘祖國的花朵，猛然間良知發現了嗎？

十

　　家裏出現了少有的鬱悶。我不吃不喝，不說不笑。但這個自由也不准有。媽媽跟前追後，似乎在找機會和我談心。這是她探視我內心慣用的手段。她無非是冤枉了人還要人理解而已。就像那一群混蛋要了我的錢還要找一個理由讓人同情有著同樣的特徵。我的冤屈埋深了，恐怕再無接收母親談心的氣度了。我的沉默寡言表示著最徹底的拒絕！我再不會把母親當朋友了，沒有信任算什麼朋友。

　　為了杜絕繼續「勾結」，家庭不僅私設公堂，而且私設囚籠，星期天我被軟禁在「囚籠」裏，嚴格監視，沒有了自由。我連雞、貓、豬、狗那點點權利也沒有了。我不知道隨著法律機構的不斷健全，有沒有一條法律，制裁有關家庭囚禁給小孩子造成的傷害呢？到處是眼睛，大的小的，橫的豎的。天上有多少星星，我身邊就有多少只眼睛。每一束目光就如同無數個飛鏢日日向我直射過來，以致我遍體鱗傷！「眼睛」，讓我感到是五官最厲害的一部分！

　　我失去了說話的熱情，我也不熱衷於求得誰來理解。我的最大收穫是眼睛變直，變硬。心底變狠，變冷。假若誰想給我打架那就來吧！反正不打我現在的面目在別人眼裏也是猙獰的。

　　人格掃蕩的狂風不僅把人的頭顱壓下去，更主要的是把人的肝膽和心靈一同蒙上污垢！

　　在一段時期內，很多目光投注在我身上時，不再從容、坦然，友好。而是恐怖，膽怯和設防！

　　難道我也被人視為「哥們」？

下學的時候我看到有人在我的背後向他們的爸爸媽媽們指指點點，他們的爸爸媽媽臉上頓然就像拉響了警報一樣，拉著他們的好孩子一溜煙地逃開了。而且看出了千叮嚀萬囑咐的情景，就好像我是個青面獠牙的怪物，一不小心就會把他們吞掉。我為此也有過一點快感，看誰不順眼就呲呲牙、咧咧嘴、瞪瞪眼，揮揮拳頭故意嚇唬他們鬧著玩。但這畢竟是自我作賤！

　　心靈的隔離遠比肉體的囚禁更可怕！

　　我心裏絲絲縷縷，星星點點萌發著一種驅趕不了的恨意。

　　恨誰呢？

　　父親？

　　母親？

　　老師？

　　「歪帽子」？

　　告發我的奸細？

　　還要那些必有用心的目光？

　　不知道！

　　天氣和心情總是很一致，沙塵暴颳得昏天黑地，如同我灰塵滿面的心！城街上的人倉皇地戴上帽子，遮上面罩，圍上各色的紗巾只露出一雙恐慌的眼睛，把自己包得像個病人！砍伐者的殘酷是消滅綠洲！於是我眼前出現了很多很多不動神色卻貌似功臣的砍伐者！因為他們最大的功效是製造病態……

　　風，似乎真的像瘋了，它把各色塑膠袋脹得鼓鼓囊囊，在空中肆虐尖叫。沙塵暴，像一個精神失控了的瘋子，不遺餘力地摧殘著校園的面貌，由於力氣過猛，以致那一面飄揚在空域裏的紅旗被攔腰砍斷！血紅的旗面已被風力咬嚙成絲絲縷縷的殘骸，當

她壯烈倒下的時候，我的心轟隆一聲巨響！心靈立即呈一片白茫茫的廢墟。於是我的心無數次投下了這一幕的片斷，無數次地鳴響著轟隆不止的聲音。很多人驚愕地望著倒下的旗幟，又有很多人無關痛癢地折回身離去……

站在旗台下我心裏突兀的想哭，難道倒下的旗幟與我相關為我這才知道我心靈的旗幟依然未倒，不懈的心靈依然未死！我為這不死的心靈感到氣惱！我不知道以什麼樣的方式擊斃我未死的心，我努力掙扎著不哭！但誰能管得住自己的眼淚呢？心底裏的酸楚還是在不期中翻了上來……

做一個令人仰慕的人總比做一個令人唾棄的人好吧？

可是，是誰把我推向了孤島？

是誰？

不知道！

常聽爸爸感歎，說好人難做！我心一緊，這句話突兀出現，好像不知哪兒與我相關。好人難做，那一定是好人常常會受到冤枉吧？既然如此，爸爸為什麼不在他的經驗中獲取教訓解釋我的遭遇呢？

好人難做，那誰還有勇氣做好人呢？

我百結愁腸地望著天邊那緩緩降臨的黃昏，就像一個固定的痛點，我又該回去坐在桌前規規矩矩地做功課，然後面對一個沒有歡樂氣氛的家，去感受著寂寞和孤獨帶來的無限……就好像我千真萬確成了一個罪不可赦的「勾結」者。不能離家半步，一刻中也不行。帶著如此監視的屈辱再去陷入那個黑暗的冷夜……

如此這般，活在人世還是件很快樂的事嗎？

十一

園丁爺爺又在經營他的花草，他瘦削的背堅硬地凸起，頭幾乎要栽到地下，他在扶起一根被人踩倒的刺玫時，很費力地站起來，拍拍手上的土，反剪在背後。望著一撥一撥往外走的學生，臉上出現了若有所失的神情，似乎在用心尋找誰。

我的心「別」地一動！站住了。

等到大批隊伍走出去了，好似水落石出。

園丁爺爺看見了我，臉上出現了驚喜的神色。那神情像是尋找已久等待已久一樣，園丁爺爺招招手急急地朝我走來。

我僵僵地站著不動。

等到園丁爺爺站定了。

我的淚倏然冒了上來……

園丁爺爺挑挑眉宇，顯然嚇了一跳！說：「怎麼了這是？怎麼了？這幾個星期怎不來看啞女了？」

我抹了一把淚，倔強地將頭扭向一邊。

我說：「爺爺對不起，我不能幫助你了！」然後，淚就更無章法地湧出來……

園丁爺爺捧起我的臉，像扶起一丫被霜打蔫了的青苗。說：「告訴爺爺出了什麼事？」

我說：「爺爺我成了壞蛋，我成了別人眼裏的臭狗屎！」

我的喊聲地動山搖，喊得連天空也怦然暗淡了好幾成。

爺爺僵下不動了！

「誰說的？日他奶奶誰說的？這一院的人誰有小雨心善？誰這樣說我找誰說理去！」

我終於哇一聲哭出聲來了……

這一哭，攪亂了黃昏的寧靜，驚飛了棲息的鳥禽。

我終於找到釋放委屈的地方，我向園丁爺爺訴說了我的「遭遇」。

我說：「園丁爺爺你相信我嗎？」

「當然相信，小雨說的話爺爺我句句都相信！不升旗也不能證明小雨是個壞孩子，我看他們吃『教育飯』的人沒眼力，誰好誰壞都看不清，哼！爺爺我不信服他們。」

園丁爺爺的胸腔一起一伏。好像他比我還要氣憤！

我的心好像鬆快了一點。

沒有受過委屈的人絕不會知道委屈對人的摧殘；沒有體會過被人理解的人怎能懂得理解的力量？

我黑洞洞的心，彷彿透進了一縷兒光亮，愛的意味又重新得到回升，因為有園丁爺爺的信任！

園丁爺爺的力量怎麼會如此偉大呢？

我覺得是他透亮的心靈偉大！

我不願離開爺爺，我珍惜著這一刻給我帶來的意義。

園丁爺爺說：「不要因為受一點委屈就放棄了上進心，路是由自己走出來的，好好學文化，長大當了大官就不受委屈了，光收賄賂，狗日的也夠活了。」

又說：「日他奶奶的，到了爺爺這把年紀，坐在家裏就有衣穿，有飯吃，有人管。可爺爺就是因為沒文化，有病也得裝沒病，強打精神觸這張嘴。好在小雨心善，看得起爺爺，別的學生娃可不是這樣，他們看我掃院還故意把土堆踢開。老師為啥看不到這個？爺爺在世上是個下等人，誰的白眼都挨過，心裏敢情是

不難過？誰不想當人上人，可咱沒文化就得受委屈，時間久了，委屈受慣了，心就磨起繭來了……」

黃昏淒淒涼涼地降下來，我的心悵悵惘惘地思索著：

這就是人生的死理嗎？

人，為什麼會劃分了如此嚴酷的等級呢？

是的，我似乎覺出了這個死理的硬性。

園丁爺爺的話我是願意聽的，我的心情雖然好了一些。可我更想知道，好人為什麼難做呢？如果難做以後還該不該繼續做下去呢？我的心塞滿了好多問題。

在此後的日子裏，我老像是夜裏的螢火蟲，自己照亮自己，光不強，影兒也不重。可我總還渴望自己濃墨重彩一些。但我一著沒有找到自我昇華的法子。

生活並不能如人所願，雖然日子按照固有的軌道滑去，可我依然對未來充滿困惑……

十二

　　那個夏日，風，旋轉著像是在舞蹈，它的狂舞亂竄竟讓我一時辨不清風向的來歷。父親就是在這一刻踏著如歌的碎步興沖沖地跑回來。他說我的畢業考試比預期要好千倍萬倍！

　　母親正在看書，聽到這個消息，臉上泛著驚喜的光澤，馬上就把目光投注在我的臉上。我察覺到這目光裏的感激。

　　我似乎也心有所動！

　　父親說：「三個百分，其他都是九十分以上，體育全班最棒！鑒定表上說：『該同學思維敏捷，學習刻苦，若再努一把力挖掘潛力會有出人意料的結果。』」

　　父親就像一個基督信徒，琅琅上口地念著他渴望已久的經文，他情不由己地攥住拳頭激動的微微發抖，他在樂不可支中忘記了在我面前保持應有的鎮靜和威嚴，以避免慫恿我的自滿情緒發揚光大。看來再深沉的人也難免失態，這就注定生活中各不相同的人都在對各不相同的信念有著最徹底的獻身精神！

　　我盡量使自己安靜，不去打擾這一刻給父親帶來的意義。

　　其實只有我知道此成績並不真實，但不是我一個人而是所有的人！老師出現了少有的寬容，優差生座位合理調配，並且對每一個人都關懷備之。老師背著手緩緩地走來走去，那目光就像觀察熟透了的稻穀，即將開鐮一樣，她自然渴望有一個好的收成。按素常來說我們都把她繞來繞去的身影叫做「幽靈」。可這次對我們至關重要的一次考試，老師卻見交頭接耳都漠然視之，誰卷紙上有誤便不動神色地用手點畫幾下，雖然無言卻警告有誤，聰明者便「心有靈犀」！愚鈍者就只能出現莫名其妙的狀況活該倒

楣。我是得到過點畫的，自然屬於聰明一族。作弊對我們來說早已深諳其道，並不為奇。可老師公開通融還是首次。

也許老師把所有的學生都當作小孩來判斷，很多人都給老師記了一筆感激之情。豈不知畢業成績的優劣，代表著一個老師的教學水準，暗示著經後的聲譽和出路，以及獎金問題種種。至於成績的虛實只能造成新學校對學生的判斷失誤，對老師而言有百利而無一弊。他們順應了人性的弱點，給了各家大人一個滿意的答卷，提高了自己的知名度，從而對某某老師流連忘返，廣泛傳頌。我想，沒有一個同學包括我在內對此狀況有什麼不滿意，沒有一個同學有勇氣去正視事情的本質。因為此事畢竟填充了每一個人所需要的虛榮和面子。

生活就像一個固定的程式，大家在這個程式中做著各不相同的遊戲，其遊戲做得圓滿與否全在技術水準上。技術最高的是利人利己，次之是損人利己，再次之就是損人不利己。可我卻常想，損人不利己者或許是個勇士，通常不能被世俗所接收，可對事物的本身是否有著一種正義和本質的揭示為大家習慣了你好我好大家都好。若有一個人說出其中內因，定會招徠口誅筆伐：此人良心大大地壞了。

「良心」通常在什麼時候才能表示最「良」呢？

不知道！

「優良」成績如一團火焰，把一個家庭的清冷點燃，歡樂照亮了寂寞的面孔，可我卻像一個為「勞苦大眾」帶來了空泛的福音的「上帝」一樣，忐忑著自己的虛空，旁視著家人的歡樂。這些虛空的歡樂照亮了多少個家庭？無可計數。

我不知道我的同類是否有勇氣和渴盼者們享受同樂，而我尚存的一點羞恥是不敢理直氣壯去參與我所帶給父母的「歡樂」。

成績對我而言是預期的，但老師的評語卻讓我始料未及！我以為「勾結」會隨著我的成長一直「勾」上去，卻原來老師大發慈悲只字未提。

　　呸！難道我還要為此感激誰嗎？「勾結」對我而言就如覆蓋一切的天頂，壓得我抬不起頭，喘不過氣，有誰如我一樣鏤骨銘心地體會到，「假」理說上一萬次比真理還真的味道呢？「勾結」在我心裏形成了一個巨大的陰影甚至是短處，因為無中生有沒有悔過的理由和機會。無中生有的最大功效是讓人對世界無望！我常常敏感那些獨自垂淚的人，那些望著天邊發怔的人，垂著眼簾面無生氣的人，他們是否也是被無中生有所折磨為世上有多少這樣傑出的編劇把他們具有喜劇效果的傑作輪番搬進心靈的舞臺上演唱著？

　　疊立在我心中的那所小學即將隱在身後，回想起來，卻是在匆匆的四季中一次次出其不意的峰迴路轉。發生過與我有關的和無關的事都將塵封。它對我最大的改變是性格上的寡歡，骨質裏的倔強！

　　父親注視我的時候有了討好的意味，好像我給他拿回了好成績，他卻沒有給我應有的回報一樣，為此我心有餘悸！他在為我張羅一頓營養豐富的午餐，希望能看到我愉快的笑臉。希望盡量都吃進我的肚裏。可我疑惑我的天真早已不復存在。笑，這個功能似乎早已失調。我被生活中有意的或是無意的虛假成分干擾著，我不便向父親交底，可我也無為獲取父親的「回報」。我深深地同情著父親，心靈總是安頓不下來。父親雖然相信棍棒底下出英才的道理，同時也為我們彼此的隔膜長吁短嘆。父親好像渴望與我有一次交談，這是他看到我有了好成績通常的表現。可是他卻很難進入狀態，因為我不予以合作。

十三

　　有很長一段時間，我把自己一個人關在屋裏足不出戶，我不知道新的學校將給我帶來什麼樣的圖景，但舊的學校教會我消亡自己的熱情。我百無聊賴地望著雲朵在天上飄來飄去像是守著絕望的藍天流淚，如同我的牙齒緊咬沉默讓時間消亡一切而流血！我想起了幾年前我在巷道裏跑來跑去無憂無慮，和幾個同齡的小孩隨便跑進一家院裏嬉鬧，主人們都會忙裏偷閒拿我們逗樂，那些熱情的笑臉構成了我記中最深刻的部分，如今我卻像一個被人世的冷漠訓練有素地安置在屋裏成了孤零零的一個人。我的心如一個黑洞，伸手不見五指，我曾無數次用手托起燭光尋求美好的夢想，果實卻是無情地乾癟在果殼裏……

　　是誰用一塊施了魔法的幕布，遮蓋了我渴望的眼睛？是誰揮舞著刀斧砍斷我夢想的翅膀，把心靈獻給虛空？不知道！

　　黯淡，日復一日如風似雪的形象走近我。如手持血淋淋的鋼刀的黑客逼近我。我常常難以熬過漫長的白天，但也更不願獨自面對苦悶的長夜。四周都是寂寞，我像一個走上鐵索橋的孤旅正在獨自闖過令人膽寒的深淵。我再也看不到馬群在天空中飛奔，老牛在樹上唱歌……我只看到日月在無精打采地不斷更換，卻日日更換得毫無新意。

　　父親，依然為我的好成績陶醉！

　　母親目光裏對我精神狀態的敏感讓我忧目驚心！

　　好長一段時間夜間的夢如一團白霧撕裂成無數模糊不清的片斷，卻沒有具體的意向，我總是找不見歸屬的路，總是出現驚慌失措的心態！天，灰濛濛，無一點陽光的笑星兒……

每當我在這個時候睜開眼睛，我意外地發現媽媽在燈光的投注下，坐在我的床邊默默守護。她的臉上爬滿了憂慮的線索。我即刻閉上眼睛拒絕與媽媽對視。但是我並不能馬上入睡，我想知道媽媽能陪我多久，或者她肯陪我多久。我以此去折磨著媽媽。有時候媽媽陪幾個時辰，有時候大半夜才姍姍離去，離去的時候媽媽總要給我掖掖被子，摸摸我的額頭，有時還俯下身吻吻我的眼睛。我似乎均不被這一切動作所動心！可是又有一個夜晚，媽媽整整一個長夜陪著我，我感覺到她一直在研究地望著我，好像也只有我閉住眼睛的時候她才有勇氣注視我。媽媽像守護一個病孩子一樣端端地坐著。我時睡時醒。夢魘侵襲的時候我看到滿世界掛上了問號的手杖，帶著疑惑漫天飛行。繼而分開了兩條腿在我的眼前跑來跑去，企圖穿越樹林，捕獲群星……風，如同兩扇肺葉的翅膀，有時候颳斷問號的腿，有時候砍下了問號的頭，而我卻坐在低谷裏由此出現了難以預料的快感，快感過後又生出無端的傷懷……及至到了黎明，我感覺到一隻柔滑的手在為我輕輕地揩淚，我睜開眼睛，我和媽媽的目光不可避免地交會在一起，我看到媽媽的眼圈投下了黑影，臉上乾燥而且消瘦，眼裏飽含了疑惑的淚……

　　媽媽說：「雨你醒了？」

　　我驚異於媽媽的毅力，媽媽在等待什麼呢？

　　於是我說：「媽媽你為什麼不去睡覺？」

　　媽媽說：「我知道你害怕，知道你一個人孤獨，知道你很可能在某一件事情不被人理解。媽媽也知道你的心扉已按上了兩扇黑大門，對誰都不再敞開包括媽媽在內！雨，那次打過你，媽媽真的很後悔，時間越久媽媽就越覺得可能有誤解在其中，媽媽為

什麼不該相信自己的孩子呢？為什麼只憑成人的經驗和感覺去判斷事情的真偽呢？雨，雖然一切都過去了，可媽媽對自身的譴責和審視永遠過不去，假如由於大人的判斷失誤把雨逼上絕路，媽媽便是這天下罪不可赦的人！所以媽媽要給自己一些懲罰。如果小雨心裏有委屈，如果父母和老師誤會了小雨。雨，你能接受媽媽的道歉嗎？」

任意流動的空氣倏一下凝住了，有什麼奇特的東西在我眼前跳過無數個光點，接著我聽到我的心房轟隆一聲！全部的防線像是被洪水沖塌一樣，淚，就從四面八方聚集而來，從眼底深處奔湧而出⋯⋯

理解的力量真是大！

我在這一刻投入到媽媽的懷抱裏重新與媽媽貼近，並且重新建立了親密友好的外交關係。

當藍天上飄過的一片白雲如同一張潔白的紙，突兀變成一幀照片，又變成一雙目光時，嘩啦作響的白楊樹也就變成了一幅雕塑，一張油畫中的風景。當一件事從這一面轉到另一面穿透了真實的本質時，陽光便陡然從雲層裏脫穎而出，照亮了你曾經迷惑的一切！

於是，我又發現馬群在天空中瘋狂地奔跑，老牛在樹上粗獷地歌唱⋯⋯

我彷彿聽見媽媽血脈的跳動，傳入我的體內驅除寂寞的恐怖，我如月光下的孩子正捧著失血的肝膽靜聽著媽媽的呼喚！我發現媽媽素雅的神態，如坐雲端，慢慢形成了一幅奇妙的圖騰⋯⋯

我這才感覺到我的媽媽是世上最美最可愛的媽媽，她從來

不把所謂的威嚴，作為養育我的籌碼來脅迫我，她從不把由於愛的失誤造成的不良後果，作為原諒自己的理由，她總是會以出奇制勝的柔情征服我感動我。甚而至言無論我跑多遠都跑不出她豐富的心靈空間。媽媽的心靈是一座城市，媽媽的心如金碧輝煌的宮殿！媽媽的心如同包容人間一切苦難的宇宙！媽媽善解人意的心，懺悔的淚水，洗盡了我心中的污垢。我的心靈又唱著天真的歌謠去向未知的路前行……

17條皺紋

B 章

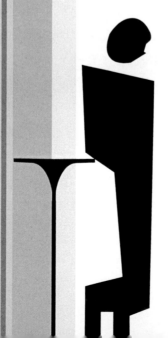

一

我捂著被婦人打疼的臉，帶著淚入睡了。

我在夢中發現自己長起了白鬍子，拔也拔不掉。後來找到理髮店求人幫我拔，也未能達到預想的效果。

我老了嗎？

在這個早晨，我嘩啦睜開眼睛，這個問題就突兀橫在我的大腦中！

記得在三年前，也是在一個秋日的早晨，我嘩啦一下睜開眼睛，就覺得我長大了。站在鏡子面前我成了一個和大人一樣的大人。

這種感覺是媽媽饋贈給我的，因為在我被誤解「勾結」之後，長久的心靈決戰終於喚醒媽媽重新的思考和判斷，我最終取得了真理。從此我長大了。因為我敢於堅持！敢於拒絕。只是我還沒有其他的能力。所以只能靠心靈發出警示。

然而「長大」和「老」是個何其不同的概念。這個過程的間隔距離，對我而言簡直太倉促了，倉促到了如同一段音樂，前奏還未開始就匆匆進入了尾聲。人生的童年正無情地縮短！人類的青少年也如同添加了「酵母菌」！在猝不及防中突然進入了「成熟」。「成熟」這個千年褒揚的詞一向是世人心嚮往至的品種，卻在我的人生中體驗到了朽氣和退化！

「長大」是一種何其美好的過程，它意味著勇氣和革命！而「老」則是怯懦和隱忍。長大的概念並不代表童心的消亡。只能代表一個人對事物更準確的辨別，和對是非問題更有勇氣去質問。而「老」卻是讓我覺得心靈有了難以撫平的皺褶，我有了懼

怕的東西。比如金錢,我是以卑微去獲取最終的目標。而金錢是得以生存最現實的傢夥。我想媽媽,婦人卻不讓。她居然揮手給了我一巴掌!她扼殺了一個人基本的情感。可為了最終那點「出息」,我以隱忍去慢慢消除肉體的疼痛。但心靈的疼痛卻從此襲來……我找不到地方出賣我的力氣。我必須依靠洗車行老闆娘所供給的這點點薪水生活。因此隱忍就成了升天得道的成熟!我曾經深惡痛絕過父親的隱忍,因為父親的隱忍我不再為之驕傲。然而「隱忍」匆匆向我逼近,我才漸漸地理解了父親。

一個學者說:「人類童心是不知權力的邏輯與功利的邏輯,它以天然的感情直逼真理,在權力與功利的門外笑著、跳著、歌吟著。所謂天使,就是人間的權力之手無法控制的自由飛翔的童心……」

可惜天使的心靈就這樣極早逝去了……

歲月的面容眨眼間被我分解成了無數個片段,十七年的人生經歷就如一條潺潺流淌的小河,彎彎曲曲,有波有浪。放眼回望,讓我總覺得一個完整的軀體難以護衛一顆渴望完整的靈魂。生命的開端是玄妙的,生活中任何事件的開端也大致相同,猝不及防的狀況,忽如不速之客一樣突兀站在你面前,就由不得你進入了一種情況。一種情況引出另一種情況,並且順理成章天衣無縫。如此一來二去便連接出一個對你而言有情的或者是無情,公平的或者不公平的現實世界。你只會不由風速地跟著這一系列的情況走下去,有的一閃即逝,有的就成為不可更改的歷史。要我真正去組合與復原它的真實面貌,彷彿還需要雙倍的力量和勇氣去完成。

C 章

一

人生的際遇是可遇而不可求的。我發現了一個驚人的事實，對新生活的渴盼，可以把潛藏在心底裏的秘密啟動！

一個男生的自尊，總是需要在某一個領域得到承認來填充他的心靈，一個好的開端可能會照亮以後的路程。

在一個秋日的早晨，天氣依然和暖，我穿著整潔的衣服，背著雙肩包跟著父親走進了一所叫作魏西的中學，成了一個「明媒正娶」的中學生。

六十個同學彼此不相識，只有少數幾個相識也都被五個班級分的各奔東西。你可以完全把過去的一切抹掉開始新的生活。

而我的自信發展，來自於地理老師怪異的支持。

在一個陽光充裕的上午，地理老師如一個粉面桃花的小女人，溫柔的目光如同在選夢中情人一樣，從我們每張彼此還不太熟悉的面孔上路過，這目光如兩頁飛翔的鳥翅，從容自如地飛旋，然後突然在我這兒奇蹟般地停下來，好像還花費了一些工夫進行了一下特別的掃描。然後準確地叫出我的名字：

「葉雨楓！名字蠻瀟灑的，氣質也不錯，看上去心態也算健康，是個陽光男生，我讀二十個人名字你能重複一遍嗎？」

莫名其妙的氣氛開始在教室裏蔓延，我被突兀襲來的考驗嚇住了。這個粉面桃花般的老師到底在搞什名堂呢？還沒等我反應過來，「粉面老師」的嘴就如吐珠璣，嘩嘩嘩吐出了二十個名字，全是班裏的。完了之後讓我通背一遍。

我還沒來得及詛咒這個可惡的傢夥，就開始在記憶中緊張地搜索，上帝保佑，連我都有些意外，我居然準確無誤地給他重複

了一遍。

他的眼睛就出現了驚喜的光澤。後來他又投彩球一般，分別叫了幾個「倒楣鬼」，以同樣的方式進行了一次考驗，卻均不理想。

此後他又說：「有誰能說出全國32個省份的名稱舉手。」

教室裏的目光開始叮叮咚咚地碰撞。有幾個人猶猶豫豫地舉起手來，似乎不那麼理直氣壯，我因為有了剛才的奇蹟，舉手的時候相當勇敢想再來一個奇蹟，但「粉面老師」不再把這個機會首先給我，可是舉手的人統統沒有得到應有的效果。於是我又稀哩嘩啦說了出來，完全是情不由己，毫無賣弄之心，因為在這之前誰也不明白「粉面」的真實目的何在。

許多目光都僵下不動了！

老師輕拍一掌指指我說：「好，命該如此，地理課代表非你莫屬了！你的記憶不錯，但我更喜歡你積極的心態。做我的助手吧，老師上完課，其他事情都由你來負責，你已經是個中學生了，在老師面前別老像　個聽訓的小學生，你有自主權，誰完成不好作業我就給你算帳。只要你的感覺和判斷正確就大膽地工作，誰膽敢怎麼樣你就交到我這兒來。但是我給你的權力，但只有一學期。一學期之後同學們彼此熟悉就要民主選舉，如果你被『民主』上了，就證明瞭我的眼光。可別讓我丟面子噢。」

我聽到教室裏，「嘩」的一聲，舉目歸一，投注在我身上，小小的自尊在這一刻壯大起來。這個「粉面老師」外形看上去並不給人足夠的大度，但他卻是眾多老師中，唯一敢於把「自主」交給他的「助手」的一個！如果說每一個人都有統治他人的欲望，就連乞丐群中的人都想充當丐幫頭領的話。我對「自主」

這個名詞更感興趣。「自主」就意味著「獨立」！就代表著「長大」

　　我想各科代表一定正在失落中痛苦著，就連班長也不能擁有此權，「粉面老師」卻慷慨地給了我。我的笑唇翹翹著，透亮的眼睛一定如兩彎清月。可我警覺地看到很多不服氣的目光，於是我立即使自己嚴肅起來，我懂得收斂起外在的得意，並且顯得極為謙虛。我不像過去在小學時那麼天真單純了，一聽到老師宣佈勞動委員時就毫不掩飾自己的情緒，而且還故意挑動別人注意自己的榮譽。我知道我長大了，我有了「自主權」！所以我要顯得更為老練才是，或許這就是人們說的「虛偽」？總之，在偽人面前我顯得好像班幹部當得不待當了的無所謂狀態，而內裏卻是樂不可支的燦爛情形。

二

秋風醉了，色彩斑斕的樹葉笑死在枝頭上，悠忽又如仙女下凡一樣隨著秋風的覺醒紛紛揚揚飄盪著各不相同的姿態，落地後佈置了一個七彩的世界。藍瓦瓦的天空上鴿的哨音，猶如譜樂的大師湊出和諧美妙的音符劃入空域，迴盪著意味深長的和聲，配合著我這一刻的心情。我高興我欣慰，我從來沒有像那個時候那樣喜歡上學，我像一個快樂的陀螺滾盪在校園裏。

上地理課的時候，我比誰都驕傲。一室的人都靜靜地坐著，我抱著作業本依次發放，有時候還威嚴地讓某個同學撕掉重寫，某個同學也不敢違抗。每在這個時候老師都毫不猶豫地贊同我的決定。這是老師賦予我的權力！我可以統領人，可以支使任何人，這證明我比別人有能力！我靠的不是家庭的威勢，靠的完全是自己的能力。我的作業本上容不得一點錯誤，我可以站在講臺上任意把老師提出的每一課題倒背如流。四大洲五大洋在我的心裏無限深化，這一刻我又有新的理想出現，我覺得南極是個非常神秘的地方，各個發達國家都在企圖開發，我決定將來當一名地質專家開發南極。當我把這個想法告訴「粉面老師」的時候，他一直為此引以為豪。

然而讓我更為著迷的還不是這個，而是足以能表現男生力量的足球。中國男足屢戰屢敗，成為中國男人的恥辱，一場「敗」球會把我看得哇哇大哭。那時候我很有激情，好像我對振興中華責無旁貸！

一個鐵塔一樣的男人出現在我的視線裏我才知道什麼叫偉岸，他抱著胸斜斜著眼睛，看我的時候就像發現了一個兩腳走

獸，左看右看，遠看近看，正看側看，我都被他看的害了怕，甚至一看到他的目光我都生出一種隨時有可能把我捉到某個稀有動物園裏做標本的感覺。我開始迴避他的目光是在一天下午上體育課，他喊：「立正——向前看齊！」我聽到他地動山搖的喊聲時就已知他的目光又落在我身上。於是我就偏給他向左看。誰知在此他大喝一聲：

「葉雨楓，出列！」

我只好應聲而出。

「繞操場跑二十五圈。」

我的媽呀，這是訓人還是訓獸？

我真想唾他一臉！我知道這是我向左看的結果！但我沒有拒絕他的膽量，只好在眾目睽睽之下完成他所指定的目標。然而在我跑開的時候又有十幾個人參與進來，我不知道這是緩解我的情緒，還是這節體育的特修課，我的心理自然平和了許多，並且有爭奪天下的野心。跑到第十五圈的時候開始有人倒下，跑到第二十圈的時候已尚存三個勇士，當然包括我在內。到了最後一圈已無人進行，而我已是奄奄一息。可這一刻場外調動起所有的力量為我鼓氣加油！終究把我蠱惑得跑完了最後一圈。我滾在操場上面對著藍天，我不活了，我真的不想活了！若有一把刀我真恨不得把「鐵塔」宰掉！

可那鐵塔般的體育老師卻終於像擒獲了一頭「壯驢」一樣，屬聲喝叱：

「站起來，不准倒下！」

我說：「你讓不讓人活了？」

他卻不管你活不活，揮手讓兩個男生把我架起來滿地溜達。

「鐵塔」說：「這是沒有硝煙的戰場，堅持到勝利你得把紅旗擎起來呀！是男兒就要做擎旗人！」

擎旗？我聽到擎旗二字像是一道電光閃進我的腦海！全身抖擻了一下！紅旗依然對我的精神有著難以預料的效果。

是男兒就要做擎旗人！這是「鐵塔」對我的忠告。我的眼睛漸漸堅定起來。

他拍拍我的臂膀，跑到很遠的地方喝道：

「葉雨楓接球！」就把一個足球射過來，我準確地用腳接過來踩在腳下，他又連著射過來兩個，我又以同樣的方式踩在腳下，然後他指著前方擺好了的三個啤酒瓶說：「你把那三個啤酒瓶給我消滅掉我獎勵你一瓶健力寶！」

全場的同學都笑了，似乎像一場惡作劇，像逗一個無知的幼兒娃。但我沒有猶豫，我啪嘰一下，啪嘰一下，啪嘰又一下，三個啤酒瓶粉身碎骨地爆炸的血肉橫飛。

然後是靜場。

這件在我看來平常而不能再平常的事在同學們眼裏竟像出現了天大的奇觀一樣。遠離二十米開外的東西一腳射中，原來是最難玩贏的遊戲。可讓我在憤怒中莫名其妙逮住了。在旁人看來好像我完全有了演習的經驗。我看到許多男生的面孔爬上了驚詫的線索，許多女生臉上浮起了山高海深的敬意！心裏就異常的舒服。然後我聽到震天動地的鼓掌聲，我還看到有人伸出兩個指頭跳起來「耶」的一聲向我表示勝利的象徵！後來有人積極仿效卻未能達到百發百中的效果。我的自尊心如一本高潮迭起的書，再一次得到被人閱讀時激動不已的滿足。那天「鐵塔」果真差人自費獎勵了我一瓶健力寶，把所有的人都口饞得稀哩嘩啦，雖然看

起來有點好笑，但我們第一次覺得老師和學生有一種真正屬於朋友的意味。可我剛才還想宰了「鐵塔」呢！

「鐵塔」對不起，以後給你道歉好嗎？我心裏這麼想。

三

　　事情過了不幾天，我在下午課間活動時又遇見了「鐵塔」，他和幾個高年級的體育健將勾肩搭背站在我們班的門口說著什麼，見我走出來他招招手把我叫住說：「餓了吧？」

　　我說：「你怎麼知道？」

　　他說：「通常的規律應該如此，走，我請客。」

　　「請我？」我指著自己的鼻子，完全是處於費解。一群大哥哥就像看著一個來自北極的大猩猩一樣朝我發笑。我被笑得莫名其妙。

　　我說：「我要回家吃飯。」

　　他說：「免了，今天算你走運，跟我吃去。」

　　我對老師依然處於恐懼。我說：「我一個人嗎？」

　　他回頭看看那群大哥哥說：「放心，這麼多敲我的賊毛呢，哪天你也敢敲我一扛就出息了。」

　　我說：「我喝過你一瓶健力寶算不算『敲』呢？」

　　他說：「不算！那是我獎勵你的。」

　　「你為什麼要獎我？」

　　「因為你有永不服輸的勁頭呀！」

　　「這與您有關嗎？」

　　「當然，什麼是體育？體育就是意志的競爭，有了這種意志無論你幹什麼都不會差勁。現代青年缺少的就是這種東西，可你有。」

　　我用手撓撓頭掩飾著突如其來的竊喜就嘿嘿地笑了。我是隨著「鐵塔」任意的談話，不知不覺就放鬆了情緒。我們到學校食

堂一坐，每個人要了一碗麵，他要我們十分鐘完成吃飯程式。外帶一瓶可樂放在桌中間，意思是，誰先吃完，可樂就歸誰。（當然條件是十分鐘以內）我心想，這也算請客呀？可我能加入「校足隊」的吃飯行列已覺光榮，要知道，這一群「鐵塔」統稱為「賊毛」的帥哥，可都是惹人耳目的角色。

飯，雖然「清貧」一些，可我們吃得非常有意思，「鐵塔」說美國企業屆聘用人才的首要條件就是看誰吃飯最快，這是一個人的時間觀，時間就是生命！時間是日常生活一點一點積累起來的。中國人吃飯需要三個小時，他要給我們濃縮到十分鐘。所以他要以一瓶可樂誘惑我們的速度，要我們和國外的優良習慣接軌。我們這一群傻子為一瓶可樂吃得昏天黑地。競賽的結果令人意外，除我之外，其他的幾個人幾乎是同時放下筷子，難以分出先後。我臉上倏然湧上了一層紅暈，他們肯定是訓練有素，故意拿我來受作弄，我氣得差點哭了。一群「賊毛」把杯子嘩啦啦一擺，（看來這種情形絕非一次）每人一杯合情合理。幾個人邊喝邊看著我笑。我一摔筷子不吃了。

「鐵塔」說：「今天不算，可樂平均分配。」就勻出一杯給我說：「如果這是一場球賽，你就輸定了。」

我最討厭就是「輸」字，何況在這麼多陌生人面前丟份，我說：「那我不喝，下次我喝自己掙下的。」

「鐵塔」抿嘴笑笑說：「好，那我得及早攢一筆錢給你買可樂呢，你師母對我可不寬容。」

集體哄笑。大家並不計較「鐵塔」為平衡我的情緒無原則地推翻原先的規定。只是友好地朝我發笑，好像我比他們小一萬歲，他們都如老大爺一樣地讓著我。我發現這是一個非常健康、

友好的群體。他們和「鐵塔」親如弟兄，雖不分你我，「鐵塔」的威信卻至高無上。我曾一度為能與他們共用過一次晚餐而自豪。

此後「鐵塔」把我加入在這群校足球隊裏成了一個編外人，每天讓我練顛球一個小時，開始我當然很高興，覺得自己輝煌無比。後來一直沒有進一步發展，我就把球扔給「鐵塔」說：「不玩了，不玩了，沒有意思，每天顛球有啥意思呀。」

「鐵塔」說：「要是有一步登天的辦法，我一定首先把這個秘訣傳授給你，莫非你有？」然後他向正在演習的球隊說：「『旋風』下來，葉雨楓接前鋒，上。」

「我？」

「鐵塔」說：「當然是你，一上場就是前鋒，別人可沒你這好運，去吧。」

我被突兀推上場嚇出了一身汗，但也興奮得樂不可支。我如一頭滿地撒歡兒的小鹿衝上去，面對足球就像小鹿餓極了時捕捉獵物一樣的情形，我的雄猛勁兒是不擇手段，為一個球極具粉身碎骨的犧牲精神。我的靈敏勁兒是無孔不入地能把球搶過來，可是一次又一次的犯規行為很快被黃牌趕下場。我突然覺得我被推上了孤島，成了一個分文不值的孤兒。我噘著嘴，坐在一邊望著天空發呆。我知道「鐵塔」通過這次考試肯定不要我了。這樣一想，淚就如不速之客探頭探腦地光顧了，雖然不那麼理直氣壯，可畢竟是來了。來就來了有什麼大不了的，我擁有來者不懼的精神狠狠地擦了一把！

「鐵塔」偏了頭看看我：「呵，呵，面目可憎了啊，好歹也是個站著撒尿的人啊，怎麼了這是？」

讓他這麼一說，我就像一隻小船被強大的水流推進了漩渦裏，死活爬不上岸邊了。

「鐵塔」拍拍我的後腦勺說：「不錯，你真像一隻小飛鏢，迅速，準確，無孔不入，但比飛鏢多一個功能是橫衝直撞，這也無可厚非，但不守球風，就算你有十八般武藝都會被扼殺在搖籃裏。」

淚，倏然凝住，我意外地盯住「鐵塔」。我說：「真的？我有這麼多好處？那你還要我作編外，多沒勁。」

「鐵塔」說：「我在給你吃偏飯呢小傻瓜。你知道嗎，你很像一個人。」

「誰？」

「巴喬！羅伯特巴喬。」

「真的？」

「當然，走路的樣子，跑步的姿勢大致相同。就是踢球的風格人家可是穩中有致，你很可能是亂中取勝，但現在還達不到這個水準。」

「你也喜歡巴喬？」

「當然，我恨不得在我手下出十個八個巴喬，給咱足壇上添磚加片瓦呢，哪怕一兩個也行。」他炯炯的目光野心勃勃。

我說：「我真想成為中國『巴喬』」。

「是的，你天分很好，所以你得聽我的，基本功熟練了，我讓你上場。」

我被「鐵塔」磁石一樣吸引住了，別看他五大三粗，揣摩人的心，可是很有一套。剛才還覺得自己分文不值呢，這一刻我又覺得自己價值連城。在「鐵塔」面前我有一種從天上掉下來都摔

不死的感覺。身體的熱量隨著我與巴喬相似這個資訊傳入大腦而無限上升，比太陽的熱度都強烈一百倍。

「——我像羅伯特巴喬！」

我舉著拳頭滿操場亂跑，以釋放我體內的熱度。此後，羅伯特巴喬就如我的影子，凡有巴喬的畫像砸鍋賣鐵也得買回來，無論多麼昂貴。臥室裏，餐桌前，客廳裏一切空間全部壟斷。凡有巴喬的球賽我場場不誤，我成了不折不扣的巴喬迷，一個經典球可在我心屏上反覆重播。「鐵塔」對我的喜愛與日俱深，我對「鐵塔」的敬佩也與日俱增。我們的默契搭到了爐火純青的地步。我們的思想也高度一致。有一次亞洲足球聯賽，中國隊失敗，我們在操場上出現過一場抱頭痛哭的局面。在此後的日子裏我們都不快樂。但我們暗下決心一定要踢出巴喬的水平。

半年後「鐵塔」亮出底牌，他對我的額外訓練，原來是給「校足」培養足球隊長呢！初三的隊長畢業後保送上了最好的高中，「旋風」一直是代隊長。他為在低年級找個隊長，煞費苦心，他不僅在球技上嚴格訓練，還要在領人帶隊的策略上頗費了番苦心。他第一要領是讓我保持永不服輸的精神，第二是待人具有寬宏大度的氣量，但在足球場上絕對絲絲入扣，毫不含糊！

「鐵塔」把足球隊交給我的那一刻，沒有一個不服氣的，那群好似長我一萬歲的「老大爺」對「鐵塔」的選擇絕對服從！他對我佈置第一場球，人員的分配問題，以及關鍵性的指揮環節都十分滿意。他為自己成功的眼光設了一次真正的宴，那次他喝了一點酒，他說他不過只是體育老師，但他很想在他送出去的一支支球隊中看到中國巴喬的出現，他希望能為足壇培養一個明星出來，他看著我，說小雨，指不定這些老大哥都是你的陪練，大家

對你都非常有信心，咱們這支隊伍沒有私心。你既要敢於指揮他們，但更要萬分尊重他們⋯⋯

　　我有些受寵若驚，我不安地看看那些「老大爺」，他們對「鐵塔」的說法毫無異議，那趨於雷同的表情，呈現出讓人吃驚的陌生真切地展示在我眼前。在他們中間我真正懂得了風格的意義，我感知了友情如鐵的概念。

四

　　藍天上飛過的大雁漸漸形成了一個人的形狀，我的心浮上一層感動的濕潤，什麼時候我們真正有獨立的人的感受呢？

　　「鐵塔」卻給了我這種強烈的感受！

　　雖然我們並不缺乏火爐一般烘烤的愛，可更多的時候想跑到清涼的地方自由自在換一口氣。因為我們常覺得我們是愛的附庸，沒有獨立的自由確立自我的空間。

　　理想的翅膀在「鐵塔」日日精心的培養下又漸漸地伸展開來，我就要飛翔了。我對理想是熱切的，經人這麼一煽動，有時候如海潮般洶湧而來，有時候又如烈火般勢不可擋。

　　夏天來了，所有的樹都在孕育果實，所有的風景都是濃墨重彩。誰在這個時候不放聲歌唱誰就是啞巴！誰在這個時候看不見未來誰就是瞎子！我就是那麼熱衷於沿著「鐵塔」的指引，準備朝那個目標衝刺的，而且會衝得很精彩。可是現實不允許！

　　我在這個時候出現了嚴重的偏課現象，班主任開始頻率較高地找父親談話，大意當然是讓父親除地理和體育之外一律進行一次清算。班主任說：「體育和地理才是各門功課的幾分之幾？當然物理湊合，數學，語文都是致命的！」

　　本來父親在一段時期內對我的精神狀態很是滿意，可經班主任如此「警令通報」，父親臉上的肌肉又開始急速地抖動起來，出現了坐立不安的情況。後來得知我當了一個人人欽佩的足球隊長，氣就不打一處來，說我頭腦簡單四肢發達。再後來我聽到了一次極其尖銳的談話。當然是父親和「鐵塔」。

　　父親說：「我希望你另選英才，小雨不是那種能踢好球的前

提下也可以學好其他功課的料子。」

「鐵塔」說：「我看小雨恰恰就是個不可忽視的英才！這要看各科老師如何開掘罷了。現在提倡素質教育，老師的任務不是說把有限的知識告訴他，而是要他有一個健康的心態對本科目提高興趣的問題。」

「你是懷疑其他老師的能力？」

「請你不要把談話的關鍵問題推向矛盾的邊緣。小雨是你的兒子，可他終究是社會的一分子，或許奇蹟就出現在他身上，指不定能成為中國的巴喬。」

「他就是成為世界的巴喬我都不光榮。我看這個殊榮還是留給你的兒子享用吧。」

「如果我兒子有相關的條件我會尊重你的提醒。」

「謝謝你的誠意，如果你不反對的話，我更希望我的兒子是出現在中國的愛迪生，或是愛因斯坦。」

「假如他就是巴喬呢？」

「那你能給我鑒定一個合約嗎？他要成不了巴喬我找誰去？」……

「所以，我希望你對我兒子手下留情，不要把過多的空間佔用在體育上，無論你的素質教育搞得如何凶，可最終是要看考分的是不是？」

「我利用的只是他廢棄的時間，並不與其他課相衝突。我個人認為，你這樣依著你的意願亂砍亂伐只能讓一個孩子的心理病態發展，這樣的事例還少嗎？他是他自己的，他首先是一個個體生命，他不是誰的附屬品你懂嗎？」

「我不懂，我只知道沒有相應的考分是上不了大學的，上不

了大學他一生就沒有出路，如果你一定堅持你的態度我惹不起，難道還躲不起嗎？」

空氣「倏忽」的一聲凝住了，談話難以進一步發展。

我能想像得出「鐵塔」難以言說的傷懷心情。在父親看來「鐵塔」儼然像一個扼殺人才的兇手。可只有我深切地體會到遇見「鐵塔」這樣的老師，我眼前常出現這樣一個畫面，在茫茫的大海中，有很多溺水的小孩，他們睜著茫然無神的眼睛無人救助，有一葉小舟浮在海面上，力量雖然不大，卻能伴你獲得新生。我看到了未成年人的希望，感知到一個小孩子的尊嚴和人格。在他那裏妙趣橫生，氣氛和暖，人人都有積極的態度卻從不爭得你死我活，你會在他面前有一種久旱逢甘霖的感覺。

可是學校有好多老師對他不滿意，認為他愛出鋒頭，甚至不守師長之尊，靠一種綠林漢子一樣的粗蠻手段，獲得學生的好奇心理，使大量的學生都與他關係甚好，為他的人氣經久不衰的旺盛而兩眼發藍。在投「最佳老師」票的時候他和「粉面桃花」一舉獲勝，不分彼此。引起了許多主課老師的詫異。

對於整個課程來說體育和地理無非是個配角而已，抑或體育連配角都排不上，完全是個跑龍套的角色。好學生從不在乎體育課那點分數，就是考砸了也不丟人。在他們看來只有下三濫的學生才爭取體育分來彌補智商的缺陷。只是不能擺在桌面上而已。可事實上那些學習優良分子多半不愛運動，並且常出現一副病態的狀況。男的如菜窖裏的豆芽，女的弱不禁風。許是在及早培養貴族形象？

很多學生出現偏頗，主課老師紛紛告急，家長們就出來無禮干涉。而我的父親恰恰是這個環節的先鋒。

五

　　我要是「鐵塔」就要就此罷休，按素常來說合情合理。我擔心這次談話削弱了我與「鐵塔」之間的友好關係。我感到胸悶，腹脹，全身痠軟無力，魂不附體，一切來自生理上的反應都預示著某種夢幻的破滅。太陽或明或暗，就像一個不明真相的探子窺視著我的心。我在絕望中恍恍惚惚，有多長時間與此種久違了的感覺不曾相遇為我的心一度陽光明媚，成為眾目之下的翩翩少年。然而那次「談話」，成了一個潛在的痛點。夜晚我又出現了多夢的現象，當我昏昏入睡時，只要通過夢境，我就可以感知「鐵塔」精神上所受到的曲解和壓抑……

　　可是當我再見到他的時候他依然樂觀有加，好像他和父親根本不存在那次談話一樣。這讓我減少了一些內疚和不安……

　　在我的心情有一些安頓了的時候，痛點漸漸隱去，我與「鐵塔」依然如故了。那是一個和暖的下午，薄薄的雲，讓天空始終保持著一種薄明淡暗的氣氛。「鐵塔」一副很隨意的樣子問我說：「巴喬先生，還想不想為國爭光？」

　　我說：「當然，雷打不動！」

　　「是不是為此出現了偏課？」

　　我愣怔了一下選擇了沉默……

　　「問你哪，怎麼不說話？」

　　這聲音裏的嚴厲如雷貫耳把我嚇了一跳！我將目光投過去盯住他，第一次出現了緊張。我說：「老師，對不起，我知道我爸爸……」

　　「這和你爸爸沒什麼事，現在是我在給你談話，你要回答我的問題。」他說：「憑你的腦袋瓜，能學好物理。數、化就沒有

問題，能寫一手好文章語文通常也不會差在哪裏，說吧，憑什麼厚此薄彼？德、智、體、美、勞全面發展你懂不懂？」

「我不想學那種課，乏味。我們班的同學都討厭語、數！」

「我一直以為你與眾不同，有上進心，有悟性，善解人意，有把握自我的能力，有一顆其他人難以企及的韌勁。我相信我的眼光！」

這是批評還是表揚？

我知道我有一種羞於啟齒的弱點最是經不起別人的誇獎，有時候打不哭罵不哭，一聽誇獎就有動用情感系統的功效！所以我的眼睛潮濕了……

「如果咱們還是無話不談的好朋友，我希望你下學年給我一個好的成績單，否則咱們的緣分就盡了……」

我睜大眼睛望著「鐵塔」：「緣分盡了是什麼意思？難道你會解除我參加足球隊？」

「你說哪？」

漫長的沉默過後，我哭了，一股細細的酸楚如一條小爬蟲嚙咬著我。我望著灰濛濛的天，心裏好空曠，就像突然闖進了一片荒無人煙的沙漠……

「鐵塔」盯住我：「你不想證明一下我的眼光？」

我說：「你認為我不笨嗎？」

「當然不笨，一點都不！」

我向他點點頭算是一點許諾，但我知道「鐵塔」的隨意並不代表結果的寬容。可是為了「鐵塔」的「眼光」，我還是要決定努一把力的。

尊嚴感其實來自於成功！

然而現實卻挫傷了我的決心——

六

父親的「躲」，像是一個寫書人埋下的伏筆。他的全部構思是把我調到後來的魏南中學，據說這是個貴族學校，除本區生員外，許多能夠擠進去的都是有頭面的人，貧民進去比登天都難！可是父親是怎麼登上「藍天」的不得而知。總之，父親是在無數個神出鬼沒的夜晚中，經過疲憊不堪的進進出出才把事情搞定的！一段時期內他得意非常，他好像做了一個超男人的大事。也好像是給誰叫勁一般。可惜這一切秘密活動我一無所知，及至到了一個學期完畢，父親才開始鄭重其事地亮出了底牌。

我幾乎是被這一消息摧垮的！眼前出現了溺水的畫面，我知道我可能再也爬不上岸邊了，淚就轟轟隆隆地滾落下來。我說：「我不去，要去你去！」

此後我就再也懶得說話了。總有一種感覺，歲月不許你有好的心情，只要出現好的勢頭，總有暴風驟雨劈頭蓋腦讓你出現泥濘不堪的局面。

父親在與我一次次談判的過程，都經歷了我最無情的沉默和拒絕，最後一次我終於在沉默中爆發了，我問他要自主權。我說：「我是一個人，在你決定與我有關的事為什麼不提前給我商量？難道我是一頭豬一條狗，拎到那裏都能正常存活？你自以為是，獨斷專行，你這是對人權粗暴的踐踏！」

我在發表最後宣言的時候，唾沫星在空中快樂地飛濺，我忘記了顧及對方是誰。只覺得內心濃煙四起，哄的一聲火苗「嗶啪」有聲，形成了那個階段性的語彙轟然而出……我清晰地看到父親兩眼發直，眼神裏釋放著無數陌生的光點，繼而表情上出現

了一波又一波的意外高潮。我還聽到父親臉上抖動有聲的哆嗦，父親是不是感到很冷？

父親好像在較長時間裏找不到意識。「主權」對父親打擊深重。於是出現了很長一段時間的空白。房間裏寂靜的如同一無所有。這時，我聽到正午的風簌簌地爬上窗口。風進不來，可是風的精靈使我感到吃驚。

我瘋狂地跑著，就像一個人永遠跑不出的某種怪圈一樣。這個怪圈就如加固了的鐵絲網牢不可破。我看到父親的臉色在慘白中翻出血一樣的殷紅，他顯示了出力不討好的失望之後，就拍著自己的胸脯說：「主權？你是一個受欺的政府？還是一個被壓迫的奴隸？就你個人而言什麼樣的主權沒有？吃的緊你，穿的緊你，用的全緊你，全家人圍著你轉，光這牆上的巴喬先生你消費了資金無數。而這一切豐厚的提供者是誰？是我！」

「為了你的前程我可以或者已經傾家蕩產，把臉都噌在了地板上，反過來你問我要主權，那我向誰要去？你知道我這點『豐厚』的供給賠進去多少尊嚴？你可不可以把你所謂的主權給我一點使用？讓我也享受一下，沒有能力那有主權？」

主權，傳遞給父親的感覺是石破天驚！只要我提到自由、主權一類的辭彙父親就大惑不解，好像人是一條狗吃誰的飯就得？誰效忠一樣。這裏你不可有意志，不可有主張，不可有你喜歡的！供給者的願望就是你最大的願望。無論你是否有能力達到都不可違抗。文化祖先對倫理講究「孝順」二字，可他有沒有想到「孝順」如一把「魔剪」，無情地剪斷人天性中自由的翅膀？有沒有想到它如一塊堅硬的磐石壓住多少輝煌的創造？壓得一個個小孩子都成了一本本彎腰曲背的標本？

那時我曾經罪惡地認為，這種愛，套上了慳吝的枷鎖！可又有誰能說這不是很現實的問題呢？有能力才有主權，這是父親的真理！

七

　　風總是不停地颳，就像餓極了的禽獸四處奔走，吞噬著大地上的熱量，使寒冷徹骨地侵入肌膚，讓我瑟瑟發抖！

　　父親說：「拿著你的『主權』踢球去吧，餓了，可敬的『主權』一定如豐盛的餐桌一樣奉陪，睏了，可佩的『主權』也會如舒適的住處供你享用。吃飽喝足之後可以盡興去追隨你的偶像巴喬。我們可以完全切斷關係，給你的『主權』讓步！」

　　順著父親的思路我不得不回到現實中來。「主權」自然不是餐桌，也不能提供住處，想長大成人還得靠父親的供給。靠供給的人當然是不能有「自由」的。踢球成了我歷史的恥辱，就像一個富翁懷揣百萬卻不慎進了一個不上檔次的小吃店一樣降低了身價。那個光榮的目標被父親無休止地唾棄！在他心裏我穿著白大褂出入在實驗室才是最本質的。可我的本質是對「圓」有著天性中特殊的敏感，只有奔跑在足球場上我才能發揮出全部的靈感。這點特長對父親來說就好比長在我身上的一根多餘的毒刺，因此他要不惜餘力地把這一點最接近本質的東西拔掉，這是一種真正屬於遠離肉體的疼痛……

　　是的，我怎麼可以與供給者抗衡呢？我是他的標籤，工具！供給者填滿你的肚子，維持著你的生命，這個生命就必須服從！並且努力為供給者的意願有聲有響地發光發亮。這裏尊重誰的意志，其實無從談起。無論合理與否這是鐵的規則。無論你怎樣爭取自主的權力都是徒勞。就像沒有等級就沒有森嚴一樣！在這片土壤裏不生長人權！

　　成人有選擇工作的自由，有業餘愛好的自由。寂寞了還要

越出婚姻的界線去找情人，心靈缺失了還要去找「知己」，理由卻異常的充足。可我們這些小孩子有嗎？我們和女同學多說幾句話，交換一張賀年卡就會被斥責？早戀。大人們永遠是有理的，小孩子永遠是服從的。

直到現在我才明白，有一些人生的痛點是不可醫治的。有時候你覺得釋放是一種治療，而釋放過後的內疚和不安又如同癌細胞一樣在人體內無限擴張。甚至死纏爛打無比耐心地相伴著你。母親目光裏的擔憂、研究、懇求，在雙方間的調和讓我頓然失去對抗的銳氣，我從媽媽的目光中，態度裏感受到了與父親相同的心理特徵。在「運動場」和「實驗室」之間媽媽當然更喜歡實驗室！只不過媽媽較之為父親更有一些商量的餘地，從她的眼神裏能看一些尊重的意思。就是這一點點可貴的「意思」我的執拗柔軟下來。

其實母親比父親更厲害一些。母親讓我的心，多了一些迂迴，多了一些體諒對方的情結。單是以父親的方法我時時都有義無反顧，破釜沉舟的決心。好像也不會出現後悔的局面。可是媽媽的願望我捨不得去違抗，因為在我最孤獨的時候媽媽肯整夜地陪我，她覺得自己有錯從不遮掩，也從來不羞於認錯，心靈的交流也是需要付出代價的。為了母親我生出了些報答心理，可是我的心明明在絕望中慟哭！如果生活中的選擇只是這樣或者那樣，能用理智截然地分開就簡單多了。可生活中往往是為著一種情感讓你永遠處於既不可這樣也不忍那樣才是人生真正的痛點！

八

深秋的天氣把許許多多的樹葉聚集在操場上，瑟瑟地抖動著。就那樣我和「鐵塔」久久地對望，他的面部表情是那種猶如水土流失的山地一樣，溝溝壑壑茫然無從，一副無法補救的慘景！他送給我最珍貴的禮物是組織了一場球賽，而且是全市實力最強的「體足隊」，我並沒有一定要得勝的野心，但我在莫名的驅策下居然與專業足球隊以三比二獲勝！

砰的一聲，風凝住了。雲不動了。樹也直僵僵伸向空域癡怔了。連體委的教練也不知今是何年了。可我無論創造了什麼樣的奇蹟都於事無補了。

那是一場最傷懷的告別！

我和隊裏每一個「老大爺」進行了一次擁抱。感謝他們用這樣的儀式與我告別，給我留下了永恒的記憶！這是我獨立佈局的一場球，每一個人都下了死力氣，發揮了超乎異常的水平。他們給了我指揮有方最好的證明。他們用行動在挽留我，他們的眼裏都掩飾著將要奪眶而出的淚……

我不哭！我堅決不哭！我想又不是生離死別？大老爺們的。我這樣叮嚀著自己。如果我要流淚我就是豬，是狗，是全世界的孫子！我這樣詛咒著自己。可我面對「鐵塔」的時候，並不如面對「老大爺」們那麼隨便的擁抱。我們只是對望著……

我說：「老師我不哭，我不哭，我真的不哭……」

然而，淚卻如不邀之客不管你同意與否是光顧下來了，我聽到細碎的風在傳遞著我心的嗚咽，我看見了模糊不清的天地在為我們的分別而惋惜……「鐵塔」實在是確立我自尊的恩師，

朋友，知己，甚至是一個合格的父親。他把我無法承受的孤單的心，一點一點溫暖起來，他幫助我認識自己的能量。由此，那種流血不流淚的強壯的男性氣質一天一天在萌芽中生成……

　　可是我就要離開他了，就要離開了，我想對他說很多感激的話，可什麼話都是多餘的，沒有力量的！我能對我最愛的老師說什麼呢？我什麼都說不出來。真正的友情是無言的！可我只得奉行「孝順」的法則去了。我的喉嚨堵的快要死去，我一步一步朝後退著，向所有的球友，老師表示著告別……風呼之而來又呼之而去，如同伐木者的鋼鋸拉來扯去撕扯著我的心。我怕就要失聲嗚咽了。我只得恭敬地向「鐵塔」鞠了一躬，在心裏向他說一聲：「再見了！」隨著呼之而出的嗚咽我只得轉身跑去……

B 章

一

這個早晨醒來的時候，窗外一片鉛灰。雨似乎已經停下。樓頂上的水依然在尋找缺口，淋淋啦啦滴水有聲，似乎還夾裹著一些風聲……

通常這個時候肚子會餓的，可很久沒有這種餓的感覺了。這是一個深刻的轉折。肚子解決掉的時候，頭腦裏的東西就瘋瘋癲癲地長。比如尊嚴，比如意志，很多時候我就特別的想要。可是我並不能向父親要人權，要自由那麼理直氣壯。

婦人在情緒正常的時候對我很寬鬆，我可以隨便看動畫片。有時候我忘記了我身在何處，與她爭著看，她也放棄獨霸的權力。她從精品店裏買了兩套衣服給我。說：「換上，以免讓我看著你破壞情緒。」

我說：「我不穿，我沒有錢給你。」

她說：「你不是每月掙著錢嘛，我從工資裏扣。」

我說：「不許你扣，我第一個月的工資要給我媽媽買你穿的那種睡衣，第二個月我要給我爸爸買你先生那種公事包！」

她莞爾笑了，顯然是看我對商品價位的無知引起了她的嘲笑。她說：「你知道我的睡衣多少錢，她自豪地撒開手表示八百！你知道我先生的公事包多少錢？她又做了個手勢說一千二！」

我隨著她不斷翻新的手勢驚怔著不動了！想著這兩樣東西就需要二千塊錢，一年工資還缺二百。可少年壯志不言愁。我說：「就算再貴我也要給我爸我媽買！」

她對我突然生長出來的強硬嚇了一跳！

她說：「你為什麼總記得你爸你媽？」

我說：「我為什麼不可以記得我爸我媽？就算你打死我，我也不會忘記他們。是他們給了我生命的，難道你能重新給我生命嗎？」

她說：「如果我把你趕出去也許你早就餓死在街頭了。」

「那不一定，也許我早就回去找我爸我媽了。」

「好好好，就算我送你的行了吧。」

「那也是你想看著我舒服呀，又不是我嫌棄自個兒。」

我明確地感覺到婦人的驕橫在和我的談話中垮下來，垮的毫無來由的乾脆，就像一根樹枝在風中「咔嚓」一聲，斷得又脆又響亮，完全出我所料。我心湖上的波光閃著無數的光點，我彷彿看到湖面上小小的蜻蜓輕盈地起起落落放縱地飛翔，陽光穿過它透明的長尾巴，貼著水面而來的微風吹拂著它的羽翅，輕盈得如湖面上的小王子。我輕鬆的幾乎想唱一首歌！這是一個不小的勝利。我為爸爸媽媽討回了公道。好像還有一點尊嚴感。於是，這天我過了一個有夢的晚上，格調也是輕鬆自由的。

二

　　每當早晨我睜開眼睛，總要莫名其妙地仔細打量我的「工作室」，（這是婦人把我從地下室領進來時對我說的）也許是住慣了暗黑的空間，突然明亮舒適起來不夠習慣？晚上沒有「鼠兄鼠弟」扯咬的陪伴居然很難入睡。早晨一睜眼刺目的天光讓我耀眼。好像我一直都生活在水深火熱之中一樣。我常常在打量當中，目光停留在某一處精緻的小擺設上，連那只小鐘都是鑲金的。隨便哪一樣東西都是價值連城。奇怪，這家的主人是怎樣發的財呢？我什麼時候也能如此「富有」地站在爸爸面前呢？

　　有一天我問婦人說：「你們為什麼那麼有錢？」

　　婦人一改往日的黯淡和憂傷，眼睛裏第一次像點燃了一支蠟燭，那明亮而帶些輝煌的眼神頓然自豪無比。她說：「誰不知道我先生是這座城市裏的首富？洗車行不過是他隨意抓出來的一顆米粒而已。可這也是這座城市最大的洗車行。」

　　我說：「那你們為什麼給工人的薪水才二百塊錢？」

　　「那是見習期的標準，最高工資能掙到八百。」

　　「可為什麼見習期滿後沒一個人留下來掙那八百塊錢的工資呢？」

　　她狡點地笑了：「小傻瓜這是經營者的策略。」

　　「策略？策略就是千方百計不讓人掙到800塊錢吧？」

　　我想起了街頭哭泣的女孩，以我的聰明馬上就想通有關她的策略問題了。我說：「那你們沒有誠信，你們在騙人吧？」

婦人聽到我的話一愣怔，臉上霹靂一樣哆嗦了一下。好像還認真看了我一小會兒，然後她好玩似地擰了一把我的臉腮。

　　我說：「我不喜歡你這樣的動作。」

　　她就笑了。她說：「好，不喜歡就不擰。看你是個小孩子，饒了你口不擇言。告訴你，我先生無償投資了不少公益事業，只投資希望小學都四十所呢！」

　　哦！我被這個數目震驚了！是的，電視裏常有企業家在希望小學樓前光榮地剪綵，很多小學生向他們鞠躬，淚流滿面地叫他們育才叔叔。屋內豁然的明亮起來。我的心似乎也穿越了一個光點。

　　可是他的希望工程，為什麼救不了街頭哭泣的女孩呢？他們的「策略」使無數人流浪在街頭，他們為什麼不管呢？

三

　　貝克（狗名）在敲我的門，通常這樣的舉動意味著婦人有事找我，我穿戴齊整站在婦人的臥室門前聽命，貝克早已嘰溜一下鑽進了臥室。據我觀察這條毛色潔白的哈巴狗在婦人眼裏遠比一個有靈魂的人更為高貴，一日三次洗澡，用的全是上好的洗髮精，洗完之後用乾毛巾擦身，烘乾機吹乾。然後用很疏漏的大梳子把毛髮梳通。最後還要噴上一點法國香水。在為牠做這一切程式的時候，牠像頤養天年的老人，慵懶地瞇著眼睛，不時舒心地噢噢幾聲。牠很乖，乖的夜夜蓋著絲綢被子，臥在婦人的雕花床上睡覺。牠與我們共同在桌上就餐，婦人不時用自己的食具餵牠，有時候她不餵，牠就不主動吃，而是撒嬌似地臥在婦人臉前，用多情的眼睛投注著她。她就彷彿吃不在心上了，她把狗愛憐地從餐桌上抱在懷裏，然後狗就瞇著眼睛用濕濕的涼涼的小嘴拱她突起的胸。她在這個時候對牠的「施愛」從不拒絕。她同樣瞇著眼睛發出享受一樣的呻吟。狗，隨著她一聲聲的呻吟，瘋狂地撕開她的胸釦，靈動地掀起她的胸罩，然後用舌尖溫情脈脈地又拱又舔……

　　每在這個時候，我就突然被推進了一個荒誕的世界裏，她（牠）們在餐桌前、沙發上、臥室裏，地毯上，時不時出現這種狀況。肆無忌憚，毫不避諱，就像大街上那些隨便接吻的男女一樣。

　　這種狀況足以用「淫蕩」二字來形容。難道他們在做愛？這個淫穢的女人，每看到這個骯髒的場景我就驚慌失措，不知躲到哪裏更好。她（牠）們如同喝了酒，醉死了一般。每次「事」

完之後都讓我清掃戰場。但每次清除下來的狗毛她都要用心存放到一個錦盒裏小心珍藏。她對自己這怪異的行為並無羞恥之心。而且還朝我笑。好像故意暴露給我一樣。我不明白這樣一個人面獸心的人怎麼會有同情心？我總覺得她是一堆包裝精美的垃圾！

我站在她的臥室前說：「找我有事嗎？」

她說：「進來給我找條內褲。」

我說：「這也算我的工作嗎？」

「給你加薪！」

「多少？」

「二塊。」

我不進去。

她又說：「三塊。」

我依然不動。

沉默了良久。她說：「五塊。」

我自然不動！我哼了一聲，如此下作的事，五塊？有沒有搞錯。後來她一直不斷地往上加，加到十塊的時候，我想到這個月的額外加薪，工資已經差不多夠二百塊了，我計算著，若每月能掙到二百塊錢，一年就可以給媽媽買到那套粉紅色睡衣，也能為爸爸買高級公事包了。到那時候我一回到家裏媽媽就會像一朵盛開的康乃馨，滿屋裏就會瀰散著溫暖……而爸爸提著高級公事包一出門，就氣魄起來再也不受人小瞧。我接受了婦人的條件，推門進去了。婦人懶洋洋地躺在雕花床上，絲綢被下的身體不停地扭動，貝克乖巧地貼在她的胸上倦意地瞇著眼睛，好像辛勞了一夜的樣子。

我從抽屜裏花花綠綠一大堆的內褲中隨便給她扔過去一條。

她說她不要這條，我就再換一條。她依然不滿意。我就在不同款式和不同色澤中輪換著給她魚貫扔去。她終於挑了一條拿過去。我停住了動作轉身出門，婦人突然把我拉住。我驚愕地盯住她。她笑笑地看著我。她說：「過來親愛的，親親我……」

我的心轟隆一下！不知出了什麼差錯，腦海裏一片混亂。「親愛的」是什麼意思？這個稱呼對我簡直太陌生了。「親愛」，我怎麼從來不覺得？親親我？呸！還沒等我反應過來，貝克倏然竄起，雙眼紅的像要流血，挺胸昂頭叫起來，叫得人毛骨悚然。那不是叫，分明是在嚎！後來我看到牠眼裏淌著淚，嚎得哀怨淒切，在婦人的胸前殷情地亂滾亂舔……

眼前的荒誕令我震驚！我使勁掙脫婦人的手，婦人說：「親親我親愛的！親親我，我可以把洗車行讓給你，你可以給你媽和你爸買無數條睡裙和無數個款式不同的公事包，只要你永遠忠於我……」她並且把自己一半的身體都裸露出來。

我拚命地掙脫，她拚命地糾纏，如此撕扯了一陣，被子跌到地下，床單揉成了一團，她的身體如同晾在沙灘上的一條魚一絲不掛並且肆無忌憚地進入了我的視線。我耳熱心跳無地自容讓我奮力將她推開，如同一頭受驚的小鹿倉皇逃出臥室……

我將瑟瑟發抖的身體緊緊貼在牆上。按著怦怦狂跳的心臟，口渴的要死掉！我解開脖子上的衣鈕，力求使體內的烈火有一個足以奔走的出口……

豪華的住宅裏彷彿按了無數的眼睛，滿屋子彌漫著淫蕩的氣息。我聽到臥室裏傳出摔東西的聲音，婦人咬牙切齒的詛咒：「豬，蠢驢，青柿子！連狗都不如的黑心肺！天下的男人沒一個好東西！」接著我聽到了哭聲。似乎是傷及到骨髓裏的那種哭。

我想我怎麼可以和狗相比呢？我是人！我的工作是，洗狗，陪散步，聽心事。我憑什麼服從親親你的命令，難道你可親嗎？污濁的氣息讓我反胃。還說把洗車行讓給我，我怎麼可以要一個魔鬼一般的臭女人的東西呢？

屋內砸東西的聲音持續了很久，我能想像出屋內的狼藉不堪。貝克嗚嗚地呻吟著，好像牠對婦人的行為也難以理解。聲音終於弱了下來，好像再也找不到什麼東西可砸了一樣。貝克如婦人一樣淫蕩地噢噢著，聲音從費解中趨於曖昧……

門突兀打開，我的心猛然提到嗓子眼上，屋內的桌椅都帶了神性一般地旋轉起來，我難以預料接下來要發生什麼事。結果是婦人逕自衝進浴室裏，貝克隨之而去……

我聽到放水的聲音，接下來屋內平靜了很久。我的心也漸漸地安頓下來。可我的耳鼓裏不停地敲擊著那三個令我膽寒的字眼，親愛的，親愛的！呸！魔鬼！想到她邪惡污穢的舉動，我恨不得宰了她！

可是浴室裏發出了奇異的聲音，先是急促的喘息，然後是噢噢地大叫，接著出現了如同灼傷肌膚一樣的怪叫……

人道的感情讓我本能地朝浴室望去，浴室的門竟是敞開著，「劈啪」一聲我體內不知因何響了一聲，差一點癱在地下，黑色的氣流在屋內匆匆奔走，一股涼氣直入骨髓，我的心臟幾乎停止了活動，眼前一片迷亂，恍惚中兩條象牙般的大腿間滋生出一條雪白的狗，閉著眼睛伸出貪婪的舌頭嗚嗚哇哇地取悅於婦人的身體，我聽到婦人哼哼唧唧，就像對著一個男人撒嬌一樣，情景讓我怵目驚心……

我像在逃離怪魔一樣，倉皇地衝出了出去……

*17*條皺紋

C 章

一

「去，頭髮太長了，剪掉！」

一束冷颼颼的目光在我身上，自上而下地打量，因為陌生，我第一次在老師面前產生毛骨悚然的感覺。比起「鐵塔」她的身子纖細的只能算做「鐵塔」的一半。可是論「嚴厲」聳人的能讓人尿急！評威望她可能連「鐵塔」的指甲蓋那麼一定點兒都不如。她對我說：「從今天開始你就要聽我的課，你好好學，我求之不得，不好好學，對不起，你不能影響我的學生。有關你的『歷史狀況』從小學到中學我都作過認真的調查。所有教過你的老教師我沒有一個不認識。所以你要規規矩矩，入鄉隨俗。學習是你的第一天職，懂嗎？」

聽這話，好像我是混進南中的一個歹徒一樣。既要入鄉還要隨俗，最主要是規規矩矩。再加上「歷史狀況」就極具有「恐怖分子」的意味了。「從小學到中學」？我自覺地瀏覽了一下歷史加上狀況。我在瀏覽的過程中體內「劈啪」響了一下！難道小學凌駕於我的「勾結」重現？這個硬結又在殃及我的形象？而且是「你不學，對不起不要影響『我』的學生」。「我」字深長的如一眼望不到底的黑井。

我聽她的課，我該是誰的學生呢？難道我叫她老師卻不能算她的學生？一種局外人的感覺，讓我立即感到客居的身份，這種排他性讓我傷感。

此後，我畏畏縮縮地探詢了一個同學，他叫司馬柯，好像老師也不大喜歡他。我說：「我不是老師的學生嗎？」

他毫不介意地說：「我也不是她的學生。」

「為什麼？」

「因為我們是『借讀生』呀！懂借讀的意思吧？就是我們的爸爸媽媽出高價讓我們『借』這所優秀學校蹭人家的飯！然後讓我們朝金字塔的頂端前進。」

我木木地盯住他，依然沒有搞清楚我要問的問題。

他說：「不懂？通俗一點，借讀生在本校老師心裏無足輕重，比後娘養的孩兒還可悲。轉成『正讀生』比升國務院總理都難，若看你順眼呢？全憑老師一句話。」

我說：「要不順眼呢？」

他笑了說：「置之不理唄，或者隨時有權力勸你回原校。」

「為什麼？」

「因為咱們的學科分數率不在本校計算，學習好壞跟本班老師的實績無關。唯一有關的大概就是每學期準時交錢。所以成也在你，敗也在你。在老師的眼裏借讀生多半沒一個好東西。如果好還會借讀嗎？原校是不放棄好學生的。」

「那她為什麼還要調查歷史狀況呢？」

「抓你的短處呀，只要你有短處掌握在她手裏，你就永遠在她面前膽戰心驚。你學習好壞無所謂，但她得管住你呀。當然也不是所有的借讀生都是後娘養的，當金錢和權力到了一定程度的闊佬，『借讀』比『正讀』還跩呢。老師會給特別的推舉。你家的境況如何呢？

我說：「一般般吧，她會掌握咱們的優點嗎？」

「瞧，一看你就是對本國國情缺乏歷史認識。從家庭到社會再到學校，什麼時候不是持『成績不說沒不了，錯誤不說不得了』的誠懇態度。中國人好像天生就是挨打的胚子，『棍棒底

下出英才』的古訓至今沿用。俗話說『打是親，罵是愛，不搭不理當狗待』。瞧，多麼變態。教育上的『嚴厲』就在於懲大於獎好像才能時時進步。儘管口頭上好像也懂得鼓勵的力量。但「鼓勵」這個寶貝就像老師兜裏的人民「幣」，一分幣恨不得捽成兩半花一樣的吝嗇。所以，上帝給了人類同樣高貴的頭顱，在我們這塊土地上，高貴的頭顱常常需要謙虛地低頭，謹慎地認罪。」

哦！我不能不佩服他的精闢性，他的「歷史」性眼光讓我對他很感興趣。一個看上去沉默寡言的人，說出話來倒是刁鑽苛刻。他的闡述使我整個人顯得遲鈍起來。老師的話又如一層黑雲，厚在我頭上讓我摸不著頭腦。

也許沒有人會相信一個人類靈魂工程師會對一個初來乍到的學生說出上述的話，但是在我身上確實體現了這種難以置信的情況。也許沒有人相信此話會給我致命的打擊，但我知道當時我的體溫已降到零度！

在接受那次嚴厲訓導時，因為情況的意外，我在忍不住打量老師的儀容時，發現了一個突出的肖像特徵：她的牙齒呈現出地包天的嚴重現象。由於這個印象的深刻程度，促使我後來每叫她老師都會出現暴牙二字。雖然我並不忍心給老師起外號，但我實在難以遏制我形象思維的超度發達。所以在此後的日子裏我一直都稱她為暴牙老師。「這是不是很不道德？」這個念頭一閃而過，但也並未動搖了這個稱號。

秋天雖然是個收穫的季節，可我卻飽嘗著這個年齡不該有的蒼涼！我從每一個師生臉上看到了疲憊和冷漠，高傲和欲望相混合的神態。這種神態讓我望而卻步！我的心靈裏幾乎不再歌唱，連夜間的夢也是荒涼的。我在陽光可以照射到的教室裏聽課，老

師的聲音遙遠得就像隔山隔海，所幸老師很少叫我回答問題，據說能夠得到老師的關注和提問非到一定的「級別」才有的殊榮，老師抓重點，抓家長們「暗底」裏的操作，這成了我懶惰的基因，也讓我覺出自己如同一塊抹桌布一樣遺棄在角落裏……傾家蕩產的父親一定為他成功的努力正在暗自陶醉吧。

二

在這個世界上到處有寵兒，到處有棄兒，可有誰願意被遺棄呢？遺棄的感覺讓我日日消沉。

在這樣一個下午，我帶著一心的思念，鬼使神差地站在「鐵塔」的家門口，不知該不該推開門進去，自從分別之後，思念「鐵塔」幾乎成了一種病症，他的音容笑貌長時間地旋繞在我的腦際裏。我有一種奇怪的感覺，他好像是哪本書上描寫的一個品行高尚的神父，你會在他身上得到一種精神和靈性，他會讓一個毫無希望的人獲得希望；會讓一個不快樂的人獲得快樂；會讓一個罪惡的人改邪歸正；會讓一截朽木頓然開竅附之於靈氣。可是多久沒有這種感覺了？我的眼前一片模糊，到處是高傲和漠視的客體，使我躲閃不及，這樣的神態一天天驅策我對「鐵塔」的渴念，有時候在路上故意逗留企圖偶爾碰面，或者在夜中不能入睡之前回顧我與「鐵塔」的種種片段，入睡之前我像教徒般地祈禱在夢中相見，可是種種的欲望卻不能讓我如願以償。只有在「鐵塔」眼裏我才覺得自己完美，覺得自己有朝氣。只有和「鐵塔」交談才達到心有靈犀的效果。所以我強烈地萌生了重訪「鐵塔」的願望，也許用「重訪」這個字眼顯得太生硬，太不合小孩子的身份。或者我只是想看一眼「鐵塔」以解遠念。

遠處傳來幼稚的、撲朔迷離的歌聲，我用記憶追蹤那些聲音和背影，好像那是我昨天的故事。這個下午有風，風從東南方向颳過來，那兒矗立著我住過的小學校，那高高飄揚的紅旗觸動了一下我的心！在那裏的種種記憶，又讓我的思想裏添了一些內容，周圍縈繞著時間的游絲，歲歲年年，日月星辰，有序地排列

在我的記憶中，欲望的得失都會給一個人留下歷史的痕跡。然而情緒失落的時候，時間的序列毫無意義。白天我昏昏欲睡，夜晚卻睡意全無，我總是把窗簾拉開望著星星和月亮，它們相依為命如同竊竊私語，永恒不變，從沒有什麼變遷使它們各奔東西，它們的固定讓我羨慕。後來我發現任何一種別離對人都是一個重大傷害，甚至是一種災難！我曾經為此在夜晚哭過，如果人生的每一個階段都充滿了分別的暗示，我真不想再活下去……

屋內的響動鼓勵了我的勇氣，我知道「鐵塔」肯定就在屋內，我的心立即燃起了一束啪剝有聲的火焰！然而我像一個判斷失誤的偵探，剛想舉手叩門，一個老者應聲而出，他看到我的時候愣怔了一下，接著神色警覺起來，看樣子把我當成了偷兒或者是歹徒一類。我說明瞭我的意圖之後，他告訴我原先的住戶早搬走了，聽說調到鄉鎮一所學校去了……

我心裏燃起來的火焰突然的黯淡下來，我這才發現我孤獨的發源地原來在此！「鐵塔」就像我人生的標竿，抓著它我才有目標。可是他怎麼可以在我生活中無聲無息地消失呢？我僵僵地站著，淚水無悄無聲息地淌下來……

老者用手在我眼前晃一晃，說你沒有什麼事吧？我搖搖頭轉身走開了。我站在西中的操場上，種種的記憶擁擠而來，我望著灰濛濛的天，曠遠而空泛。我感到了一種久違了的恐慌，如一隻鳥，在迷霧中找不到可以棲身的巢穴……

三

　　陌生的環境讓我恐懼，好像還該矮人一頭。我在魏西中學的魅力難以一同帶到魏南。倒是暴牙老師到底抓住我什麼樣的短處始終讓我提心吊膽。這一招果然是很靈。它使我經常產生探詢的態度。「勾結」成了我人生的痛點。設若在原來的學校我還可以用冷漠的態度抗衡。可現在抗衡給誰看你？你無從解釋。

　　一個人內心深處藏著自卑的時候，表面上一定裝得異常強壯！

　　為了表示我絕不矮人一頭，我從不正視某個人，看人的時候總是斜斜著眼，最多是眼角的餘光抬舉他一下。衣領高高地豎起，幾乎照顧到鼻子，帽沿低低地拉下，奔頭和眉毛一同受益。形象最好是日本電影《追捕》裏杜邱的冷面才最為理想。如此反而招來很多目光的追逐，有人居然不聲不響當作流行時尚來積極仿效，還有人私下以「酷」來形容。出奇制勝讓我的自信心有了一點點出頭的機會。但我很沉著，絕不為一點小崇拜顯出浮躁的樣子。好像我從沒有被人崇拜過似的。我要讓自己攢足勁兒，得有一種不鳴則已，一鳴驚人。不在沉默中滅亡，便在沉默中爆發的大家氣派！

　　趟過大河的人是不屑於小河的小波小浪的。

　　曾有一段時間，上課我下死勁聽講，晚上也不能閑著。我知道我得打開一個好局面讓暴牙老師刮目相看。這是一個人新居環境的必有的欲望。

　　可是老有人看我不順眼，一個橫眉豎眼的傢夥都叫他二狗子，整天衣衫不整，手指甲的細菌能養一個巨型南瓜。脖子上積

17條皺紋

壓下的污垢差不多得動用推土機進行清理。他全部的「氣質」可以用吊兒郎噹，遊手好閒來形容。就是這麼一個人時不時蹭到我跟前：「喂，臭小子，給你說話怎不吭氣？」

我心想，這是說話嗎？還不如放屁。我不理他，連餘光都值不得抬舉他一下。如此，二狗子惱羞成怒，上課不失時機地扔一個紙球挑釁我。我本想裝作沒知覺，可「紙球」的干擾，令我忍不住回頭橫他一眼。讓人奇怪的是，暴牙看不見紙球的飛越，竟是只看見我不停地回頭。

她說：「葉雨楓你不好好聽講往哪裡看？我給你說什麼來著？」

一室的目光都集中在我身上。真他媽沒面子。我本想揭開真相，可我不屑於告狀。好像我的安危一定得由老師來負責一樣，那是一年級學生的水平。我要表現出自己獨立的態度。因此，我決定繼續用冷漠抗衡，讓他自覺沒趣也是一種辦法。可是二狗子從來不存在沒趣的時候。趁老師不注意敲我一下，裝作不睬也不行，他會連連向我挑釁。可我只一回頭，老師就準確無誤地發現了，火候把握得真準：

「葉雨楓，老師的話當作耳旁風？後面有花還是有草？」

我感覺到我的臉頓然殷紅一片！我有些無可奈何了。真是命苦不能怨政府，我怎麼會如此倒楣？

聽得見二狗子在喉嚨裏吃吃地笑。他的行為只能導致我咬緊牙關，等待一個更好的解決辦法。畢竟我需要一點風度來區分我與他的不同。

暴牙到底是沒看見還是故意給我難堪？這成了我一段時期追索的問題。暴牙為什麼會不喜歡我呢？除去歸結於我不是她的學

生以外，再無別的原因。

那天課間，可能是由於我的風度和姿態激怒了二狗子，他突然毫無來由地唾了我一口說：「你是聾子？啞子？上課老子給你遞話你咋不吭氣？」一派橫行霸道的氣焰，這種恥辱我好像不能再繼續接受下去了，周圍的同學差不多都笑了，彷彿看一個人受欺是一件很過癮的事。這更加重了我的氣憤，我的兩眼彷彿有火在燃燒，一股紫黑色的氣焰在體內橫衝直闖。現在回想起來我的打架生涯就是從那一刻開始的。一個有血氣的人是不容受辱的！

他笑笑地盯著我。

我同樣毫不畏懼地盯住他。

他說：「要想友好給老子我點錢，不然沒你的好果子吃。」

「勾結」事件立即重現，這次我不準備用金錢購買安全，算你倒楣，新帳舊帳一起算，我決定武力解決。歪帽子還有些躲躲藏藏，面前這位「主」居然公開敲詐。

我說：「憑什麼老子給你錢。」

他說：「就憑老子需要錢。」話音未落就給了我一耳光。

一場惡戰不可避免要發生了。這是常人大腦的習慣表現。時間好像紅鍋裏的炒豆子劈啪而過，它警示我必須盡快雪恥，可這當兒一個叫做鍾煒的同學橫過身來擋在我們中間對二狗子說：「人家沒有惹你，幹嚷這樣不友好。」

這世界到底還留著些正義。可二狗子容不得正義之聲，呱嘰一巴掌就把這點點正義扇了回去。我更容不得讓別人替我挨揍，我一個耳光「賞」過去就讓他鼻孔掛彩！操，用力過猛。可恥辱讓我又怎能不猛呢？沒等他反應過來我夾住他的雙臂「咚咚咚」幾個回合就讓他倒下不動了。我的動作快如閃電。容不得他有回

擊的餘地。幾秒鐘的靜場。然後很多人拍手叫好。只有鍾煒拉住我，說何必給這種人一般見識呢？他竟比我還有涵養。

上課鈴響過，同學們看過熱鬧就都跑回了教室，只我和鍾煒不知是投案自首呢？還是坐以待斃。

二狗子躺在地下極其誇張地哇哇大叫。讓校園裏立即充滿了毛骨悚然的氣氛。嚎叫聲砰砰叭叭打開了各個辦公室的門，老師們魚貫而出……

司馬柯當機立斷跑過來拉著我和鍾煒就跑說：「當了戰鬥英雄還不開溜。」

可暴牙已經站下了。空氣開始了空前的緊張說：「誰的『戰績』？」

鍾煒說：「我！」

我不知道鍾煒為何替我頂罪，這讓我生出敢作敢當的勇氣，我把鍾煒拉開挺身而出：「不是他，是我！」

暴牙的目光就開始在我們倆中間輪換：「呵！什麼時候勾結起來的？葉雨楓，看來你可不是一盞省油的燈。」

我心裏只聽到咯喳一聲，有一種斷筋折骨的疼痛！「勾結」這個詞對我而言簡直他媽太敏感也太讓我苦不堪言了。什麼叫勾結，為什麼一定要用勾結來質問？我說：「這不是勾結，鍾煒同學是主持正義。」

「那麼是你的功績？好吧，請你把二狗子扶起來到水房洗乾淨。」暴牙老師下了這個命令就要走開。

我說：「應該讓他自己站起來去洗掉。」

暴牙又站住說：「既然是你的功績，你為什麼不負責到底？」

我說：「是他挑釁起來的，是他上課非禮我的呀！是他共開敲我錢的，難道我不該給他點回擊？」

「他為什麼要非禮你？這麼多人為什麼無緣無故就挑釁你？」

我的情緒咕咚一聲沉下去了，這話怎麼如此熟悉，就如同是寫好的臺詞。成人的經驗真是可怕。是啊，為什麼生活中總讓我重複「無緣無故」這個成語？造詞的祖先難道是在有意讓我蒙受不白之冤？

暴牙說：「葉雨楓同學，你聽不懂老師的話嗎？殺人償命，欠債還錢，你把他打倒你就應該把他扶起來收拾殘局。」

我將頭扭向一邊巍然不動。我難以解答「無緣無故」對我造成的傷害，但我有權力保持沉默！有風從我耳邊側過，幾縷頭髮被風吹起，我相信我的大無畏氣概一定很帥！

暴牙提高聲音說：「你在違抗老師嗎？」

我依然報以最倔強的沉默！

暴牙似乎有些下不了臺的樣子，二狗子的耐心有限，他的身子沒那麼高貴非得需要別人來扶，他有多少次被人打倒不是自己爬起來的？他開始自動站起，並思考著如何用武力再討回面子是真個的。但暴牙一定是處心要壓下我的氣焰。於是說：「讓葉雨楓扶你起來。」

二狗子就很聽話地停住動作。畢竟這是給他一個足以能證明他還是個人的機會吧。

這一刻一個女生端了一盆水放在二狗子面前，然後不聲不響去拉二狗子起來。

二狗子就用眼睛看暴牙。

暴牙說：「歐陽白雪，沒有你的事。我在和葉雨楓說話呢。」

歐陽白雪說：「老師，這對葉雨楓不公平，他是新同學，二狗子無辜欺負他已經忍無可忍，上課時是有目共睹的，下課他唾人家一臉，還公開要錢，二狗子他罪有應得。如果你讓葉雨楓同學去對二狗子道歉，是對是非的顛倒。這是對葉雨楓最大的侮辱！人是有尊嚴的呀！」

我眼前一亮！

尊嚴，對，人是有尊嚴的！

然而，暴牙臉上出現了閃電般的陌生和意外。師道尊嚴讓她不習慣有人對她的意思有所反駁。因此她面有難色。

她說：「白雪，你是班幹部，你該懂得安定的意義。」

歐陽說：「老師，安定的前提應該是公道吧。」

雖是義正辭嚴的意味，但也完全是徵求的口氣。很多同學都意外地瞪著白嘩嘩的眼睛為歐陽捏一把汗，也對歐陽的態度產生意外和驚訝。

暴牙就又是一個愣怔。

她說：「歐陽，老師有老師的想法，難道還用妳提醒嗎？」

歐陽就無話可說了。但我能看得出她欲罷不能，欲言又止的兩難境地。她不屬於那種蚊子落在手上也嚇得哇哇大叫的女孩，她骨質裏有一種勇敢和正義的東西存在。她的舉動猛然間打開了我心靈的大門，讓我在這樣一個尷尬的局面中居然對一個女孩進行了全方位的審美。她算不上漂亮，但的確很美，美在她的堅持，她的毅然決然的態度，她使我的心靈出現了震驚和意外。

司馬柯說：「我為葉雨楓同學作證！」

鍾煒說：「我同意歐陽白雪的說法！」

所有的同學都在靜悄悄地觀察戰局。

我望著天邊，淚一點一點滲出來，可為了保持流血不流淚的英雄氣概我拚命又把淚嚥回去，儘管我並不喜歡眼淚，可有人肯替我澄清真相畢竟是件令我感動的事。假如小學的時候，我和歪帽子的「勾結」，遇到的是歐陽白雪而非是吳桐桐，也許就不會出現那場誤會，它使我失去了升旗機會，成了灼傷我心靈的一個硬結……

我從來沒有想到一個人的威信會來自於拳頭。

打敗二狗子我成了班裏的勇士，和平年代靠智力生存，而勇敢居然成了人體的稀有成份。同學們第一次認為二狗子原來是個紙老虎，是個大草包。他是個典型的欺軟怕硬的主兒。我成了全班眾目所歸的角色。如此，一日日培養著我的勇敢和無畏，也許危機也就開始悄悄埋伏在我身後。然而，只有我這個年齡才義無反顧不管身後的事呢！許多弱勢同學為尋求安全，紛紛向我靠攏。看來受欺凌的絕非我一人。很多男同學對我心生敬佩。而女生的目光就完全可用崇拜來形容了。在這個時候我對別人的崇拜彷彿是生命有了一個結束之後又有了一個新的開端一樣。

曾經，離開魏西來到魏南好像有一種從自己家中來到他鄉做客的感覺。我常常看到時光在兩個校區間無聲的湧動。心靈的懷戀彌漫在每一個晝夜。我的神經常常不經意間渴望在這所令人注目的學校發現「鐵塔」一樣的特徵。可是「鐵塔」日漸遙遠，好像漸去漸遠成了一段舊夢……

B 章

一

　　生活就像飄盪在風中的一塊破布，讓我無論如何也難以縫補成形，在世界這個光怪陸離的背景之下，生活的遭際好像是一次又一次的重複，當你的感覺剛剛放鬆一些，或者你的生活在固定的軌道上剛剛有一些好的徵兆，嚴酷就馬上會來收拾你。這是我無數次的體驗。恐怖一點一點瀰散開來，我彷彿感到我身陷異處，靈魂被推進惡濁濁的污水裏飄浮，我似乎不知該怎麼游上岸邊。我對世界一點一點地陌生起來，人為什麼不能按正常的行動做事呢？無論我走到哪裡，都會出現失常的事情，於是才一點一點把我推向生活的邊緣。

　　我在濕漉漉的大街上瘋狂地奔跑，企圖想甩掉我眼裏所看到的一切的污穢。天空飄灑著微細的雨絲，加重了我思家的心情。可是我不能回家，我一定得還給父親一個完整的我。一個令他驕傲的我。

　　倏然，我慢下了腳步。我到哪裡去呢？不知道！這座城市突然叫我感到荒誕和陌生，就像一個畫藝不精道的油畫師在畫布上塗抹了各色厚積的顏料怪模怪樣，色調的主次模糊不清，可每一種色調都像在張牙舞爪地搶奪主角一樣，發出詭異的吶喊狀，我難以把握自己對每一種色調的看法。可又好像每一種色彩都逼著我對它們產生興趣，我不由的閉住眼睛，不知是往前走呢？還是該退回去。就好像世界上所有的未知都在等著我。心中只覺得如同黑海一樣的氣流一浪一浪地波動著。黑色和心情接成一氣，都渺茫，都恍惚，都起落！

　　我的頭腦像一團亂麻，思想模糊不清，視線裏穿越過的都是

17條皺紋

一些疲憊不堪的面孔，我難以從這些面孔中找到我的希望和已知的東西。身上濕漉漉的難過，頭髮有些刺癢。口又乾又澀。無助的心無處投注！我又開始想我的爸爸媽媽，想我的同學，想我在校園的生活……

二

婦人遠遠地朝我走來，臉上依然笑笑的，好像什麼事都沒有發生過一樣。貝克如同一個心滿意足的姦夫，帶著滿身騷情向我撲來，好像在炫耀他多麼能和婦人打成一片似的。婦人有直覺嗎？她是怎麼直衝我走來的？我想逃開，可是貝克已替婦人咬住了我的褲子，並且用眼睛不停地向婦人顯示他的能耐。

婦人晃著兩個結實高聳的奶子一聳一聳如同兩隻水袋東搖西晃，好像是專門用來招人眼目撞人心跳而存在的，它們高高地昂揚在胸部上虎視眈眈地招搖著。婦人的臉上就像打了一層油彩一樣光滑，充滿了一身淫蕩的氣息站在我面前說：「雨，回去吧。」

我說：「不許你叫我雨，雨是我媽媽叫的。」

她說：「那好吧，不叫雨，但是你跟我回去。」

我說：「不！」

她說：「你是我的雇員。」

我說：「我不幹了。」

她說：「你欠我的店錢，穿了我的衣服，怎麼可以想離開就離開呢？」

我說：「我三個月的工資呢？」

她說：「全算上你還該我一百六十多呢！」

我說：「我掙下錢還你。」

她說：「我怎麼敢相信你走了還會回來。」她又說：「這樣吧，跟我回去，店錢，吃住全免，三個月工資照發，以後每月再加五十元薪水行吧。」婦人的眼裏有了央求的意味，可是浴室裏

的畫面讓我恐怖，我怎麼可以和這種沒有羞恥心的人在一起呢？我開始一點一點向後退，生怕她如狗皮膏藥把黏住。

婦人說：「如果你不回去，你知道我老公在這座城市的厲害，我立即就可以叫保安把你抓起來送到局子裏，欠債不還，法律不會饒了你。到那時候你就成了罪犯！」

聽了婦人的話我開始出現局子裏的情況，局子裏的狀況一定如一眼骯髒的枯井，沒有自由，沒有光明。警棍的厲害我也早已嘗試過，我的肌膚開始抽緊，心裏的懼怕一點一點浮上來，她老公雖然冷落了她，但她提出一些要求還是會幫助她的。我太知道法律是怎麼一回事了。她的老公也一定有「腳」的父親同樣的本事。有錢人在這世界上簡直太厲害了。生活，再一次逼迫我逃離或者就範，而我此刻只能按照本能決定。討厭這個女人已占滿了我全部的心情，於是我順勢抓了一把土，朝婦人的臉上揚過去，她顯然處於意外當中，只聽到婦人哎喲一聲，我知道她一定是迷了眼睛。我開始沒命地奔跑，想著，跑得越遠越好……

可是我聽到婦人說：「你跑不出這座城市，你等著……」

我立即覺得有無數的眼睛出現在我身前身後，有無數的腳步如馬蹄一樣響起，我的精神處於極度恐怖狀態。我不知道誰能幫我誰能救我，我有些想哭，可是哭給誰看呢？我閉著眼睛一直地往前跑，我上氣不接下氣了，跑了多遠我已難以計算，我回頭望去，早不知把婦人甩到哪裡去了……

可是婦人肯定會找到我的，找到我的時候我就成了罪犯……我藏到一個背人的地方喘息著。我如這座城市的許多垃圾一樣時時有被別人清除的危險。可我是人啊，人怎麼具有垃圾的感覺呢？是誰把我推進了垃圾堆裏的？不知道，我真的不知道！沒有

人能判定世界的罪行，罪行永遠是人本身的行為。

　　灰濛濛的天，幫助持續著我的恐懼感，婦人的警告也一直駐足在我耳際！從我身邊路過的人，目光裏的內容好像都充滿了探究，我身不由己地退向路邊讓他們順利過去，並向他們客氣地點點頭，好像我真的有罪要求他們放過我一樣。他們也一併認帳，隨我的懇求遠去了。我想我大概得離開這座城市了，可我身無分文又能到那裏去呢？在我的記憶中能夠幫助我的大約只有程超了……

三

我藏在南中的暗處，望著久違了的學校，靜靜地，聽任我曾經熟悉的聲音響過耳際，在空域裏縈繞、盤旋……

「童年的時候，我知道遙遠的地方有大海。爺爺說，只有那不畏艱險的勇士，才能走進大海的世界，得到幸福和安寧——世上最寶貴的東西。我望著美麗的星空，想那橫跨蒼穹的銀河，定能通向奇妙的大海。哦，大海！多遠多遠，在天的那一邊。我盼著長大的一天，騎著駿馬，去尋找那迷人的大海……」

我的眼睛濕潤了，心是這樣撕裂著疼！大海象徵著幸福和安寧，可我的幸福在哪裡，安寧在哪裡呢？

曾經有那麼多安然的日子匆匆流過，竟不曾留下珍惜的記憶。我聽著老師的講課，攪起了我內心的惆悵，我突然想變成一隻鳥飛進課堂，重新擁有很多的同學，起碼不比現在這麼孤獨。可是我知道我變不成鳥，就是真變成鳥也只能與鳥為伍了。我已經被認為是壞人，同學看見我一定會躲得飛快，所以我決定不暴露自己。一切夢想都已成泡沫，曾經嚮往的大海究竟在哪裏？

校園裏匆匆奔走的人依如往日，並不曾因為我的出走有絲毫的變化，看來這世界多一個人少一個人並沒有多大關係，由此我心生淒涼……我想知道，我的朋友鍾煒、程超、司馬也忘記我了嗎？我出走之後他們會發生什麼事呢？奇怪，二十八班的人流裏為什麼看不見程超、司馬，甚至鍾煒也蹤跡全無？他們哪裡去了呢？難道暴牙老師不要他們了？我的心開始抽緊，雙腿有些微微的發抖，視線裏找不見我的目標，我手裏攥著的紙團，用來「投石擊鳥」以期接通我和朋友的聯繫也已無效。我有些支持不住了

……

找不到援助怎麼辦呢？

我的身子不由自主地出溜在地下，心中一片茫然。頭上蒼白的太陽看著我，它的目光充滿了無奈。校園裏的花木、假山、操場，斑駁的牆壁無不攪起了我的記憶。司馬課間的時候習慣到假山背後，鍾煒和程超習慣到操場上去，可是幾個月後他們怎麼全改了習慣呢？這一刻我意識到我是多麼地想念他們，但不能理直氣壯，我這樣偷偷摸摸本身就是壞人的面目，如此的處境讓我難堪，可是誰又能讓我正常地站在熟人的視線裏呢？顯然沒有這樣的人。

我看到一個個表情相似的老師夾著教案從教室裏走出來，最主要是我看到了暴牙！我的心轟隆一聲鳴響，我下意識地縮了縮身子，耳際間鳴叫著類似電話裏傳來的盲音，就像突然襲來了白色恐怖！並不太遙遠的緊張重新貼近，使我整個血液都引起了異常的反應，我站起來沿著校園的甬道撒腿就跑，路上的同學被我迅雷不及掩耳的奔跑紛紛退在路邊，全都驚下不動了。我聽到身後有人喊：

「巴喬？葉雨楓？」聲音裏帶著驚訝。接著我身後的喊聲響成一片……

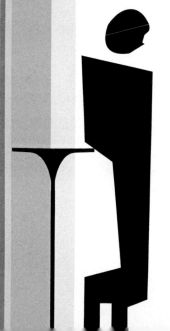

C 章

一

　　我不喜歡暴牙老師，我們很多人都不喜歡她！她的厚此薄彼讓我們的心失去平衡，她的心機讓我們失去智慧。

　　暴牙老師專制的作風曾經風行，她是一個有心機的老師，每到周末她就手持一根歷史悠久的木板，看上去很是精緻，大約經過無數肉體的磨礪變得發光發亮。她笑瞇瞇地坐在講臺上。值日班幹部自動上臺替她「執鞭」。然後就開始她不斷翻新的騙術。

　　她說：「這個星期有的同學表現得不錯，有的同學表現得不好。我給表現不好的同學留個面子，自動上臺承認錯誤，不然讓我提出來可就不是一兩板子的事情了……」

　　她如一個善於施展魔法的巫婆，居然會使全班同學人人自危，並且在很短的時間內都找到自己的錯誤。犯錯誤的人怎麼會有那麼多呢？幾乎三分之二的人都自動走上去準備挨板子，剩下的人也左顧右盼不知自己是不是也該找些「錯誤」上去挨幾下子，否則就一直出現提心吊膽的情形。

　　而她的魔法是不斷地表揚第一個上臺挨揍的傻子。說他敢於檢討自己錯誤的這種勇氣應該抵消他的錯誤。然後這個傻子的帶頭人就相當自豪，好像馬上就成了一個崇高的人。他自動說出錯誤，但無論錯誤有多重，結果都是一個——免挨揍。其他人就後悔自己不是第一。第二當然也不錯，根據錯誤的輕重該打兩板子的，可以減免一半。後來者依次類推。當然每次都有兩三個，四五個重犯不等。

　　比如作業沒有完成，這就比過去禁欲時期犯了流氓罪一樣應該重處。如果作業完了沒有寫整齊次之，如果作業全是錯誤與

「流氓」同罪！

有一個女生上課走神，被人通告有早戀現象。被打得手掌發紅，手指如一根一根的鋼筋棍直僵僵堅硬了好幾天不聽指揮。家長找上來，和暴牙進行短時間洽談，對女孩的回敬是：「活該！」

不僅如此，為懲前毖後，治病救人，女孩回家之後，聽說又重新得到一次肉體的懲服。從此，女孩出現沉默寡言狀，小小年紀就有「寡身」一輩子的決心。走路，上課一律目不斜視，但學習成績卻是出現了有減無增的狀況。眼神裏有一種屬於憂鬱的東西固執而堅決地蓄存進去了。而暴牙老師每周一次「自檢」的絕招，居然得到廣大家長的認同，好像只有人人自危才能集中精力一樣。而且有些家長認為嚴師出高徒，因此暴牙並不懼怕有人給她扣上體罰學生的罪名。所以她變相的體罰一直以恥為榮昌盛不衰。

我挨板子是上課走神，這與早戀還不沾邊，因為早戀需要一片熟悉的土壤才可繁殖，我的幸運是還很陌生。

但走神肯定已是我的歷史問題，要想克服除非變成失憶症，否則挨了板子也白搭。

二

　　一直對我抱以漠視態度的暴牙老師，對我進行過一次單獨的談話。

　　她告訴我：「你新來乍到不瞭解情況，老師有必要提醒你不准給二狗子和司馬柯之流混在一起。看在你父親為你的事沒完沒了的跑，腿都快跑斷了的份上，我必須正確把握你的交友方向，跟好學好，跟壞學壞，這就是你們這個時段的毛病。這話我也只給你說，司馬柯已是兩年的『留學生』了。老師希望你不要步他的後塵……」

　　此話確有語重心長的意味。按理說這也是老師給予我的一點兒「偏愛」的暗示。可惜我已經長出了自己的思想和愛憎。卻偏偏沒有長出一點兒世故來。

　　二狗子我當然不會放在眼裏。據說他是魏南村一個農民子弟，他的父親住過幾次「號子」，出來後橫行街頭，無人敢惹。甚至連二狗子也和街頭混混攪在一起。暴牙拿他沒有辦法。她惟一的辦法就是置之不理。讓同學與他隔離。據說二狗子的父親還襲擊過暴牙老師，晚上用刀逼住暴牙，說誰敢欺負他兒子，他就給誰放血！

　　暴牙嚇得哇哇大叫。

　　狗子爹就笑了。說：「看妳是個『母』的，這次就饒了妳。看在妳還要給我兒子當老師的份上，我不破妳的容。但你要好生對他。不然，白刀子進，紅刀子出。」

　　此後暴牙就對二狗子另眼相看。

　　聽到這樣的說法我當然認為二狗子確實是個壞人。

但司馬柯怎麼可以和二狗子相提並論呢？我原以為大家叫他「留學生」是因他有學問的尊稱，卻原來是兩年考不上高中，故且叫「留學生」。可他並不壞呀，在我看來他是那麼的聰明，那麼有思想。他從來不主動上去挨板子，他第一個識破了暴牙的詐術，所以他每周都顯出高枕無憂的態度。居然次次過關，錯誤重來與他不相干。

　　我說：「你怎麼從來不犯錯誤？」

　　他說：「你為什麼總是犯錯誤？我真不明白你怎麼會加入進了這一群傻子中間去滿足一種淫威。這不過是變態女人施行的騙術，時時提醒她的威嚴。中國人從生下來就在威嚴中膽戰心驚。家長的威嚴；老師的威嚴；將來還有上司的威嚴。金錢的威嚴；權力的威嚴；有形的威嚴；無形的威嚴。好像只有人治人才過癮，在這憎惡的威嚴面前，人人泰山壓頂，不到彎腰曲背的程度不會得道升天。」

　　他的話總讓我別開生面，顯示出一種哲人的深沉讓我佩服不已！是他把我從荒誕的騙術中解救出來，我從此避開了承受連續性的淫威，除非被抓住或者被班長記了「血債」。我是決不主動上臺挨板子的。可是司馬把我營救出來不久，班裏的傻瓜一批批不知怎麼變得聰明起來，主動上臺挨扳子的人很快衰敗下來。但是只要被暴牙抓住一個，定是嚴懲不貸！

　　他後來還告訴我一個極神秘的現象，他說你發現沒有？暴牙在月中最易發火，這時候你要格外小心，只要有一點可發火的理由她就大動干戈，找不到理由無名火也要發幾頓，遇上這樣的周末你看吧，肯定大部分人倒楣。

　　我說：「為什麼？」

他說：「我發現她這個時候褲子上有過血漬。」

「什麼意思。」

「白癡，女人週期性發作。」

我依然不懂。

「經期發作！」

「週期和經期為什麼發作呢？」

「呸！」他沮喪地閉口不言，好像不好進一步解釋了。

後來我終於明白了他的意思，我說：「你怎麼可以看老師的褲子呢？那是侵犯隱私權。」

他說：「廢話，隱私她為什麼印出褲子外面，是她的儀表髒了我的眼睛。」

哦，我知道暴牙為什麼要孤立他了，原來他確有那麼一點兒壞。

但我不能忘記他敢於在是非面前挺身而出。這讓我們命中注定會成為生死之交。

外號「留學生」對司馬是致命的打擊，有誰敢當他的面叫這個大名，他會與誰拚命。在我看來他有時候自信，有時候又自卑，有時候善辯，有時候寡言。有時候眸子明亮的讓人吃驚，有時候黯淡的讓人恐怖。但我對他很感興趣。他的高深莫測，他的語出驚人，他的寡言神秘都讓我忍不住對他有探詢的心理。我甚至成了他的跟屁蟲。他有時候不希望我總跟著他。尤其是下課他總是第一個跑進廁所裏，可我緊隨而去的時候，他的神色總是出現異常的失望和不安。甚至在這一瞬間他對我產生敵意……

我一直為此產生困惑，所幸過一會兒他就好了。

三

老師的阻礙，司馬的慧智和神秘，驅策著我對司馬的興趣——
——。

那是一個夜晚，下了晚自習，司馬柯迫不急待地跑進廁所，
同學們都已散去，我必須等他一同回家，可他漫長的「解便」
過程讓我喪失了等待的信心，我大喊大叫：「司馬，司馬。」可
司馬並不回音，當我衝進廁所裏發現他全身出現痙攣狀，面目可
憎，並挾帶著輕微的呻吟……

我跑過去問他：「你怎麼了？你病了嗎？」

司馬不理我，好像一時難以阻止他行為的慣性。

我說：「你到底是怎麼了？」

司馬突然回頭罵我：「滾！間諜！你能不能讓我有一個屬於
自己的空間？」

我僵僵地站下不動了。我說：「難道廁所是你的空間嗎？」

他不理我，他一個人走出廁所，我倏忽發現他臉上有淚，他
非常惱火地擦了一把淚，然後獨自一人騎著自行車消失在夜色中
……

在此後的一些日子裏，我發現他常常一個人站在操場上發
呆。要不就是瘋狂地奔跑，直到汗流浹背為止。要不就是拚命踢
球。有時候扛著一塊石頭轉圈，他常常累得喘著粗氣爬不起來，
就如同一攤泥水一樣，仰面朝天呈現出一個大字形，癱在地下，
兩眼白茫茫地望著天空，不知在想什麼。

後來，我又發現他老往校園假山背面去，神色詭異，超乎尋
常的隱蔽行動，警惕的恨不得每一個毛孔都安上一個哨兵，好像

在做一件什麼傷天害理的事一樣，當他發現我的目擊，立即如一頭暴怒的牛，兩眼紅血血地朝我吼：「滾！離我遠一點，我不許你跟著我！」

我就果然服從他的命令，趕緊躲開，好像做了對不起他的事一樣。但是他每一次從假山後走出來，神色都非常的頹廢，眼神裏充滿了無奈和絕望……

他的一些神秘的舉動讓我更感興趣，我常常不由自主地對他產生探究之心，可是他目光裏的拒絕又不得不讓我退下來。

司馬與我突然的疏離，讓我莫名其妙。我發現他有時候總是偷偷看我，當我的目光與他相會時，他倏忽就躲開了，但這個「躲」絕對與自卑有關。

司馬又開始在操場上跑步了，那踢踢踏踏的腳步聲有一種急於求成的願望在其中，他的神色卻是欲速則不達的頹廢狀態。他究竟想達到什麼目的呢？他心裏到底裝了多少秘密？

我主動跑過去找他說話。

「你為什麼不理我？」

他不說話。

我說：「你到底為什麼不理我？」

他說;「你走開，我不想理你。」

我說：「我想知道我到底怎麼啦。」說這話的時候我的喉嚨堵堵的，不大對勁兒。

他這才及其憂慮地說：「你太好太完美了，你心理陽光，氣質中的勇敢令我嫉妒。」

我愣了一下，暗自問道我有這麼好嗎？可不管我有沒有這麼好，這總是別人的看法，我心裏還是愉快的。於是我說：「這是

我們成為好朋友的障礙嗎？」

他就沉默不語了。

他說：「你可以給我保密嗎？」

我說：「保什麼密？」

他說：「那天在廁所裏的事。」

「廁所裏怎麼了？」

他意外地盯住我觀察了好一陣，緊張的神色就一下子放鬆下來了。

在一段時期內我們又和好了。在一個下午他問我說：「你尿床嗎？」

我說：「尿床？」我搖搖頭說：「我媽媽說我生下五個月就不尿床了。」

他說：「我常常尿，尤其一到考試的時候，我就難以集中精力，一看到有人交卷，我就開始尿褲……這幾乎占去了我三分之一的時間。我他媽已經讀了兩個初二了，如果成績再上不去，連鬍子也長白了。我一想到這個，我就頻繁尿床。」他眼裏閃著淚。他說：「我成了班裏的老大難。大家都叫我『留學生』，我知道沒有多少人能看得起我，真的。」

我聽糊塗了，我很想給司馬一些幫助，可是我完全沒有辦法讓他快樂起來。

他說：「我恨我媽可我又不忍，恨這人世可沒道理，我在這人世間活著並不理直氣壯，因為我是計劃生育不許出生的那類人，沒有正當的公民身份，我的姐妹們都叫我是『黑人』。父母、家，對我來說只不過是個概念而已，我沒有真正的家……我很害怕你知道嗎？我就像一個寂寞旅人在空谷裏過獨木橋，時時

335

有跌進萬丈深淵的可能。我總是徘徊在十字路口不知道我究竟何去何存，真的。」他說這話的時候眼裏湧著淚……

我吃驚地望著他。

然後他就給我講了他的故事。

四

　　司馬的生命始於他母親的一個幻想。據說他的父母自始自終感情不和，母親眼睜睜看著父親不斷地重複著更迭的女人，心靈的燈塔一天天熄滅。後來有人分析說會不會是因為她生不出男孩的緣故？無知的母親就好像溺水中抓住了救生圈。那一年她39歲，已生過五個女兒的她，為了挽回感情她決定最後一拚。她知道這一拚必須拚出一個男嬰。但面對「計劃生育」這個偉大國策，全家人必須面臨著趕回農村的危險。感情和子女們的命運橫在母親的面前。她的困惑日積月累地等待著一個高人指點。於是在一天黃昏，一個會占卜的瞎子被許多人所信任，母親通常不放過這樣的機會，於是她問那瞎子說：「你看我有沒有兒子。」

　　瞎子說：「現在沒有。如果不是計劃生育，你命中應該是有的。」

　　母親眼前一亮。但為了證實瞎子是否英明，故意說：「你錯了，我兒子都八、九歲了。」

　　瞎子說：「那是你的小女兒。要兒子是你剛剛才有的想法。」

　　母親被瞎子的話嚇了一跳，再不敢進一步試探了，以免造成對高人不尊。後來母親把瞎子請到一家飯店精心招待了一番，瞎子表情莫測高深地拍了一把母親的背驚異道：「楊家將佘太君的骨架虎背熊腰，不是一般的女人，將來若有一個男孩必成大器。」

　　母親得了真傳。感情上的不幸已微不足道，養一個成「大器」的男孩成了她偉大的信念！而這個「大器」者不是別人正是

司馬。在孕育胎兒的過程中為掩人耳目，母親在一段時期內離家出走，在親戚家裏等待生育。而母親的「陰謀」父親一無所知，等到母親大事告成的時候，司馬成了一個最大的悲劇。她的母親不僅沒有因他的誕生而為她挽回感情，反而把她推上了離異的邊緣。他的父親是個自私貪婪的傢夥，他除去荒淫無度之外，並不在乎有無兒子。母親費盡心機還是於事無補。計劃生育部門聞訊「緊令通知」，只要生下來立即雙開除！意思很明確，「國策」讓他必須死在母親的肚子裏！兇手由母親自己充當。可他的母親信念如鐵，他一定要證明她的這塊沃土完全可以生長出男兒，而且可成「大器」。

他的到來給全家人帶來恐怖。他的父親要他母親立即處死，說只要一生下來就立即離婚。母親不聽勸解，一意孤行，送給醫生一筆錢，開了個「陰產」的證明，天衣無縫地交代了「國策」之後。等他一出生，母親就宣佈他死了，包括他的父親也信以為真，實際上他被偷偷地寄養在一個山村隱姓埋名。他認識的第一個人不是母親，是號稱母親的奶媽。而他真正的母親在他的記憶中只是個阿姨，他和奶媽感情雖深，但「姨」和「媽」之間隨著他成長的費用爭吵不休。他漸漸搞清楚「媽」是人情，「姨」是「錢」情。世上根本不存在愛！

他的母親是個手藝不錯的裁縫。生存手段超於常人。她的一切勞作都是為了司馬「暗底」裏的存在。結果當他需要安身立命，需要一個正常人的身份，突兀出現他父親面前的時候，他的父親拒不承認他是他的兒子。也不允許他登堂入室，認祖歸宗。母親只好一個人費盡周折給他買了個城市戶口，一個人出來租了個家，隨了母親的姓氏，在這座城市撐持他的生命。母親沒有

多少文化，母親全部的希望就是實現瞎子的「真傳」，等待「大器」的到來……

母親的願望使他壓力很大，母親說只要他有了出息，她就會在世上至高無上，她就好回去交待他的父親，他才能有了真正的家。

司馬說他不是自己的，他是母親的。他的生命只與母親有關。母親將給他轉到南中借讀，給校長下過跪，給暴牙下過跪，送了數額不小的紅包，才換了這塊好土壤。有關「大器」的秘密母親只對他說過一次，說天機不可洩漏，只讓他朝這個方向發展，對任何人都閉口不談。母親出身貧寒，但她受盡苦難也要把他當富貴人家的孩子對待，因此他一生下來母親就把他當作「大器」者來培養，無論現實怎樣的殘酷，她的夢想從來不變！也許在母親眼裏，「大器」者是不能有常人的行為和感受吧？

他說他的「尿床」現像是在一天夜裏，身體像是突然長起了羽翼騰然飛上天空，他說那一刻真的無比幸福，有著上天入地的新奇和刺激。猶如一個汽球突然斷線飛行在氣層中，持續的時間越久，那幸福的感覺就越是心曠神怡……

可是他沒有想到，就是這無數次美妙的時刻，造成了他與母親之間深刻的對立情緒。他至今沒有一張屬於自己的床，他和母親合睡一張單人加寬的床。他的一切「私密」都逃不過母親的視線。母親看到床上的污漬，斷定他不學好，他母親相信什麼是遺傳了，她說司馬沒有學到她的勤勞，卻學了他父親的花心。於是他承受著母親最為傷人的譴責，還每次挨揍。犯了任何錯誤母親都能原諒他，只這件事一旦被母親母親目擊，必打無疑。可越打就越難控制……

他說他母親是他的間諜，他最恐懼的是母親那一雙監視犯人一樣的目光。他必須時時刻刻把目光埋進書本裏，只要一離開，母親就立即有所察覺。母親的神乎其神，讓他在家裏徹底喪失了安全感。他彷彿覺得到處都長滿了眼睛，甚至安有竊聽的機關。他耳鼓裏總有蜂鳴一樣的聲音由遠而近地襲擊他，每聽到這個，他身上的汗毛就一根一根豎起來，在這樣的時刻他看到天上的白雲也匆匆行走的那麼詭秘，陽光也充滿了陰謀，連鳥禽也不懷好意地窺視他，甚至狗從他身邊走過去都急急忙忙地逃離，他說，狗絕對不會有什麼要緊的事可做，可連狗都不與他要求友好的氣氛。他還看到路人對他都有躲避的意思……

司馬眼裏蓄滿了淚水，他說因為「尿床」，他無時不在母親的監視之中。母親的陪讀實質就是監視，她一步不離，搞得他一個字都輸不進大腦裏。由於壓抑和緊張他發展到「手淫」。

那是一個夜晚，作業還沒有完，他覺得非常煩亂，尿床的感覺膨脹的厲害，他必須立即解決掉！當時母親給他去做夜消，據經驗應該有一點時間。他抓住這點點機會，快速解決。雖然經過一番細緻的觀察和防範工作，確信萬無一失的時候才進行，可母親破門而入，撞上了最為不堪的時刻，他無法立即收拾殘局。母親劈頭蓋臉就把他痛打了一頓，說他下流無恥，這樣的人怎麼可以成「大器」。她母親居然說了一句極富文化味兒的話，說富貴不能淫，威武不能屈！你才多大一點兒就淫亂無度……

他說他不明白在母親的心目中「大器」者到底是個什麼樣子，難道他不長屬於人的器官嗎？

母親最後把根源找到現代文明上來，說都是看電視看壞的，都是社會風氣帶壞的。見電視上有男女擁抱接吻的鏡頭，如果發

現了司馬的目光，毫不留情就是一巴掌！

說：「看什麼看為什麼不好看非看這個，怕學不會是怎麼著？」

然後把電視關掉就開始罵：「什麼他媽Ｘ社會，再沒有地方了，在這裏面幹這缺德事，污染一世界人的眼目。」

從此，電視機便完全封鎖。他整天沒完沒了地啃課本。然而越是如此，「尿床」現象就越是頻繁光臨。被母親痛打過幾次之後，他做過很多的努力，聽說營養過盛會導致早熟，他曾拒絕吃營養豐富的東西。但是無效。而最終結果是，每次完畢身心都出現下沉的感覺，就好像正沉下無底的深淵。一種罪惡、自責、自卑一起壓迫著他的心，形成了深重的黑暗……

他說那一刻連死的念頭都有，他開始了慌恐不安的情緒。他的心理再也沒有陽光，只要情緒一緊張馬上就有「尿床」的現象。

後來他發現自己對表達非常感興趣，於是就開始偷偷地寫小說，只有漫遊在藝術的天地裏就完全可以轉移一下「尿濕」的現象。他已經寫了二十萬字的文稿，被他的母親發現後，認為他誤入歧途。凡是屬於課外讀物一律被視為「閒書」。因此也一律被焚燒，包括他的稿子。

他說他母親就如同暴君秦始皇，焚書坑儒！可惜秦始皇的焚燒是為了政權。而他母親焚書是為了兒子「成才」。多麼大的諷刺，為了成才把屬於課本以外的一切知識燒掉！把名著當成閒書。他的母親要的是紅通通的成績單，希望他能拿到清華、北大的錄取通知書。所以達不到重點高中分數線他就無限期地蹲班。他的母親對此近乎顛狂和變態。她的母親不怕花錢，貸款都要達

到目的。

　　在一段時期內司馬和他母親鬧對立，他母親見一本「閒書」燒一本。司馬就燒一本再買一本，看完之後就扔給他母親讓她燒。

　　他說：「天下的書是燒不盡的，如果你的人民幣充裕就儘管地燒吧！」

　　他母親就抱著書嗚嗚哇哇地哭了……

　　他的眼裏蒙上了一層灰暗，他說他距離母親的要求越來越遙遠，他連最後一點希望也抓不住了。他說望著被母親焚燒的書稿他感覺到生命在速朽……

　　他說他本來是可以「高尚」起來的，他找到了足以能分散他「下流無恥」的渠道。可是他的母親把他的希望毀掉了。以致他的「無恥」更加不可收拾。客觀上不允許他做一個有道德的好青年，所以他常常自慚形穢……

　　塵世讓他厭煩，他甚至想過「出家」。

　　他說：「你會歧視我嗎？」

　　我很茫然。我對他表示不理解。他的身世就像電影裏的故事一樣新奇，但他通過「洩密」，情緒好像有了一些舒緩。我看到他眼神裏厚起了一層又一層的困惑，我又能怎樣去解救他？他也許渴望一個高人的指點？可是，我對他產生的困惑好像比他還多，我在諸多同學面前覺出了我比他們幸福，但並不代表我能替他們解決很多問題。

五

我對司馬「尿床」的困惑一直找不到出處。

可是不久的一個夜晚，一個面目不詳的女體，光滑細膩地從我的兩腿間生長出來，我開始有些害怕，我的身體上怎麼可以如田間裏的玉米一樣滋生出穗兒來呢？可是肌膚的相親送給了我有生以來從未有過的快感，強烈的刺激讓我喘不過氣來，一種戰慄不止的狀況使我哇哇大叫。醒來的時候一灘莫名其妙，光滑透明的「濁物」癱在床上。

我嚇壞了。這會不會就是司馬說的「尿床」？難道我也有了可恥下流的行徑？想到這些，我恐懼極了，媽媽叫我起床的時候，我命令她出去，不許靠近我！可憐的媽媽隨著我的喝叱不知所云地退出去。後來我穿好衣服用被子捂住床上的「異物」走出去。我神思不定，精神恍惚引起了媽媽的關注。

媽媽說：「雨，怎麼不吃飯？」

我知道我瞞不住媽媽。我說：「媽媽我可能是病了。」

「哪兒不舒服嗎？」

我說：「我尿床了……」

「也許是太累了，不要緊，媽媽給你換一下子就可以了。」

「你不會說我無恥吧？」

「無恥，怎會呢？」

媽媽一向能把我感到最難堪的局面化解，我很感激媽媽。媽媽走進我的臥室，我心裏很不安，我很怕出現司馬柯的狀況。可是媽媽出來的時候臉上出現了極溫和的微笑，一點沒有侮辱的意思。她撫摸著我的頭望著我說：「雨，別害怕，祝賀你已經長大

成人了！」

　　我茫然地盯住媽媽，有些費解。

　　媽媽說那不是尿床，那是人體裏的分泌物，醫學上叫遺精。生物學慢慢會讓你瞭解精子的作用。不要害怕，這是一個人成長過程中必有的經歷。春潮來了，可能精力出現分散現象，但她相信雨會努力克服掉的。

　　我當時並不理解媽媽的話。可是媽媽讓我放鬆了，沒有形成罪惡感，倒是媽媽比先前更進一步的關愛我了，她不讓穿過緊的褲子，她說這樣不利於發育。

　　我一直想問問司馬的尿床會不會是遺精，如果是遺精就不能稱之為可恥下流，可是我一直難以啟齒。

　　後來那些漂亮的女孩常讓我心猿意馬，上課走神的內容又多了一個專案。當然目標是不定向的，這一段是這個，過一段就可能是另一個。總之和漂亮女孩在一起是愉快的，你可以不由自主地生出一些大無畏精神，可以不失時機地表現自己。還要努力使自己優秀。這種現象被老師統稱為「早戀」。社會上都在呼籲「早戀」現象，家長發現信件或是紙條紛紛告急。就像造幣車間失了火一樣。搞得我們個個惶惶不安。可這樣的隊伍就是在無比緊張的氣氛中一天天增大。有一天老師像一個占卜家一樣，說誰有「早戀」現象，她心裏都一清二楚，她要把我們的家長找來亮相……

　　我們都被嚇呆了！我特別相信老師的眼睛無處不在。我以為我也「早戀」了，所有的人以為對異性有好感都認為是「早戀」。並且都不敢認為是理直氣壯正大光明的好事情。然而遭到父母和老師的反對又都不服氣。個個顯出誓不甘休的樣子。

後來有人提議集體「私奔」。於是就都紛紛回家找理由要錢，各自準備著南逃北躲。我記得我找了一百個理由都沒有張開要錢的口，卻讓媽媽看破了我的心思。

我在媽媽面前顯得膽戰心驚。我想我怎麼可以「早戀」呢？我並不怕媽媽揍我，我只覺得羞恥。可是媽媽並不認為這是「早戀」。

媽媽說：「這是春潮帶來的現象，這是很美好的一種感覺，只要坦然對待用不著大驚小怪。」

媽媽的坦誠態度讓我放鬆。老師那嚴肅審判的聲音開始離我遠去。

可是我對一件事的神秘卻需要有人指導。於是我交給了媽媽女同學歐陽白雪寫給我的一封信。信的大意是她喜歡我的陽光和勇敢，喜歡看我矯健的身影。她還說許多男生軟棉棉的像一個病夫提不起精神等等。

我自豪地告訴媽媽她是我們班的學習委員。

媽媽看後笑了。像什麼都沒有看出來一樣。媽媽說：「我和你一樣高興，你的優點得到了別人的欣賞。應該引以為豪保持這種美好形象。」

我說：「我不想傷害她。」

「為什麼要傷害呢？你應該感謝她對你的欣賞，成為互相鼓勵的好朋友啊！」

「我可以請她來咱們家嗎？」

媽媽說：「我不反對。」

就這樣媽媽好像替我揭開了一層神秘的天蓋，接到紙條也不再提心吊膽，和女同學來往也不再鬼鬼祟祟。

可是有關「尿床」的遭遇，終究不能讓我安定下來，夜晚是個難熬的季節，一到這個時候我就得找一個形象來援助，當然目標是歐陽無疑。等到第二天我見到「夜中形象」時就面紅耳赤，惶恐不安。以致發展到想寫信給她。當然更深入的辭彙不敢寫，只寫一些讚揚的話。寫好了又沒有更適當的辦法及時遞出去。於是就出現混亂不堪的情緒。

　　後來媽媽送給我一個帶鎖的筆記本。她說：「雨，把你想說而不願公開的話，寫在這個本子上，舒緩一下情緒，可能會幫助你順利度過青春期。這個本子裏你可以任意說你想說的話，誰都不要讓看，連媽媽也不許可，等你真正長大了再看，可能是最美好的記憶。」

　　我困惑地望著媽媽，她是怎麼知道我有話不敢公開說呢？難道我未送出去的紙條被媽媽發現？我臉紅了。

　　媽媽安慰我說：「不要緊，試試媽媽告你的辦法或許有效。」

　　好像是心有靈犀，這一招果然很靈。我與「夜中形象」假想了無數次美妙的談話，她的眼神，她可愛的臉，她裸露在陽光下的胳臂，都讓我作過全面的觀察和描寫。我還寫到我長大要娶誰為妻，我還假想她挽著我的胳膊纏綿在林蔭道，引來很多羨慕的目光。我還假想她躺在我的床上，但我絕不敢動她的肉體，因為媽媽說精子和卵子結合起來就生了生命。我不要小孩。所以我不敢動她的肉體。我只能把我的好多想法寫出來。我的情緒漸漸安定了一些，然而心猿意馬卻始終未能遠去⋯⋯

六

那個時段每個被斥為「早戀」者都不同程度受到家長的懲罰。

司馬眼睛裏的灰暗日復一日的厚，我知道他在拚命克服他的「下流」。他一有時間就要大量消耗體力，以致他上課呼呼大睡。後來我對他複述了我的情況，他突然睜大眼睛好像找到了作案的同僚一樣，終於有一個人和他一同扛起「可恥」二字了。他覺得「可恥」已不是唯一。當我把媽媽的說法告訴他，他又意外的像看到老虎在天空上飛翔一樣，他說他非常想見見我的媽媽。

我當然不會拒絕他的要求。

我把他領進我們家的時候，他一直低著頭，像一個害羞的小媳婦。

媽媽溫和地把他領進書房裏，書房裏的光線從淡藍色的窗幔的縫隙鑽進來，我發現他彷彿不習慣被光線照耀一樣，好像失去了隱蔽的感覺是一件很危險的事情，他顯得異常的慌亂。

但媽媽不會給人壓力的，他們很快就進入了談話狀態，把我擱置在一邊。後來我發現他如幼童渴望指點迷津一樣，他特別想知道他是不是一個低級下流的人。於是他戰戰兢兢地向我的媽媽複述了他的心事，媽媽以安慰我一樣的方式安慰了他，還說他很有思想，很有藝術天分。但是心理上的障礙要靠自己克服，這對一個人一生都很重要。

媽媽說：「所謂的『大器』也許不只你媽媽所想的是升官發財，比如托爾斯泰就是文壇上的『大器』嘛。一代帝王只是一段歷史，可一個文學大師是千秋萬代的精神指引。你媽媽沒有文

化，很多事不明白，每一個人的光點是不同的，那你就得一點一點同化她……」

我發現司馬在與媽媽談話的過程中，眼睛不斷地閃著亮點，憂慮一點一點退去，彷彿有一脈火苗在他臉上飄盪，他心中的問題靠母親的耐心一點一點消解。從此我的媽媽成了他最好的談話物件，他說他最喜歡媽媽對人平和的態度。從媽媽的眼神裏看不出和他談話時有絲毫的敷衍。他說他的媽媽只讓他讀書，讀書。可她卻從來沒有閱讀習慣，他的媽媽最無私，也是最自私，她的一切努力都是讓他「成器」，可她從來不關心他內心的感受。即便他能成「大器」也會被她的無知毀掉！

他說我的媽媽讓他感覺到他是一個真正的人，一個有尊嚴的人！而且從媽媽的談話中看到了他自己的希望……

這就注定我與司馬形影不離的結果。我忘記了暴牙好心的提醒，成了班裏的「鐵哥」。暴牙後來對爸爸也有過同樣的提醒，爸爸完全同意暴牙的建議。可媽媽認為一個孩子需要關愛而不需要孤立，媽媽認為老師這種做法比下一副毒藥殺傷力還大。為此我的爸爸媽媽又進行了一次激烈的爭執。他們這種爭執只能加速繁殖我的個人意志，我當然要以我的感覺而定。如此暴牙把我與司馬視為不可救藥的同類。

在司馬面前我是個小男孩的形象，好像他和媽媽是同齡人一樣。他常常借媽媽的書看，有時候被他母親燒掉後就再也拿不回來了。媽媽照顧他的自尊也不好進一步追索。他對媽媽就表示十分的感激。但他最大的進步是不再認為自己「下流」。

他說我生活在童話中。他說你知道什麼叫快樂嗎？快樂就是能夠擁有正常人的感情方式。可他的母親對他事無巨細，一年四

季水果輪換上桌，什麼新鮮吃什麼。市場上各種健腦營養沒完沒了地湧進他的肚子裏卻起不到任何功效。雞蛋剝了皮，水果切成塊，為不耽誤學習，母親守在他身邊一塊一塊餵進嘴裏。他的媽媽說，皇帝也不過如此了。可他覺得自己像是母親的什麼工具。高興的時候是皇帝，不高興的時候比奴才還奴才，誰也頂不住上天入地的折騰。在黃爽爽的燈光下他感覺到母親目光中所施給他的壓力。他說他就是被這種壓力壓垮的，像一個沒有行為能力的白癡。而這一切都是他的媽媽希望他能成「大器」所致。但付出和獲得不成正比。

關於我的同學司馬的心理我似乎非常瞭解。可有關他的生理我一直不能理解，他一到關鍵時刻就出問題。

期末考試決定他能否升級的定向。司馬神色又憂鬱起來，他站在廁所門前惶惶不安。「解便」的人一直川流不息，難以充分關照他的「困難」。他抬頭凝視著透明的天空，臉上出現了焦慮。他的「困難」不需要陽光。他擔心目光的窺視。可他生活在高位人群中無法隨心所欲。距離考試已經十分鐘，他突然叫住我說：「為了避免考試出問題，需要提前『輕鬆』一下。」他要求我給他做守衛。我當然不能拒絕。他跑到一個角落裏很快搞定。看我的時候一臉是難堪。

可是他的努力失敗了。

當第一個人交卷的時候，他又出現了異常，當他的面孔出現了猙獰不堪的樣子被暴牙老師當場目擊，他已無法及時恢復正常神態。雖然他拚命壓抑自己的喘息和失態，但還是讓一個成熟女人的目光擊穿了。在言語中給予了極大程度的的侮辱性：

「司馬柯，滾出去！這是育人的教室，容不下你這種卑劣污

穢的行為⋯⋯」

　　所有的學生都莫名其妙，但可憐的司馬已凝固如石，伸進褲兜裏進行「污穢」行為的手已接近尾聲，經暴牙老師這樣一吆喝，全身冒著冷汗。所有的目光都聚集在他臉上，他已是無地自容⋯⋯

　　「沒有聽見嗎？不是說你？滾出去！」

　　「老師⋯⋯讓我答完好嗎？」

　　「滾！有安心答卷的願望會出現這種下流事嗎？無恥之徒。」

　　我們全體驚著不動了。司馬柯滿面通紅被逐出教室⋯⋯

　　我舉手向老師報告：「老師，我建議允許司馬答完卷⋯⋯」

　　「閉嘴！沒有人把你當啞吧。」

　　「老，老師，司馬很想克制自己，我們應該幫助他⋯⋯」

　　「合穿一條褲子是怎麼著？」

　　我的聲音被壓回去了。

　　走出考場，連風都帶著淒涼。

　　其他同學嘻嘻哈哈，不管怎麼樣又過了一關。並且夾帶著議論司馬柯出現了什麼故障被逐出考場的問題，大部分人猜測是偷看作弊，也有人為他再次擁有「留學生」稱號而嘻嘻哈哈地嘲笑。

　　我有些憤怒：「看別人倒楣，你們高興是不是？」

　　大家都為我的態度表示不解。我卻停下來想知道司馬柯的下落。原來司馬沒有走，卻是無筋無骨地貼在校舍外邊的牆上，臉像剛剛被淋了一場雨，汗水與淚水混雜而流，兩眼瓷瓷地望著不知正前的哪兒沉默不語。

我「司馬、司馬」地叫著。我說：「司馬你病了嗎？」

司馬好長一段時間旁若無人。許多同學隨我站下來關注他。

結果他操起一塊磚頭就朝自己的頭上砸去，讓自己的腦袋滿面開花⋯⋯

我們全都被驚呆了！

太陽在雲裏穿進穿出，全班同學圍上來對他束手無策。我和鍾煒、程超努力阻止他對自己的暴力行為。

有人把校醫找來做了一番包紮交給暴牙。

暴牙勃然大怒說：「怎麼啦？你行為不正老師不能說你幾句？說你幾句就要尋死覓活？我告訴你，想死，回你家對著你媽死，別在學校裝瘋賣傻。」

我覺得我扶著的司馬全身的重心都靠在我身上，我知道司馬受了這樣的刺激有多麼難受。

我說：「老師，司馬已經傷成這樣了，你還這樣說⋯⋯」

暴牙的火氣就立即轉移到我的身上：「你以為你是誰？你以為你比他強？我看你們都是一丘之貉！」

我兩眼發直，再也無話可說。但內心的怨氣卻一脈勝過一脈。

暴牙顯出了極其不耐煩的態度，指指我們幾個說：「你、你、你，送他回家，交給他媽媽你們再回家吃飯。如果出了什麼問題我找你們算帳。」

我們當然不能讓司馬出現任何問題。我們低著頭陪司馬走出校園，司馬要我們各自回家別再管他。他說：「我要一個人想想以後怎麼辦。」

可我們怎麼好放下他一個走呢？我們都知道司馬的媽媽不會

輕易放過司馬，司馬肯定會遭受一次毒打。

程超想了一個辦法說：「咱們請願吧，我在我們家一請願，我爸就服輸。」然後他自作主張，一個人跑到對面的「布莊」扯了三條紅布，上面用碳素筆寫到：

「媽媽別再打司馬」

然後給我們每人裹在頭上，要我們共同跪在司馬的媽媽面前真誠地請求。我們的「請願」陣容不大，但吸引了滿城街大惑不解的目光，並且隊伍在迅速而持續地加大。

然而，當我們按程超的指導，跪在司馬媽媽面前的時候，幾乎是不約而同地流下了淚水，司馬的媽媽先是吃驚，然後就被嚇「死」了⋯⋯

B 章

一

　　我倉皇地離開南中，來到人煙荒疏的南蕭橋，下面是交錯的鐵道。橋面上偶有幾個小商販抬生機奔波。陽光一點都不強，一層薄薄的霧就把陽光全部收藏起來。我沿橋走過的時候，意外地發現一個二十多歲的姐姐趴在橋攔上抽泣，我聽到她用手機在給誰一邊哭一邊說話。我聽到她壓抑的聲音快要窒息一樣，就停住了腳步作了全面的觀察，畢竟在日光雖然不強卻是大白天哭泣的女子讓人心生憐憫。

　　她說：「我做夢也沒有想到我才考了六十分。生活為什麼對我這樣的不公平，老天為什麼就不給我一個公平的機會。我去年應聘考了八十分，被人頂了。可是我今年怎麼可能考六十分。那個政法委的人居然考了八十分，哼！我知道了，我知道什麼叫暗箱操縱了，我怎麼會這樣倒楣，這樣倒楣……」

　　那位姐姐說完話就把手機扔掉，然後她站在橋上一動不動，細風兒吹拂著她的頭髮，眼裏一勁兒地流淚。她不住地用袖子拭淚，我很想看到眼睛裏的內容，可是看不到。我只看到她全身上下脖子上的紅紗巾如血。她哭得很傷心。我把手機揀起來給他。我說：「姐姐你怎麼把手機扔掉了？」

　　姐姐木樁一樣地不吭氣。

　　我又說：「姐姐收起你的手機。」

　　那位姐姐像是瘋了，她突然回過頭來向我大吼大叫：「走開，手機費都交不起要什麼手機。走開走開你給我走開！」

　　我沒有及時走開。可我卻聽到我的胸脯怦怦怦地響，仔細辨別才知道是這位姐姐的「花拳繡腿」在我的胸脯上用功。我知道

我暫時充當了她的拳擊袋，可我並不感到有多麼的疼，我知道姐姐肯定是不痛快才想打人的。我說：「你想打就打吧，我是男人我不哭！」

姐姐就停住不打了，但是她哭得更厲害了……

我說：「姐姐你需要幫助嗎？」

她突然盯住我，從上而下地打量了一番，那樣子兇殘得好像立即要把我千刀萬剮一樣，只是找不到下刀的地方。說：「你到底煩我幹什麼，你以為你是誰？是省長、部長、總統？你能給我公平的機會嗎？哼！你連市長，局長都不是你能幫我什麼忙？那怕你是市長的司機、秘書都行，或者你是百萬富翁、億萬富翁。你是嗎你是嗎？看你一副比我還倒楣的樣子你能幫我幹什麼？黴球，滾！」

我低頭不言了。

是的，我總是忘記了自己是誰，希望自己能幫助人，這幾乎成了我非常奢侈的願望。可是誰又能幫助我呢？我這樣想著就漸次地往前走，心裏還不免有些掃興。可是沒過多久，我身後傳來類似水泥袋掉下去的沉重的聲音。我回頭一看，橋上沒有了姐姐，我再低頭向橋下看去，那位姐姐已如一個餡餅一樣攤在橋下七竅流血！

我喊了一聲：「姐姐……」

我兀自愣在橋上不動了！

有幾個圍觀的人抬頭望著我，他們向我投來探究的目光。可是我怎麼知道她與我擦肩而過就去死了呢？而且她還無辜地打了我。她向我要公平的機會，可我到哪裡去給她搞這個呢？天下到底誰在掌管公平？公平長著血口嗎？它重要的居然可以要人的

命！

　　一個生命的完結是多麼的迅速，既然她看到我比她還倒楣，為什麼她要去死呢？

　　看熱鬧的人多起來，表情是那種千篇一律的漠然，死人的事件經常發生，好像人們對死，已沒有太大的駭然，從他們的神色中看，好像活著和死去無非是一個界線而已，人們的心理素質好的驚人。除去詢問死因之外並無太多的興趣。

　　一小時之後，一輛警車把那位姐姐拉走，我覺得我的心是那樣的空曠……

　　是啊，我為什麼不是省長、部長、總統？或者是市長、局長呢？如果我是他們其中的一個，或許能救活那位姐姐，救活無數的生命？或者我是富翁……難道「公平」在他們手裏？可我什麼都不是。身無分文有家難歸連自己都救不了的窮光蛋我能救誰呢？我出溜在橋墩下兩眼直勾勾地望著遠處。血色的世界蒙住了我的視線，我似乎看到很多很多的屍體倒在了世界的溝壑裏……

二

有二個小朋友腕上裹著白紗布，還有一把小刀插在腕上，紗布上印有血漬，但他們好像並不痛苦，他們見人就端著「受傷」的胳膊跪下表示乞討，但很多人都厭惡地繞開他們揚長而去了。他們是不是也很餓？他們的興致並不因為別人的白眼和不屑的態度有絲毫的不快。得不到施捨也不要緊，他們自得其樂，看上去像年齡相差不大的哥哥和弟弟。弟弟站在橋墩上爬在哥哥的背上，哥哥就把弟弟背到橋的另一邊。然後哥哥站在橋墩上爬在弟弟的背上，又把哥哥背到橋這邊。他們不斷地重複這個遊戲，看上去快樂無比。設若誰把誰壓倒之後敗者就再背兩次。

他們進入了我的視線，讓我看到成年人把自己想要取得別人同情的把戲，付諸在孩童身上去上演的嘴臉暴露得淋漓盡致。童年再苦也是歡樂的，設若他們懂了自尊還會那麼歡樂嗎？他們在受到人世的壓迫之後，會不會也像那位姐姐一樣呢？我心生憂慮。但我還是被他們的自娛自樂吸引住了。

一個揀破爛的老嫗提著一個編織袋在我面前蹣跚而過，那枯槁般的頭髮昂揚在那顆荒蕪的腦袋上示威一樣地搖曳著，那雙善於發現的眼睛看上去恨不得讓全世界都變成廢品。老嫗看我的時候，彷彿覺得我也如廢品一樣，我打了個哆嗦，覺得老嫗的目光裏好像藏著凶光，她看我的時候是那麼不懷好意。我很想告訴她我是人我不是廢品。可就在這當兒一輛摩托車從遠處駛來，老嫗混濁的眼睛有了幾分機警，好像摩托車要把她吃掉一樣。就在摩托車接近的時候她突然倒下了……摩托車帶著驚異停下來。騎手說：「怎麼回事？」話音未落，老嫗就突然哼哼哈哈地呻吟起

來，哭著喊著說摩托車把她撞倒了。

據我的判斷騎摩托的人是個送水工，因為車上帶著五挺純淨水。

送水工對倒在他車下的老嫗表示莫名其妙。說：「明明是妳倒下的怎麼怪我呢？」

老嫗就野起來說：「你欺負老人，撞了人還不承認。」然後就嗚嗚哇哇哭起來……

送水工自言道：「又碰上買棺材人了。」

就在這時候從橋下跑上了兩個男人喊：「怎回事？」

老嫗就說：「兒啊，娘被車撞了。」

兩個男人就讓送水工領著去醫院檢查。送水工說：「不。」他說：「我又沒有撞著她我為什麼帶她檢查。」

兩個男人就和他爭吵起來：「你沒撞她，她怎麼會倒在地下？」

送水工說：「我怎麼知道沒撞她就倒下了呢？」

兩個男人說：「你沒撞拿出證據來。」

那個送水工就把目光移向我和兩個小乞丐要求援助。兩個小孩像有先見之明，看有目光投過來「嘰溜」一下就逃走了。而我卻呆呆地站著不知所措。送水工向我走過來說：「小弟弟，你說一句公道話，到底是我撞倒的，還是她倒下的？」

我當然如實奉告。可沒等我話音落下來，兩個男人衝過來劈頭蓋腦就打我，這讓我始料不及。我說：「本來就是嘛，明明是她倒下的嘛！」

兩個男人就搧我的嘴：「要你多嘴！要你多嘴！長著嘴是讓你吃飯，再多嘴我撕了你的皮！」就在我被乒乒乓乓毆打的過程

中，送水工把矛盾轉嫁給我，他卻企圖想溜。打我的人一把將他擒住說：「老子防的就是你這一手。」然後我被他們拎起來甩在橋面上，腦袋嗡地炸響了，天地間頓然混沌一片……

17條皺紋

C 章

一

我看到鍾煒的眼睛了，看他的眼睛你就不知道他在看什麼。他坐在校園的花池邊上，臉上的表情僵僵的，是這個年齡不該出現的一種狀態。

我說：「鍾煒你怎麼了？」

鍾煒不說話。

我又問鍾煒：「你到底怎麼了？」

鍾煒依然保持沉默。

上課鈴響了，鍾煒仍就沒有動身的意思。我說：「上課鈴響了你還要坐下去嗎？」

他將臉扭向一邊，早已積蓄多時的淚，終於悄悄湧到眼角，轟隆一聲滾落下來……

他說：「我的書費沒有湊齊，老師說這是最後一天……」

他說這話的時候，就像一個廚師炒菜時沒有買到鹽一樣焦慮不安不知所措的樣子，只有這個時候我才發現了鍾煒的軟弱和無所適從。交不夠費用坐在教室裏就不那麼理直氣壯。

我說：「你為什麼不問你爸爸要呢？」

他說：「我爸沒錢給我……」

「他不願意養你嗎？」

「他沒有能力養我……」

「哦……」

生活真實的一面像幕布一樣徐徐打開，讓我窺視了我的同學不該有的無奈。我看到他舉起手臂去擦眼淚時，我的心也隨之發酸。他是那麼想讀書，可是他總為費用犯難。走進南中我才發現

有那麼多人需要我的幫助。我原以為我的問題已經夠多了，可我沒有料到很多人的問題比我更多。他們的煩惱，他們的孤僻，他們的軟弱……好像都在向我求助。我似乎只能用責無旁貸這個成語來描述我當時的心情了。鍾煒在最關鍵的時候幫助過我，我當然更懂得責無旁貸的意義了。

為鍾煒順利就讀，我開始走向撒謊的生涯。

我的父母在負擔我昂貴的借讀費用的同時，還或多或少負擔著一部分鍾煒的費用。可他們卻一無所知。為了避免給我增加思想負擔，我的父母無論囊中多麼的羞澀，也從來不在我面前埋怨費用昂貴的事。因為「借讀」這件事曾是他們心甘情願的。

我就這樣欺占著他們望子成龍的心理支持我的朋友。錯與對已沒有明確的疆界。由此，我說謊的本領越來越純熟，騙人真不用怎麼進行訓練，只要有一點頭腦一想就成。開始還有那麼一點不自在，老怕媽媽看透。騙出錢之後總要乖得超常，甚至懂得體貼大人，替爸爸端飯，給媽媽夾菜。還自覺地洗自己的髒襪子。媽媽的錢就出的更是甘心情願了。她怎麼會想到這麼乖的孩子會撒謊呢？

後來，我撒謊的伎倆辣的就像一塊老薑了，也從來沒有感覺到有什麼不對。難怪我們的父母，師長時時強調誠實的意義。原來撒謊是人腦中的基本因素。無論你怎麼樣去努力誠實，都難以避免這種不良傾向。想達到目的又不那麼理所當然，就會產生撒謊，而且常常受益匪淺……

當然，這是我一廂情願的事。並不是我家多麼闊，有時候家裏添一件東西，父母也會出現捉襟見肘的局面。可我覺得他們總會有辦法的。窘困對我好像還很遙遠。可鍾煒有什麼辦法呢？他

在昂貴的費用面前只會發呆。我可是不想失去鍾煒這個好朋友，只要情況許可我就要他永遠與我相伴著讀書。他就像我的一個兄弟，他解決了我的孤立無援的困境。這種現實意義非常強烈。鍾煒很自理，他不願意接受我過多的支援。可我故意顯出很闊的樣子，從不在乎給他的任何援助，無論是物質還是精神。

17條皺紋

二

一些並不遙遠的記憶帶著我的思緒穿過這座城市的上空去拜訪我想念的人，我看到了擎天的高樓，也看到了伏地的小屋，我窺視了幾家歡樂幾家愁的狀況，我從櫛比鱗次的小屋中間找到了鍾煒，他依然在努力嗎？還是已經退了學，可我不能推門進去找鍾煒，鍾煒沒有錢他給不了我任何的幫助。

可我又是多麼想鍾煒啊，他是那麼富有生存能力。

生活教會了他比所有同齡人不曾具備的精明。他是這個時代真正的「無產階級」子弟。他的爸爸，媽媽隨著紡織行業的關、停、並、轉，均都下崗。面對生活，可憐的就像失群的羊羔。離開機房就剝奪了他們所圈養的巢穴，他們只能望著喪心病狂發展的城市呻吟。他們難以找到一個可以放逐生命的綠色草地。尋找生存的手段成了他們家唯一的目標。

鍾煒沒有許多同學因學習的壓力導致心理上的疾症。他寬厚的品質就像穿行在校園裏滾滾蕩蕩的紅太陽。全校高低年級的同學他認識三分之二，這三分之二的人都是家庭營業中的「貨主」。誰誰家長叫什麼，門牌號數、街道、胡同他都記得一清二楚。尤其是每個同學的出身，父母的職業身份都分門類別記載下來進行精密分析。比如老闆類、經理階層、工廠業務員，這類人交際廣，通常喝啤酒、飲料居多，每隔一個月他要登門收購一次。這屬於大戶主。公務員、廳局級幹部、知識份子又一類，通常書報、各種用具的淘汰率飛快。因無地存放，又懶得親自跑收購站，須得有人定期收購。我的朋友鍾煒就成了穿行在大街小巷的收購員。他根據門戶的消費檔次劃出時間，並建立友好關係。

這就是他每學期學費的來源。可是學校收費暴漲，他常常入不敷出。

　　我對他所設計的這種經濟來源佩服死了。可他卻咧咧嘴苦笑，那意思很明瞭，如果感興趣你來試試。我有了一種站著說話不腰疼的可恥感。

　　如果有人能為鍾煒解決經濟上的困難，他是一個非常快樂的人。他是煩惱的剋星。煩惱是富貴病他可是染不上。許多同學為過重的學習負擔尋死覓活，終日多愁善感，口口聲聲喊累！累！累！他曾聲明很好笑，他說只有衣食無憂的人才可能不生累。他沒有累的時候。他爭取的只是讀書，讀一天書就可能對他的將來增添一些亮光。他不敢考慮他的學到底能上多久，因為他的父母不足以能給他這個保證。有些同學也曾因他臉上沒顧得洗去的污黑，手指紋裏常常藏汙納垢而恥笑。可他不怕別人的恥笑，怕人恥笑就讀不成書！別人比吃比穿比花錢比消費。他和別人比朋友，比交情。朋友多了好辦事。他憑什麼活呢？憑得就是同學們無形的同情資源。別人都可以趾高氣揚地宣稱不要同情和憐憫！可他得要。別人不要的破衣爛衫、舊鞋底、飲料罐、啤酒瓶、破紙箱……他統統要。好像他天生就是尋找別人不感興趣的東西來維持他的存在。他不能和同學鬧翻，鬧翻就會成為他生財過程中的一筆愚蠢的損失。

　　有同學一到周末就對他說：「鍾煒明天到我家。」

　　鍾煒就給同學一個真摯的感激。

　　有的同學用手甩一個響，他就完全會意了。

　　他的精明之處在於不停地修煉自己的「涵養」，他懂得人際關係就是一個生存的鏈條。他對誰都基本溫和，對誰都表示關

愛。有時候遭一個白眼，挨一句罵，他都裝作聽不見。有人叫他「破大王」，雖然不雅，可為了營業的繁盛，他得笑納此號。

有一次我替他抱不平。我說：「『破大王』是對同學的不尊。不許你叫我的朋友這個綽號。」

那些同學說：「連鍾煒自己都不反對你急什麼，狗拿耗子多管閒事。」於是我和同學爭執的面紅耳赤，差點動手。

可他遏制住了我憤怒的情緒，此後我發現他眼角上有淚。

他惆悵地望著我：「難道我不是『破爛大王』嗎？」

人活著大概是都需要一些虛榮的，潛意識中他也有，可他得要實的，虛的救不了他的命。別人叫他「破大王」他笑，可心裏的淚往外湧。別人可以大笑、微笑、譏笑、獰笑。可他對苦笑體驗的最深！那是從苦難裏頭擠出來的笑。我多麼想幫助他懂得暢快地大笑啊！可他總是大笑不起來。

他沒有資格譏笑——難道周圍的人還有比他更糟糕的嗎？

他沒有機會獰笑——因為他骨子裏不壞。

他更沒有閒心微笑——那是衣食無憂的人才可能出現的優雅。

他也沒有什麼事值得大笑——因為生活已向他露出了殘酷的本質。

他不願向父親伸手要錢，因為父親怕聽到錢。自從父親下崗後，他不記得父親有一時一刻仰頭活過一天。父親在烈日下，嚴寒裡拉燒土、賣煤球也快失業了。城市的發展，苦力勞動也飛速淘汰。跟著工程隊建設高樓大廈，那只不過是愉悅別人的事，樓主人們孩子都出生了，拖欠的工程款還未到手。一年下來拿不到錢怎麼活？掙不下錢又染上了喝酒的毛病，非喝到稀泥爛醉才罷

休。母親為此有抹不盡的淚……

父親沒有了父親的尊嚴。他摔酒瓶的時候是他一天最威風的事。他摔一個瓶，嘴裏就「啪」的一聲頗有興趣地模仿得非常過癮。他罵自己是孬種，廢品！之後便低頭不語。有時候能望著天空呆坐大半夜。他想什麼呢？肯定是在想錢！他的神色是怯懦的，卑微的。

好像錢是男人的力量，錢是男人的尊嚴！錢是硬頭貨，錢和他不客氣。沒有錢，孩子上不了學，沒有錢，一家人吃不上飯……

每遇到這樣的情況，我看見鍾煒總是傷心地低下頭，不言不語地收拾父親搞下的滿地殘局。

三

我去找鍾煒的時候總看到他的母親在潮濕的小屋裏穿針引線，如同一隻不知疲倦的蜘蛛一刻不停地編織。攬一些毛活也掙不了幾塊錢，遇刁鑽的雇主稍不合適就得返工。鍾煒母親的食指已被磨得硬如竹皮，編一天毛活手都伸不順溜了。鍾煒常常望著天邊滿懷憧憬地說，他若能攢一筆錢先給母親買一台編織機。

在一段時期內這個願望成了我和鍾煒共同的目標。鍾煒的母親溫和而誠懇，從她的態度中我看出了她很滿意我和鍾煒的友誼。好像家裏擁有我這樣的人光臨，是件很值得慶幸很光榮的事，她的媽媽總讓我有一種至高無上的感覺。我想，是人都喜歡這種感覺吧。這種感覺滋生人的驕傲，同時也滋生幫助別人的心情。

我先是逼媽媽把家裏的廢品進行一次徹底的清理，後來我抽了媽媽書架上的幾本很有分量的書充當了「廢品」，以至媽媽在查找這部分書時所表現出來的絕望神色讓我愧疚萬分。

後來媽媽說：「會不會是司馬借走又讓他媽媽燒掉了呢。」

我慶幸媽媽記憶的混亂，我到底有了一個避免追根究柢的藉口，於是我的同學司馬又被我無情地出賣了。

我說：「大有可能媽媽，不過司馬可是你願意幫助的啊。」

媽媽就認真看我一眼說：「我看過的書一般最怕丟失。」

我說：「是的，這是一件很不幸的事。不過，你可千萬不要問司馬，免的他難堪。」

媽媽笑了說：「這點面子我當然要給，不過我肯定還得再買一套。不知有沒有這種版本了。」

我說：「有，前段我在書店還看見過呢。」為了穩住媽媽的情緒我又在撒謊。可是儘管我把家裏的正品精品都當作廢品賣掉還是沒有幫助鍾煒給他的媽媽買到編織機。當我們興沖沖拿著八十元鉅款前去購買編織機的時候，這個怪物的價碼居然在一千二百塊錢以上。我和鍾煒大張著死魚一樣的嘴，站在商場門口僵住了，覺得願望離我們如同遠在北京天安門。

但是鍾煒不妥協。他說：「總要實現願望的。」

我說：「那好吧，你的願望就是我的願望。」

從此，我看什麼都覺得應該變成廢品，因為廢品可以列入拯救鍾煒的範疇。

我常常渴望在一個早晨或一個夜晚突然發一筆橫財，我會不留任何餘額，全部交給鍾煒實現他美好的憧憬。偷盜？搶劫？想想而已！但是每到爸爸月底向媽媽面呈薪水的時候我就蠢蠢欲動。我無數次想設法歸為己有，可我到底沒有找到合適的法子，更無「建功立業」的膽量。我為我的朋友愁從中來，我很怕有一天他離我而去，使我的心歸回孤獨的巢穴。

望著天邊我常常發呆，連夜晚也不能順利入睡。金錢不是靠想像得來的，它最現實也最殘酷。

鍾煒說：「金錢雖然沒有言語，可它從來都是硬貨。」

在他的身上我體會到人生的艱難。但我無能力進一步領會生活的真相。我的百結愁腸被媽媽敏銳的眼睛發現之後說：「雨，為什麼不高興呢？」

我說：「媽媽，設若你有二個兒子，你願意養他嗎？」

媽媽說：「當然願意。」

我說：「那你把我的朋友鍾煒養起來吧。」

媽媽就笑了。

我覺得媽媽的笑，一定是為我提出的問題感到荒誕。但我怎麼可以讓媽媽認為荒誕呢？我當然要窮追不捨。

我說：「媽媽你到底養不養啊！」

媽媽說：「世界為什麼分成每個國家，國家為什麼又分成每個家庭，這裏面就有一個分工問題。每一個孩子應由他的父母承擔義務。」

哼！大人的狡猾就在於他們能永遠找到恰當的理由來回絕小孩子的要求，可他們永遠無視於人間的不公。他的父母承擔不起扶養子女的義務為什麼沒人管？大部分同學都無憂無慮，為什麼鍾煒為了生存就得強顏歡笑？很多問題想累了的時候催我入眠。後來我在夢中發現了一個碩大無朋的錢包，啊！錢多極了，解救鍾煒的困難不容我探究錢的主人到底是誰，既然搶劫的念頭都曾經有過，憑空得來的援助為什麼不要，錢包掀起了我欣喜若狂的情緒，可不容我實現願望，錢竟不翼而飛，它變成了一個巨大的鳥匆匆飛去……

醒來的時候我哭了……

四

有一天我要司馬也回他們家進行了一下清理。不然我就與他絕交！

司馬當然不會拒絕我，他還指望我給他保守「尿床」的秘密呢！而且他需要我勝過我需要鍾煒。不過司馬說：「這純屬小孩子思維，幫助鍾煒當然沒有錯，可是有多少個鍾煒需要我們幫助呀！我們應該作社會的頭腦，監督和宣示我們的父輩盡快改變社會，可現狀是：權力就像一塊巨大的海綿，金錢就像流水，無論水流出多少，海綿就像被巫婆施了魔法一樣都能吸得一乾二淨，靠破爛能拯救一個民族嗎？」

我們都被司馬的精闢論斷震驚了！

每在這個時候我們都驚奇地發現，司馬很有成「大器」的趨勢，因為他太愛國，有太多的憂國憂民的心情了。我們不得不服司馬的心比我們大。可鍾煒是我們的朋友，我們當然得先拯救鍾煒了。民族對我們來說簡直太大了，大的讓我想都夠想一陣子的。

我說：「司馬你對我們偉大祖國也太不樂觀了。你不能只顧論斷精闢不顧祖國的形象吧？」

司馬說：「你發現沒有，咱們的老師紅光閃閃，發的是什麼財？」

我們都屏住呼吸，好像聽一個宇宙爆炸的消息。

後來他卻頗不以為然地說：「發得就是類比題的財！」

我們馬上想到廢紙的功效。如果能把類比題的廢紙收起來給鍾煒定是一筆驚人的收入。可我們都想錯了。原因還因我們太

天真，只知道廢紙可以變賣錢。不知除此之外還有更高的賺錢手段。司馬就毫不掩飾地把我們當作一群傻瓜來看。

他說：「類比題，從印刷廠出來兩毛錢，可到我們每個人手裏就變本加厲地要五毛錢，一門主課一天兩三張，六門主課爭先強調它們的重要性。一個星期下來沉甸甸這麼一摞，一個月下來又是多少？別說鍾煒承受不了，就是你們這些『旱澇保收』的家庭也會壓成窮光蛋。可我們的爸爸媽媽最願意出這部分錢。我們的老師從中賺取不義之財心安理得。老師的權力比起外面的權力人士才不過芝麻大點，連祖國的『花園』都充滿了腐敗氣息充滿了銅臭，要是走出『花園』又該是什麼狀況比照此下去鍾煒的悲劇會一再上演，破爛又能救多少個鍾煒……」

我們都被司馬抑揚頓挫的言詞驚住了，每在這樣的時刻我就覺得司馬肯定會成大器的，因為他的思想太出人意料了，他總能找到事情的實質性。我沒有想到有關鍾煒的事，會搞出如此怵目驚心的大問題。

我們搞清楚情報的真實性之後，就都覺得鍾煒的困難與之有關。在我的記憶中，暴牙的形象在那一刻迅速變瘦。我甚至再也懶得聽她的課了。

此後，聽說上邊要來檢查工作，主要是有關減輕學生負擔的問題。我們高興極了。對我們來說就像一頭負重的駱駝得以釋放一樣。

可是老師讓除去書本，其他課外練習題一律不准帶到學校，誰帶處分誰。所有的同學都尊重了老師的建議。可司馬敏銳的思想不容深究就對我們說：「這又是欺騙黨，欺騙上級的行為。難道我們就甘心充當騙人的工具嗎？」

工具？這個叫法太刺激人了，一個人怎麼可以充當工具呢？我們明明是祖國花朵嘛！花朵怎麼可以成為工具呢？不知是什麼東西所驅使，我是不願意做工具的。為了「花朵」一樣地綻放，也為了幫助解除我的朋友鍾煒的困難。我和司馬決定挺身而出，來一次「救國救民」的壯舉。

　　暴牙肯定是沒有想到竟敢有人抗拒她的提議。因此掉以輕心。檢查團進來，我們把一周的練習題碼在桌上。

　　檢查團先是問了前面的幾個同學：「學習負擔重不重。」

　　同學異口同聲都說：「不重。」

　　檢查團又問：「平時老師除去課本之外，有無額外負擔？」

　　同學謹慎地看看暴牙，機械地搖搖頭。

　　檢查團又朝後面看，司馬率先舉起手來表示有話可說。

　　檢查團那光芒四射的眼睛立即發現了情況朝他走來說：「這位同學有話要說嗎？」

　　司馬就將尺把厚的練習題交上去。他說：「剛才那些同學說的都不是真話，除課本之外，額外負擔太多了，我們被這些練習題常常搞得深夜十二點鐘都睡不了。」

　　檢查團就詢問這練習題的來歷，司馬當然實話實說。

　　我立即舉手接過司馬的話說：「學校給貧困學生造成經濟負擔，甚至有輟學的危險……」我說這話的時候，突然發現暴牙老師臉上的肌肉抽搐得瑟瑟有聲。目光是極不平靜的。我有些緊張。可檢查團對我們提供的情報引起重視，還表揚我們勇敢，說我們敢於說真話！非常難得。我的心才一下子放鬆了。很多同學向我們投來羨慕的目光。因為我們代表了他們的意見。然而這些意見肯定不敢從他們的嘴裏順利說出來。

17 條皺紋

暴牙輕輕咳了一聲，就把目光收了回去。這一刻暴牙的臉呈現出青紫的臉色。我能感覺到她內心的氣急敗壞！可我們不怕，因為上級認為我們做得對。

　　在一段時期內我們如同勇士一樣驕傲。練習題也不像雪花一樣向我們飄來了。我覺得司馬的勇氣也朝「大器」的方向邁進了一步。因為他比我更敢說真話，鍾煒也少了些負擔。這很讓我得意了一陣子。

　　然而，「負擔」減輕了一段時期，不久 「負擔」又莫名其妙地死灰復燃。好像不給學生負擔，老師就會失去學校以外的權力一樣。有人說「負擔」是普遍問題，校方抬保住名譽，到「萃香樓」宴請了檢查團，一切就都風平浪靜了。我們這才發現，原來校方和暴牙並不怕上級。怕也是一時半會兒的事。她讓我們遵守學校的規章制度，聽父母的話，聽老師的話。可她為什麼不聽上級領導的話呢？為此我們感到很是茫然……

　　此後，司馬氣不過就寫 一篇題抬《虛偽上崗》的日記：

　　「有人說天堂與地獄只差一步，我卻說，當真誠和虛偽並列時它們也只差一步！當真誠和虛偽變成選擇時，虛偽便匆匆上崗。人類靈魂工程師啊，你還活著嗎？」

　　我們的「反負擔」失敗。暴牙當然火冒三丈。至此，我們就被打入了「冷宮」。暴牙對我們的學習優劣再無過問的興趣。

五

　　歐陽閃進我們視線裏的時候，輕鬆的像一隻美麗的鴿子，她遠遠地向我們招手，神態落落大方，她朝我們走來的時候，陽光猛然亮麗無比，無數的光點穿梭過來點燃了我，她的黑髮在腦後起伏擺盪，我的心也為之一同起落。那一刻我懂得了什麼叫做賞心悅目，以至我快速滑入心猿意馬的程度。我的全部精力曾被她無情分散，及至她進入我的夢中成為拯救我援助我的夢中形象……

　　她說：「我也在家中進行了一次徹底的清理，我可以加盟『收舊利廢』的創收工程。鍾煒，下午到我家去。」

　　我自作多情地想，她是因我而投其所好嗎？還是通過鍾煒取悅於我？「取悅」這個詞真是絕妙，他讓我頓然高大無比。

　　鍾煒表示了最真誠的謝意之後，詭計多端地掃描了我一眼。表明這王八蛋心裏也不老實。

　　當我的目光拐彎抹角地探向歐陽的時候，我發現歐陽的目光一樣不那麼坦然地看著我。我的心居然產生「觸電」般的情況，心房轟隆一聲坍塌了……

　　那一瞬間我們的心靈快速達到默契時，另一雙目光火辣辣地盯住了我，此目光之中的深仇大恨讓我的身體打了個響亮的霹靂！那目光青紫恨恨地飄盪在我的頭頂上如一縷諱莫如深的幽靈，時時讓我產生莫名其妙無以應對的態度。那目光裏壞的成分太多了，多得搞不清原因。他的壞在我的體會中是絕無僅有的，他既不像「歪帽子」的玩世不恭，也不像二狗子那樣遊手好閒。他的壞是暗藏的，他的出現讓我常常感到危機四伏。

此目光來自「腳」的身上。「腳」的出現我才知道什麼是霸道。什麼叫闊。

　　他可以甩給鍾煒十元錢，替他做完一天各門功課的作業。做這筆交易的時候鍾煒常常會面紅耳赤。可「腳」卻驕傲的像一個王子交代僕人去做一件微不足道的小事一樣。鍾煒因此常常熬到深夜。有時候我們想請鍾煒踢球，但誰也不去得罪這位「財主」，為給鍾煒掙到這筆酬金，幾個人共同分開幫他做。而「腳」在這一刻自豪的就像個國王。為了鍾煒的創收，我們只能忍氣吞聲。

　　「腳」不叫腳，他有一個非常俗氣的名字叫金寶。我相信造物主讓人的肢體上長出了腳，絕大部分專案肯定是用來走路的。可他的腳，最大的功效是用來侵略別人的，他的腳對人的傷害無以復加。因此大家抬他的名字做了一次分解，去「金」除「寶」最後定抬「腳」。

　　我與他本不該有矛盾，因為我想不起我們之間有過什麼矛盾的結合點。但是在他的眼神裏我常常看到敵意！這種敵意就像扎進我肌膚裏的一根針，好像永遠沒有撥出來的那一天。這就叫我異常費解。後來我終於發現，當歐陽白雪和我談笑風生的時候，他的目光就立即變陰，牙齒就開始如同磨刀一樣霍霍作響，眼神裏一點一點積蓄著某種琢磨不透的東西。

　　只不知歐陽是否有所察覺？

　　可是我又有什麼辦法使歐陽不和我談笑嗎？

　　我想沒有！

　　我特別盼望歐陽的出現，她的出現會讓我有個好心情，我並且暗暗使勁想超過她的成績，在她面前永遠處於優勢。我希望

歐陽面對我，笑臉永遠燦爛。有時候我也想迴避一下，可歐陽的「勇敢」鼓勵了我。好像她越是擺脫不了「腳」的目光就越是富有挑戰的味道。如果我判斷準確，就說明歐陽的態度非常明朗。「腳」的仇恨就在我身上猶如不斷添柴的火一樣與日旺盛！然而我並不知道「腳」的兩個痛處都被我在無形中灼傷……

六

　　那個下午上體育課，老師進行了基本訓練後自由活動，男生分隊踢球。人人都好像在我面前想露一手，但他們愚蠢的頭腦並沒有想到我是深藏不露的高手。我站在一旁斜斜著眼睛看他們，抿嘴笑笑地表示著謙虛，心的高度不知超出了他們有多少倍。他們一定以為我是個「球盲」。個個派頭實足，好像馬上就要超過馬拉多娜一樣。球局拉開，開始都還守規矩，後來鍾煒連連進球，而司馬又是個標準的守門高手。對方一急，腳力不夠完全靠手來援助。我心一動！這豈不是褻瀆我神聖的「愛情」嗎？我衝出去喊：放下！不可用手！犯規！紅牌！下去！

　　被喝叱的人直僵僵地站住了，他的表情顯示了最徹底的意外，好像有人對他如此干涉如同見了驢上樹一樣難以置信，他似乎不清楚這世界上還有人敢這樣給他說話。他的目光有被觸犯的憤怒更有探究之心。

　　他說：「你以為你是誰？國家級教練？叫誰下去呢？你行你上去踢踢給我看？」他「啪嘰」就把球衝我的頭上砸過來，但是他的運氣不好，並沒有準確地砸在我頭上，我敏捷地一偏頭，厄運就讓過去了。

　　情緒安頓下來的時候，我才看清被勒令下場的不是別人正是「腳」！他怎麼在這個時候腳力反而不夠了呢？為了挽救我崇高的「愛情」，我衝上場進行示範性動作，全場立即湧動起來，剛發球，大家警惕性極高，我帶著球從容地晃過四個人。這真是一次富有詩意的行動，我在這個時候容光煥發，擁有許久沒有的靈感和激情。許多人的目光具有探究的意味，我把球分給駝爺，駝

爺十分默契地把球帶到邊路傳中，我高高躍起，一翻身來了個經典動作「倒掛金勾」，球相應入網。接著我又踢出一個「腳背抽射」，「曲線射門」。無情地破壞了司馬守門的高大形象。

這一刻，全場人的下巴都毫無保留地砸在了腳面上！

鍾煒和司馬瘋了一般為著我滿操場奔跑，接著駝爺，小非洲，飛毛腿顯出相識很晚的神情，然後噢噢大叫。

只有「腳」的目光如同水土流失的山地一樣，表示出了難以填充的溝壑……

我從許多同學的眼裏看到了我在魏西中學相似的特徵，我曾經無限熟悉的事物，都重新以另一種形式出現在我面前，這樣的發現令我激動！

然而我並不知道「腳」的目光裏那些不應有的仇恨，添置了因果確鑿的內容之後，悄然地集中到一次預謀中來……

B 章

一

　　我抹了一把嘴角上的血，頭顱彷彿像倒了瓤的西瓜，很長一段時間神智出現了混亂。

　　雖然我替送水工人說了一句公道話，但也沒有起到應有的作用。那個送水工因為想逃，又被兩個男人打翻在地，說要嘛給錢，要嘛到派出所。送水工一聽派出所就完全失去了堅持，兩個男人從送水工身上翻出了五百元錢，然後拽起老嫗揚長而去。

　　送水工淚流滿面了，他無助地望著天空一言不發。

　　我說：「你為什麼不去派出所？」

　　他說：「他們敢去派出所說明裏面有內線，有理說不清，進去可就不是五百了。」

　　我說：「那你為什麼不去醫院？」

　　「去醫院？他們要做ＣＴ，做Ｂ超，亂七八糟查一頓下來，那數額嚇不死你。」

　　我對送水工困惑不解了。我說：「那你何必還讓我陪你挨一頓打呢？」

　　送水工就表示十分的抱歉說：「小弟弟，世事難恻呀，唉，我們碰上了訛人『專業戶』，我讓你受苦了。你不知道，我送水一個月才掙六百塊錢，遇上這種倒楣的事一下就訛了我五百，天地良心呀，老天爺不照顧苦命的人呀！」

　　他訴說了這麼一陣，抹了下眼淚說：「小兄弟，連累你了，讓你受苦了。你沒事吧？要不我送你回家？」

　　我一聽送我回家，站起來拔腿就跑。我跑進了一個避人的地方，突然有狗汪汪地叫起來，我心一驚，全身的毛孔都颼颼地往

外冒涼氣！

婦人和狗？

一種錯亂和恐懼扼住了我，我一動也不敢動，我閉住眼睛好一陣，狗莫名其妙從我身邊匆匆走過，我才發現是一種錯覺。

我想我須得離開這座城市了，不然我被婦人抓回去怎麼辦，可是我身無分文到哪裡去呢？生活的難題再一次橫在我面前。一個粉紅色的塑膠袋被風吹得抖動有聲，這種色彩讓我想起了康乃馨，想起了媽媽……我愣蕩蕩地望著這座光怪陸離的城市，不知如何安置自己。回家去？我怎麼可以就這樣回家去呢？本想掙了錢就可以給媽媽買睡衣，給爸爸買公事包。可是婦人的假意騙了我。一切願望都成了遙遠的記憶。但我還是忍不住拐進一家商場裏，到睡衣專櫃進行了一下瀏覽。我驚訝地發現三百二十塊就可以買到我喜歡的那種睡衣，距離婦人所說的八百，接近目標又有一些安慰。當我指著我所喜歡的式樣試圖近距離看一下的時候，售貨員連看都懶得看我一眼，好像她一眼就看穿了我囊中的窘困。我有些氣憤，設若我有錢，我連價都不搞會豪邁地甩給她，可是我暫時難以實現豪邁！於是我知道什麼叫人窮志短……

爸爸的公事包也用不著一千二百塊，賣公事包的阿姨倒是還溫和。她告訴我全皮的只用二百六十塊就可以買到，而且她還可以適當優惠。

我說：「提著這樣的公事包看上去會非常高貴嗎？」

她說：「當然！非是國家幹部、經理、老闆之類的人不提這樣昂貴的公事包。賣菜的還提這樣的包嗎？太不方便也不浪費了。」

我心裏就像燃起了火苗一樣跳跳蕩蕩。兩樣東西合起來一

算五百八十元就可以完成我的心願。是的，就算我累死也要掙錢給爸爸媽媽買到這兩樣東西。這個願望是我此刻唯一活下去的理由。我不能像橋上的姐姐那樣輕率地死去。這樣想著，就從商店裏走出來，是的，我不能決定回去，我怎麼可以就這樣回去呢？儘管我是這麼樣地想家……

我不再把那些店面簡陋的餐館視為我不齒的工作，我開始對那些店小二產生羨慕。

我一個店一個店地問：「要人嗎？」

好像這句話很讓人生厭一樣，人家想理睬就看你一眼，隨後冷冰冰扔過來一句話：「不要！」不想理睬連看都不看，好像他們的身體沒有安裝耳朵這個器官一樣。很多人看我就像看一條沒人搭理的狗。我很是掃興。從各個店面走出來之後我未知以後的去向。我餓了、渴了，可我手中沒有錢，假如有錢我也想一點一點攢上去好完成我對爸爸媽媽的心願。可是，肚子與願望又抗衡不得。就在這當兒我看到一直蹲在店門口的兩三個乞丐看著剛吃完飯的客人起身要走，嘩啦圍上去非常自如地「風掃殘雲」，他們的吃相雖然不雅，但自我滿足的態度讓我驚羨並且觸動了我的靈感，我從來沒有像敬佩乞丐一樣地敬佩過一個人。

生存下去就是英雄！

我振足了精神，決定等待同樣的機會打點肚子，可是勇氣是多麼可貴的東西，我蠢蠢欲動了無數次卻沒有做乞丐的勇氣，不是沒有機會而是缺少勇氣。我知道乞丐為什麼能蓋起高樓大廈了，因為他們不屑於面子……望著店小二把半盤半盤的菜扔掉，我的心疼得吱吱尖叫。做一個有錢人不易，做一個乞丐同樣難！

二

　　站在大街上，我一直認為這世界如同無數女人裸露於天下的大腿交叉行走處於無序狀態，卻原來，只要你深入到社會裏，各個階層都是有序的。我成為日工市場的一員，還得益於老萬的幫助。

　　老萬六十多歲，身體不十分的強壯，那天建築小區需要七八個搬水泥的鐘點工，幾個壯小夥動作極為利索，如同雀兒一樣，嘩一下「飛」上汽車。老萬也在「飛」，可是他被一個壯年人拉下來，人家搶先隨車去了。

　　老萬摔在地下起不來。

　　很多人看著他笑。

　　好像這是個極好的娛樂節目。

　　我看不到有人使用同情這個情感系統。老萬一定很痛苦。我跑過去扶起老萬。我說：「老大爺你摔壞了嗎？」

　　老萬藉著我的力氣站起來，回到可以坐的地方，然後，向汽車遠去的方向罵：「你媽的個Ｘ，我操你八輩兒的祖宗，你以為你比我強？你他媽的雞把褪了皮，連球也不是個好球！」

　　好多人因為他的罵，哄哄地笑，我抬他的話有些臉紅。老萬罵完人之後才注意到我。

　　他說：「小子，這裏都是些『野貨』，咋跑這兒仁義來了，細皮嫩肉的？」

　　我如實告訴他我需要工作。

　　他說：「我連我兒子我都捨不得讓他受這人不見的鬼罪，你爹媽揭不開鍋了？」

我的複雜背景當然不能說，我只得低下頭不言。老萬解開提兜掏出一個饅自顧自地吃，我突然覺得肚子隨著他的引誘嘰嘰哇哇地叫囂起來。老萬啃一口饅還要品一口酒，在品酒的過程中他一定是發現了我饑餓的眼睛。

　　他說：「沒有吃飯？」

　　我臉就又紅了。

　　他異常慷慨地丟給我他的包說：「吃吧，一起吃。」

　　我不好意思吃。

　　他說：「剛才你還幫了我呢，吃喝不分家，吃吧。」

　　我還是不好親自拿起來吃，這和乞丐也沒什麼兩樣。後來老萬就掏出一個饅塞給我：「一個人吃不香，陪爺我吃吧。」

　　我看他很有誠意，就打著陪吃的旗號和他同吃。

　　老萬說：「急著娶媳婦？」

　　我搖搖頭。

　　他說：「那你怎不找個體面的工作呢？你別看這討吃鬼營生，來這裏你得摸清門頭腳道，得有幫有夥，打零散的除非你有技術，不然，有活也找不到掙錢的機會。」

　　我說：「你是讓我交朋友，是嗎？」

　　他說：「到底是年輕人一點就通。」

　　「可我不認識他們呀。」

　　「去買一盒煙，該叫大叔叫大叔，該叫大哥叫大哥，一人一根，就說有活大家幹，多關照。算是給大夥報個到。」

　　可我手中沒錢，再說一根煙，怎麼可能買通朋友呢？我在猶豫期間，老萬顯然看穿了我的心事，大約是為了證明他的說法有力，就把自己的煙扔給我說：「去吧，萬事開頭難，誰都有個開

頭，暫時找不到吃飯處，這也是個辦法。」

我就按照老萬的吩咐一一進行相認。那些大叔大哥接到煙果然眉開眼笑，我看得出他們的欲望很小，我這樣對他們尊重，他們好像比吃一個蜜餞都甜的樣子。

他們說：「放心吧小兄弟，都是受苦的，有活大家幹，有錢大家掙。」

我得到了滿意的效果，覺得有錢可掙了，才認定老萬真是有經驗。然後我對老萬說：「等我掙了錢還你煙。」

老萬就笑了。

三

這個下午有風，我們坐在街頭就像等待別人採伐的蘆葦，每一個人的頭髮都堅硬地豎立著，騷情的風一會兒把它吹到這邊，一會兒又吹到那邊。每一個人的面容都蒙了一層這座城市的灰塵。我以為加入了這支隊伍的行列果然是有錢就大家掙了，其結果是，你得有攬活的經驗，還得有敏銳的眼光，誰能從遠處走來的人身上判斷出對方是雇主誰就有可能是工頭。工頭的意義是可以隨便點將，只要彼此相識都有可能被點到，當然在相識之中還有相好的範疇。這一刻你可以享受暫時的光榮和威望。我發現老萬的眼睛特別具有這方面的功效，他判斷的失誤很少。所以才混在這支隊伍裏得以賺錢，否則年老體弱別人點將絕不可能有他的份。這裏是苦力的市場，誰有力氣誰就是王！當然我的條件也不看好，站在鏡子面前異常的單薄，但在幹活面前我不示弱，儘管如此我還是不被重視，只有萬不得已的時候我才被利用。

但是仰仗老萬的經驗，兩個人以下的零星活，基本不會逃過他的眼睛，而他點將當然首先是我。

至此，我和老萬就成了一對搭檔，雖然是一老一少，只要兩個人的活，都是我們的，隊伍雖小卻精幹。第一次老萬攬到的活是家政服務擦玻璃，全包五十塊錢，我在十四層樓上如一隻猴子跳上跳下，老萬身子不靈便，除去時時提醒我的安全問題以外只能給我打下手，我這樣就暫時驕傲了一下。和老萬分錢的時候每人二十五。

老萬不要那麼多，只要二十。他說：「要充分體現多勞多得的方針性政策。」

我覺得也公平，就接受了老萬的提議。身上有了三十塊錢，高興得嗷嗷直叫，我望著天邊心裏向世人莊嚴宣告：

——我有錢了！

——我有錢了！

空域裏響徹了我的聲音，並且穿越了無數的樓群熱烈地滾動出去……

之後，我開始沒時沒晌地抿著口水整點，為了享受到點錢的愉悅感，我把三張十元票面換成六張五元人民幣，無以記數地點成軟沓沓一堆。然後我豪邁地甩出五塊錢說：「老萬我請客！」

老萬瞥了一眼五塊錢就友善地笑了說：「把你的小錢攢起來娶媳婦吧。我老了，一人吃飽全家不餓。」

然後老萬就把一天掙下的錢拿出來要酒要菜。吃飯的時候老萬從不斂錢，掙多少吃多少。

他說：「吃一天賺一天了。」

每在老萬解開衣鈕大吃大喝的時候，我都發現他不像窮人，他好像特別的有錢一樣，或者他曾經有過錢。因為他吃飯很有氣魄。他故意把杯子碰得乒乓直響，嘴「啪噴啪噴」地故意吸引著別人的目光，好像才是他的自豪。他對我也從不吝嗇：「小子，吃！肚子飽了才有力氣幹活。」我就隨他的命令吃的津津有味。

老萬也很智慧，一輛卡車駛過來他拎著我就往前跑，他要我踩著輪胎扒著馬槽，容不得我換個動作他就一肩膀把我扛到車上去了，也不管我是人還是一個麻袋，反正扔上去就是勝利。而我每在這種情況下都要身不由己地進行一個驢打滾，半邊臉肯定是發灰或是發黑。老萬把我搞定之後，自己也占居有利位置攀上來，更多的時候是我在上面「幫忙」。幫忙的技巧是不動神色地

用身子拒絕別人上來，留著機會接應老萬。上車的時候就好比是打仗佔領至高點，退一步就會人財兩丟，損失慘重。而我們倆的配合簡直天衣無縫！有時候會因為上車的先後爭執起來，甚至動武，在車上打起來不管死活，鼻孔、嘴巴血流不止是家常便飯。把人扔下去後果自負。

這天我們扛了二百六十根架板，我被壓倒了好幾次，都是老萬幫的忙。後來我被壓倒之後，喉嚨裏竄出一股鐵腥味道，我咳嗽了幾下吐出了一口帶血的痰。老萬說：「壞了，努著了。算了，快到一邊歇息去。」

我喘了口氣說：「不，我得扛夠五十根，要掙夠整的。」

老萬心疼我說：「像你這樣掙錢不要命的人活著還有什麼意思。」

我說：「怎麼沒有意思，我很快就可以給我爸我媽買到我想要的東西，我也很快就可以回家去了。」

但是我確實已被累垮。完成了我的目標之後，我仰面朝天躺在工地上，疲憊不堪已不能完全形容這一刻的狀態。地球真是不錯，用不著床就可以躺下睡一覺。這裏的人肯定沒有閒心恥笑誰，大可不必顧及風度和儀表。這一切都是他們最奢侈，最講究不起的。

老萬把二十五塊錢給了我的時候。我朝偉人的頭像親了一下，又親了一下，然後我像啄米雞一樣一直地親下去……

C 章

一

「葉雨楓加油！葉雨楓加油！加油！加油！加油……」

轟鳴的喊聲，如同滾過天空的雷聲，路過樹木的陽光，設下斑斕的花紋如一道閃兒，從我身上迅速掠過。

我不要命了！因為我禁不起熱點注目的考驗。

在聲浪滾滾的喝采下我成了一校師生目光的焦點。我像一把穿梭在跑道上的飛鏢，那樣迅雷不及掩耳。火紅的運動衫鼓成了一個可愛的圓，如同一團火焰，滾蕩不止。急速後退的跑道在我的腳下發出呻吟，樹木的影子誇張而變形，耳朵裏盛滿了的全是音樂和風……

當我穿過終點線，男女同學幾乎把我抬起來，我神奇地把班集體凝聚在一起，我成了他們中間足以滿足驕傲的領袖。連暴牙都笑得滿面開花為我擦了一把汗，並且慈和得就像我是她的孩子。

許多女同學爭先送上飲料，我只不知應該接受誰的餽贈。

而歐陽卻是別出心裁遞給我一疊清香的紙巾，並且塞進我嘴裏一塊口香糖……

當我的目光特別送過去的時候，她眼神裏散發出來的完全是對英雄的崇拜，並且接住我的目光出現了難以言表的激動……

可「腳」那雙目光不適時機地盯著我，除去敵視，失去了一切屬於他的銳氣。雖然我一直不能確定他敵視的來龍去脈，但我彷彿預感到這種模糊不清的敵意如一顆不知安置在哪裡的定時炸彈，隨時都有可能在我身上爆炸……

莊嚴的國歌奏響之後，一個深藏在我心裏的舊夢又重新貼

近，猛然間尋找到我曾經熱望過的一切！飄揚的紅旗火一樣撩動著我的心，從小學到中學我一步步地靠近的目標就要實現了。

不期的際遇，堪稱命運！

二十八班的全體師生，都因我而在全校師生面前容光煥發。擴音喇叭開始公佈名次的時候，二十八班的師生脖子挺直，高舉驕傲的頭顱，耳朵一律靈敏地支楞起來，迫不及待的焦慮和我的心情大致相同。

而我的焦慮是更想知道一個人站在紅旗下，心情應當呈現怎樣的狀態。我會像許多走向國際獎台的中國運動員那樣熱淚盈眶連國歌都唱不連貫嗎？這是一次小小的搏擊，只不過是通向國際獎台的前奏！如此安頓自己也並沒有使心情平靜……

南中的空域傳出的消息震響天國：

「男子100米田徑賽第一名：二十八班葉雨楓！」

「男子200米田徑賽第一名：二十八班葉雨楓！」

「男子400米田徑賽第一名：二十八班葉雨楓！」

「男子110米欄田徑賽第一名：二十八班葉雨楓！」

「男子跳高田徑賽第一名：二十八班葉雨楓！請上臺領獎。」

「噢──」

這種歡呼如同大海勃起的巨大浪潮，我似乎是被這高潮迭起的歡呼聲掀起來一樣，那麼多的目光投注我，是意外的，驚奇的！喝采聲和國歌如同普樂大師奏出的一曲奇特的和聲。我仰望著五星紅旗，似乎跋涉了很遠很遠的路程才有機會貼近，心裏竟有說不出的自豪，童年的夢想，少年的失落及至到了青年我似乎有了整整一生的期盼！

我的心「乒乒咚咚」跳個不停，日色如一盆菊花汁黃爽爽潑了一地，淺淡的金黃在一校師生的頭頂上閃著星星點點的光。歐陽、司馬、鍾煒、駝爺、飛毛腿、小非洲，不知從那裏搞到七彩的紙片，在我匆匆路過的時候他們一致朝我紛紛揚揚天女散花般地撒過來，表示他們與我共用歡樂的心意。

　　我向他們頻頻點頭，就像一個開國元首一樣，雖然瘦而峭立，但是神采奕奕，走起路來異常瀟灑，雖然開始走的亂而無序，可是經過短時間的調整不僅瀟灑而且矯健。近了，更近了，我眼前只剩下了一片豔紅……

　　可我並不知道這一刻有一隻「腳」正在行動！

　　異樣的空氣旋風般流動，一校師生的目光把我一截一截擁上領獎臺，我就要上去了，只差上幾個臺階了，校長在向我微笑，暴牙在引以為豪。前來觀光的體委教練眼裏一併放出驚奇的光澤。我如一本「典籍」被人饒有興致地翻閱著，如同書中身經百戰的主人翁，被人品評，被人欣賞，這種滋味讓我迅速高大起來。可天塌地陷的事情發生了，一隻神不知鬼不覺正草木皆兵行動著的「腳」，無情地往外一伸，「啪嘰」一聲我就倒下了！有一點像西瓜摔破了的聲音，我的腦海轟隆一聲，一條血紅的縫隙不知在身體的哪一部分裂開了，我發出了一聲驚天動地的慘叫之後無聲無息了……

　　一校人「嘩」地站起來，驚下了一片！梧桐樹的葉子「嘩嘩啦啦」震落了一地。一群麻雀飛向空中哆嗦了幾下躲開了。空氣中佈滿了驚震！陽光「倏忽」地凝住不動了。

　　我聽到很多人湧過來，我有幾秒鐘的麻木和不清醒，大腦一片空白，興奮中的腦細胞全軍覆沒！接著是浸心透骨的疼痛，並

有一股血腥味兒鹹鹹澀澀傳進我的嗅覺把我薰得清醒了。我的眼鏡碎了，玻璃片刺進了肌膚裏，鼻孔如同長江黃河一樣源源不絕地流著血，門牙不偏不移碰在堅硬的臺階上白生生地形成粉碎性「牙折」。膝蓋似乎也很痛……

有很多的人在扶我，可我的身體非常沉重。我站起來的時候，每一個面孔都呈現出了一片呆白！我的形象大約是很糟糕。我看到舞動的紅旗凝固在天空中好像在與我一同惋惜！我這才知道發生的故障有多麼嚴重。我的意識不容我半途而廢，可堅持又不容意志來決定。我看看腳下並沒有足以能讓我倒下的障礙物，可我看到一雙紅血血充滿敵意的目光。心的深處打了個血紅的哆嗦！但我並不能夠確定這雙具有敵意的目光，堪稱具有侵略性質的「腳」有什麼理由讓我血肉模糊。

想不通的事情暫時不想，這是我的習慣。難道又出現了無緣無故？是的，在我短短的生命河流裏無緣無故的事件簡直他媽的太多了……

我仰望著領獎臺，天空中那一片豔紅重新讓我的心靈燃燒起來，我希望能接近目標的高潮期，完成這一刻的全部過程，享受這一刻帶來的至高無上的意義。有誰在這輝煌的時刻捨得放棄嗎？那我敢說他絕對失真！我學著電影裏的英雄人物，只要望著紅旗，心中裝著紅旗，渾身是膽雄赳赳，身負重傷千瘡百孔也可以堅持戰鬥及至勝利而亡。而我不過是堅持上幾個臺階而已，我咬緊牙關把臺階當作堡壘，當作必須攻克的山頭一樣，爬上去就是勝利！

多麼可惜，我往前掙了一步，完全喪失掉了行動的可能性，鞋窩裏的血已積成了一個血庫，一蹬腳「嘰哇，嘰哇」叫囂不

止。膝蓋上的血如同怒不可遏的海潮，勢如破竹地洶湧下來……我不僅難以前行，而且已經站立不住。

一種來自靈魂深處的疼痛，遠比來自肉體更強烈！一種渴望已久的光環如同一隻鳥一樣在我眼前匆匆掠過……

校方出於人道火速把我抬進了通往醫院的汽車裏，我似乎還有一點硬拚硬掙的氣概，留戀著心中的想往，可我得到身不由己的報應之後，心中的燈塔完全熄滅！

一世界的人都在為我惋惜，日光黯然失色了，連風聲也悲鳴哀哀了！我的淚「轟隆」一聲滾落下來，把車都砸得有些東倒西歪差點拋錨，把一個世界的秋色都汪洋得無聲無息……

二

一雙特別的眼睛刻在我的心裏，我斷定我的「意外事故」是「腳」的用心。「腳」有一萬個理由認為自己在這世界上擁有充分的優越感。他家裏不缺錢，他的消費水準比一般同學多出十萬八千倍。他家也不缺權，他父親是一個擁有八萬人口大村的村官。占這座城市的五分之一，官聽起來不大，據悉，他的父親可以把這座城市的市長玩於股掌之中。市長正開常委會。他的父親說他馬上就能把市長招到現場，有人搖頭表示不信此言。他的父親於是一個手機打過去。市長不出半小時就驅車而來。

在場的人無不目瞪口呆！

市長問：「有什麼事？」

他的父親說：「沒什麼事，給夥計們打個睹。」

市長心裏惱火，但面上還是訕訕地笑著，無可奈何的線索若隱若現說：「我正開常委會呢！」

而「腳」的父親要的就是在這個節骨眼上能招來的效果！

市長為什麼是村官的附庸呢？這可不是我這個年齡所能搞清楚的。

總之，「腳」的父親權大無比。在他的地盤上高樓大廈蓬勃興起，這座城市的建築文化在這裏充分體現，這裏的村民住宅比市民先進好幾倍！這個村是這座城市的風景，沒有一個領導人不點頭稱是的。這個村的利稅率可達這個城市的五分之二，市裡的任何大型活動都離不開他的援助。

因此，魏西村的中學，「腳」就完全具有王子的身份了。因為他生活在「陽光」下，天生就該事事放光，他就是準則，他就是旗幟。所以他容不得他頭頂上有一片小黑雲，誰遮住了他的光

芒他就給誰急，給誰理直氣壯地使壞！

　　誰讓他比別人體面呢？

　　在記憶的幼年裏，只要認識他的人，沒有誰不知道他永遠是老師保護的物種，他永遠是勝利者；他若打哭誰，錯處永遠是對方；他的玩具總是最先進；他的文具證明著他的闊綽。他從小在班裏總有一個頭銜，完全是「身份」上的分配與成績無關。所以他總有那麼些霸霸的、橫橫的。沒有人敢惹他生氣。誰敢和他過不去，他就捽誰的東西，撕誰的書以示他高人一頭。上了初中他才更知道錢和權在這個世界上的重要性，他從父親的身上學會了榮耀和驕傲。

　　只要知道他身世的人，沒有不懼他三分，沒有人不向他陪笑臉，而這笑臉多半是實力雄厚的成人。其實他對笑臉早已厭煩，因那笑充滿了假意，不值得幾個鋼板去換。他也討厭學習，因為他天性中不想受拘束。他說他完全值不得勞神費眼，他說有錢就能生活，有權還怕找不到一席存活之地？他揚言說他才不下那死牛勁呢！可他的父母好像很在意這個，他們說有可能的話要送他出國，到洋人堆裏給他鍍一層金，這代表著時尚和實力。可他不太看重這個意義。洋人誰認他是誰呢？在熟人面前能確保自己天性中的驕橫。他對學習不感興趣，但他喜歡運動。運動使人強健，使他能引來女生愛戀的目光。這個資訊來自於歐陽白雪的觀點，她說她喜歡男孩子的勇敢，喜歡野野的，滿不在乎，穩中有力的，又不失優雅的氣質，還有些英雄氣概的味道，在運動場上有一種力量的美！他曾一度用此標準對照自己，他說他可以是歐陽的偶像。

　　他最近有一些明顯的變化，他喜歡打理自己了，他開始講

究別致的髮型，喜歡變換不同的流行服裝，尤其是對鞋就相當投注，什麼樣的服裝配什麼樣的鞋，那是頂頂重要的。鞋，可以說是一個人的門面。他醉心於搜尋發現自己身上所包含的美的力量與可愛。他要把自己的優點無限張揚。他喜歡炫耀他的家境了，他曉得怎樣用父親的威力震懾人光照自己。他除去對自己身體上發展的一些精微的東西而自豪，就是知道利用身後的背景做倚仗。他喜歡哪個女生，哪個女生就得服從他，若不服從他就使壞。諸如，唾沫洗臉、半路襲擊，是家常便飯。無人敢正視他的行為，因為他有使壞的資本！誰都有些怕他，甚至怕他勝過二狗子之流。每一個女生看他都不敢理直氣壯，這讓他索然無味。

但歐陽白雪對他不是不敢看，而是不屑於看，這就令他惱火。他故意侵犯她，她居然敢給他發脾氣，敢把他的書劈臉扔回來。她敢公然拒絕他賜予她的禮物！敢叫他是什麼土著。土著是什麼怪物？他可是不知道。這讓他接觸了一些新鮮的氣氛。他從小到大沒有被誰冷落過，更沒有被誰拒絕過。可他面對歐陽雖有習慣性的惱火但又生不起氣來⋯⋯

他公開承認他喜歡歐陽，他說他有的是辦法征服她⋯⋯

大家並不為奇。可如此明目張膽，真想看看暴牙敢不敢在周末也抽他的板子。

不用看，暴牙懼怕所有的人走上邪路，唯獨「腳」，怎麼走怎麼都是正路⋯⋯

都說歐陽快倒楣了，她成了「腳」的獵物。

然而「腳」意外地發現歐陽的目光所投注的不是他，而是我！他就異常的惱火！意思很明確，難道有人敢充當歐陽的偶像嗎？那就給他點顏色看！

三

　　我住了半個月醫院，膝蓋上翻開的肌肉縫了二十七針，牙磕了半塊，帶動了三顆「意志薄弱者」一起鬆動。說起話來走風漏氣。媽媽為此叫苦不迭，她認為這與毀容沒有兩樣。父親為我對體育熱情依然旺盛而心存憂慮，滿以為把我搞到南中會把我的熱情壓下去，沒想到我的熱情如同割掉的青草久旱逢甘霖死而後生……

　　我的心一直處於灰遢遢的狀態，好像燒紅的鐵塊一下子跌到水裏去一樣。在靜寂中感受著久違了的孤獨。一種得而復失的感覺始終困擾著我……

　　可是另一種料想不到的滿足填補了我的失落感。校長、暴牙以及班裏的絕大多數同學都來看我。尤其是送我的鮮花、水果一律貼著：

　　「永保英雄氣概」

　　「你為我們二十八班爭光添」

　　「我們為你喝采助陣」一類的溢美之詞，讓我心花怒放。

　　司馬、程超、小非洲、飛毛腿、駝爺送來了一匹卡通毛驢，驢背上貼著一個字條：「毛驢加油！」倒把我笑得東倒西歪。

　　我的床前車水馬龍，熱鬧非常。這種氣氛呈現出讓我吃驚的喜悅！因為我明確地感覺到我像一個身負重傷的功勳，這種舉動滿足了我小小的虛榮。

　　然而，我似乎又有一種隱隱的缺失，進入了一段漫長的等待……

　　一拔一拔的同學來又一拔一拔地去，可是我沒有發現歐陽和

鍾煒，這對我的良好心情是個重大損失。他們出了什麼問題？為什麼最重要的兩個同學不出面呢？因了這一點焦慮，不快樂的情緒一點一點浮上來⋯⋯

那個下午似乎有一股輕風吹來，鳥雀在窗外噪舌，潔靜的明空，溫暖的陽光給生命以雀躍的歡快。一縷清香的氣息讓我的意識猛然清醒！我睜開眼睛，我看到站在我床前的是我等待已久的歐陽。那一刻的情景在我的記憶中一次又一次的重現：她穿了一條雪白的褲子，淺綠色的小褂，白白的牙齒淨潔的如同天使！

我的身體在暗中蠢蠢欲動，代表著我對歐陽進入了實質性的渴念。但我絕非敢有打她肉體的主意。但夢中形象已是不折不扣。她手托一個用日曆紙折成的花籃，裏面盛了一千個紙鶴歡快地朝我走來。我心裏的憂絲匆匆抽去，我竟有一種來自肺腑的感動！搞得我居然不知道應該怎樣說話。歐陽快樂地望著我，如同一隻歡快的小鴿子。

她：「說一千隻紙鶴祝你早日出院，這是我一個星期的默默祝福！葉雨楓同學請你笑納！」她調皮地鞠了一個躬，病友們全都笑了。

然後她把串起來的紙鶴沿著我的病床繞了一圈，繞出了一個彩色的世界！這種富有旋律的美感一直鼓勵我發場自己的優點，並且催我上進。從媽媽的眼神裏我看不出反對的意味。相反，媽媽卻惋惜她失去了這樣的年華。

可我並不知道遲來的鍾煒，並不是如同歐陽一樣想搞一個別出心裁，而是因為生活的窘困深深地傷害了他。

此後我才知道，那個夜晚他第一次盯著院裏的破爛掉淚了。窮多麼可怕啊，人窮志不窮，這是誰放出來的狗臭屁？體面沒有

他的份，輕鬆沒有他的份，朋友間，應該有的禮儀他不能履行。

我的朋友鍾煒眼看著同學們體體面面來醫院，他卻因拿不出一份滿意的禮物給我而痛心疾首。他們家的錢，總是匆匆賺來匆匆花去。有一次我幫鍾煒從鐵路旁揀了一截鐵軌，偷偷摸摸避開重重耳目，賺了一筆可觀的收入。

他說：「要給我一分為二。」

我頗君子地說：「朋友不言錢。」

有時候我幫鍾煒一同收購舊貨，他在敲門的時候聲音裏帶著自卑，我就替他敲出一種彬彬有禮又不失理直氣壯的聲音，門就會很慷慨地敞開。鍾煒為此很研究了一些日子。

他說：「為什麼你能敲開，我就敲得很費勁呢？」

我對他說：「你聲音太輕，缺乏應有的自信。我們實際上在搞一種利國利民的公益事業，並非求他們恩施。」

鍾煒對此死活翻不過扣來。他說：「你怎麼好像把它看成一項偉大的事業一樣。」

我說：「為什麼是好像，談不上偉大吧，起碼不能說可恥。應該說這種職業是淨化世界的使者。」

鍾煒目光裏閃了一個亮點。他好像特別需要這樣的精神鼓勵。但在他的神色中看出世人對這種職業的輕視與我的鼓勵在作最殘酷的鬥爭！

我說：「若廢品堆積如山，滿世界狼藉不堪。人類如何生存？如此一想你不就是淨化世界的使者？」我說這話的時候果真搞出了一點偉大的感覺。就像一個偉人在向一種生存形式作導言一樣。

司馬點頭稱是。然後惡狠狠地說：「我真希望你一生以這種

形式去維持你的生命。」

但是說實話，理論和實踐常常衝突……

可鍾煒受益匪淺。他每當自卑情緒萌生的時候就用我的理論作基礎。堅決以「使者」自居來武裝自己，果然可以緩解一下世俗給他帶來的壓力。由此他對我產生了頂禮膜拜的崇高敬意。報酬通常是隔三差五共用一些新食物。有時候他兜裏裝著一截尚未上市的甜玉米或是新鮮的桃子什麼的跑到我面前進行一下最有趣的小餐。他說那是他的父親從野地裏擄回來的。噴香的玉米在滿嘴裏吱吱呀呀地開花，這是童年也找不到的樂趣。

可是我的同學鍾煒，為不能給我買到更好的禮物流過眼淚，聽說，當他的母親向他走來的時候，他把眼淚擦掉了，他對媽媽表現出勉強的笑，勉強的愉快，他不敢向父親提任何要求，他怕有一天父親讓他停學……

他想發脾氣，可他向誰發呢？母親窺視他的時候他裝作什麼事都沒有，他知道貧困不是靠幾滴淚可以解決掉的。可是她的母親用可口可樂塑膠瓶做成了一個彩色花籃，花籃中間托起兩顆紅心。看上去非常別致。

這是一個最普通的母親為窮所困的創意。

可是鍾煒手捧著花籃，站在我床前的時候依然自卑地低著頭，表示著一心的愧疚。因為他看到各種昂貴的禮物堆積如山，臉上的表情倏然變暗，越是飽嘗貧困之苦的心靈，物質的價碼就是情誼的標杆。虛榮對鍾煒一樣具有深重的壓迫……

我的媽媽表示了最大的熱情，而且把這個籃子特別地掛起來，對製作者心靈手巧的創意進行了篇幅不短的品評。

她說：「什麼東西能夠比得上兩顆相印的心呢？世界上能買

到各種物品誰能買得到心呢？你到市場上有賣『心』的嗎？肯定沒有！」

　　我相信媽媽的話是真誠的，我的媽媽用最貼切的語言撫慰鍾煒受到傷害的心！可是鍾煒最終並沒有因此快樂起來⋯⋯

四

那個上午我從醫院裏出來，如同重新走上戰場的英雄！

天高雲淡，陽光好像專門為我而明媚，輕風拂面而過，這座城市的一草一木都在向我點頭致意！我看到穿過樓群的鳥群帶著我的精神一同起飛！校園裏千篇一律的笑臉讓我應接不暇。而給我印象最深的是，「腳」一反青紫恨恨的常態，變成得意洋洋，這種表情一著在我眼前重現。此表情如同一片遮住太陽的小黑雲，飄來飄去，好像讓我明白什麼，卻又表示心照不宣。但他的神態告訴我他是天下老子第一，沒有誰可以超過他！

可我的勇氣，面對人，意識裏只有愛與憎，沒有高與低。雖然我們的老師一再強調人人平等。可我卻被這個提倡一點一點引向無形的圈套裏……

翩翩少年都有著無窮的幻想。心高氣傲好像天下無敵。

在我的倡導下，我們很快組成一個實力充分的足球隊，我光榮地成了名符其實的教練。這對「腳」的觸犯真如石破天驚！但是沒有辦法，我的魅力就是這麼強大。很多同學慶幸他們一點一點擺脫「腳」的指揮和命令。他們一個一個投奔到我的隊伍中。聲明過一把癮！

從此，意識裏想往的公平競賽如同夢一般地開始了……

17條皺紋

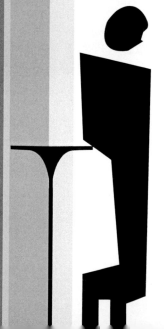

B 章

一

　　我認定老萬是個好人。因為他給了我一段時期不曾有的歡樂。

　　我們住在一間快要拆除的破房裏，老萬說這是他們以前的工棚，這個學校欠他的工程款給不了，所以就允許他在這裏久住。我和老萬共同用著他髒兮兮的鋪蓋捲。晚上我們用各自的手電照明。沒有電視，蚊子是我們夜晚伴奏的最美妙的音樂。天上的星星是我們最精彩的畫面。

　　老萬會玩很多魔術，他的神氣活現把我搞得神魂顛倒。往往一項魔術玩完之後，我會興趣大發。我說：「再來一遍，再來一遍。」

　　老萬就不厭其煩地重複，但我還是看不透其中奧妙，我就央求說：「教我幾招教我幾招。」

　　老萬為保留我的興趣說：「我們兩個人都會玩就沒有意思了。」我就胳肢老萬的腋窩，他居然一點感覺都沒有，他麻木的居然不知疼癢。我無法取得魔術的技術，因此老萬神秘的魅力在我心目中如同洪水般猛漲。

　　這天夜晚我依然帶著魔術對我產生的神秘感入睡。我的肩膀火辣辣的疼，局部地方蹭破的皮膚已有感染的趨勢。可老萬總能讓我忘記疼痛。躺在老萬的身邊酸臭的汗味也成了夜晚的重要內容，我們的錢是在每一個毛孔中滲出來的汗漬做出的貢獻，所以無論它在夜晚怎樣地驕橫，怎樣地熏染我們，我們也要笑納。我們不能反對它釋放自己的力量和存在。因為我們沒一丁點兒條件使自身的氣味暫時息怒。我想起在汽車上，火車站，高位人群

中那些穿著汗水浸染成地圖般衣服的人，身體帶來的酸臭味令人髮指，很多人躲之不及，甚至向他們翻白眼！人們都叫他們盲流……我想起了父親的忠告，我終於順著他的擔憂一溜走下來……

二

　　繁星在天上寶石般地眨著眼，彷彿成了我每晚的催眠曲。睡夢中我彷彿聽到黑暗中響起了貝克的叫聲和婦人的罵聲……我看到了自己睜著驚恐的眼睛在黑暗中瑟瑟發抖。身體在一條閃電般的紅線困擾下迅速變小，變成一根乾柴般的殘骸。婦人的罵聲持續了很久，聲音彷彿是從很深的山谷裏傳出來的，那麼的淒厲和怨恨。我想只要我自動把自己交出去就一定會平息他的罵聲，可是我不肯就勢投降。我是那麼害怕另一種場面出現，可是這個令人發怵的場面不可避免地出現了！很多持槍的人向我逼近，我傾著乾柴般的身體決定飛快地逃竄，可是持槍的人用一隻巨大的魔爪把我擒住了，接著就要把我抓走……

　　我使勁地喊：「老萬老萬救我呀──」

　　我從老萬的鋪子上跳起來就往外跑，卻被老萬一把將我拽了回來。

　　他說：「做了什麼好夢？不告別一聲就跑。」

　　我揉揉眼睛才有了意識。我從衣袋裏掏出錢認真清點了一下，然後我抱住老萬的胳膊縮了縮身子，恐怖依然未消。

　　我說：「老萬我恐怕會被人抓走的。」

　　「誰？老萬嚇了一跳！」

　　我把婦人的情況說了一下。

　　老萬就笑了說：「一個女人有什麼好怕的，他會把你吃掉？」

　　我說：「我欠她一百六十多塊錢呢！」

　　老萬說：「一個闊太太一百六十塊錢算個球，對她來說還不

如一張擦屁眼紙呢！她會為這幾個錢勞神抓你？放心睡吧，她要果真敢來，我替你收拾她。」

「可是……」我說：「老萬我應該把錢還給她是不是？如果她果真帶人來把我抓到局子裏去是有理由的。」

老萬說：「一百多塊錢局子裏犯得著管你？你也把他們看得太敬業了。我在全國搞工程，政府、機關、學校、工廠的工程款欠我不下一百萬，有誰管過？」

我驚訝地盯住老萬。我說：「你有一百萬？」

老萬說：「絕對不止！」

「比一百萬還多麼？」

「那當然。」

「哇？！那你是百萬富翁了還住這種地方？難怪我看你一點不像窮人。」

「可我是乞丐富翁，每年出來要不下一分錢，一回到村裏，房前屋後都是拉孩帶崽要錢的人。工人往我要我頂不住，可我向政府，工廠，學校要，人家有的是辦法頂你，就向這所學校，欠我們二十八萬元錢都十多年了，校長都換了三任，路費都快上萬了也無人理睬。一家人為躲債妻離子散。我這不也成了孤魂野鬼的，有家難回。」

我說：「你為什麼不去告他們？」

老萬說：「告誰？政府大還是法律大？法院會因為我一個糟老頭子得罪機關、學校、政府部門？再說打官司得要錢，我到哪裏去搞錢？」

我說：「法律到底是幹什麼的？」

他說：「誰知道，你問我我問誰，我問石頭不張嘴。」

我們沉默了好一陣，我對老萬多了一份敬意。我望著窗外的天穹，星星也在嘲笑我的好奇心。

他說：「這座城市好幾幢大樓都是我領人蓋起來的。可是我為什麼會是空望著百萬的窮光蛋呢？」

我說：「可是我的情況和你不一樣。」

他說：「咋不一樣？這樣吧，如果她往你要你就說現在沒有，有了再還。她要幾次就沒耐心再要了。如果她果然動真，你就假裝往我借，我替你擺平。」

「可是我確實有錢呀。」

「你傻呀，你知道他們掙的是什麼錢，你掙的是什麼錢，你這是血汗錢，輕易給她，沒那麼便宜！他媽的，一個女人別說是個闊太太，就是一個有幾分姿色的女人朝天一躺，銀行就開。她說不定就是開『朝天銀行』的主兒呢！」

我不完全聽懂老萬的話，但聽到老萬的聲音憤憤的，我這時發現老萬眼裏倏忽閃出了兩束兇光，心裏不覺一震！覺得他有一點可怕。可我仔細想了想，老萬的辦法可以暫時舒緩一下我的擔心。有了一種依託感。

可是這一夜我被恐懼的夢驚醒之後再無睡意。

我說：「老萬你也曾經輝煌過吧？」

他說：「什麼叫輝煌？」

「輝煌就是『牛逼』唄。」

「那可不，攬下工程有錢可掙的時候，那些急於想掙錢的人讓他叫一聲親爹都幹，可如今要不到錢我連孫子也不如。」

我說：「總歸你能建起高樓大廈，你比住在樓裏面的人偉大的多。」

老萬笑了說：「只有你這樣的孩子才會說這話。」

「難道我說的不對嗎？」

「如果你認為對，你就那樣認為吧，我當然高興。還沒人說過我偉大呢。可我一看到城市的高樓，就像是一個一個吃人肉的血口，有時我真想背著炸藥包走進去一幢一幢全給他炸毀！看一看樓毀人亡的場面，讓雜種們知道一下能建設的人也能毀滅……」

我驚住了。我說：「老萬有時候我覺得你真可怕！你這是恐怖分子的想法。」

老萬哼哼地冷笑了一聲說：「我可怕什麼，是社會讓我可怕。生活也會慢慢地把你教育透。小孩子家不給你說了，以後說不定你比我的心理還可怕呢！」

我們就都誰也不說話了，我不敢想以後，我並沒有想過我以後的事，但我常常想我十七歲以前的經歷。我說：「老萬你信不信我也有過輝煌。」

「噢？你輝煌過什麼？」

「我是全校的體育健將，我的足球踢得可以與羅伯特巴喬媲美。很多女生都快要把我崇拜死了呢。我們班有一個同學外號叫『腳』，他們家很有錢，誰也不敢惹他，但是我把他打敗了……」

老萬哼哼地應著。

我說：「老萬你別睡，你聽我給講，你一定會為我驕傲的。」

老萬哼啊哈的，但我已知他進入了夢鄉……

17條皺紋

C 章

一

精神振奮的時候，會作美夢。

那是個很平常的夜晚，我到了一個煙霧濛濛的世界，那裏古木叢生，園林花木爭奇鬥豔，鳥禽在清新的空氣中啁啾，彩虹在天上畫出漂亮的弧度。我以世界首富的身分被美國總統邀請前去商討聯盟政策。因為我的企業散布在世界各地。年收入是全世界利率的百分之八十。美國總統布希，希望我幫助他們稱霸世界。我說：「我不同意稱霸，我的理想是世界一體化，誰都不能稱霸。」

布希同意全球化，但是他要求當首領。

我說：「我們中國歷史悠久，礦藏豐富，文化深厚，我們最早有過四大發明，又是世界大國，首領應由我們國家出任。」

雙方未能達成協定。最後決定由足球競技賽決定勝負。布希苟同。

因此，我投資五百億美元在南中造了一個超級足球場，占地面積一百六十萬平方米，場內一律是超現代設備，天棚是自動感應式，遇雨則閉，逢陽便開。天棚裝有二百八十萬個日光燈。場上綠草如茵，噴水器一律覆蓋於草下，自動澆灌。場內觀眾可容納三億人。座椅是檀香木製作，每一個座位都安有微型電視機和超級望遠鏡。可供餐飲。場內環境晝夜不分。世界友人前來參觀，歎為觀止。因此，聯合國決定世界盃足球賽在中國魏南中學舉行。

我和鍾煒、司馬、程超、飛毛腿、駝爺、小非洲全都選入國家級足球隊，為能奪得第一屆世界盃冠軍，我又拿出三億元美

金招聘世界精英球星到中國當教練。可是我耐心等了三個月，無人反響。我就火了。我親自登上月球請天兵天將準備到巴西捉拿貝利。到阿根廷捉拿馬拉多娜。到義大利捉拿羅伯特巴喬。我穿著宇航服，坐著太空船穿行在雲裏霧裏，我聽到風聲從我耳邊穿過。我看到太陽輻射下的七彩雲霞異常壯觀。我還看到小鳥和大雁都穿上七彩的雲衣飛來飛去。天上掛滿了白色的銀花，密密麻麻，亂而有序，好像和冬天玻璃上的冰花一樣。我好像回到了似曾相識的故里。我看到亞裏克斯國王畢恭畢敬地前來迎候。身後是各路天兵天將全副武裝，接踵而來。我倏忽想了一下亞裏克斯人還活著嗎？而且在天上領兵？一個遙遠的故事重新貼近，我記起來了，在《超人》的地下宮殿裏我把亞裏克斯人的後代全部帶上月球，他們如今可以為我效忠了。我被亞裏克斯人以「始祖」的身分進行了隆重招待後。我佈局了戰術，命令他們各奔目的地。

行至中途，人類遭到災難，南極的臭氧層空洞，連續高溫一百度，南極冰層融化，已把大半個世界淹沒。據說，在世界防洪組織發出警告時，羅伯特巴喬，貝利，馬拉多娜為了逃生，從各國出行，途中輪船沉底，他們全部沉在大海裏。我立即派人打撈，三個人有幸全被打撈上來，醫治無效，不幸去世……

我把三個球星帶回中國進行了隆重的追悼會，之後我命人提取死者大腦皮層的DNA基因分別移植到我和足球隊全體成員體內，經過一周的交會，我們個個成了足球場上的強將。我們不僅成功地奪得了世界盃周邊賽的選票。而且中國足球隊被稱為世界之最！我終於圓了一生的夢想，在世界盃運動會奪得了射門冠軍！而且使命重大，我們中國就要出任世界首領。

我站在國際獎臺上，聽著莊嚴的國歌，五星紅旗冉冉升起，一種神聖感油然而生，我積蓄在眼角的淚「轟隆」一聲滾落下來⋯⋯

　　醒來的時候我難以找到現實感。我在哪裡？在南極？在月球？還是在世界盃運動會的獎臺上？當夜的寧靜告訴我夢也可以幫助一個人暫時滿足一下心願的時候。我想把我這個美麗的夢記錄下來，或許她就像我走向國際獎台的前奏。身體中的幻覺又開始啟動，每一個渴望表述的細胞都虎視眈眈等著我去開發⋯⋯

　　於是，那天夜裏，我寫出第二部童話《狂想曲》！

二

《狂想曲》一出世，爭先傳看。

那些移植了DNA基因的人個個精神抖擻，均覺得能在我心目中占一席之地是一件很榮幸的事。於是，移植了貝利基因的人均學貝利的形容舉動；移植了馬拉多娜基因的人凡是他的細節都學得惟妙惟肖；移植了羅伯特巴喬基因的主要學他瀟灑的風度，踢球的姿態。這總我是羅伯特巴喬的翻版，誰也超不過。我對巴橋的研究已是歷史悠久。

也有的人看了《狂想曲》哇哇大哭。

他們提出抗議決不允許這世界三大球星遇難，他們難以接受提取人家的基因補充自己。這樣的世界盃冠軍他們堅決不要！然後我們分成兩股勢力，在爭執不休的時候動了武力。他們身臨其境，就好像已成現實一樣。有人還聲明要把我的腦袋砸碎。可我的「勢軍」把我嚴格地保護起來。駝爺，小非洲，飛毛腿成了我的貼身保鏢，誰膽敢侵犯我，他們首當其衝決不輕饒。由此兩股勢力勢均力敵地交戰起來……

老實的鍾煒出面反覆告訴他們：「不要打了，這不是真的，這不過是一個寓言而已。」

兩派聽到鍾煒的聲明，才漸漸平息了一場從心靈深處颳起的風波。

一到課間，《狂想》就成了熱門話題。飛毛腿學貝利的姿勢把全班同學笑得東倒西歪。

駝爺說：「他最崇拜羅伯特巴喬，能不能給他更改一下基因。」

我說：「不行，基因這東西一但移植進去無可挽回。你就老老實實當貝利吧。」

駝爺說：「開一個小後門都不行？」

我說：「『基因移植』所一律不搞歪風邪氣。」

駝爺說：「給你一筆鉅額行不行為？」

我說：「時下正在反腐倡廉，你這不是害我嗎？」

歐陽說：「毛驢，你的基因庫上鎖了沒有，防止有人偷盜，乾脆聘用我當你們的基因庫保管員怎樣？」

我說：「白雪小姐，准啦！一年薪金五十萬美金！」

我立即給她造了一份合同表，歐陽認真填寫後貼在了黑板上。

一室的人笑倒一片，氣氛十分有趣。

這一刻不知誰的文具盒突然炸響在地下，一屋子的人都靜謐下來，循聲望去我重新看到我曾經熟悉的那雙眼睛，又添置了青紫恨恨的內容，而且此內容一定與我有關！那眼睛裏的殺氣瘋長瘋竄。接著他的連鎖反應是「啪嘰啪嘰」把所有桌上的文具盒一律炸響在地下，以示淫威。他對自己的行為持一付滿不在乎的態度，還斜睨著眼睛觀察動靜。他又在發脾氣，他又想讓別人知道他的存在。可所有的人好像有了約定，誰也不屑理他。

冷漠對一個人是最大的懲罰！

他的發作就像癲癇病一樣說來就來，容不得人給他一些理由。經驗告訴我，只要歐陽和我說話他就立即發怒，百試百靈。難道我們為迎合他的心理可以不說話嗎？當然不能！迎合對我們是一種侮辱。那時候我們充滿了對抗情緒。我們活得非常有個性。歐陽故意毛驢、毛驢地叫我，親切的肆無忌憚。「腳」的身

體一定是不知哪兒起了火，他不惜餘力地把教室裏的桌子嘩啦啦推倒一片，破壞了整個教室的肅穆。

上課鈴響了，沒有人收拾「戰後」的慘局。

暴牙進來的時候顯然很吃驚。她說：「怎麼回事這是？」

沒有人回答暴牙的問題。

「腳」傲慢地回說：「桌子是我碰倒的，可誰讓它不是固定的呢？」

「腳」雖然具有敢做敢當的氣勢，但還是把「推」換成「碰」，這就巧妙地給了暴牙一個臺階讓她下。

我們真希望看到我們尊敬的老師能為這種異常行為做一點什麼嚴肅性的表示，以保存師道上的尊嚴。可暴牙見怪不怪的平靜心態讓我們失望說：「把桌子扶起來上課。」

讓誰扶呢？我相信每一同學都在心裏問暴牙，只是不言！

「腳」當然不會扶，他就是要擺出高高在上的威勢給人看。他怎麼肯屈尊呢？

其他的同學均站著不動。這是一種無聲的抗議。

「腳」向二狗子擺了一下頭，二狗子果然像狗一樣的服從了「腳」的暗示。一張一張把桌子扶起來。「腳」就有些自鳴得意。他想發脾氣，想屬害沒人敢管他，他的殘局也有人替他收拾。因他和二狗子鑒定過合約，是他雇用的貼身保鏢，這個時代的法則他把握的飛快，他可以理直氣壯地支使他。他要的就是這樣的感覺，這樣的效果。但是他的目光始終沒有離開過我。憑感覺他是在給我施威，他要讓我掂掂他的分量。只可惜這樣的淫威我從不放在眼裏！這就令他掃興。

三

正午的陽光直射下來，我和鍾煒，司馬，駝爺，歐陽一併騎著自行車一溜煙地瘋跑，肚子的瘋狂叫囂，命令我們直通回家的快樂，但我們仍不放棄討論「球技」問題，熱烈的快要把天頂掀翻！

然而，一幅意外的圖景出現在我們眼前——二狗子單膝跪在地下，給「腳」擦皮鞋，「腳」高高地翹起來的皮鞋幾乎翹到二狗子的嘴上。二狗子工作的一絲不苟很賣力氣。我們有片刻的驚異之後很快實應了現狀。

我說：「二狗子果然變成一條狗了？」

司馬說：「一看那樣子就想到將來第三次世界大戰爆發一定是個賣國求榮的傢伙。」

我們這樣議論著並不知道這姿態，這「闊」是給我們看的。

當我騎車路過的時候，「腳」奮起反擊一腳就將我的車子踢倒，連人滾在地下，後面的人都相繼倒下了一片竟是哭爹叫娘，一副狼狽不堪的悲慘圖景。

「腳」，傲慢地觀賞著他的勝利成果。說：「毛驢，你夠牛的啊，歐陽白雪給了你這麼好玩的名字占盡風流了吧？」

我說：「你這是什麼意思？想打架？沖著我來的？那你不該連累別人呀，打擊一大片對你不利的夥計。」

「腳」說：「不錯，明人不做暗事，在運動會上我要了你一顆門牙，差點把你的腿摔斷還不接受教訓，看你狂的沒邊沒緣，給你點顏色看。」

他的提示顯然使很多人感到吃驚，尤其是歐陽。

而我終於證實了我的感覺。我說：「這也算你打架的理由嗎？我狂，關你什麼事？」

　　「腳」說：「關！誰狂我就看誰不順眼，這是老子一貫的脾氣。」

　　正氣昂然的歐陽一步衝上去說：「原來你是謀害葉雨楓的兇手？你不僅無聊而且卑鄙！」

　　「腳」說：「我只給你一個人罵我的權力，很榮幸我終於惹怒了你。告訴你白雪，你生是我的人，死是我的鬼，你最好做好一切準備。」

　　「無恥，下流！」

　　「腳」說：「對，在你面前我『下流』毫不可惜，不信試試看？」

　　我們誰都沒有徹底理解了他的話。

　　司馬，鍾煒一併摩拳擦掌準備戰鬥。我把他們統統止於身後。我說：「既然是衝我來的，那就對我一個人說。我這個人第一不喜歡告狀，第二不連累朋友，但是要打，你就把我打死，你打不死我，我就一定要打死你，來吧！」

　　令我意外的是，「腳」從兜裏掏出十塊錢，朝二狗子腳下扔過去，二狗子眸子一亮，「嘰溜」一下彎腰撿起錢，站起來的時候發出令人恐怖的哇哇大叫，如同拳腳師即將上陣一樣先讓喊聲壓住對方。他張大的嘴顯得空洞無物，眼睛卻兇狠無比。但我明確地感覺到二狗子內心的怯懦。一個人內心的懦弱怎麼可以用錢來支撐呢？

　　二狗子，果然已是一條狗了嗎？

　　在我的視線中一個日益演進的人人矚目的中學，「平等」已

是最沒有根據的概念，而宏觀的貧富，微觀的區分一點一點清晰起來。在二狗子身上我看到了有奶便是娘，有錢便是爺的性情。在他心裏完全喪失掉是非觀念。十塊錢就可以收買他打一次架。真讓人開眼界。我真的不明白為什麼日新月異的時代怎麼會在我的同學中間發生如此可悲的事情。我拒絕和二狗子打架。

我對他說：「如果先前我覺得你可恨可惡，現在我看你可憐！因為你不是人，是一條徹頭徹尾的狗！你的生命難道才值十塊錢嗎？」

二狗子說：「少你媽的廢話，我是狗，我當然是狗，我媽一生下來就叫我狗子，叫狗就是狗了嗎？誰給我錢我就替誰打架，你給錢，老子也替你打。」

我說：「我不想和你理論，因為你已完全喪失掉做人的尊嚴。」

我覺得我說出此話真是紳士風度！我並且覺得占領了精神高度的自豪。

他「呸」地吐了一口唾沫：「去你媽的尊嚴，燒包。老子除了錢什麼都不感興趣。」

我說：「我給你打架還怕髒了手，你不是人！你給我走開。」

但是這場惡戰已是不可避免了。「腳」，再一次扔給二狗子十塊錢以示鼓勵。二狗子欣喜若狂地揀起人民的「幣」，兩個指頭撐在嘴裏，一聲尖厲的口哨從四面八方招來十幾個街頭賴小子，嘩一下圍上來就開始決戰。

鍾煒和司馬以及駝爺，當然不會袖手旁觀。然而我們寡不敵眾。我們均都吃了不少拳頭，論打架顯然不是來者的對手，在叮

叮咚咚交戰中，我發現指揮這場戰爭的不是別人竟是二年前讓我毀譽的「歪帽子」。我氣就不打一處來，我與「歪帽子」的目光在一瞬間進行了一次短兵相接，「歪帽子」好像在記憶中搜索著什麼。這一刻我早已不打算要命。可是就在我豁出去的當兒一聲同樣尖厲的口哨就如同一聲停戰的命令，使前來助陣的人一併停下手望著「歪帽子」。

「歪帽子」說：「不打了，撤！」

助陣者一時不知就裏。

「歪帽子」說：「兩年前這個小乖乖在我們最窮途末路的時候很信譽地支援過我們一筆錢，放他一馬算是有恩必報吧。小乖乖，以後有麻煩儘管找我啦。」

只見他兩個指頭往嘴裏一撐作了個示範動作：「噓——」的一聲口哨直穿雲霄。說：「你這樣就可以了。二狗子你他媽盡量不要動他，我答應過幫助他的！」

在煙霧塵灰中「歪帽子」如同綠林大俠一般帶著一幫人消失的無蹤無影……

我們全都僵僵地站下不動了。有一瞬間我不知世界發生了什麼變故，我難以搞清「歪帽子」的來龍去脈。兩年前，我十塊錢購置了自己的安全，曾覺得是一種奇恥大辱，眼下他聲稱報恩而給了我一個安全，我仍然不覺得有什麼光榮可言。我很害怕「勾結」的鬧劇重新上演，但是對於「歪帽子」我該如何審定呢？

那一次戰爭我們勝利了。

二狗子為了給雇主一個交代持之以恒，戰鬥到最後一刻。最終讓我一石頭在他的腦袋上打了一個血口，他先是倒在地下哇哇大叫，後來抓了一把土按在血流如注的傷口上，爬起來邊跑邊

喊：「巴喬，狗日的你等著，你等著……」

　　「腳」，為了表示身分的高貴一般不親自動手打架。交待給打手的事他就坐山觀景。可我已明確真正的敵人是「腳」，我腦際裏產生了一句極富有詩意的話：「去，別擋住我的陽光！」

　　我的朋友也一併同我逼近大失所望的「腳」：「去，別擋住我們的陽光！」

　　「腳」見勢不妙騎著自行車飛快地逃了……

　　我們在他身後聯手高唱：我的心中 是一把火，！

　　有誰敢來侵犯我……

　　歌聲穿過城市的上空，振奮著我們嶄新的生命……

四

「腳」的天塌了！

他充滿陽光的世界有了陰慘，走路也不那麼好好地走了，橫衝直撞恨不得撞死十個八個人才痛快。這種橫行霸道在我中間還管用。出了我們的範圍可就不大有人對他客氣了。我們看到，那些仇視的眼睛像兩孔火口，一碰即可燃燒，他若從中路過總聽到有人說：

「喝的是公家灑，泡的是公家的妞。

也有人不斷地向他宣傳四項基本原則：」

「老婆基本不用；吃喝基本靠送；工資基本不動；

工作基本靠混！」

每聽到這樣的「宣傳」我們都替他羞愧。可對於「腳」來說，這種「宣傳」起不到任何作用。他知道這是說他們家的。因為他的父親很少回家，他知道他父親有別墅，還養著漂亮女人，還養了一個小妹妹。把他的母親涼得如同發情的母豬。他的母親經常替父親接待滿載而來的客人。然而，他說這跟他有屁關係，四項基本原則正是奠定他走上闊少級別的良好基因。他絕不可能將此當作一件不齒之事和他父親鄭重討論。

他的氛圍是寬鬆的，設有人能夠管得了他。他發火，他生氣，是常有的事。他的媽媽說，他的兒子就該有脾氣就該厲害。只有厲害，有脾氣才不吃虧，才能顯出他們與眾不同的身分。他的媽媽不會因為他考試不及格去找老師談判，有了錢分數算個屁。只有「腳」受了氣才會光臨「寒校」關照「腳」的威風。老師，校長為了維持風度總會給她三分面子。

他的媽媽不算很漂亮，但很時尚，渾身上下是品牌質地。他的媽媽大部分時間都用在鏡子面前。有時換衣服，換著換著就生了氣，把香水瓶摔碎，把花花綠綠的衣服撒落一地。然後呆坐半天。高興的時候，她的漂亮他的美都是向他父親示威的。可他的父親持一副事不關己，高高掛起的態度，就令他的母親失望。然而無論他的父親是否「用」他的母親，都不會影響他的母親榮做他父親明媒正娶的夫人，這個殊榮誰來也得依次類推。別人對她逢迎獻媚一樣有重大受益。她的最大資本當然是「腳」！

至於「腳」的喜怒哀樂她可是沒有閒心去管。只是「腳」把小保姆的肚子搞大後讓她曾經大發雷霆了一場。她說他什麼都沒跟上父親的，只有「這個」有過之而無不及。

她說：「你才多大？」

「腳」並不引以為恥。他說：「你們大人常幹的事我為什麼不能幹？」

此言真是精闢！一句話把他的母親噎得悄無聲息。若她再表示一點做母親的威嚴，指不定有更精闢的言辭回敬她。與其搞的大家都沒面子，倒不如就事論事息事寧人的明智。之後「腳」的媽媽幫助小保姆把肚子調整正常，提供了二百塊錢撫恤金，一場驚天動地的事就平安過去了。

五

「腳」和我們大戰而敗時回到家中，把小保姆端來的三鮮湯，一腳就踢得滿地開花，把小保姆的手腕燙得發紅發亮。

十七歲的小保姆是鄉下窮人家的孩子，上不起學，十六歲就被村裏作為禮物送來做家政。因為「腳」的父親幫助小保姆村裏打了一眼井，救活了一村人。於是小保姆作為村花到這裏光榮上崗。她是「腳」發洩情緒的工具，面對「腳」的飛揚跋扈她早已習以為常。燙傷了也不敢叫喊，只能忍氣吞聲。她常常承受「腳」的欺辱，可是她不敢反抗，因為每月有二百塊錢薪水，還有村裏的補貼誘惑著她，她為村裏做事讓她們家在村裏有地位，不受人欺負。她還得為他的弟弟上學負責……

她最怕「腳」的眼睛發紅。她記得暑假的一天夜晚，「腳」的母親外出跳舞，腳在裏面看電視，電視裏發出奇奇怪怪的叫喊聲，聽起來毛骨悚然。她探進頭去一看螢幕上的畫面，一男一女赤身裸體嗚嗚哇哇怵目驚心！她嚇得哆哆嗦嗦，趕緊閉住眼睛退出來。「腳」突然兩眼紅血血地衝出來，猝不及防把小保姆按倒在地，然後小保姆就被無情地強暴了……

小保姆偷偷地哭了一夜也不敢對「腳」的母親聲明。因為「腳」的母親不會認為「腳」有錯，無論發生什麼事，錯處永遠在別人身上，這是小保姆，屢試不變的經驗教訓。因此她說：「阿姨你能不能晚上不出去？」

「腳」的母親勃然大怒：「你以為你是誰呀，管起我來了？」

小保姆說：「不是，我害怕……」

「怕什麼怕，你是保姆還是我是保姆呀？」然後就自顧自走了。

小保姆難以防禦「腳」一再發生重複的事件。後來她接到「腳」的母親扔給她一盒避孕套。她先是莫名其妙，後來經過研究說明之後，她才意識到「腳」的母親要她幹什麼了……

她曾想，「腳」會娶她嗎？

有一次她的姨姨來看她，她就哭著把事情告訴姨姨，她的姨姨竟是出奇的高興說：「這麼有錢的人家，有人想站還站不上呢，已經是這樣了，她就是不娶你，也會養你的，這是有錢人的作派。家裏窮成這樣，像你這樣的妞，能幹甚，還不是像村裏的閨女們出去千人騎萬人爬的。妞，女人終究會有這一天，要姨說，你可交紅運了。表現的好一些，你的目標是讓他娶你。」

之後，她的姨姨好像求他們家辦什麼事，聽了小保姆的心事，就像取到了一件法寶一樣，心滿意足地走了。

她多少次坐在夕陽西下的陽臺上，望著血紅的晚霞，思鄉的心情一點一點浮上來，她常常以淚洗面，曾經想逃走，可是她又能到哪裡掙二百塊錢呢？她的載負太重了，她的父親半身癱瘓；她的母親要她給弟弟提供每月的學費，希望她的弟弟能衝進城市也能過上城裏人的富裕生活，因此她還得以忍辱負重的胸懷生活下去……

「腳」的厲害在小保姆身上顯示的淋漓盡致，為什麼叫他「腳」呢？因為「腳」是他表示情緒的有力工具，小保姆端來洗腳水倘若有一點燙，「腳」就一撩盆子踢翻在地。許多時候他懶得洗腳，躺在炕上呼呼大睡，小保姆只得用毛巾幫助他清理污垢，打擾了他的睡眠，一腳就把小保姆踢翻在地。

「腳」沒有錯，「腳」永遠占著上風。

可是那天中午回家，少有的沮喪情緒出現在他臉上，他說：「葉雨楓，你他媽算哪根蔥哪根蒜呀！鍾煒，你這窮小子我要把你搞過來，釜底抽薪！」

然後他就坐在沙發上出現沉思狀，好像在謀略一個重大決策一樣。

小保姆心一動！以為有什麼慘案要發生。小保姆知道鍾煒是誰，他們在舊貨上做過交易，因為是同齡，兩個人達到了相得益彰的程度。她也知道鍾煒是「腳」的同學。「腳」有一點好，他從不干涉他和鍾煒的這點小交易。鍾煒會有危險嗎？小保姆有一次在向鍾煒敘述此事時，就像擔心她的弟弟出事一樣，鍾煒為此感動過好一陣。

可是令小保姆費解的是，「腳」命令她從地下室搬來所有的飲料並告訴她，限她兩天內把這十箱飲料喝下去，現在就開始！

小保姆大喜過望：「這都歸我嗎？」她以為可找到機會帶回去給她家裏人享受一下城裏的口福了。

「腳」說：「空罐子給我留下！」

小保姆的神態出現了失望。她說：「這麼多，兩天內我怎麼可能喝得下？」

「我不管，反正我要空的，一個都不能少，到星期天你必須給我喝完！喝不完我要你的命。」

一場災難就這樣降臨到小保姆頭上了。飲料喝的她兩眼發直，肚子鼓脹。望著一座山一樣的飲料箱她幾乎死去，假如在他們村裏每人一瓶就覺得是過大年一樣了，可是如此好的機會卻要錯過了。飲料已使小保姆開始反胃，她一時間成了比闊人還

要闊的人。她想，為什麼一定要喝進肚裏呢？難道讓下水道喝下去就不算嗎？做有錢家的保姆自然也該有闊人的派頭。於是她喜不勝喜地為飲料找到了一個合適的渠道處理掉，自視高明。對付「腳」也得有一定水平的招數，此招一直讓她引以為豪。她在倒飲料的時候有了闊人的享受。小保姆童妞妞成了我們的忠誠內線。

六

　　周末，「腳」對鍾煒出奇的熱情，竟讓鍾煒有些莫名其妙。

　　追溯歷史，「腳」對鍾煒永遠提供的只是做作業的收入，有時五塊，有時十塊。如果作業受到老師的表揚他一高興也給過二十塊。「腳」是他最大的財東。但他家的廢品他從來不屑於搞交易，通常由小保姆童妞妞處理。

　　那天下學後，「腳」有了一些異常，向鍾煒打了個響，鍾煒有些意外，但會意了。淨化世界不分階級。界線劃得太清對他的收入損失慘重。因此他在星期天如期而至。腳看上去也早已恭候已久。「腳」把鍾煒引到地下室，哇？！一室的鋁製品一拉罐，堆成了一座大山，鍾煒喜形於色爬在地下開始認真清點。

　　「腳」得意地甚至是找到了一個絕好的居高臨下的機會，望著乞丐一樣爬在地下的鍾煒說：「用不著數，我不要你的錢，算我對你的援助吧。」

　　鍾煒說：「那怎麼行。」

　　「腳」說：「幾個飲料罐算什麼呢？我們家不缺這幾個小錢。」

　　鍾煒就道了謝，裝了一大編織袋，一筆可觀的收入已是胸有成竹了。

　　「腳」說：「我再給你十塊錢。」

　　鍾煒說：「為什麼？」

　　「腳」說：「很簡單，只要你站在我這邊，聽我的指揮，當我的射門手，和姓葉的一刀兩斷，我每星期給你十塊錢。」

　　鍾煒就僵下不動了！他盯著「施主」臉上難以琢磨的表情，

思想的快馬在不停地奔走，好像在判斷一個重大問題。

「腳」瞇瞇著眼睛，胸有成竹地作出最耐心的等待。

生活的嚴酷使鍾煒對錢，確有些鍾愛有加，但是我的朋友鍾煒經過了一定時間的思考，明白了「腳」慷慨的原因是離間我與他的關係。就把伸在他眼前的錢豪邁地擋開，把裝好的飲料罐嘩啦啦往地下一倒，轉身就走。

「腳」說：「給你二十。」

鍾煒沒有吭聲。

「腳」說：「操，我給你三十。」

鍾煒頭也沒回就走了。

「腳」說：「你不需要錢嗎？」

鍾煒說：「我是人我不是狗！」

聲音雖然不高卻很有力氣，如同一股穿越這座城市上空的勁風，把「腳」掀得一波三折。

「腳」，完全不懂了。在他看來錢是最有收買力量的工具，很多人就是這樣收買他的爸爸的。錢能使一個哲人變混！錢能使一個將軍失去意志，可為什麼在這個窮光蛋面前失效了呢？

他曾經無數次地用金錢雇用鍾煒替他做作業，開始，他「啪嘰」一下把作業本和錢交給鍾煒的時候，鍾煒還不敢接受，怕暴牙橫加干涉。可是後來他發現暴牙明察秋毫也不拆穿，他自然就接受了這筆交易。鍾煒一向在金錢面前服貼有加，可今天錢在他面前到底出了什麼故障呢？

小保姆在向我們複述他的情況時，她說她從來沒有見過「腳」流過淚，可是那天，整個上午顯得非常寂靜，他發了一頓脾氣一個人哭了……

B 章

一

　　我又開始數錢了，這是每晚的必修課，有誰知道數錢的快樂呢？「唰唰唰」，那聲音勝過小提琴協奏曲，勝過管弦樂奏，勝過一切美妙的聲音！數錢的時間持續的越久，美妙的聲音就越長，你的心會隨著唰唰聲帶著你到飯店胡吃海喝驅除饑餓；會帶著你到商店占盡富人的風流；會讓你在眾多人面前豪邁萬分。因此，我喜歡數錢。數錢會讓我消滅疲勞，緩解對家人的思念；會讓我的思緒嬝嬝地沖出現有的空間前去探望爸爸媽媽，同學朋友，還有我的恩師「鐵塔」和「粉面老師」……

　　老萬每看到我數錢就笑瞇瞇地看著我，和我一同享受。說：「快攢夠了吧？多少就能賣到你要的東西了？」

　　我說：「五百八。當然，如果可以掙到更多的，我要給我媽買到最好的絲質品，讓我媽也像貴婦人一樣優雅，給我爸買最高級的公事包，讓我爸像一個風度翩翩的紳士，誰也不敢小看，讓所有的人都向我爸爸點頭哈腰，討好獻殷勤……」

　　我夢境般地望著天穹述說著我的心願。好像這一天一點一點向我走來。

　　可是還差很多呢。但是我總覺得還有一百六多塊不屬於我。我就把一百六十塊錢拿出來放在一邊，立即覺得錢少了許多，心就疼的吱吱尖叫。我又即刻把它擺回來，心才安定了一點。

　　老萬嗤地笑了：「知道錢是什麼東西了吧？錢是魔鬼，誰迷上都一樣。什麼東西都是假的，只有錢可以和人相依為命。尤其他媽的血汗錢……」

　　我說：「老萬你在批評我吧？其實我一直覺得我應該把錢還

給那個婦人。」

老萬說：「我批評你，誰又批評欠我錢的機關單位呢，我一直不主張你做那種傻事，她又沒有來找你。就算她來了，有我你怕什麼。」

「可是錢是我欠的又不是你欠，你當然不怕了。」

「總共一百多塊錢，看把你煎熬的，像你這樣還能在社會上混？在這社會上混你得把心尖磨得硬硬的，喜怒不能上臉，就是殺了人你也要平心靜氣……」

我愣住了！我說：「喜怒怎麼可能不上臉呢？我不笑你知道我高興嗎？我不哭你知道我痛苦嗎？殺了人你能平心靜氣嗎？我想這不可能，這絕不可能，除非殺人的人自己也死掉了才有可能。再說我也不想混，我媽媽從來不讓我混，她說一個人違背了做人的行為總則，心靈就會失去自由，你會時時受到監控，隨時有可能受到別人的懲罰。我就是這種感覺老萬。即便是夜深人靜也找不到一點安全感，陽光明媚的時候更覺隱藏著許多眼睛盯著我……我再一次覺得我成了壞人……」

「你媽那是放屁！」

「不許你說我媽放屁。」

「不說她放屁也是她害的，一點生存策略都沒有，站著說話不腰疼，讓她到你這地步活幾天試試？你想做人，可現實讓不讓你順理成章地做？」

「老萬，如果我有很多的錢我肯定就給她了……」

老萬說：「那是你的事你看著辦吧！按你媽的思想沒錢也該給。」

老萬終於沒耐心和我討論這件事了。他不讓我給，我心裏

有一萬種理由和念頭覺得應該給。可老萬真讓我給，我又捨不得了。給與不給的思想，如同兩個小鬼在我心裏打架，面孔猙獰，力量相當。誰也打不過誰。

我希望老萬繼續用他的理由和我抗衡，延緩我去還錢的念頭。可是老萬已經懶得管我了。我的心，於是起風了⋯⋯

17條皺紋

二

　　這天天氣不錯，我和老萬早早去日工市場等活幹，可是我身後突然響起了狗的叫聲，我心一驚！嚇得屁滾尿流，一溜煙跑出了不知有多長的路程，卻覺得狗並沒有隨我而來。我回過頭觀察，那條叫過的狗，早不知道跑到哪裡去了。驚魂稍定之後又回到老萬身邊。

　　老萬說：「好好的跑什麼。」

　　我說：「我怕！」

　　老萬就無可奈何地笑了說：「我看你非要自己把自己嚇起病來不可。」

　　我的眼眶就有些發酸，在過去，通常這樣的問題我會諮詢一下媽媽，定有解決的辦法。可是眼下我諮詢誰呢？老萬的想法我又不大完全接受。於是我的心開始黑暗起來，彷彿大禍馬上就要降臨一般，我看到了很多可疑的眼睛在窺視我，在熱鬧的街市裏我孤立無助。所有的行人彷彿都成了背景，所有的笑臉都那麼必有用心，所有的目光都那麼生硬而不懷好意。一個眼神會讓我膽戰心驚！沒有人可以救我了，我想我必得進行救自己了。媽媽的話是對的，做了違背自己行為的事，心靈就會失去自由。老萬的話才是放屁！我這樣一想，心裏又嚇了一跳！偏過頭看了一眼老萬，老萬對我不錯，我不該這樣說老萬。可轉念一想，我已被定為壞人了，派出所說我嫌疑犯，學校把我當壞人開除掉，即使我做一萬件好事誰又認為我是好人呢？我決定按照壞人的指定方向進行。可這樣確定之後我又不甘心，認為我不該往壞處走，我為什麼要當壞人呢？難道他們說我壞，我就一定得壞下去嗎？這樣

一想，我就拔腿跑了，也沒跟老萬說一聲，反正老萬也懶得管我了，果真被婦人抓了去警棒襲擊我的時候誰還救我呢？

我想當好人！我想當好人！我如教徒般地反覆鼓勵自己，如此就果然鼓勵出了一些決心。然後我的決定就不折不扣了。腰桿好像硬了一些，暗藏的目光也好像頓然鬆弛了一些。在自由和金錢的天平上，我朝自由跑去。

看來婦人並沒有要抓我的意思，我跑進那所熟悉的住宅之後，發現婦人靜靜地坐在窗前抱著她忠誠的隨從貝克，不知為什麼事情發呆。從神態上判斷婦人好像等待什麼，是一個人還是一件事我搞不大清楚。但她營造出來的氛圍讓人覺得她非常孤獨。四周出奇的靜謐，婦人坐在窗前就像關在籠子裏的一隻鳥。婦人污穢的行為隱去，其實是個並不難看的女人，這是我無數次的發現。可是這所宅院卻讓我害怕！好像四處都隱藏著怪異的眼睛。我的身上總有涼颼颼的感覺。我不想進她的屋子裏，我怕那種淫穢的氣息又讓我噁心。我站在院子當中等她出來。大約我的形象很糟，因為我看到她見我的時候猛然間彈跳起來，面容非常吃驚，貝克被她扔在地下嗖一下就直奔我來。婦人隨之站在我面前，眼裏居然噙滿了淚，這是怎麼一回事我卻搞不清楚，難道我會使她悲傷嗎？

她從上到下地打量著我。她說：「雨，我到底把你等回來了，瞧，你怎麼成了這個樣子？頭髮髒的成了一塊柿餅，這褲子還是條褲子嗎，嘖嘖，肩膀也磨破了，呀，怎麼流了黃水，快回家給你上點藥，不然會感染的。」

她拉起我的手又看見手上到處是蹭破的血道子，出現了比我還疼的樣子。說：「你幹什麼去了，這一段你到底幹了些什

麼？」

　　我把她的手甩開。我說：「不要碰我，我幹什麼用不著你管。我是來還你錢的。還了你的錢我們就沒有關係了，請你收起。」我把錢放在月臺上，我轉身要走。

　　可婦人緊緊地抱住我的胳膊說：「雨，我不是要你的錢，我難道還在乎這幾個錢嗎？我想讓你留下來陪我，我是真誠的！」

　　我說：「你真誠不真誠關我什麼事，我憑什麼留下來陪你？難道我是狗是豬？你連想我爸媽的自由都沒有，成天讓我耐著性子聽你講那些發霉的愛情故事，洗那隻不知廉恥的狗，我還是個人嗎？離開你我一樣可以掙錢養活自己。」

　　婦人說：「以後這一切統統取消可以嗎？雨，快回去換換衣服，洗洗澡，我給你要幾樣好吃的。」

　　「那又不是我家，我換什麼衣服洗什麼澡，我更不會吃你的臭飯。」

　　婦人說：「你以後完全可以把這兒當成你的家呀。」

　　「本來就不是我家，我為什麼當成我家？」

　　婦人的眼裏就再一次噙滿了淚……

　　我說：「把我放開！」

　　婦人不放。

　　我又說：「放開！」

　　婦人依然不放。

　　我往前走，她死活不放。我使勁踢了她一下，婦人就倒在了院裏，貝克撲上來護駕，我一腳就把牠踢出了丈把遠。牠「噢」地叫了一聲，讓人毛骨悚然，表示傷筋動骨。然後我就轉身跑了……

三

回到日工市場，我又掏出來數錢，好像我的錢很多一樣，其實除去一百六十塊錢，還剩二百八。還去的錢雖然讓我一陣陣心疼，可是心理上的輕鬆彷彿掀翻了一塊壓在心頭上的磐石一樣，自由比金錢更重要。我再不怕誰來抓我了。我把錢收起來，覺得天高遠的很，白雲在藍天上安靜的如同初生的嬰兒。街市也寬闊了不少。

可是怪了，我的視線裏怎麼出現了婦人和狗？她還要幹什麼？一個小時前設若我見到她，我定會嚇得半死，可這一刻我很坦然，她就是把全世界的警察叫來我也不怕她。

老萬說：「跑哪兒去了。」

我說：「我把錢還了，可是那婦人為什麼還跟蹤我呢？」

「燒香惹出鬼來了吧，不聽老人言吃虧在眼前。」

我說：「不過我不怕她了，我不該她什麼了。是的老萬，她並沒有想要抓我，她說她不是想要錢，主要是讓我留下來陪她。」

「那你咋不陪她呢，這麼好的差事？」老萬認真看了我一眼：「她八成是看上你了吧？」

「什麼叫看上呀，瞎掰。」

「讓你做她的小女婿呀。」

我臉即刻就紅了。我說：「老萬，你再說我不理你了啊。」

「怎麼？當和尚呀，你將來不當女婿呀？」

「不和你說，沒勁。就算我當，誰給她當呀，壞女人一個。」

「她壞你了？」

我不言。

「大老爺們的，她能壞了你。上趕的買賣不做，笨死你了。你那熊巴巴還有數呀，用了就沒有了？」

「我聽不懂你說啥，我不聽。」

老萬就壞壞地笑。他一直在對我開著婦人的玩笑。後來我們攬到了工程隊的五百袋水泥。扛一袋水泥五毛錢。

人一見了錢全都瘋了。

有人可以連扛帶夾一次三袋。場面如同搶劫一樣。可我只能扛一袋。老萬讓我扛兩袋，我被壓倒了。我站起來的時候說：「老萬再上。」我就再一次被壓倒，並且又咳出一口血痰。我突然聽到一個女人在喊：「他還是個孩子，你想把他壓死呀！」我轉頭一看是婦人。

我說：「關你什麼事？我什麼都不欠你了，你跟著我幹什麼？」

婦人說：「雨，跟我走，你不能幹這種活，我怎麼可以讓你幹這種活呢？」

我說：「這明明是我幹活，怎麼是你讓我幹呢？」我不耐煩地說：「走開！我不想看到你。」

婦人說：「我給你錢，你別幹了，這會毀了你的！這麼一點小，非壓出毛病不可，你媽要知道會心疼死的。」

我說：「毀了也不用你管，我又不是給你幹活，憑什麼讓你給我錢呀？你又不是我媽。」

我自顧自地扛著水泥走。後來婦人就不知到哪裡去了。

我扛了五十袋水泥掙了二十五塊錢，又有了一些收穫，心

裏滿舒服的。可是老萬和小寒因為搶最後一袋水泥，也就是五毛錢打了起來，老萬剛好拖最後一袋水泥，小寒同時也抓住了袋子的一角，兩個人誰也不鬆手，拖過來拽過去爭執不休。然後兩個人的目光就開始刀光劍影。最後小寒一歪腦袋狠踢了一腳老萬的腿，老萬就「撲通」倒在地下。小寒仗著年輕乘機扛著水泥跑了，五毛錢肯定會領到的。可老萬有些氣急敗壞，等小寒回來，接耳灌風就是一巴掌！小寒也不示弱：

「說日你媽的老萬，想找死呀！」

老萬說：「是的，老子就是豁出命也要收拾了你個狗雜種。」

然後，兩個人就滾打在一起。工地上立即狼煙四起，戰火滾滾。小寒把老萬的耳朵撕破了，老萬操起一塊石頭向小寒的頭砸去……

我看到空氣裏有了血色，塵埃中渾濁一片，我撲過去抱住老萬。我說：「老萬別打了，我給你五毛錢，我給你一塊錢行不，老萬，老萬……」

可我的臉上挨了一巴掌！

我驚愕地望著老萬。我說：「老萬你怎麼打我呀？」

老萬並不因為打了我而內疚，相反，他兩眼紅血血地如同火柱一樣盯住我，說我稀鬆軟蛋，不和他一條心，反而幫倒忙。

他的意思一定是要我與他一同打小寒。可我怎麼可以這樣呢？

小寒被人拖走了，只剩下了我和老萬。我倆許久沒有話說……

四

　　暮色朦朧的時候我和老萬簡單吃了一點飯，就回了我們的住處。老萬打過架，並不顯得多麼的傷感，好像肚子吃壞，拉了一泡屎一樣，過後全忘。我不能不佩服老萬的深沉。

　　吃完飯我們通常不會很快睡覺。我又要求老萬耍魔術，老萬當然不拒絕。我們剛把攤子擺開，婦人和狗就意外地站在我們的門口。婦人大驚失色就像見了驢上樹一樣。說：「雨，你怎麼可以住這種地方，這是人住的地方嗎？」

　　老萬說：「咋說話呢？看著兩個活生生的人住著，怎麼就不是人住的地方呢？我們不是人難道你是人？」

　　婦人不理老萬的話，只說：「雨，你跟我回去，你不能住到這種地方。」

　　我說：「那又不是我的家，我憑什麼跟你回去呀。」

　　他說：「雨，以後我會好好待你的好嗎？」

　　「不好。」

　　「雨……」婦人又哭了……

　　老萬被婦人的眼淚好像給流呆流傻了，他一動不動地盯住婦人，半張著死魚一樣的嘴，連哈拉子都流了一世界……

　　婦人朝我走來，我朝老萬的身後躲。我說：「老萬你快救我呀，我不跟她走……」

　　婦人停住了，她把一包什麼東西放下說：「雨，既然你不跟我回去，我也不強求了，這是你的衣服，另外你的一百六十塊錢還你，還有三個月的工資，住店錢我不要了。如果你想回來我隨時都在等你。」婦人把錢放在包子上，然後就轉身走了，貝克看

了我一眼「汪」地叫了一聲，算是一種告別，隨婦人一同去了。

我躲在老萬的身後驚呆了！我不敢相信眼前的事實，更不敢相信婦人的所作所為，她怎麼會變成如此感人的形象了呢？我想，這會不會是一個陷阱？然後我朝她喊：「拿走！我不要你的臭……」

老萬用手捂住我的嘴，朝外面看看說：「你傻呀，不要白不要，給你為什麼不要，又不是你搶她偷她的。」然後我就不喊了。老萬總是在我搖擺不定的時候給我指明方向。我感覺到我的貪婪一點一點浮上來，我餓狼撲食一樣地把錢搶起來，用拇指蘸了下口水，「唰唰唰」點了一遍，我的眼睛「吱」一下亮了！我樂不可支地把我的錢掏出來摞上去，竟是厚厚的一疊！心隨著票面的厚度讓我飛揚起來，愉快的點錢聲又在我手指間響起，我興奮的情緒衝出了陰暗骯髒的破墟，飛向整個天和地，在天地之間縈繞、盤旋，飄揚，像鳥兒一樣鶯鶯歌唱……

「老萬」。我說：「我有一千一百塊錢了！我可以給我爸我媽買東西了，我終於可以回家看我爸我媽了……

噢——

噢——

我像一頭撒歡兒的小鹿滿地亂竄，我彷彿看到了爸爸媽媽等待我已久的臉……

我突兀安靜下來淚流滿面了……

我想，我明天就可以見到爸爸媽媽了，我有錢了，我闊了，我再也不怕誰欺負我了……我這樣呢喃的時候，倏忽看到老萬的臉陰沉沉的，眼睛藍藍綠綠地盯住我手中的錢，沒一點兒與我同樂的意思。我的興奮就減去了一半。

我說：「老萬你不高興嗎？」

老萬說：「你走了我連個伴兒也沒有一個了，唉！你們都有出頭之日，我可沒有你的福氣……」

老萬躺下什麼也不說了，屋裏靜下來，我就又被老萬的情緒影響過去了。

我說：「老萬，你放心，等我有了錢，我一定要辦一所全世界最大的律師事務所，我首先替你打贏這場官司，我給你把一百萬塊錢追回來，等著吧，你會有出頭之日的。」

老萬的臉上出現了異樣的神色……

我說：「老萬，我會回來看你的。」

老萬把頭扭向一邊。

我說：「老萬我給你背一首我初中時學過的一首詞吧，詞的名字叫《送別》。但是我背了咱們都不能傷心，聽見了嗎？」

然後我把目光緩緩地移向窗外的天穹，聲音就飛飛揚揚地在空域裏飄盪：

長亭外，古道邊，芳草碧連天。晚風拂柳笛聲殘，夕陽山外山。天之涯，地之角，知交半零落。一觚濁灑盡餘歡，今宵別夢寒。

餘音在夜空中縈繞，彷彿是一曲淒美的長歌。吟完之後，我本想把意思解釋給老萬，可我聽到了老萬呼呼的鼾症聲響起來，黑洞洞的破墟充滿了冷清的氣息，而我卻一個人被詞語打動的哭了……

我叫了幾聲：「老萬，老萬。」

老萬睡過去了，不和我答音。想到明天就要離開老萬心裏又難過起來，很想給老萬做些什麼，可老萬有什麼可讓我做的呢？我想我應該送給老萬一些錢，可送多少呢？想來想去把零頭給老

萬，我就從兜裏掏出錢，抽了十張十元錢放在老萬的手裏，也有厚厚的一疊了。然後我又打亮手電開始點錢，每一張票面都有爸爸媽媽的臉，我的心潮濕了，似乎有了依託，我一直點，不停地點，錢在我手指間翻動的時候淚花一滴滴打濕了票面，如同雨點打在秋季的枯葉上。在幻覺中爸爸媽媽滿足了我的願望，稀釋了我的思念，直到我的眼皮沉重得再也張不起來……

　　我睡了一夜的好覺，醒來的時候一縷陽光「啪嘰」搭在我的臉上，如同小貓的舌頭麻酥酥的把我舔醒。我睜開眼睛，老萬已不在我身邊。我想他大概早就到日工市場等活去了。他知道我今天要離開他，一定是不願意看到我們分別的場面吧。我看見我餽贈給老萬的錢，他已自動接受，我會意地笑了。

　　我一骨碌爬起來就朝商店裏跑，我明白今天給我帶來的全部意義，我的身和心飄逸的如同一片羽毛。我感到我的靈魂飛離了我的軀體。我覺得腳下最小的石子也能使我滾倒在地。陽光把我照得通體生輝，我的腳步雄壯起來，覺得自己比一切人都高大威武，因為我兜裏有了錢，我可以完成自己偉大的願望！

　　我進了商店富翁一樣的感覺，任何人我都不正眼看他們，我對售貨員說話也不再戰戰兢兢。我命令一樣地讓她給我拿最好的絲織睡衣，售貨員居然被我的氣勢嚇得異常服貼和殷勤。我慢條斯理地享受了一切富人可以享受的榮耀，我給媽媽選好睡衣，又給爸爸選好公事包，我的情緒高漲的如同來自山洞裏的勁風，心一勁兒的對爸爸媽媽說：「我有出息了，我有錢了，爸爸媽媽你們就好好地樂吧！」

　　可是當我站到收銀臺面前伸手掏錢的時候，我的血液頓時冷凝下來，眼前出現了白呆呆一片！腦袋「嗡」的一聲炸響了！

錢？我的錢呢？

我又從另一個口袋裏翻，還是沒有，昨天夜裏我明明好好地裝在褲兜裏的，怎麼會沒有了呢？我把所有的衣兜都翻出來，沒有沒有，一千個沒有！收銀小姐一再催我交錢交錢，我不預以回答，我得把我的錢找出來我必須找出來！可是一切努力都是徒勞。我已分文沒有了！

收銀小姐惱了。她說：「沒錢在這裏搞什麼亂？走開走開！下一個。」

我被一個人毫不客氣地推開，如同推一隻癩皮狗一樣，推出了一種深深的侮辱性。交錢的人長蛇一樣把我吞沒，我富翁一樣的派頭頓然消失了。我臉脹得通紅，呼吸坎坎坷坷，心狂跳得快要死去，一個美好的願望如同一片彩雲倏然消失，我兩腿發痠，眼前一片膝黑！我看不見了，我什麼也看不見了，我踉踉蹌蹌朝我的住處跑，腳下好像有數不清的障礙物，老是不經意被跌倒，跌倒的時候我聽到汽車吱扭扭尖叫，車輪便冒出一股青煙膠臭難嗅；自行車東倒西歪；我還聽到有人在我身後破口大罵：「小雜種活不起了，找人買棺材？」

我不管活起活不起，我得活，我要活，我要去找到我的錢，我要回家看我媽媽，我想我媽媽……

可我回到破墟的時候，屋裏的一切把我驚呆了！

破墟裏一片狼藉，老萬的鋪蓋捲已經沒有了。

我四處叫喊：「老萬，老萬，誰拿走我的錢了，告訴我老萬，你怎麼可以不告訴我就走了呀？老萬……我要回家，我想我媽媽……」

五

我沒命地奔跑，我想在人海中找到老萬，老萬一定能幫我找回我的錢。可是那麼多和老萬一樣的人個個都不是老萬。日工市場，火車站，汽車站，凡是民工密集的地方我都去過，沒有，完全沒有！我的心開始下沉的時候，一種並不久遠的聲音懸天絕地地震響：

「歲月像不斷增添的泥土，埋葬了我童年的夢；幻想的精靈早已垂下飛翔的雙翅。人生是一條沒有盡頭的路，我走著，走著，不斷地走著。當我疲憊懈怠、停步歇腳的時候，記憶的殘骸像是長出豐滿的血肉，敲開歲月之墳的大門，引我溫習逝去的夢，激起嚮往大海的深情，催我鼓滿生命之帆，繼續向大海起程。」

我淚流滿面了，我差不多開始嗚咽了，夢終歸只是夢而不是現實，我有過多少夢啊，可它被現實一點一點擊得粉身碎骨。夢使我更加的絕望，因為我無論怎樣努力地鼓起生命之帆都找不到大海。大海啊你在哪裡？

「哦，大海」的作者告訴我，只有那不畏艱險的勇士，才能走進大海的世界，得到幸福和安寧！而幸福和安寧確是人世最寶貴的東西。難道我不是勇士嗎？我靠自己的苦力掙錢，我唯一的願望就是回家看看我的爸爸媽媽。此時此刻，我覺得只有回到爸爸媽媽的身邊，才是找到了大海的世界。可是，究竟是誰阻礙我在實現自己的願望呢？

我又聽到了媽媽的哭泣，爸爸充滿絕望的呼喚……這聲音足以能把我的精神徹底擊斃！

我站在城市的一角，望著這座灰色的城市，我餓，我渴，我焦慮，我思念我的爸爸媽媽，可是我不能就這樣回家，我想讓爸爸媽媽看到我的出息……

　　可是我已經沒有錢，我的一切願望都已亡失！站在高處我用目光找尋我們家的方向，我還彷彿望見我小時候偷偷放走爸爸的和平鴿的那個樓頂，他讓往事如煙一般擁擠而來，淚水模糊了我的視線，眼前的物體一律形成曲線……

　　我的頭怎麼這樣的重？我咳嗽得厲害，喉嚨裏一股腥鹹的味兒衝向鼻腔，一口腥紅的血吐出來，我嚇壞了，我是不是病了？如果老萬在我身邊，他一定會為我判斷清楚我是不是病了。可是老萬不在了，他到哪裡去了呢？我看到站臺口和老萬一樣的人拼命地往前擠，他們髒兮兮的鋪蓋捲侵犯著周圍的人，周圍的人無論是男是女均對他們不客氣，各自捂著鼻子，好像他（她）們的嗅覺正遭受著核武器的污染一樣，兇狠地把「侵犯者」推得東倒西歪。他們雖然瞪著眼睛罵出最難聽的話，但還是難以改善被人歧視的地位。他們在「文明人」面前確是顯得很邋遢。可有誰探究一下他們的生活境遇呢？他們為世人蓋起高樓大廈，自己住的是風雨難擋的破墟。他們沒有浴室供他們清理衛生，他們沒有餐桌從容地進食。他們甚至沒有閒錢賣一支牙膏、牙刷。他們的身上當然不會有好的味道輸送出來……沒有誰比我更瞭解他們吃著最廉價的飯，掙著最微薄的薪水，幹著最重最累的活。他們當然沒有辦法文明起來，那些文明人根本就不給他們這樣的空間和機會。假使世人非常尊重他們，或者給他們一點點同情，讓他們擁有人的尊嚴，他們還會破口罵人嗎？假使他們的生活條件稍微改善一下，他們還會釋放出汗臭味熏人嗎？

我很想上前幫幫他們，我很想和那些推拉他們的人打一架給他們出出氣。可我沒有力氣了，甚至連替他們去唾一口排擠他們的人的力氣都沒有了。他們家中一定是有了什麼要緊的事情，不然他們不肯匆匆回家的。我望著那些被人推來拉去的民工又在想，假如我有了錢，一定請天下的民工到五星級酒店吃一頓最好的飯，讓他們酒足飯飽地回家，然後去尋找他們最理想的大海的世界……

　　天地開始旋轉的時候，我已經不知我身在何處，我只覺得我像「賣火柴的小女孩」躲在街的一角，望著對面飯店裏有錢人的飯香嫋嫋地飄出來，傳進我的嗅覺裏，滋潤著我貧寒的胃口。「小女孩」點燃一根火柴用來取暖，可我用老萬遺留下的打火機照亮我黑暗的心房。「小女孩」最終讓奶

　　奶帶著她上了天堂，可我將走向何處呢？未知如同黑暗的世界向我逼近！何時能回家看望爸爸媽媽已是遙遙無期……昏厥一陣一陣地來，又一陣一陣地去，但我並不知道這是可惡的病魔前來光顧……

　　大街上人來人往，本來還算平和的街市，突然風波鶴鳴，我看到一個人喪心病狂地在人群中奔逃，他身後是兩名警察窮追不捨。

　　我的心別地一動！全身如同十二級地震，我拚命將視線清理了一下，二狗子？！狗子被警察發現了？

　　世界真是小，我居然看到了狗子？我想喊一聲狗子，我想把狗子叫住，如果可以的話我會救他，可是我沒有力氣。我就像看到了一個久別的親人，在我此刻的心裏二狗子也成了我最親的人！我替狗子著急，狗子怎麼了，又替人打架了嗎？我的目光在

模模糊糊中看到了狗子最終的結果，他在難以逃脫的情況下將一個錢包朝警察丟去，以為可以受到寬恕，然而他還是被警察銬住了，銬住了還用拳打用腳踢，狗子噢噢地叫，慘絕人寰，我的眼睛蒙上了一層白霧，繼而變成水淌著淌著……

*17*條皺紋

C 章

一

二狗子死了嗎？

我曾記得，在校時，看著二狗子一直空著的座位無人問津，我眼前出現了一片空蕩……

二狗子替「腳」和我們打架時，被我一石頭砸得腦袋開花，用一把土捂住血流如注的傷口奔逃的情景一直撕扯著我的心，我很怕他血流盡的時候突然死掉。或死裏逃生突然找到家裏去；或者找回學校來；或者他的父親和母親站在我面前……

然而任何情況都沒有出現。這種擔憂和等待讓我漸漸地內疚起來！及至後來我才知道，我的同學二狗子，確是一條狗，是一條沒人愛沒人寵的野狗！也是生命力最旺盛的一條狗！

小的時候他不知道人還該有父親，在他的世界裏只有母親一張面孔，有時候也有幾個更換過的男人出現，他們高興的時候也給他幾塊錢要他去買冰棍吃。回來的時候母親總是哭……

父親出現了的時候，總是不停的打母親。父親的樣子兇神惡煞，臉上的幾處刀痕跳上跳下讓他恐怖。他的父親在一段時期內出去找工作受到挫折。後來就抽開了白粉，抽得臉色蒼白如紙，抽得典賣了家裏的全部家當，抽迷了星辰，抽醉了天空。抽得去偷去搶……

他的媽媽沒了辦法，只得離家出走，不知去向。偶爾回來給他搬幾箱速食麵以表充饑之意。每學期準時到學校交學費，這就是他母親的全部義務。二狗子的生活充滿孤獨、無助和渺茫。在他眼裏沒有固定的色彩，氣質中形不成固定的人格，精神也不存在任何疆界。他全部的欲望就是活著！他不悲觀也不厭世。沒

有什麼事可以讓他輕生。如果他不因失血過多而亡，我的擔憂就是多餘的。他逃學是常有的事，老師根本值不得管他，老師的心事放在重點上。狗子對班裏的最大「貢獻」是上課搗亂，考試拉分。老師連訴怨都沒地可訴。

有一次他對我說：「日你媽葉雨楓，你活得那麼滋潤為什麼打起架來不要命呢？說實話『腳』他媽的才給我十塊錢雇用金，我考慮值不得給他賣命，我替他打架也是為了活命，所以我被你們打敗了。你說你很講究氣節，尊嚴。操！你要活到我這個樣子，你就知道氣節和尊嚴是個什麼東西了，思想裏想著這東西忒他媽影響活命了。這滿世界的人誰講究尊嚴誰就是吃飽撐的，你們的氣節，尊嚴都是假的，是你們的爸爸媽媽們給你們撐著你們才有力氣大喊大叫出來給我聽。說我不是人，給我打架吧還怕髒了手。難道你們就乾淨嗎？但願永遠有人給你們撐著那個什麼尊嚴的臭王八狗操的東西。我不是人，我他媽不是人是甚？哪一個人的形狀不是一點一豎，我少了『點』還是少了『豎』？不過葉雨楓你這王八羔子，兩次都讓我失手，你他媽為什麼從來不輸？你能把『腳』搞倒，算你是個人物。只是以後老子替人打架還會一再重複，你們有這方面的業務也拜託給我提供一些方便，有錢人何必自己動手呢？這是我的一條活路。或者再遇到你們手下，你們可以打斷我的腿，打折我的胳膊，但千萬放過我的腦袋，腦袋最他媽容易死人，我他媽太想活了……」

狗子說這話的時候非常輕鬆，輕鬆的讓我們心酸！他笑的非常燦爛，燦爛的讓我們自愧弗如。他打架完全是商業行為，與恩怨沒有關係。生活會讓人深刻，可惜我們誰也難以徹底理解狗子的感受。

後來我對狗子說：「我一直等你去找我的爸爸媽媽，或者找回學校來，可你一直沒有出現。」

　　他說：「呸！你他媽把我看成什麼樣的人了，替人打架失手是常有的事，對得起我的賞金就夠了，我幹啥還找你們的麻煩呢，我要那樣才他媽真是條狗呢！」

　　哦，我這才知道狗子有狗子的原則，是他自己給自己設立的最獨特也是最個體的原則。狗子的很多話讓我心有所動，感情上很想同情他，但理智不允許。我一直把他擱置在壞人堆裏來看。因為他總是那麼壞壞的，新同學他個個都要給點臉色看。他有欺生的毛病。我厭惡狗子，可是每看到他的空位子我又隱隱有些不安，是我把他打走的嗎？

二

有一天，我看到狗子坐在學校樓對面的大街上，睜著黑洞洞的眼睛，那麼孤獨，那麼無助⋯⋯

各色街景，如同色彩繽紛的水彩畫，一定與他的心境形成巨大的反差。他的心裏只有黑白兩色。常常是內裏恐怖，外表歡樂，其實這歡樂裏有淚！只是他從不屑於哭。

他說：「哭給誰看呢？沒人疼沒人愛你就不會有淚了。眼淚是給愛你的人看的，別人不會關心你的淚。何況眼淚不能當飯吃，眼淚不能餵飽肚！眼淚是他媽熊包蛋！」

為了肚子，他學會了很多訛人的招數，每有一個重大收穫他都炫耀不止。比如他手裏拿著一架廉價的墨鏡，衝著一個面善的人走過去，故意撞在對方身上，啪嘰！墨鏡摔在地下碎了，他便名符其實成了受害者。他哭著喊著說他回家怕爸爸媽媽打他之類的言辭顯示著他的弱小和無奈，一邊觀察著對方的動靜，一邊哭訴。對方吃軟他就來軟，對方吃硬他就來硬。總之，損壞東西要賠這是根本目的，東西不值幾個錢，但可以十倍二十倍地索要，運氣好的，遇上時間當緊的人，又不缺錢就必會有一筆好收入。再比如，餓急了的時候，他完全可以不要面子，溜達到飯館裏，喜歡吃哪道菜，服務員一經往桌上放，呸地唾一口唾沫，『菜主』就沒法吃了。他可以裝瘋賣傻，使『菜主』有苦難言。『菜主』多半是要面子的人，打不好出手，罵不好出口，最多生一肚子氣，罵一句有人養沒人教的喪氣鬼就走了。如此他就可以美美地『得』一頓。他不怕打也不怕罵，只要達到預期的目的就是一次不小的勝利。他的日子就是靠這點點小勝利，去啟動他生存的

種種靈感……

然而，狗子失手了。

他的「勝利」厚積薄發，終於受到了懲罰！

他以為飯桌上坐著的是一個款姐，貴婦，闊太太。據他的經驗證明，這種人多半有一些涵養，擺闊，愛面子。要容易得手。可他沒有想到遇上一個「捉雞婆」。這種人不靠下三濫的手段恐怕也難在世面上混下去。

狗子按素常的辦法依樣朝那盤菜吐了一口。各種佳餚還源源不斷地往上端，狗子的判斷失靈，他沒想到女人背後還有人。

「捉雞婆」哇哇大叫起來，身後馬上圍過幾個橫眉豎眼的男人，胳膊上均有紋身，一條黑龍，生氣蓬勃地纏繞上去怵目驚心！

狗子打了個寒顫，知道小巫見了大巫，拔腿想逃，卻被一把擒住，接著劈頭蓋腦，就是一頓痛打，猩紅的血腥味兒彌漫了餐館，許多人哇啦哇啦地叫喊著往外跑，但沒有人替狗子的生命關照一下。在世人眼裏這樣的「賴鬼」揍死也活該！

狗子的腦海裏交替著黑白兩色。恐怖如一塊巨大的黑布包裹了他，這是他有生以來挨打最厲害的一次。他先還知道被人打，後來在青砰紅啪之中神智就不那麼清楚了，他似乎覺得被懸空托起，之後就跌進了萬丈深淵。一世界都在地震，一個城市的高樓都向他砸落下來，瓦礫，塵埃……天下呈現出一片廢墟的圖景……父親兇狠的面孔，母親冷漠的神情浮光掠影般閃現，漸漸變成一團霧一縷煙去遠去遠……

他好像覺得眼睛濕漉漉的，那是淚嗎？不！不是淚，流淚幹什麼呢？

17條皺紋

許多目光雨點般砸在他身上，透心的冷。疼痛嗎？不！他一定已經不知道什麼叫疼痛，什麼叫悲情，所以他被打死罵死都不叫喊，叫喊是讓人聽讓人同情的，可他叫給誰聽呢？難道還會有人同情他嗎？一道厚厚的人牆圍住了他，那麼多的腿，樹椿一樣地豎在他眼前……但他的心如同跌滾在荒蕪的沙漠裏，呼嘯的風聲捲起滾滾黃沙把他淹沒的無聲無息……

　　這是狗子在接受了我們的同情之後的一次敘述。

三

　　乾燥的初夏竟是出奇的熱，日光砰砰啪啪射在柏油馬路上不斷地冒煙。我和鍾煒，司馬，駝爺們騎著自行車如同一縷細風席捲過來，發現「人牆」裏躺著的竟是苟延殘喘的二狗子！我們幾個就鑽進人群裏驚怔著面面相覷。二狗子的鼻孔，嘴，均都淌著黏稠的血，一臉紫青的臉色。綠頭蒼蠅如一架架轟炸機嗡嗡營營地落下來，吱吱地吮著血，就像在這裏設了隆重的宴席一樣……

　　我忍不住走近狗子，狗子的身體一抽一抽的讓人心驚膽戰。

　　我說：「狗子為什麼會躺在這裏呢？」

　　有人說：「嘴饞發賴，讓人給打了。」說：「他爹是大煙鬼，他媽是『捉雞婆』誰管呢？有人養沒人教些東西……」

　　我回頭看鍾煒，覺得有一種惻隱之心浮上來。

　　駝爺說：「管他呢，臭混混。」

　　我說：「他是咱們的同學呀。」

　　鍾煒說：「咱們怎麼管呢？送醫院又沒有錢。」

　　駝爺繼續瓦解我的意志：「不記得他當初是怎麼欺負你的，狗仗人勢，他還是『腳』的幫兇呢？」

　　一想到「腳」，我就決定不管他。就在我們轉身要走的時候，狗子在混濁中彷彿宏門初開般被一種隱隱的，好像來自天國的音籟喚醒了他的神智，求生的欲望又遍體鱗傷地爬回了他的腦中。他向人類向蒼天發出的第一聲呼喚就是：

　　「——餓，我餓！」

　　他說：「我餓！」

　　我的腳步被這夢囈般的呻吟拽住了，我對狗子產生的不安情

緒是隱約感到了一點人生的恐懼，一個人在途中受阻一定非常需要有人為他打通吧？他是那麼想活，他的生命是那麼旺盛，無人關愛也可以存活下來。我看到他頭上被我砸傷的疤痕已和頭髮形成了骯髒的一個硬結，而這個硬結才僅有十塊錢的賞金。一種屬於同情的東西一點一點纏住了我。我回頭徵求我的同學說：「咱們救他吧？萬一他死了呢？狗子最有活的熱情，咱們讓他活了吧。」

駝爺，鍾煒都低下了頭。

司馬說：「我同意你當一次天使，天使的心靈是善良的，寬容的。天使從來不記仇，我看到了你媽媽的良好教誨在此時充分體現。為此我願意給你提供這個方便。」

司馬的「恭維」充分堅定了我的信念。我說：「我很想『高尚』一下，希望大家成全我這個願望。要不咱們共同高尚一下吧，應該沒有什麼壞處。」

大家就一併幫助我實現「高尚」。

二狗子閉著眼睛，神智半昏半醒。日光穿過濃蔭照亮了他空蕩陰冷的心。他睜開眼睛的時候肚子已填進七個餅子兩碗麵。

我們面面相覷，驚異他多少年沒吃飯了？大家一併搖頭，誰都不清楚。我們已經傾囊相助再無分文，他要是還有食欲我們就完全沒有辦法滿足他了。

但我們對他肚子的海量佩服死了！這樣的人真的不容易死，只要有飯吃就能活出力量來。他打了個飽嗝摸摸鼓起的肚子，精神就完全恢復正常。他有力氣看我們的時候，臉上的傷情立即風吹雲散如同晴朗的天空，剛剛發生的慘景，好像與他完全脫離關係。他表現出了很久沒有見過笑臉了的特徵，好像很感動，因為

我們此刻的目光注視著的是一個人而不是一條狗！這個微妙的心理，他不無準確地把握在心的時候，傷痕累累的臉開始有了「瑟瑟別別」的響動，眼裏的淚水使勁控制無效之後，最終轟隆一聲滾落下來⋯⋯

　　我們一同為他心酸。我說：「狗子回學校吧，別再替人打架了行不？」

　　狗子的臉漲紅如血，低著頭，沒有回答我的話，卻猛然站起來逃避了我們的友情，飛快地跑的沒了影兒⋯⋯

B章

一

　　我在灰暗之中長久地躺著，身體好像不可阻止地向下沉，並且如陀螺一般地旋轉著，速度越來越快，就像生命的疲憊接近終點一樣。大火嗶嗶剝剝地燃燒著，搖曳的火光如同一個碩大無比的舌頭忽閃忽閃地舔著我的臉，漸漸地我便置身於火海之中，我感覺到我的骨骼在體內劈劈啪啪地炸響，然後彷彿有燒焦的味道……

　　不知過了多久，我睜開眼睛很長時間不知是在天上還是人間，所有的東西都在我眼前旋轉，變形，在空中張牙舞爪地飛奔……

　　我聽到一個聲音：「雨，你醒了嗎？」

　　聲音非常的遙遠，我辨不清聲音發自何方。但這聲音多好聽啊。就像一個失蹤人在此岸無路可走，彼岸的人用航標燈在吸引他的視線並發出呼號。我急切地想知道這是誰的聲音，但是我的身體又在下沉。目光混亂不堪，眼前的情景雜亂無章地扭動起來，就像物體在水波裏晃來晃去。我拚命想支撐起眼皮，想知道我在何處，可是我沒有力氣……

　　在意識的眼睛裏，我依稀看到爸爸在空中如一張剪紙般的蒼白人形翩翩地朝我飄來，然後又翩翩地飄去，在很遠的天空中變成一抹白霧漸漸消失……我使勁喊爸爸……爸爸……可是我喊不出聲音。我的心在灼痛……後來我又看見了媽媽，神態端莊，她穿著我喜歡的粉紅色的睡衣如天仙一般在空中穿行，彩雲在身後做背景，猶如人工做成的幕布漸漸地形成一幀標本定格在空中，然後去遠去遠……

我的淚招來滿天的烏雲，一個響雷惹哭了天空，雨嘩嘩地下著，大地被雨水沖涮得沉默無語。而我像一片樹葉飄進了樹林。眼睜睜地讓時間帶走了我周圍的人和周圍的景色……

　　後來一種聲音讓我恢復了記憶，傳進我大腦中的首先是恐怖！嚎一般的「汪汪」聲漸漸從遙遠中貼近，越來越清晰，越來越淒厲，以致我頭皮發麻，全身的雞皮疙瘩紛紛豎起！我眼前的情景開始有了穩定的狀態，好像水波慢慢平靜下來。當我迷迷糊糊地睜開眼睛，有那麼一剎那，難以確定我身在何處。首先印進我眼簾的是一個女人的身影，她素衣素面，她眼神裏有很深的焦慮。她坐在我睡的床邊，非常安靜地注視著我，焦慮中透著期盼！我意識中悠忽覺得那是媽媽，只有媽媽才肯守在我床邊，用心來安慰我。我心中無數的光點交織進來，我的身體向媽媽傾過去，然後我用手去召喚，我希望媽媽抱抱我，失去溫暖太久了，我真想感受一下媽媽的體溫，哦！媽媽的懷抱真溫暖。我的喉嚨堵堵的，鹹澀的淚水溢了出來……

　　「媽……媽……」

　　我彷彿聽到有人和我一同在哭，因有淚水不停地滴在我的臉上。我想肯定是媽媽。可是某一種氣息讓我清醒起來，那是動物和人體交織在一起的氣息。我聽到狗呼呼嚕嚕的鼻息逼近我，我的記憶開始慢慢搜索。我意外地發現抱住我的不是媽媽，原來是那婦人！我看到那隻形影不離的狗用嘴嘶咬著她肥大的衣袖，企圖把她從我床邊拉開……

　　狗徹底喚醒了我舊的記憶！我本能地推開抱住我的婦人。可是我還沒有足夠的力氣。一股屬於憤恨的東西驅策我發出呼喝，可是我胸膛裏難以發出連貫性的聲響，我的喊叫如同一塊被砸碎

的石頭叮叮咚咚朝婦人投過去。

我說：「走開，不要靠近我！」

婦人就果然鬆開我：「雨，你真的醒了嗎？」

我說：「你沒有權力叫我雨，只有我媽媽才可以這樣叫。我姓葉叫雨楓！」

婦人改口說：「葉雨楓同志，你燒了三天三夜，人事不省，是貝克幫我把你找回來的。我請人給你打了針……」

「打針？在那裏？」

婦人說：「當然是屁股上……」

「屁股？屁股？她一定看見了我的屁股……」我的臉有些發燒……

婦人說：「把藥服下去，不然你會轉成肺炎的，你在昏迷中不停地咳嗽。」

她倒了一杯水給我。我看都不看把水給他打翻在地。

狗的眼睛倏然扎緊，盯住我叫個不停，替婦人鳴冤叫屈。聽得出牠聲音裏的憤怒！畜牲，你怎麼能懂人心裏的事呢？

婦人不生氣，她又重新倒了一杯水，把藥使勁往我嘴裏塞，我「呸」一聲吐出來，藥片正好彈在她的眼皮上，她捂住眼睛好一陣。

狗就圍著她轉個不停，眼睛關切地望著婦人，牠如一個忠實的勇士朝我伸長脖子叫幾聲，眼皮耷拉下來表示了最徹底的惱怒！然後力大無比地咬著她的裙裾拚命往外撕扯她。她沒有表現出絲毫的動搖。狗就理直氣壯地叫起來，叫得淒厲，恐怖，慘絕人寰……

她的手鬆開眼睛之後，眼皮上有一片明顯的紅印子。但她

仍沒有生氣。她把水和藥都放在床頭櫃上，用眼睛示意我自己動手。然後隨同狗出去了。狗停下狂叫，在地下炫耀地撒著歡兒，回頭勝利地看了我一眼溜走了。

婦人的溫情讓我吃驚，我心裏好像出現隱隱的不安，我驚異於她居然允許我的態度在她面前顯示出至高無上。可是我的一切無禮都是因為我對她記憶中的骯髒……

我拚命回憶我是怎麼躺到這張床上的？我記得我曾拚命地奔跑，想逃到很遠的地方，可是後來我怎麼又回到了這裏的？在這之前我好像躺在一個門洞裏數星星。再後來我就身臨其境地融入到曠遠的宇宙去漫遊……

我好像沒有能力進一步追索，我的眼皮依然很沉重，我想站起來，可是我的肢體好像已經被分解，聽不懂大腦的指揮。這樣努力了幾次均沒有成功，我躺下去的時候又脫離了正常的意識。有那麼一瞬間，我的靈魂脫離了肢體，彷彿遠征去了……

窗外的夕陽「嘰哇」一聲抽下山的時候，我動了動身子依舊沉重如鉛。我的咳嗽好像惡化了，我吭吭地咳嗽不止，我聽到婦人急切地跑過來，用衛生紙接住我的嘴，我的心緊縮起來？生了一種不愉快，我拚命拒絕和她配合。我惱火地想，我和你有什麼關係，你憑什麼把我搞到這個可惡的地方來，我餓死都不用你這壞女人管。我用手無力地推她，打她，我拚命地掙扎：「妳走開，不允妳靠近我！」結果咳出來的血痰就吐到了被子上。婦人並未出現惱怒的情緒。

她說：「乖，聽話啊，好好躺下，等我給你熬一點參湯喝。」

我沒有辦法不躺。我直挺挺地躺下了。難道我會死嗎？有人

告訴我，腳直挺挺就意味著死亡。我想知道我的腳是不是直挺挺的，可就是身不由己。我曾經擁有那麼強壯的身體，可現在手無縛雞之力，我還要活下去嗎？

我聽到婦人說：「雨，小便嗎？」

我不予以回答。只想知道我會不會死掉。

在我的記憶中好像有一個人特別的喜歡研究死，後來他宣佈不死了，是因為他擁有我們的友誼。他還說沒有了友誼他簡直活不下去，他太孤獨了……

我怦然心動！我彷彿又回到了校園，回到足球場上。是的，我看到了我的同學程超，他從遙遠的方向走來──

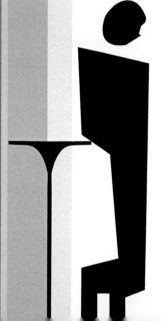

C 章

一

　　程超的出現讓我心動！我好像從他身上找到了故人的特徵。可是他未老先衰的樣子令我吃驚！他白茫茫的眼睛空洞無物。

　　人到底為什麼活著？人到底為誰活著？為重點？為三好？為學士？為博士活著？還是為父親，為母親，為親朋好友的面子活著？都不是，人活一天就離歸宿靠近一天，人的最終歸宿是幸福地死亡！

　　他說人既然一生下來就朝死亡走去，為什麼還要做種種的奮鬥不讓人輕鬆地走向終極呢？真累！累透了！程超不停地問這個問題，問蒼天，問大地，累透了的時候死亡兩個字就咚一下跳在他眼前張牙舞爪……

　　他說死亡能不能在他這裏迅速生效？

　　我被他問的心驚膽戰，他就像死過無數次的人決定重新品嘗死亡的滋味一樣。這個話題離我簡直太遠了。

　　可是他的出語驚世駭俗！讓我納悶這幾年他到底都想了些什麼。他小學時候就想殺死他的媽媽，可至今他媽媽還好好地活著。他弑母未遂難道又轉移到自己身上了？

　　他的載負太重了！世界上凡是能稱得上「家」的，他的父母一併都想在他身上成為最高理想。他是實現他們理想的化身。他在重重壓迫之下什麼「家」都看不見，倒是對死亡的認知快超過世界級哲學大師了。他認定人活著是虛無的，沒有意義的，與其在這世界上你死我活地競爭還不如直接奔向死亡！各種死法他都做過探索，他說投河自殺吧如今環境污染太厲害，臭；他說跳樓自殺吧萬一死不了他懼怕血；上吊吧，死的醜態百出太沒尊嚴。

如此探索來探索去，死亡的念頭就無限期地拖延下來……

　　他的父親不看書，但他為了搞出些書香味兒，購了四壁的書，一律是精裝本，新嶄嶄的，恐怕這一生什麼都不幹，只看書都看不完的。他的父親習慣在書房裏會客，身後的書可以妝點他的面子，讓人覺得他是個有學問的企業主。其實他枕頭邊放著的書全是用來催眠的，他不斷地催程超讀書、讀書，只要看到程超手裏老捧著書他就快慰。他雖然有錢但他從不亂搞女人，從不輕易進歌廳舞廳，從不揮霍無度。他全部的希望都寄託在程超身上，做功課，彈鋼琴，拉小提琴，學畫畫，還要強迫他讀四壁的書。

　　程超有數不清的家庭教師，全是退下來的教授級別。每個人的面孔都各不相同地扳結著，就如同失去水分的旱地。他討厭老師催他學這學那；他討厭保姆催他吃這喝那；他也討厭司機催他上學，上學！

　　程超活得暗無天日，父親是他的頭腦，他是父親的附庸。既然是一個頭腦為什麼還要用兩個身體來支撐呢，他就不得而知了。為了給父親減輕負擔，他的確想過無數次的死，可他身邊的眼睛太多了，天上有多少星星，他身邊就有多少眼睛，他忙得連放屁的工夫都沒有哪有時間去死。

　　有一次他看到馬路上一個人活蹦亂跳的小朋友轉瞬間就讓汽車碰死了，除了鮮血讓他打了個哆嗦外他覺得那人真幸運！

　　一個同學看見後，嚇得哇哇大叫。他說：「程超，快跑啊，你想什麼呢？難道你不怕死嗎？」

　　他說：「我為什麼不能像那個小孩一樣，來不及思索就死掉呢？」

那同學為此話很長一段時間回不過味來。

程超，活得暗無天日這還不夠，為了更上一層樓，他的父親不惜重金把他搞到南中彙入了借讀群裏。他的父親到底要把他培養成什麼樣的怪物呢？誰也搞不清。

程超帶著一心的疲憊和滿滿當當的問題出現在南中，老師對他格外的熱情，他居然無動於衷，把他放在第一排他毫不在意。同學們在他一進門就坐在第一排刮目相看。單純點的同學認為又來了一個學習的強將。要讓司馬看，此「主」定是重金堆積起來的貨色。

可無論老師怎麼熱情，同學怎麼個說法，他一律報以沉默。他少年老態，發怔的時候頂喜歡看天。看的讓我們一同對天空發生興趣，結果一無所獲。對他來說陌生的和熟悉的環境沒有兩樣。在他眼裏空無一物。他生活中什麼都有獨沒有自由。在他眼裏同學就是擺設，朋友是個陌生的詞。他整個人是口字下面一個木字——呆！

沒有人對這個呆子感興趣。可我不忘當年舊情，我鮮活鮮活地站在他面前「嗨！」的一聲也沒把他驚醒！

程超的目光是僵硬的，憂鬱的，沉重的，哀怨的。當他將目光一針一線移到我的臉上時並沒有引起應有的驚喜。

我用手在他眼前晃晃說：「老程咱們又在一起了。」

「老程」淡然無味地回說：「我早就看見你了。」

我說：「那你怎不叫我呢？」

他說：「我又沒事叫你幹啥呢？」

「咦？」我倒吸了一口涼氣：「你怎麼這樣？」

鍾煒和司馬就面面相覷後小聲說：「怎麼像老年癡呆症

呢？」

我說：「不！他也許是個思想者，思想者是不需要嘴巴和眼睛的。只需要大腦就夠了。」

程超顯然是聽到了，但他表示不關痛癢。冷漠一如既往⋯⋯

倒是有一篇題為《任逍遙》的「佳作」出自他手，後來在班裏廣為流傳，引起了廣泛共鳴：

讓我悲也好，讓我悔也好，

恨父母老師不明了。

讓我愧也好，讓我累也好，

隨風飄飄，試卷任逍遙。

唉！

狗熊考試也不敢驕傲，

只為學分愁斷腸。

一生一世為「證」考到老，

心中有苦，天都看不到。

唉！

父母師長天天還嘮叨，

拼死拼活考不好。

叫我怎能活得了？

不如悄悄去死掉。

曾經有人為此掉了眼淚，我也因此對程超更多了一份同情！

二

程超的熱情是因為一副墨鏡開始啟動的。

程超的父親為讓程超與眾有別，顯示他給程超帶來的優越得以充分體現，能讓程超感受到財富足以讓一個人在世上自信。可這一切對程超毫無意義，他只感到優越使他與世隔絕，讓他成為孤獨者。為爭取一點自由，要求上學時汽車改騎自行車。他的理由是同學們並不因為他坐汽車而高看他，反而讓人噁心。

他父親先是不同意，後來經過各科家庭教師的合議，為使程超孤僻的性格加以改善同意他的要求。

程超爭取了一點自由的空間，臉上有了一些感情運動的徵兆。就在一個風和日麗的午後，程超騎著自行車很獨立地往學校飛快地行進，細風兒拂面而過，心情只有在這時候可以暢通一些，始料不及的是，一個人迎面騎車向他駛來，情況好像有些失控，歪歪斜斜與他側身而過，結果兩個人同時倒在地下。程超完全沒有處理突發狀況的能力，他並不知道倒下去還該搞清誰是誰非，本想扶起車獨自離開，結果對方反撲過來說，他的墨鏡摔壞了，賠！二百塊錢，一分錢都不多要。

程超說：「我從不帶錢。」

「物主」啪嘰就是一個耳光。

程超被打呆打愣了說：「你怎麼打人？」

物主說：「損壞東西要賠，我不打你打誰呀！」

程超說：「是你撞我的呀。」

物主說：「你在家裏呆著我能撞上你嗎？」

程超就有理說不清了說：「你怎麼不講理呀？」

物主說：「啥叫理呀？『損壞東西要賠』，這不是理嗎？據說這還是一個偉人的名言呢。說吧，你要錢還是要命？要命趕緊回家拿錢。要錢，我立即要了你的命！」

程超僵下不動了，好像在錢與命之間做著選擇。在他看來錢和命似乎都不值得選擇，於是出現了茫然不知所云的狀態。好像是要錢沒有，要命你就拿去的從容態度。竟是出現了一種大無畏的精神。

在物主的經驗中沒一個人不惜命的，對程超這種漫不經心的態度失去了應有的耐心。命他不要，他要的是錢，錢可以養命，這是總目的。於是他就以千篇一律的方式進行第一步驟，「啪嘰」再一次給了程超一巴掌以引起他的強烈反應，可程超沒反應！他的眼睛白茫茫一片，始終望著不知正前的哪兒。「啪嘰啪嘰」又是幾巴掌過去，程超依然沒有反應，物主就沒招了。

要他奇怪的是，程超就像一塊朽木，打不還手，罵不還口，這真是他千載難逢的一個怪物！

物主說：「你他媽到底要怎麼樣？」

程超說：「錢是我爸的，命是我的，我只有權力把命給你。」

物主真是大失所望，他要命幹什麼呢？一頭豬，可以用來煮肉吃，一隻雞可以用來下蛋吃，一個大活人好幹什麼呢？殺了他吃人肉吧還不到那份上。可放棄這個闊少顯然太可惜。

物主氣急了說：「我他媽倒要看看你到底要不要命！」就又一刮一刮地打，但終看不出要命的徵兆。卻是響亮的巴掌吸引了大量的人，眼睜睜看著一個手無縛雞之力的人挨打卻沒一個人上前勸架。

世界像是靜止了，人的面孔見怪不怪個個冷漠。南中的學生魚貫而過，紛紛停下來觀看，發現物主不是別人正是多時不露面的二狗子。許多人興趣全無，臉上平靜的如一望無際的荒漠⋯⋯

有人戲說：「是不是狗子又在訛人？他的墨鏡可真多，打了幾架了？」

有人回說：「此闊少什麼都缺，就是不缺錢！讓狗子撈點油水吧。」

「這也未免太不人道了吧？」

「哈，誰知道他的父親賺錢的手段是不是人道？」

「要不要通告校方一聲？」

「又不是訛你，管得寬。」

沒有人反對這個提議。這樣的事件一天不知要出多少次，誰管誰遭殃，狗子背後有人，不定什麼時候你就得進行洗劫一下，誰願意引火上身呢？當然誰都不願意。如此就走了一大片。

當我和鍾煒，司馬，駝爺得知程超遇難迅速趕到時，程超已被狗子和前來助陣的泥猴子決定作為人質帶走，我大喝一聲：「狗子，程超是我的朋友，你竟敢欺負他呀，放手！」

二狗子臉上湧起了一層紅暈，但馬上就落潮了，肚子餓，容不得他羞恥。只見他兩個指頭撐在嘴裏，發出尖屬的響聲，幾個泥猴子就返過來和我們戰鬥，他在混亂中劫持著程超奔逃。我衝上前去一腳把二狗子絆倒，拽住程超交給鍾煒說：「快跑！」然後我就衝上前線和「敵方」進行肉搏。泥猴子一併上來對付我，我吃了不少拳頭，並且被打倒在地下。駝爺膽小如鼠。司馬不參與打架，習慣鬥智。眼看寡不敵眾，就大吼一聲：「警察來了，快跑——」

泥猴子果然很敏感，一聽喊聲「嘩」一下雀兒似地飛了……、

狼煙滾滾的城街上頓然一片靜寂，所有的目光都在找警察卻終不見一人半影，方知是智者的策略。

那一次我們沒傷一兵一卒居然大獲全勝。使很多知情者譁然！

駝爺說：「司馬你這狗頭軍師，我佩服死你了，在敵人的槍口對準你的時候，你還能想出調虎離山計。」

司馬自豪地說：「當然，本人乃是人類的頭腦。四肢發育全不全不要緊，要緊的是大腦一定健全。」

集體哄笑後，鍾煒提出一個讓我們最為傷感的話題說：「狗子永遠改變不了吃屎的本性，那次要不是咱們救了他，說不定早就死在街頭上了，他詤程超算了，咱們前去救人他不放，還指使他的同僚打我們，以後他就是死了爛了都不管他。」

駝爺說：「這是巴喬的錯誤。」

司馬說：「據我預測此種錯誤巴喬會一犯再犯，不信你們看。」

我有一瞬間喪失了快樂的感覺，有些事情真不能以自己的想像去發展，狗子等於以實際行動毀掉了我們的「高尚」，他讓我對人世產生了一些渺茫和困惑。我猛然間覺得歲月密密麻麻，日積月累帶給我的思路是多麼大的錯覺。可是面對二狗子難道我們可以不讓他活嗎？

午後的秋陽照著我們這群意氣風發的「英雄」，只要是勝利，才不在乎頭上有個包，臉上有片紫，身上有幾道血痕呢。我們愉快地發現在這個時候我們聚集了女生大量崇拜加溫柔的

目光，這使我們迅速高大。連膽小如鼠的駝爺也趁機輝煌一把。她們爭先為我們拍打身上的土，打水為我們擦洗臉上的傷，就好像一群戰後護理包紮的小護士。更多的女生面對我們如同羊羔一般，好像時時有可能出現狼群襲擊她們一樣。我們向她們點點頭，說有麻煩儘管說話。

　　她們就表現出了受寵若驚狀。享受了這種殊榮，對今後的遇難者肯定就只能是責無旁貸了。

三

　　程超被救後，臉上出現了睡夢般的神色，事情不由風速地壞下去，又不由風速地好起來。經歷了大起大落的他，好像經歷了一次生死抉擇。那一刻他對人世的認知不是險惡，而是溫暖！他彷彿在渾濁中宏門初開一樣，猛然間從空幻中回到了現實。

　　在他的生活中，沒有跳動的火焰，沒有人氣的感染。他素日吃飯有人端，穿衣有人拿，上學有車坐，他幾乎不知道除去兩眼盯著書本以外還該做些什麼。他木訥，呆板，缺乏活力，營養過盛的現狀破壞了他良好的形象。有關智力補充的湯湯水水沒有他不吃的。然而他個子越高，能力越差，導致了他在同學們中間的自卑感！優裕使他沒有機會鍛造自己。

　　叫他難過的是他慢慢恨開了錢！錢讓他孤獨，錢讓他與人相隔，錢讓許多人恨他，錢讓他顯得目標很大。當他被我們如同保護一個「弱能兒」一樣簇擁著他的時候，他的熱情像滾沸了的開水沸騰不息，我感覺到他內心渴望奔騰的激情！他很少動用感情系統，在他眼裏萬物皆空。可他被我們救出來的時候，眼裏滾動著亮晶晶的淚，他瓷瓷著眼睛盯著我，就像看一個球外人種一模一樣。我被他看得渾身發毛！

　　我說：「程超，你不會把我關在籠裏用來觀賞吧？我沒什麼特別之處吧？」

　　他說：「有，你的血，永遠那麼熱，永遠那麼有活力，我佩服死了。」

　　我說：「沒有什麼啦，誰讓你是我的朋友呢，我可沒你那定力，你可真是打不還手罵不還口的好孩子，你怎麼不知道保護自己呢？我還以為你要準備與世長辭去了呢！」

程超說：「開始我也只好如此了，可是被你們救出來之後我突然覺得活著也不錯，有朋友真是好，我不想死了。巴喬你會像對鍾煒和司馬他們那樣對待我嗎？」

我說：「廢話，咱們的友情歷史悠久，我怎麼能厚此薄彼呢。」

程超當時取得友情之後激動的程度難以言說。他說：「我不死了，我真的不想死了。我要和你在一起。」

我奇怪，我有那麼大的回天之力嗎？我居然能把一個人從死亡的邊緣上拉回來？

他說：「任何一個人都需要愛而不需要孤獨。」

程超的目光開始有了靈氣，話也多起來。激動的時候喜歡「噢噢」地叫，須得有人安慰幾句才能平靜下來。他不惜錢，他的錢必須由我們來幫助他消費，朋友們有難他從來都是傾囊相助。我們都叫他「財神」，他也當仁不讓地走上了「神壇」。若我們集體聚餐他總是積極分子，並是出錢大戶。自從和我們相處他才知道錢對大部分人的用處。

他說他是我們的熱情和勇敢拯救了他。

我們自覺偉大無比。

其實程超和我們真正融為一體是在足球場上我發現了他的偉大天才，他是一個中場控制，穩中有序的最佳人選！我們班的足球實力日漸充實。程超的出現形成了我們班足球隊的「四大天王」。就在這當兒我們聽說了一個令人振奮的消息：全區青年足球賽在秋季舉行，此次大賽要選省「青足」尖子。我們都躍躍欲試。聽說「校足隊」要重新整編，很多人都推薦我當隊長，體育老師正中下懷。就在我們私下開始了緊張訓練的時候，鍾煒出事了……

B 章

一

婦人出現了母親般的溫柔，這讓我始料不及，她遭受了我的痛恨，詛咒，謾罵，依然像一個做錯事的小媳婦，在我的病床前姍姍而來又姍姍而去，聖潔的如同聖母瑪麗亞。一段時期內我老被她搞成一種錯覺，她很多地方像我的媽媽，我在高燒中轉為肺感染，出氣都有些困難，全身酸軟無力，連給自己進水的能力都喪失掉了。

我無能力反抗她對我的援助。她把我送到醫院，她把她最鍾愛的貝克鎖在家裏，日日夜夜守了我兩個星期，她給我餵水、餵飯、擦臉、洗腳、買各種水果。並且切成小塊用牙籤一塊一塊地餵進我的嘴裏，儘管我並不願意接受這一切，可現實毫不客氣地替我接受了。使病友們都誤解為她是我的某一個親人。

病中，她給我講她看過的童話《海的女兒》，當她講到美人魚為了愛王子，她犧牲了自己，她什麼苦都肯吃，包括割掉自己的舌頭……

我被美人魚善良的心底感動的掉下了眼淚，婦人也因此哭了……

如此孤傲的婦人，出現了如此令人不安的壯舉讓我感動！她的眼圈黑了，由於睡眠不足面容失去了光澤。我的心好像隱隱有些難過……她讓我忘記了她以前的形象，一點一點進入了親切的態度。

那天晚上我醒來的時候，各床病友都和他們的家屬擠在一張床上睡覺，在靜夜裏發出肆無忌憚的鼾症聲，惟有婦人坐了一隻小凳子伏在我的床邊睡，讓我心動！我感到非常的奇怪，我不敢

相信這就是我以前認識的婦人。

　　我坐起來湊近她的臉，認真觀察了一陣，覺得她身上淫蕩的氣息已經蕩然無存，我情不由己地叫了一聲姐，臉就突然地紅了，我真的不知道我怎麼會想叫她一聲姐，之後我有些難堪。我很希望婦人不要醒來，更不要聽到我的稱呼。可是婦人睜開睡意朦朧的眼睛驚異地望著我，她顯然是聽見了我的叫聲，她的目光令我措手不及！

　　她說：「雨，你叫我什麼？」

　　我無地自容。好像也不好反對她叫我雨。

　　她說：「你叫我姐姐？」她馬上用手摸摸自己的臉說：「我還像個姐姐嗎？不！這幾天一定被你折騰的像個奶奶了。」

　　我說：「對不起……」

　　她說：「怎麼好給姐姐說對不起呢？再叫一聲姐姐好嗎？」

　　我低頭不言。

　　她說：「感覺多好啊，雨，叫一聲姐姐要我聽嘛！」

　　我不好意思拒絕就低低地叫了一聲：「姐──」

　　婦人居然被我叫得淚容滿面，她突然把我抱在懷裏，當時的情景一定該用肆無忌憚來形容。她說：「你肯叫姐了，我的好弟弟，你再不會拒絕我了是嗎？」

　　我並不怎麼理解她 「拒絕」的意思，我向她胡亂點點頭。我希望從她的懷中掙出來，可是她不鬆手，她鬆軟的乳房隨著她的哭泣彈性地一聳一聳。把我搞得心驚肉跳，眼花撩亂。

　　我說：「你可以睡一會了。」我把她推開，效仿著其他病友騰出了一半床位，她驚異地瞥了一眼床，有一陣她神色出現了一種撲朔迷離的陌生，臉上翻起了幸福的顏色，她發現我在看她的

時候，她居然有些小女孩一般的羞澀！然後她順從地躺下了，可是她一直一直地流淚，我真的不明白為什麼我叫她一聲姐她會如此激動，她躺在我身邊熱烈地望著我。我的心就又如一只小兔一樣「撲通，撲通」地跳！

她說：「雨，你渴嗎？喝不喝水姐給你去倒一杯？」

我說：「不。」

她給我拉拉被子說：「閉住眼睛睡，把手交給姐，如果你需要什麼，動一動手姐就知道了。」

我正猶豫著不知道該不該把手交給她，但她已經把我的手抓住了。激動過後，她很快就睡過去了，她太累了。可我反而緊張得不能入睡，但我也不敢動，一動她就很敏感地醒了。她的臉離我很近，鼻息如輕微的小風涼酥酥地吹著我，這是我第一次跟一個與我不相干的女人睡在一張床上，夜深的時候容易讓人胡思亂想，望著她疲憊的臉，我很不道德地想到了一向成為我夜中形象的歐陽⋯⋯

二

我說：「你為什麼喜歡我叫你姐姐？」

「因為姐姐年輕呀。」

「僅此而已嗎？」

「當然。我有一個弟弟要活著的話比你大兩歲。」她眼神悠忽掠過了一縷兒憂傷。

我說：「他死了嗎？」

「是的，我二十四歲那年，我弟弟患肝癌，為了給他治病我退出了大學，拒絕了所有的求愛者，直奔現在這個『款公』而來，結果弟弟沒有救活，母親也氣死了。我九歲的時候父親因公死亡，母親攢了那筆撫恤金讓我上了大學，其結果就是現在這個樣子……所以你叫我姐姐的時候我想起了我弟弟……」

接著她如同失語症一樣說：「我怎麼可以眼睜睜看著弟弟從我手裏死去呢？不！我得救活！」

我不知道她指的是我還是她的弟弟。

她的一對黑眼睛如同兩孔不息的泉水又流了下來，她突然用手捧著我的臉說：「雨，你怎麼可以死呢？你怎麼可以離開姐姐呢？姐姐賠了血本也得把你救回來。你昏迷不醒的那幾天，姐姐天天都在為你祈禱，姐姐的祈禱是不是很靈？」

我說：「是。」

「以後你就叫我姐姐好嗎？」

我叫了一聲「姐──」很順溜的，是發自肺腑的，再沒什麼難堪和不安的情緒了。因為感覺中她確實具備了姐姐的親切。我把她的手從我臉上拿下來。她不依，她說：「再讓姐端詳端

詳。」我就只好讓她端詳。

　　她端詳夠了說：「吃飯。」就準備餵我。

　　我說：「讓我自己來。」

　　她說：「不行，有姐姐在，怎麼可以讓你來呢？」

　　她的執拗讓我只能服從。我在住院期間一直過著這種寵愛有加的日子。一場大病讓我們奇蹟般成了姐弟，讓我忘記了她過去的一切，她讓我感受到了寂寞旅人被人關照的感動。

三

　　我的身體恢復了常態的時候，我親自看到姐姐往收銀口交進很厚的一疊百元票面，收銀員口罩後面的嘴喊出了二千八百七十五元的叫聲，姐姐非常從容地辦理一切手續，好像這是她理所當然出的一筆錢！

　　可我的心卻突突地跳起來，二千八百七十五元這個天文數字反覆在我頭腦裏活蹦亂跳，我幾乎被這個數字擊敗。給爸爸買公事包，給媽媽買睡衣被這個數字推向了遙遠的北冰洋。日頭頓然暗了幾成，世界在我眼前東倒西歪，我的頭頂好像壓上了一座泰山！

　　想起我丟失的錢，我哭了……

　　姐姐大驚失色說：「怎麼了？」

　　我說：「姐姐你給我的錢全丟了，我本來是可以幫你交一點錢的。」

　　姐姐說：「丟就丟了，不哭啊！姐姐能養得起你。」

　　我哭得更厲害了，我怎麼可以讓姐姐養呢？我偷偷瞥了姐姐一眼，她並沒因賠本而有什麼變化，臉上卻洋溢著生動的歡樂。姐姐拉著我的手，好像我還在病中一樣，我怕人笑話，我想掙開她，又不好意思。

　　回到病房，她俐落地收拾好東西。我有一種回家的感覺，可又有一種強烈的排斥。姐姐笑笑地盯住我，我則慌亂地扭過臉去，我的重生完全是她的再創。我覺得心裏有一股酸楚往上頂。

　　我說「姐，讓我回日工市場去吧。」

　　她說：「你成了我弟了還去日工市場幹什麼，累了一身病我

還能讓你去那種地方呀。」

我說：「你已經為我花了那麼多錢，我得出去掙錢還你。」

「好啦，這個話題以後再討論，暫時不行，你的身體還需要調養。你的事由姐姐來安排好嗎？」

我又被她人道的柔情征服了。

我們並排坐在車上，窗外的景致魚貫而過。「姐姐」一直抓住我的手，我感覺到她的手有一點欣喜若狂，我從她的手溫傳遞過來的資訊心慌意亂，離「家」越近，某一種久遠的氣息就越是貼近。舊的記憶接踵而來，狗的叫聲由遠而近，叫聲裏好像不是因為饑餓，而是一種來自荒漠一般的孤獨和渴念，讓我身上的每一個毛孔都颼颼地冒著涼氣……但表面的平靜掩蓋著我內心對未來不可預知的恐懼……

可我無法拒絕姐姐的要求，我怎麼可以拒絕一個援助於自己的人的請求呢？

汽車穿過繁華雜亂的城街，我沉浸在自己的思維中，一點都感受不到它的速度。我一直望著窗外，大街上騎自行車的人千篇一律，引不起我的任何興趣。民工進入了我的視線，我意外地覺得他們親切的好像是自己的家人一樣。他們雖然對一掃而過的車輛顯得都很漠視，但我的目光卻對他們充滿了熱切。

一輛大板車拉著煤球沿路而行，我看到車夫被拉繩勒著脖子上的肌肉青筋凸暴，他吃力的如同踢踏而行的老牛一樣，讓我頓生憐憫。我的心好像被誰揪了一下！他讓我想起了我的朋友鍾煒的父親，我的思想就突然出現了一個巨大的轉折。

C 章

一

世間在那一刻，奇靜無比，月光流動的聲音，以及塵埃飄落的音響都清晰可辨。誰也想不到我的同學鍾煒的父親，正在做著誰也料想不到的準備。霓虹燈在詭祕地變換著不同的色調透過窗口照進昏暗的小屋，好像是以不同的姿態恥笑他。我的同學鍾煒和他的媽媽正在屋外咕嚕咕嚕毫無怨言的喝著碗裏的湯。好像這種聲音對他也不無嘲諷。我站在門口頗有耐心地等待鍾煒，並且不時窺視著屋內的背影。

遠處鳴響著迪斯可舞曲，我看到他不時側耳細聽，然後悲苦地埋下頭，好像這一切都是在欺辱他此刻的心情。他那夜好像特別的閣，我發現他破天荒給自己買了一盒阿詩瑪煙，從那煙中抽出一支，點煙的時候手有些抖，他深深吸了一口，咽進了五臟六腑。他給自己買了兩瓶白酒一口一口地喝下去，然後他一個人躺在那張咯吱咯吱作響的破床上，誰也想不到他是在做一勞永逸的美夢去了……

當我的同學鍾煒和他的媽媽早晨起來的時候，床上橫著的是一具口吐白沫，一臉紫青色的屍體！

鍾煒的頭頂上如同一塊重石「咚」一下砸下來，砸得他頭腦血漿漿一片，現實，血淋淋地流進他的眼裏。他失控了，他吶喊著，奔跑著，使我們誰都追不上他。

那一天的風真是猛，沙塵暴昏天黑地蒙住了這座城市，迷濛了很多人的眼睛，風把鍾煒單薄的身體掀得東倒西歪，他的生活天平嚴重傾斜了，天和地分不清彼此，一座城市的人心裏都發生了混亂。

鍾煒在這樣一個天氣失去了支撐家庭的父親！

他的父親臨死前給他買了一套運動衣，是義大利足球服。給全家買了一袋大米，然後服毒而去。

之前鍾煒聽父親說，他的長期主顧都搬到樓上去了，從此煤糕生路也斷了。

他被飛速發展的現代化取代了，惟有苦力的他無處投注了……

二

　　我的同學鍾煒在追究父親死因的時候，他記得他在一天夜晚醒來，看到父親燈下的背影發生了一種悲涼，看到父親臉色陰沉的沒一點笑星兒，產生了一種恐怖。他突然覺得危機四伏，好像有一種幽靈般的東西攫住了他。馬上就要波及到他的安寧。

　　他覺得父親就要給他說一句他害怕聽的話了，他看到父親總有欲言又止的意思。一直不願出口的話馬上就要說出來了。

　　所以他更加賣力地學習，賣力地賺錢，近乎討好他的父親。每天的作業都讓父親進行一下視察，表示他多麼的努力，學習又多麼的優秀。可是父親好像對他這些並不感興趣，這證明瞭一切！他的心就更是提在嗓子眼上了。

　　為了避免與父親碰面，我請他到我家吃過幾次飯。我要求媽媽能否讓鍾煒住下來，讓他永遠碰不到他的父親，他的父親就永遠說不出鍾煒害怕聽到的那句話。

　　但是媽媽另有高見，要我們放心學習。說只要條件許可鍾煒的父親絕不會說出那句話。她說她可以向上帝保證！

　　鍾煒順應了媽媽的話就完全放棄了警惕性，又回到他過去的生活。雖然貧困，卻過得自尊而快樂。

　　可是就在一天中午，父親汗流浹背，慌慌張張扛回一袋麵，隨之追來一對男女。

　　女的進門就唾了他的父親一臉。說：「你活不起了，買麵不交錢就扛走了，看你也是人模人樣怎這麼不要臉？」

　　鍾煒的父親低頭不言。臉是人第一保護的物件，看來鍾煒的父親也不另外。

女人看對方一言不發，就上前撕扯。卻被一同來的男人止住了。說：「是長是短你總該說句話吧？」

鍾煒的父親就說：「你們容我過幾天給錢行不行為我們倆口子下了崗暫時找不到營生……」

那女人不依不饒說：「你下崗關我們屁事，瞧瞧，這年月能活得揭不開鍋去偷人家的麵？笑話。你沒錢可掙不去找政府，糟害我們你何苦以來呀。一個站著撒尿的人不能養家餬口還不如秤二斤棉花碰死呢。」

女人說出了最為傷人的話，看客已聞聲趕來了若干，鍾煒的父親就把頭低到褲襠裏去，再也立不起來了……

那男人看看滿院的破爛，好像感情系統在強烈運動，於是說：「算了算了，沒有錢這袋麵就算送給他了，下崗工人，都有過難處嘛。」

男人的大度使鍾煒的父親臉上打了個驚天動地的霹靂！

男人又安撫說：「希望在吃這袋麵的過程中你能找到工作……」

鍾煒的父親就像做錯事的孩子，因受到同情和包容，淚水奪眶而出……等他抬頭想感謝一下男人，那男人已拽住極不情願的女人走遠了，隱隱聽到女人在數落男人吃裏扒外之類的話……

我能想像得到鍾煒的父親當時的眼睛一定如同黑夜來臨般的灰暗，命運對他的歧視使他無比窘迫。他對自己的行為一定給予了自虐！因為在一段時期內我去找鍾煒，他的目光總是灰灰的，臉上的愁苦如同煤渣兒一樣嘩嘩撒落，走路沉重的如同腿上綁了沙袋。他對我們表現出慌張而躲避的意思，而且他的身體彷彿在我們眼裏迅速變小。

鍾煒也不那麼快樂了。自從發生了那件事之後他對父親只說過一句話，他說：「爸，你怎麼可以去偷……傳出去讓我怎麼做人呀！」

三

我想也許我的同學鍾煒的父親就是在那一刻心如死灰的吧！

有一天鍾煒對我說：「巴喬，我不能買運動服了，儘管我知道運動服的錢我無權輕易動用，可我得盡快把那袋麵粉錢還上，這樣我父親就可以出頭做人了。」說這話的時候鍾煒聲音有些哽咽，顯出了這個年齡不該有的憂慮。

我對他這個美好願望表示認同！

可是我們「四大天王」約好的，為表示對羅伯特巴喬的敬意，一定要每人買一套義大利足球服。我們為此已經幫助鍾煒進行第二次「廢品」清理。我的母親書架上的書肯定又少了幾套。如此一番努力，鍾煒還差十七塊錢就夠了。我們決定繼續從「破爛」中賺取應有的缺額。可恰恰在這關口上鍾煒的家庭出了毀譽事件，鍾煒想急於補救回來使他的父親足以有安身立命的資格，他只能忍疼割愛了。

我們都不甘心，我們絕不能把鍾煒拉下。後來我們集體降低衣服的質量為鍾煒省錢，結果還差一半。於是我們決定回去向各家大人騙錢，爭取鍾煒的服裝。我們的理由大致相同，用途肯定是學習資料一類。誰知我們的父母對頻繁要錢早已疑心重重，凡是家裏有電話者一律撥給暴牙，對證事實的真相，結果肯定很糟糕。

本來我是可以對媽媽明說的，可我害怕暴露了我重操「舊業」會帶來阻礙，只得背上撒謊的罪名。不過我的媽媽不會說太難堪的話，最多說一句不必要的費用是不是可以免掉？我相信你不會要錢做壞事的，商量和信任的口氣我當然無話可說。

可司馬靠他媽媽的裁縫手藝生活，能夠賺一些利潤也不容易，對他不明真相的揮霍進行了一次武力解決！

她要司馬脫掉衣服，否則，她說為給司馬賺錢累得已沒有力氣了，打了也白打。他的媽媽因對司馬「尿床」始終深惡痛絕，只怕他有一天學得比這更壞。發現身邊有個女孩，顯得親熱不親熱都要進行一下嚴格審判。

於是在進行武力時間：「要錢到底幹什麼？」

「……」

「喝酒？」

「不是！」

「抽煙？」

「不是！」

「去嫖去賭？你還要不要臉？」也許他的媽媽永遠也想不到司馬會騙錢去幫助別人，在她看來這純屬腦袋進水。

司馬的尊嚴被摧毀了，他憎恨他的媽媽從來不把他當好人看。他說：「有時真想去嫖一次，賭一把，也不冤枉媽媽眼裏的壞人。」但他還是想保住自己的形象，才終於忍不住說出了真相。

司馬的媽媽表示了前所未有的驚駭！說：「我正常供給已經是超載，你還要額外負擔一個人出來，你以為錢是天上掉下來的呀？是能屙出來尿出來的呀？你以為你媽掙一個錢容易呀？」然後就又開始哭訴她命苦，她一心一意想把他培養成才，可他就是不爭氣……

司馬無言以對。

我們一併責怪司馬不該把真相說明，我們都認為出現這樣的

破綻是具有變節的性質。如此，錢「騙」不出來，還斷絕了鍾煒的財路。

撒謊在我們這個年齡肯定會招來深惡痛絕的惡名，就如同成人患了愛滋病毒一樣羞恥，可愛滋病人隨著時代的進步也在慢慢得到關注和理解。我們的「撒謊」誰理解呢？我們不能創造財富，我們是家裏的消費者，我們當然不好理直氣壯。可我們的朋友需要援助不撒謊行嗎？那個時候我體驗到了什麼叫無奈。

暴牙把我們幾個撒謊者一同叫去，那目光就像在打量一群剛剛結伴搶劫銀行的歹徒一樣：「說吧，為什麼冒充學校的名譽敲你們父母的錢？」

我們都不予回答。因此一致保持沉默。

她說：「葉雨楓，我知道你給咱們班，掙回了不少榮譽，但是自從你來了，班裏不穩定，據說你本事還挺不小，外面還有義務保鏢，你好好攢著吧，攢夠了我再收拾你。現在我要你回答的是要錢幹什麼。有些家長反應學校亂收費，都是你們搞的亂！說，要錢幹什麼？」

為不斷送鍾煒的財源，我們寧死不說。

暴牙就不許我們登堂入室聽她的課，要我們在太陽底下曝曬三小時，認真自省。我們被太陽曬的兩眼冒火，眼前紅一陣黑一陣。

鍾煒不忍了，他終於向暴牙「告密」了。

可是所有的人都覺得不可信，如此美好的原因怎麼還要遮遮掩掩呢？暴牙認為鍾煒在蓄意包庇。

鍾煒說：「我敢以人格擔保。」

但是暴牙並不信任他的人格，因為我們中間有司馬。於是我們就成了徹頭徹尾的騙子！

司馬一副玩世不恭的態度隨口道：

天蒼蒼野茫茫，今年的希望太渺茫，

水灣灣路長長，沒錢的日子太漫長，

今夜能否結伴搶銀行為接頭暗號是新年好！

暴牙顯然是聽到了，但她不予以理睬。因我們和司馬紮堆，在老師眼裏早已與「好」字無關了。我們似乎也不太在乎這個看法，反正我們有我們的想法。可是，通過這次談話，讓我納悶的是暴牙到底認為我做錯了什麼，還攢多了才收拾我。這讓我心存不安。陰影一直停留在我心裏，事實上我還是在乎老師心目中的形象的，我心情並不愉快。

司馬說：別理她，說我們是騙子，她哪一天不在用騙術，說不定又在詐你呢，沉住氣。《三國演義》哪個沒有高明的騙術能達到目的，這是我們所處的國情。」

我的心方才舒緩了一些。

暴牙老師再一次進行了座位大調整，把我和鍾煒調到了最後一排，與司馬齊名。誰都知道這是被打進「冷宮」的無聲懲罰！老師不會再與你對話，更不會對你的學業有所關注。在我們的心裏，學校就像皇宮，最後的座次就猶如「宗仁府」。凡座位在倒數第一二三排者統屬于「宗仁府」的要犯。不僅老師不予以理睬，而且也時時提醒我們的前座進行群體隔離。

奇怪的是，「四大天王」裏的程超卻巋然不動。這讓程超異常憤怒，他要求暴牙一視同仁。可暴牙老師對程超的命運好像不屬於她把玩的範疇一樣，在她心裡程超是可以犯錯誤的，犯了錯誤也是好學生。因為，他的父親不斷地為學校提供捐助活動。

程超為此頗為苦惱。他最大的恐懼是怕我們與他有隔離感。

可現實卻時時提醒他與我們的不同。究竟是什麼東西在離間我們的友誼呢？不知道！

但程超是不允許我們彼此隔離的。他認為金錢能解決了的問題是最簡單的問題。於是他領著我到他們家設計了一個欺世盜名的大騙局。

他的媽媽雖然不漂亮，但看上去很「單純」，是那種比較容易騙的女人，程超受了二狗子的表示，當著我的面向他母親鄭重聲明：

說：「媽媽，大事不好！我打了別人的眼鏡需要一筆賠償金，而且是防疲勞高級的。」

他的媽媽出現了意外的神色。

他說：「我不是故意的。」還極其道貌岸然地對他母親說：「損壞東西要賠，偉人的名言。」

他的母親問：「打了誰的眼鏡？」

程超就把我陷害進去了。雖然我當時臉紅了一下，但假如他媽媽需要對證，我絕不會拒絕這個美妙的「陷害」。

程母看了我一眼就無話可說了：「多少？」

程超瞥了我一眼，本來一百八十元就夠了，他勇敢地說出了三百元！

我嚇得閉了一下眼睛。程超搞到了一筆冠冕堂皇的資金解決了我們的服裝問題。我們跑在通往運動衣專賣店的路上，瘋了一樣，全都歡喜欲狂。

我們驚奇地發現，程超一點都不呆！他常常得到別的表示，去其糟粕，取其精華，成為他撒謊的妙用。他成了我們的功臣，我們都為他祝賀！

四

　　那一天風是柔的，雲是白的，我們的心情暢通無阻。就在這天夜晚，我們共同穿上了嶄新的義大利足球服，整個城市一片蕭靜。人稱「四大天王」的我，程超，鍾煒，司馬柯點燃了無數支蠟燭，做成四個心形，錄音機放著《水滸傳》的主題歌，劉歡唱著：

　　「該出手呀就出手，風風火火闖九洲……」

　　在這樣的歌聲中我們隆重舉行了「球王四結義」儀式。結拜的過程非常精細，我們在舉頭望星空的時候能聽到彼此心的跳動，在四雙手緊緊相握的時候，能感受到血管裏的血在激情中迸濺！黃飛鴻從來不輸是我們心目中的偶像，因此我們把黃飛鴻的畫像作為「祖師爺」，取名「飛鴻幫」。「飛鴻」代表著力量的象徵，「幫」代表團結的意思。我們決定誰有困難我們就幫誰；抵制外來侵略；如同黃飛鴻一樣永不服輸！

　　我們四雙手握在一起的時候，靈魂深處響起了一曲聖潔的戀歌，在寂靜的夜晚縈繞，盤旋，使整個星空都歡樂起來。我們選擇夜的時間排除喧囂以求蕭穆。

　　那一夜我們個個都非常陶醉，受了《水滸傳》的表示，為生了這樣一個偉大的設想。我們一下子從孤單的生活獲得了一個群體，感受了有兄有弟的溫暖和滿足。尤其是程超，從小被父母逼著成為全才的他，更是快樂得如活蹦亂跳的小鹿。性格完全從自閉、孤僻中解救出來，像一個關久了的小鳥飛向廣闊的藍天一樣。

　　他說：他有了朋伴，有了弟兄，比過大年都興奮一萬倍。

17條皺紋

我們都知道孤單是很容易被人打敗的！

　　我們的心靈有了依存，有了力量，再不怕有誰欺負我們。我們要創造一批具有戰鬥力的隊伍，最遠大的理想是奪取「青年杯」足球大獎賽的最高獎次。最現實的問題是抵制外來侵略。我年歲最小，但「球技」第一。因此，排行老大。我被光榮當選為「飛鴻幫」的幫主。

　　於是「飛鴻幫」在校園裏不脛而傳。我的威信也與日俱增。羅伯特巴喬更讓我光彩奪目……

　　程超高興的哇哇大叫。

　　他說：星辰作證他再也不孤獨了，他要活下去！他希望我們「四大天王」永遠是朋友，缺一不可！

　　我們誰也沒有意識到那是程超永恒的誓言……

　　而我包含了對於昨天的回顧和俯衝，又絲毫沒有放棄對未來的全方位思索，深藏在內心的嚮往又重新出現，我望著天上的星星憧憬著我們「青年足球賽」走上獎台的壯麗圖景，好像這個比賽我們已是穩操勝券一樣。我看到獵獵的紅旗在我身後飄動，無數雙眼睛注目著我，喝采聲此起彼伏……我被自己感動的熱淚盈眶，我已經不知道怎樣描述天空上飛翔的鳥群，牠們輕捷地高高飛起，如同我想像的高度，因為虛幻而使我聽到牠們的聲音來自天堂！我不明白牠們在高空上追逐是一陣獵獵的雄風，還是對翅膀的練習為牠們經受過風雨的打擊，但牠們從來不敗，風過雨停之後，我隱約看到牠們傾斜的身體，在喧囂的雲端顛狂，在稀薄的空氣裏激發青春的血氣！我的生命並不寧靜，我是那麼渴望轟轟烈烈……

　　司馬說：「他最大的願望是消耗體力從此不『尿床』，希望

他的媽媽不再認為他可恥……他每天都在對自身作著最激烈的超越。

　　鍾煒則面對程超的援助表現出不安的情緒。他說：「他最大的願望是永遠和我們一同上學。」

　　然而，現實的殘酷讓我們猝不及防，正當我們歡天喜地的當兒，鍾煒的父親與世長辭了……

　　這使我們頓然對生活心生恐慌。鍾煒擁有了這一套我們費盡心機得來的義大利足球服，已是毫無意義，因為他不能再上學了，儘管此話不是父親說出來的，但父親以更殘酷的事實說出了這句話！想繼續活下去他就必須和母親一同打鬧餬口的費用。

　　鍾煒的天塌了！

　　我們所有的人都為鍾煒面對嚴酷的生活低下了頭！

　　鍾煒爬在父親的屍體上哭著說：「爸，我已經把麵粉錢還上了，你為什麼還要去死？為什麼？你到底為了什麼呀……」

B 章

一

　　姐姐帶我回到家裏推開門，哦！屋裏的整個景致全都煥然一新，一改以前秋葉般的黃色，全部是粉白相間。地毯、窗幔、沙發巾無一例外。我心情在恍惚中頓然暢通起來，以前那種滿屋裏昏昏噩噩的不祥氣氛沒有了。取而代之的是最適宜我心情的一種？色，我好像進入了一座夢中的理想宮殿。

　　一段時間內我站著一動不動。貝克「呼」地撲上來，對我表示了最大意義上的憤慨和敵意，那兇狠的目光寒光閃閃，如同兩把擦亮的劍直刺過來，好像牠面對的是一個奪人所愛的強盜。幾個月來我曾一直伺奉牠，牠在我面前擺足了譜，賣足了關，牠是我的主人，是我的上帝，我是由於牠的存在才可以賺一點薪水。狗仗人勢是貝克一貫的秉性，牠虎視眈眈地盯著我，準確地表達著牠因我而受到多時的冷落和孤獨，表示著最為堅決的抗拒。牠一撲一撲地狂叫著示意我滾蛋。我知道貝克是姐姐的親隨，為了維護姐姐的臉面我不好對牠怎麼樣。但是姐姐並沒有注意到我對貝克的態度。她把貝克叫開，貝克轉怒為喜以為爭取了所有權，卻原來姐姐對牠一反常態，如一個情竇初開的少女拉著我在各個擺設精美的房間裏穿進穿出。

　　她不停地問：「雨，喜歡嗎？你喜歡這一切嗎？」

　　「雨」已成了她的專利，我難以替她修改過來。在她輕盈的操縱下，我動作極其被動，我木木地回答說：「我很喜歡！」

　　姐姐的臉上就更是流光溢彩，好像一個工程師完成了一項重大設計交代主人一樣，我總覺得不知哪兒有點不對勁兒，好像我是這所房子的主人一樣。

貝克先還在我們腳下跑進跑出，雪白飄逸的長毛一張一張的，好像對姐姐突然的快樂表示不解，但是為迎合姐姐的快樂很是乖順了一陣，通常姐姐外出回來總是要優先給她表示一點親切感，然後再作別的事。而此次牠做了最大努力的奉迎，卻沒有得到姐姐的青睞，就蹭著姐姐的腳踝拚命提醒著自己的存在，心急火燎地爭寵賣乖，並且不時抖擻起精神表示牠依舊有著青春的血氣，過分的殷勤把姐姐搞煩了。

　　姐姐今天的情緒不在牠身上，她的全部精力都好像是希望我快樂。為掃除障礙她狠狠地踢了貝克一腳，貝克「噢」的一聲站在一邊愣住了，很長一段時間回不過味兒，好像一個無錯而受屈的孩子，那眼神裏的內容完全是受到移情別戀打擊後的傷情。貝克賭氣地臥在一邊，「嗚嗚哇哇」地嚎叫開了，好像天道人間都需要牠重新理解和認知，牠敏銳地感覺到牠走向了主人心靈的邊緣，牠喪心病狂地嚎叫的讓人毛骨悚然……

　　我似乎有那麼一些快感，我終於在這個家裏爭取到了人的資格，我瞥一眼貝克有那麼一點揚眉吐氣的感覺在頭腦裏遊蕩。

二

　　雲朵不斷地飄過，屋裏的光線或明或暗。姐姐像一個快樂的蝴蝶在屋裏飛來飛去，她把我安置在沙發上。

　　她說：「姐姐給你買了各國最好的動畫片光碟，乖，自己打開機子看，姐姐給你放水把身上帶回來的來蘇水味洗掉。」

　　我一聽動畫片，一切莫名其妙的感覺都丟到九霄雲外去了。整個一個下午我都在沙發上度過，姐姐好幾次催我洗澡我都不予以理睬，及至姐姐親自過來給我脫衣服，我才向她投降。

　　桔子皮，香蕉皮，扔了一茶几，姐姐也不嫌亂。隨著動畫片劇情的高潮迭起，我一會兒高興的「哇哇」大叫，一會兒笑得死去活來。一會兒又被驚險片段搞得屏聲靜氣。陽光路過我的身體也對我的忘乎所以為生驚訝。

　　貝克陌生地望著我，顯然對我這種喧賓奪主的態度極其反感，不時怪怪地叫幾聲以提示我自重。但她更多的時間是陪著姐姐不停地更換她新買的衣服，和變換臉上的色彩與口紅的搭配。每換一套，貝克就自搞奮勇地舉起前蹄舞蹈般歡叫著向姐姐表示祝賀。但是姐姐已經不屑於牠的欣賞了，她每換一套都必須請示我的批准和認可，我的現成辭彙是心不在焉的「好看」或是「漂亮」！姐姐就信以為真。穿了一個輪迴，最後讓我決定到底穿那一套，我頭也不回地說：「就穿你身上那一套吧。」

　　姐姐說：「雨，你根本就沒有看姐姐吧？」

　　瞎說：「我看了，姐姐穿什麼都好看。」

　　「真的？」

　　「當然是真的。」

姐姐跑過來坐在我身邊說：「姐姐不老吧？」

我說：「不老。」

「姐姐好看嗎？」

「當然。」

「比起實際年齡呢？」

「年輕十歲。」

「真的？」

姐姐像一個天真未鑿的小姑娘，好像我信口說來都具有返老還童的功效，居然驚得「哇哇」大叫，之後在我臉上飛速親了一口。

我警惕地坐起來，盯住姐姐說：「姐姐你怎麼可以這樣，我不喜歡你這個動作。」

姐姐就笑了，用手撝了下我的鼻子說：「小樣兒，你是我弟弟怕什麼。」

我又開始困惑不安了，我不知道所謂的弟弟，到底該不該接受姐姐這個意外的舉動。難道所有的姐姐都會這樣對弟弟嗎？可是她這樣我覺得身上有不自在的反應。但是我又看不出她有特別的惡意。

然而貝克卻突然竄起來「汪！」地朝姐姐叫了一聲，雙目突然變得血紅。兩隻耳朵高高地豎起來表示了牠在姐姐面前的絕對權威，並且用牙齒咬住她的真絲裙裾，拼命撕扯著表示把她拽開我身邊。

姐姐喊了一聲「貝克」你瘋了？看把我的裙子鬧的。

貝克不管瘋不瘋，寧死不鬆口。姐姐打了它一巴掌，不僅沒有鬆開的意思而且緊緊地抱住姐姐的腿不放，表現出一種鍥而不

捨纏綿悱惻的情緒，血紅的眼睛哀求地望著姐姐居然流出了兩行清淚……

可是姐姐好像並不注意它此刻的情緒，只心疼她的裙子，我知道只要我說什麼好，姐姐就視為珍寶。結果，貝克好像今天鐵了心要討回公道，它不允許姐姐厚此薄彼，它真心真意地圍著姐姐欣賞了她一個下午，其結果不如我隨便丟給她一個「好」字吃香。

貝克不依了，貝克拚命撕扯姐姐的裙子，牠根本不考慮人與獸畢竟該是有差別的。我聽到優質的絲綢在貝克的牙齒下嘶一聲，嘶一聲轉眼間密密麻麻咬了無數個孔。姐姐大驚失色，氣得操起條帶就痛打一氣。貝克，並不因此服輸！它大發雷霆表示著它在姐姐面的絕對權威，但我發現姐姐已不認它的帳。

姐姐朝一旁發呆的我說：「雨，快幫我把它搞開。」

誰知貝克的矛頭轉瞬間對準了我。一場殘酷的戰爭開始了，貝克的兇狠絕不亞於一個報復性很強的武士，牠的敵視態度令我發怵，牠的個性確有些陽剛之氣。牠把我的手腕咬破，把我的腳踝撕下了一塊皮，我疼得「哇哇」大叫，我剛從病床上下來又受了傷……

姐姐大驚失色地喊：「貝克！貝克！你想氣死我呀？你要再橫，我不要你了。」

貝克好像是聽懂了姐姐的話，停下戰爭，靜靜地朝姐姐望去，姐姐蹲下身子裝出一副柔情蜜意的樣子把牠誘騙過去，幫我擺脫了牠的糾纏。然後姐姐就痛打了貝克一氣，貝克只是「嗚嗚哇哇」地哀嚎卻並不對姐姐下口，姐姐手軟了……

貝克最終是被姐姐的柔情征服下來的，她拍了拍它的腦袋，

貝克就敗下陣來貼著姐姐的胸脯「嗚嗚咽咽」地哭了。

戰爭過後，姐姐把貝克軟禁在我住的房間，我與貝克的位置與身分做了巨大的調整。這天晚飯貝克破天荒沒有與我們共同進餐。姐姐拿了一瓶威士忌酒要我陪她對飲。她說：「好久找不到與她對飲的人了。」姐姐說：「男人是狼，男人是豬，男人都是一堆垃圾！男人連狗都不如。」她說：「雨，給姐姐斟酒。」

我就給她斟酒。

她還說：「雨，你知道你有多麼好嗎？你純淨的就像透明的水晶，我不能放你出去讓社會污染了你，我能養得起你，我要給中國留存一個乾淨的男人。」

我不完全理解姐姐的話，我也並不瞭解我與其他的男人有什麼不同。

姐姐說：「男人自古就是自私、貪婪的屬性。皇帝擁有三千佳麗，六宮粉黛，還要拈花惹草。而女人必須服從、隱認，才是豁達大度。你說女人還是人嗎？直到現在也是如此，有錢的男人就可以隨心所欲，他們對每一個女人都帶著玩兒的心理，他們從來不懂得閱讀女人的心靈之書，女人一經被他們得手，用不了多久就成了一塊抹桌布。若女人有一點非分之想，男人就像地球爆炸一樣……」

姐姐哭了。

她說：「雨，你可以永遠做我的弟弟嗎？」

我說：「永遠！」

姐姐就笑了。姐姐說：「你這傻小子，我說你欠我錢，你就果然回來還我，像你這樣的人到社會上還不天天吃虧呀！」

我停住吃，望著姐姐想，難道我還得不對嗎？

姐姐勾起食指刮了下我的鼻子說：「傻樣，看什麼看，快吃，把這一段的身體虧損都給我養回來。」然後她逼我吃這吃那。好像我的身體是屬於她的一樣。

她對營養學有一套自己的理論，所以對她的調配很自信，我必須按照她的食譜全部吃掉她才高興。

三

　　姐姐從浴室裏走出來，穿了一件紫粉色的絲質睡衣，喝了威士卡的臉微微翻紅，前所未見的漂亮，如同早晨出水的芙蓉。在黃爽爽的燈光下如同塗了一層朝暉，和在醫院比起來年輕了好幾倍。

　　我說：「姐姐你今天好漂亮啊！」

　　她說：「小傻瓜，姐姐以後天天都這樣漂亮。」然後她拉著我走進她的臥室，他要我睡在她的床上。

　　我說：「我不，我怎麼可以睡在你的床上呢？」

　　她說：「你是弟弟怕什麼呢？在醫院不是一直這樣嗎？你在昏迷不醒的時候都是姐姐給你擦澡，替你接尿。姐姐什麼沒有看見，小樣。」

　　我的頭「嗡」一聲炸開了，彷彿被人扒光了一樣羞愧難當。

　　我說：「姐姐，你怎麼可以這樣？」

　　「我怎樣啦？我不替你接尿，讓你尿床上呀？不給你擦澡滿身污垢臭汗能往床上躺呀？」她又說：「你看你的手破了，腳也傷了，身體還需要調養，晚上姐姐得叫你喝水，你怎麼可以不在這裏睡呢？」

　　我說：「我可以自己照顧自己。」

　　她說：「傻小子有姐姐呢！就摟過我來為我解鈕子。說你不是答應不拒絕姐姐了嗎？」

　　「拒絕」？我的心突然慌亂起來。原來姐姐所說的「拒絕」有如此深遠的意義？

　　一種感覺如同一隻不祥的鳥匆匆飛過。我說：「我希望你永

遠是我姐姐。」

「是的，難道我會變成哥哥嗎？我當然也不會變成妹妹。

「我不是這個意思，我要姐姐，我不要女人。」

姐姐停住解鈕子的手，意興勃勃地看看我，說：「姐姐就是女人，上帝也改變不了的小傻瓜。」

我想逃出她的懷抱，可是又不好意思。我沒有了從前的勇氣，我不知道這是為什麼。

姐姐解鈕子好像很費力氣，她像挑著千斤重擔一樣，呼吸很是粗糙而緊張。她的手哆哆嗦嗦，眼睛紅淫淫的，自上而下看著我，像是生怕我突然飛去一樣。

我說：「姐姐你怎麼啦？」

她說：「不怎麼。」

「不怎麼你喘這麼粗的氣？

「不要說話，慢慢感受。」

「感受什麼呢？」

姐姐並不說感受什麼，她急迫地解開最後一個鈕子，衣服就像「嘩啦」打開的一扇大門，姐姐用手仔細地撫摸著我的胸肌，身體就軟軟地貼在我的胸脯上，就像一隻餓急了蚊子如饑似渴拚命用嘴狂吸……恐怖就整個地挾裹了我，我的腦袋突然一片空白，我的臉燒得厲害，驚恐不安的情緒持續上升，好像我馬上就要墜入火海一樣，可是我的意志就像巫婆施了魔術一樣軟弱無力，我推姐姐，姐姐不動，我只覺得她的手抖抖索索地解我的褲帶……

我說：「姐姐我不脫褲子，我不脫……」

我聽到貝克在我的房間「嗚嗚哇哇」地哭……

17條皺紋

C 章

一

　　貝克的眼睛讓我打了個哆嗦，牠使我想起了一個人的眼睛——「腳」！他和貝克竟是有如此的相似，他每看到我和歐陽談笑風生，他的目光就發出如同貝克一樣青紫恨恨的光……

　　歐陽白雪如同天上飄來的一片雪花涼涼地貼在我的臉上，我第一次接受女孩子的吻，其實就是歐陽。她的嘴如同小狗的舌尖涼涼的，猝不及防。這個吻給我留下的感覺就如同裝進瓶子裏一個保鮮的桃子一樣，那樣鮮美，那樣清晰，那樣令人戰慄，令人心猿意馬……

　　她占據了我全部的記憶。

　　我知道什麼叫堅貞了，堅貞就是有一種記憶，拒絕同樣的行動入侵！如果記憶不牢，同樣的行為就會無數次地侵占。但記憶如同一段舊夢，我終無找到破解友情和愛情之間的密碼，就像一首淡雅的詩，長久地徘徊在語詞的邊緣。我不知道媽媽是不是想錯了，她一直認為我和歐陽是友情，我也一直以為是友情，可為什麼姐姐企圖入侵時，歐陽就會出現在我的思想裏毫不遲疑地進行干涉。她是我身體的忠誠衛士，警惕著每一個毛孔的越軌現象，好像我身體的每一寸肌膚都該是歐陽才有權力碰它。歐陽一出現我就恨姐姐，討厭姐姐……我最近老是耳熱心跳，歐陽的一舉一動，一言一行都因為姐姐而活躍在我頭腦裏，我使勁遏制某一種想像，不讓它發揚光大，可是不行。夜晚我爭取了獨居後，開始對歐陽有著無限的思念……

二

是該講講我和歐陽白雪的事情了。白雪是拯救我們「四大天王」的天使。

鍾煒的父親死去，我們都哭了……

世界突然變暗，萬物都為此沉默無語！黑夜掩蓋著我眼角間不時滾落出來的眼淚，一切的欲望似乎都標上了價格，欲望越高價格就越大，我驚奇地發現每一次的夢想背後都被金錢切割的支離破碎！沒有了鍾煒，我們的「青足」比賽很難成功。沒有鍾煒，我的生活枯燥無味。我有幾天茶飯不思。想到鍾煒在狗子欺侮我的時候他敢挺身而出。又想到「腳」用金錢離間我們的友誼他大義凜然的拒絕，奠定了我們牢固的友誼。可是分離讓我嘗到了類似雙胞胎斷臍一般的痛苦！

我們怎麼可以讓鍾煒失學呢？

可我們又有什麼辦法留住鍾煒嗎？

我們沒有更好的手段，只能決定輪流想辦法回家敲我們的父母取得援助，甚至不惜背上壞蛋的名譽。可是過去只是學費，現在還有生活，我們的騙術再高恐怕也難以承擔一個家庭的負擔。何況鍾煒也不會接受我們的辦法。他說這樣生活他會在同學們之間自卑的死掉！

後來歐陽白雪向我們提供了一個絕妙的而且是非常陽光的辦法，在全校倡導一次捐助活動，每個人一塊錢，一千個人就一千元錢。哦！一千元對我們來說可不是個小數目。這個提議立即把我們的煩惱趕跑，並且得到認同！我看到我的朋友們對此眼睛個個發亮。對歐陽得提議佩服的快要死過去了。

那真是一個激情磅礴的時刻，我們撰寫了一份《一元錢的愛心捐助》倡導書，執筆者是司馬，經過了多次修改，終審是我的母親。此活動得到媽媽的援助，竟慷慨解囊交給我一百元錢捐金，媽媽給足了面子，倡導者毫無疑問得由我來承擔。媽媽說：「如果幫助鍾煒能為你找回快樂，我是在所不惜的。」

　　媽媽很欣賞我的勇氣。

　　那一刻我覺得我是世界上最為得意，最為幸福的人，媽媽是世界上最美麗的媽媽。我們在設計這項活動的時候，媽媽完全成了我們的忘年朋友。她的臉上不時出現少女才會有的歡樂。把我們激動死了。經驗告訴我，當我們的某一項活動和某一種思想得到成人的支援我們的自主意識會迅速成長，如果得到他們的參與，我們的人格會非常健康。一切偷偷摸摸，撒謊欺騙都會銷聲匿跡。

　　我當然知道媽媽不願意讓我失去鍾煒這個朋友，是因為媽媽在鍾煒身上找到了她少年時代的特徵。媽媽很看重鍾煒的節操。媽媽認為鍾煒需要的只是經濟上的援助，而司馬和程超卻是心理上的治療。為利於我更健康的成長，媽媽更偏重於我和鍾煒的友誼。

　　我說：「媽媽你願意參加我們的活動嗎？」

　　媽媽說：「當然願意，我要看著你演講成功！」

　　站在一張高桌上我彷彿成了世界巨人。那一刻，神聖和高尚都不足以表達我的感受。進行「扶貧」演講時，我開天闢地第一次有了成為主角的感覺，我並不知道其效果是讓我淚流滿面，使在場的人都情動於中，不僅聚了全校的學生，而且把所有的老師都驚震得不知出了何種意外，紛紛從各個辦公室扶著眼鏡，瞇瞇

著眼睛應聲而來。

　　我說：「同學們，老師們，鍾煒是我們的同學，我們的朋友，我們的兄弟，他的爸爸媽媽曾經都是紡織工人，為社會做過重大貢獻。我們的褲子，衣服，還有空中飄揚的紅旗……每一縷布絲兒都是他們的心血。可他們現已下崗，生計無著落。父親剛剛不幸去世！鍾煒同學因交不起學費就要離開我們……同學們，為挽救一個失學的兄弟，伸出友誼的雙手救救我們的同學！多一雙友誼的雙手，世界就會多一點關懷和愛！鍾煒同學一直以收廢舊維持學業，而現在學餘時間的收入已不能維持他的全部生活，如果我們每一個人少吃一根冰棍，少進一次遊戲廳，節約一元錢就能挽救鍾煒同學的學業……難道在我們魏城的高樓群起之下，在色彩斑斕的霓虹燈下，在我們飛速發展的中國街上還要重新出現丹麥街頭上『賣火柴的小女孩』嗎？」

　　風靜靜地吹來，我抑揚頓挫的聲音迴盪在空中，動聽的如同來自天國的音樂。喧囂的世界由此靜謐下來，我感到了一種放鬆，一種驕傲。我看到歐陽哭了，司馬哭了，程超也哭了，媽媽在最不顯眼的地方頻頻向我點頭。所有的老師都低下了頭，很多同學都流下了眼淚……他們一定是添加了個人的無窮想像和愛的情緒了吧？我看到同學們生動的熱情，如同一片火焰找到了出路，照亮了寂寞的面孔……

　　我被自己營造出來的這種氣氛感染的泣不成聲，當我將一百塊錢率先丟進捐款箱裏時，所有的友愛之手都隨之而來，甚至校長和老師都不例外，程超捐了一百塊錢，司馬由於剛剛受了母親的責備，捐款五元，可我看到了司馬愧疚的表情始終低著頭。有的同學沒帶錢，寫在紙條上「十元，下午交」。「五元下午交」

於是條子上出現了大小不等的數碼……

捐助高潮迭起，平時那些麻木不仁的面孔，都激起了熱情的光澤，我和歐陽每收到一份捐助就要深深地向「愛心」鞠一躬。我們始終被感動的淚流滿面……

這一刻一股陰冷悄悄地彌漫過來，一雙青紫恨恨的眼睛在我和歐陽臉上掃描。就像天上突兀飛過來的一片黑雲擋住了我們的陽光。腳，擺出「爺」的派頭走了過來，他手裏晃著一百塊錢，立即引起關注。他的嘴角嘲弄地向上翹翹著，我們無心探究他的真實意圖，為他的慷慨我們一併給予尊重，向他鞠躬致意！可是情況變得讓我們猝不及防，如同晴天霹靂一樣，一百元票子捏在他手裏，讓我們眼睜睜看著他一下一下非常有力地撕成碎片，然後他一半甩在我臉上，一半甩在歐陽臉上。然後面目猙獰地笑了。

一校的師生都驚下不動了，所有的人都出示了探究之心。也許我和歐陽的行為讓許多同學感到不真實，那麼「腳」的行為就更讓人意外。

「腳」說：「騷包樣兒，別以為你們高尚，你們讓大家支助的是一個賊毛！鍾煒的父親是賊，是小偷！他偷了人家的麵……」

事情的突然轉折，頃刻間空域裏布了一層厚厚的呆木，捐助的高潮開始跌落下來，我們的行為也頓然失色。校園蕭穆的讓人發怵！

可聰明的歐陽力挽狂瀾。她說：「誰證明鍾煒的父親偷過人家的麵，就算是事實，可這跟我們的同學鍾煒有什麼關係？真實情況是鍾煒的父親無錢買麵，糧行老闆同情下崗工人送給了鍾煒家一袋麵，但鍾煒同學為了心安，他自己攢下的買運動服錢還

上了麵粉款，這說明鍾煒同學良好的品格。應該說這是我們受到學校教育的良好結果。這樣的同學遇到不幸我們為什麼不可以捐助？」

她又對「腳」說：「你不願意捐助完全可以，可你撕毀人民幣是犯法！」

我和司馬，程超以及更多的人為歐陽鼓掌。情況就又出奇地轉敗為勝。

我覺得周圍的一切已經沾染上了我們的情緒。校長一定是受了歐陽的提醒，說鍾煒的品格是學校的良好教育的結果，我看到校長的眼睛閃過了一個亮點，然後他為我們發起的這個倡導很是贊同，並且很快把我們這個舉措巧妙地過度成了學校的舉措。校領導加入到我們的行列以學校的名譽為鍾煒送去了三千元的捐資。

我們親自看見鍾煒和他的母親感動的痛哭流涕，跪在校長面前感恩戴德。電視臺聞訊趕來，學校為此大做文章，校長上了報紙，無意中打造了南中的品牌……

司馬咬牙切齒地說：「這叫『剽奪』！」

我們一併都愣住了。

他說：「這是學校的行為？這本來就是我們發起的，上電視的應該是我們！」

可我們當時對司馬提出的問題不感興趣，讓我們最為樂不可支的是，我們戰勝了「腳」，把鍾煒救回來了。「四大天王」又可以在一起了！「青足」大賽又恢復了信心。

程超高興的像撒歡兒的馬駒「噢噢」大叫。後來他又以考上清華為由給父親做了一筆交易，逼迫父親捐給鍾煒一千元人民幣，為此也上了電視。

三

我又有一個新的名字叫「陽光男孩」。這是歐陽白雪的餽贈。回想起來那時候是我有生以來最為陽光的時刻，程超說我演講的風度絕不亞於「五四」時期的愛國志士。媽媽說我給了他一個最為滿意成績單。因為她看到我有一個健康的心態她引以為豪。只有爸爸對此保持沉默。

那一天的太陽是新的。藍天像用水洗過一樣乾淨。麻雀在天上翻飛，一片片羽毛都紛紛飄落，我極力抬起頭來想看清鳥群飛翔的姿態。朗朗的天空讓我覺得世界真美！

我一再重複著成功後的驚喜，我不停地閱讀我演講的過程，不停地回顧那些平時冷漠的臉被我喚起的熱情。一種新奇的體驗塑造了新的自己。隨著時間的推移這件事竟一再讓我內心掀起激動的高潮，就像一次富有詩意特徵的行動。在周而復始的學習中產生著厭倦的我們，熱情被刻板的生活日日消解，那一次行動彷彿是為我們的身體進行了新鮮血液的補充。我嘗到了領袖的味道。那是我在南中走向被同學擁戴的巔峰。那個時期我大批量地收集了女生們慷慨地送來的甜蜜的崇拜。

任何一個人都渴望體現自己的存在，這種欲望在我心裏表現的尤為嚴重。我的自信一天天壯大，甚至連暴牙老師都有些嫉妒。她看到很多人願意和我扎堆就無端地皺眉頭。

有一天下午活動，我們踢足球遲到五分鐘回到教室，暴牙如同一把碩大的鐵鎖把我們隔在門外。

她說：「幹什麼去啦？這是學校這不是自由市場，學習了一個也找不見，節外生枝的事一個比一個多。」

我們自知有錯，一併不安地低頭不言。

她說：「葉雨楓，幹什麼去了。」

我說：「踢球……」

「哼哼！踢球，又是踢球！你以為你是誰？巴喬？馬拉多娜？我告訴你，學習是一個學生的天職，其他都是枝節，別以為自己有什麼了不起，你是上帝？是救世主？學習趕不上一切都是零！不知道你一天姓甚名誰了。好好管理一下自己吧你。一個七十分的角色有什麼好得意的。程超，跟上大牛犢拉屎哩是不是？像你這樣的好學生一天和「他們」扎堆你丟不丟人呀？你看你現在變成了啥樣？你爸的願望是讓你朝清華，北大發展，照你這種狀態還不要你的目標？鍾煒，你也有資格混日子嗎？你要知道你的學習機會是怎麼搞來的，別說五分鐘就是五秒鐘你也混不起你知道嗎？至於司馬柯同學，你願不願意學那是你的問題。但你不能影響別人。」

我們被這話刺激壞了，當著全班同學的面，掃我們的威信是我們這個年齡不能接受的。本來很是內疚的心理變得憤怒起來。暴牙的三言兩語就把我們分成了三六九等。人格的損傷使我們的心頓然進入灰暗。

鍾煒好像做了對不起天地良心的事，腦袋耷拉的如同掛在樹上的一顆壞梨。因為接受了學校的餽贈奴顏卑屈成了他的基本特徵，好像只有這樣才能對得起大家。

司馬是一副破罐子破摔的無所謂樣子。

程超就完全表示憤怒！

我們聽訓後回到教室，我首先接受了「腳」幸災樂禍的刺激，然後在全體同學面前威信大掃。

可這也擋不住很多同學和我們走近。他們紛紛要求參加我們「小飛鴻」足球隊。壯大力量我們當然不反對，「頭領」的風光一天天讓我占盡風流。後來我們很有些「社會」味兒，設計了一批名片，為了更加氣派採用了「飛鴻幫」！這就深深地殃及到了「腳」在班裏的至高無上。他開始了他獨特的表達方式……

四

　　在一段時期內，我們在回家的路上都不同程度地受到外來侵略，有錢的被搶走，沒錢的痛打一頓，並聲明是受人之託。

　　說道「受人之託」，我們立即明白是誰的勾當了，這是「腳」慣用的手段。我們每天都居無寧日。不得不花費些精力應付「入侵」者。雖然我們不服輸，但還是吃虧居多。經常被追打的鼻青臉腫。

　　後來學校用了保安，結果保安只是聾子的耳朵配搭，他們只管校園周邊的安全。二百米以外的事與他們無關。最可氣的是歐陽在一天夜晚受到「腳」的非禮，「腳」把歐陽拽到下水溝裏，說要給她「戰鬥」一次，成為「戰友」。他說他對她已經夠客氣了，他真心真意對她，她居然公開不給他面子……

　　就像一種心靈的感應，我彷彿覺得有一個聲音在呼喚我。那天夜裏有風，風聲挾裹著慘絕人寰的呼救，可是我難以辨別方向，聲音好像很近也很遠，我站下來仔細聽，我聽到了我的名字，再仔細聽，辨清聲音是歐陽無疑。

　　我不知道這是我的幸運，還是倒楣的徵兆，當一個人在危難之中喊我的名字，我就覺得我是上帝，是救世主，我的英雄氣概也便隨之而來，何況是歐陽！

　　聲音時遠時近，我努力隨著聲音去尋找目標，當目標突兀出現在我眼前時，我並不知道扭打在一起的那個男生就是我們班的「腳」。我照準他的頭一書包砸過去他就鬆開了手。

　　歐陽如同一隻受驚的小鹿脫出身來，「唏唏噓噓」哭著躲在我的身後。「腳」一躍而起，我又一書包砸過去，他再一次倒

下，歐陽拉住我示意快跑。

可就在這當兒，「腳」，——地吹了一聲口哨，自己奪路而逃，四五個人即刻圍了過來和我戰鬥，我一個人勢單力薄，拚命想在歐陽面前顯出英雄本色，卻是力不存心，打了幾個回合。我找機會拉著歐陽朝有路燈的地方直奔而去，打手把我絆倒之後當胸給了我幾拳，沉悶的疼痛讓我直想嘔吐，我知道遇上了真正的打手，意志中不想服輸。我伺機反撲，可是一隻腳夯樣地踏在我的肚子上，我貼在地上動彈不得。

歐陽嚇得「哇哇」大叫。

可我發現來者不是別人正是「歪帽子」，「歪帽子」一看是我好像愣怔了一下，然後就鬆開了腳。

他說：「小雷鋒，你他媽怎麼老是攪我的局，放著好好的書不讀，犯著打架的癮是怎麼著？不行到我手下幹幾天？」

「呸」！我唾了他一口，故意顯得自己很壞，好像才比較厲害。

我說：「小雷鋒早就是三年前的事情。你少給我拉近，要打就來吧！」

「歪帽子」說：「打你不成問題，可我答應過要幫助你的呀？」

我說：「我死了也不會接受你們的幫助，如果我沒有猜錯，你又是受人之託吧？」

「當然，我知道託我們『護駕』的人比你壞一萬倍，可是他能為我們提供票子，不用我們費力去搶。我們當然要為他服務。你得罪誰不好，非得罪一個誰都惹不起的人。今天晚上算你走運遇上了我，我再放你一馬，希望你以後少管閒事，如果還有下一

次可別怪我手下無情，事不過三你知道嗎？」然後他們就走了。

　　只剩下了我和歐陽，我們好一陣誰也不說話。歐陽哭得很厲害，我好像也不大會哄人，但我覺得我有義務抱抱她，她受了驚嚇，她尋求安慰，她需要一點溫存，這是我的本能。也許男孩天生不敢面對哭泣的女孩，向上蒼發誓，那樣的擁抱比蓄勢待發自然一百倍。歐陽一頭鑽進我的懷裏哭個不停，根本用不著我思考該不該抱他。但我抱著她了，卻有些不知所措，畢竟異性相吸，讓我多少有些慌亂。

　　我說：「我送你回家吧。」

　　歐陽並沒有反對，她的身體一直哆哆嗦嗦，她抓著我的胳膊就像抓著一根救命稻草。好像腿也挪不開步子一樣，平日那種英姿蕩然無存。在思維正常的情況下我還是想避免一下路人的目光，可我的身體不好進一步拒絕，只好把歐陽拖到站牌背後，稍作鎮靜。

　　在這樣的情況下我絕非有情緒進行陶醉。更不可能撈便宜。我只覺得自己很沒面子，歐陽遇難不是我救出來的，而是「歪帽子」的寬恕。這讓我尤其羞恥！我一直沉默著。遙遠的「勾結」二字又重新撕扯著我的心。可我好像也不怎麼恨「歪帽子」了，雖然他曾經讓我「毀譽」，但畢竟讓了我兩次。我真想利用他們把「腳」砸扁！但我不想接受他們的幫助。他們的好與壞，始終在我心裏模糊不清，越是長大為什麼是非就越難以分清呢？以我的經驗還不足以給他們進行一分為二的剖析。我不屑於他們的幫助，有了他們的幫助就彷彿有了一種「勾結」的意味。如果我與他們大戰一場，似乎才順理成章。救了歐陽也光榮。

　　就在我這樣深刻地檢閱自己的狀況下，我的臉上突然飛來

一記耳光！夜空中迴盪了一聲無端的嘹亮，如同一聲發威的響鞭「颼颼」地竄出去在夜空中橫衝直撞！

我和歐陽同時驚呆了！歐陽的眼淚也「嘰哇」一聲嚇回去了，但歐陽突然把身體橫在我面前。說：「媽，你怎麼可以打我的同學呢？！」

「你還要臉不要臉？你看看你這樣子，你還要不要臉？」

「媽……」

歐陽的眼淚重新得到恢復。剛剛受到的驚嚇重複開始釋放。這次釋放的更加理直氣壯。

夜空中充滿了緊張的氣氛，我看到她的母親心不在焉地聽著歐陽的複述，眼睛卻在我身上像掃描一個流氓，強盜一模樣，她逼視著我說：「你是誰？你叫什麼名字，這麼晚了你和我女兒幹什麼？」

「媽……」歐陽泣不成聲地說：「你怎麼可以冤枉我的同學。是他救我的……」

「編，編，你好好給我編！我看不到流氓，我明明看到的是他和你……不怪近來離不開鏡子，今天買衣服，明天買褲子。你才多大一點，你想氣死我呀！」

事情的突然轉折讓我吃驚，稱不上見義勇為吧，起碼不該是流氓的角色吧？歐陽的母親不相信她女兒途中遇難，卻一味相信我和她有染。那目光探究的程度讓我受到了一次奇恥大辱。

歐陽哭的更厲害了。我反而不知如何是好，她的媽媽拽住我的胳膊說：「走，找你的父母去，有人養沒人教的東西，這樣下去可怎麼得了……」

我無法尊重這樣的母親，我更不允許她去找我的母親。我猛

一下把她推開，撒腿就跑了。可我這一跑更加重了嫌疑。我聽到歐陽的媽媽在我身後喊：「你等著，我明天找你的父母，我還要找你們的老師，你再要騷擾我們白雪我到公安局告你去……」

我突然停下來，我孤孤地站在路燈下，我看到歐陽犯人一樣地被母親押著走。歐陽走一步回一下頭，神情無奈而絕望！我聽到歐陽在不停地向她媽媽解釋，她媽媽好像一直相信她自己的眼睛，對歐陽的複述置之不理。歐陽歇斯底里地哭，風聲挾裹著她的無奈和淒涼如同鋸齒一樣撕扯著我，有好長一段時間我回不過味來。我成了流氓？事情的湊巧令人費解，為什麼腳在侵害歐陽時湊巧碰到的不是她的母親而是我？可偏偏歐陽需要安慰時她的母親卻親自目睹？難道這是上蒼的安排？

我天真地相信歐陽一定會把事情說清楚的，我並不認為這件事對我有多大的關聯。可我還是心有餘悸，我畢竟暗自喜歡歐陽，我知道在我們這個年齡男女間「喜歡」永遠不可以理直氣壯。無論什麼樣的理由。我懼怕歐陽的媽媽會來找我的父母，會到學校找老師。甚至迅速判定為早戀罪。

城市的夜晚濃墨重彩，樓群上的彩燈如同一條色彩斑斕的長蛇。神秘，誇張而且喧囂，把整個夜晚的氣氛烘托的極富戲劇性且極不真實，挑逗得我思緒變幻不定。

成長的疼痛是不願輕易暴露自己的心事，要在三年前我一定要向媽媽訴說原委以求母親的幫助。可現在我每時每刻都表現出長大成人的獨立姿態。

事實上是我害怕的很。我做了一夜的惡夢，暗夜中我好像一直聽到歐陽在哭……

五

　　第二天歐陽沒來上學，我心生疑慮。「腳」一直毫不羞恥地斜斜著眼睛看我，目光是富有挑釁性的，好像他對歐陽非禮是對我的一次報復。我不看他，我覺得他噁心。可是這一天的太陽白的讓人發慌，涼颼颼的感覺直入骨髓。從暴牙的表情中看不出什麼端倪。我開始擔心歐陽，她為什麼不來上學呢？

　　事情過了不到一天，歐陽自殺未遂的消息傳開，全校譁然。我只覺得眼前紅一陣黑一陣，喉嚨裏像塞了一個青柿子，堵的慌。只想哭，可是無淚。我無心再聽課，我一忽而想找個機會揍偏「腳」給歐陽一個交代。可一忽而又想去看看歐陽。我想知道她為什麼要死掉。可是我不敢去看她，她的父母一定對我不客氣！而且會導致她受到更深重的壓迫。我多麼希望能正常地表達我的感情，可我們的環境潛移默化，使我們學會了怎樣偽裝自己的情感，無論是否正常。

　　一周之後我和「腳」被暴牙老師叫進辦公室，裏面還坐著歐陽的媽媽，還有一個男人，我想大概是歐陽的爸爸吧。

　　暴牙老師先是問我那天夜晚發生了什麼事？我就如實複述了一下事情的始末。

　　後來暴牙又問「腳」說：「葉雨楓說的是真的嗎？」

　　「腳」說：「當然是真的！」

　　暴牙說：「你為什麼這樣做？」

　　「我喜歡她呀！誰讓她不識抬舉，當面傷我的面子。我喜歡的人怎麼可以讓別人來愛？」「腳」在說這話的時候，得意地斜斜著眼睛看我，從容的態度讓我吃驚。

「你知不知道這樣是犯罪？」

「犯什麼罪？你們成人哪一天不再幹這個？」

「腳」的坦率使在場的人都始料不及，也許暴牙並沒有想到事情會如此順利地搞清楚，甚至順利的讓她失望，讓她下不了臺。有意思的是歐陽的父母一併驚得目瞪口呆！

那男人有些衝動！說：「你怎麼一點羞恥之心都沒有？」

「腳」說：「什麼叫羞恥呀，我不懂！」

男人說：「把你的爹媽叫來。」

「腳」說：「把我爸叫來嚇不死你。」

你爸：「長著三頭六臂呀？他能厲害過法律呀？看你這態度我起訴定了。」

「起訴吧，有什麼了不起？」

「你這無賴！好，我管不了你，難道法律也管不了你？」

「那當然，不信你試試。」

歐陽的媽媽扯扯男人的衣服，男人把女人的手甩開，顯示了不告就絕不甘心的氣勢。我心裏暗自叫好，等著吧，狗日的「腳」。我在心裏淋漓盡致罵了句粗話，你也有被治住的這一天！我覺得歐陽的傷害有了出處，我也慶幸「腳」不可一世的流氓習氣把我洗清了。我大膽地盯著歐陽的媽媽，以期她給我道歉，可她毫無道歉的意思。她只悲憫歐陽的下場，對我的冤枉好像從不介意。

暴牙令我出去，我心裏鬆快了許多。「腳」受懲罰的圖景在我想像中一一路過腦際，如同太陽在雲層中匆匆穿出光芒，照亮某個不可企及的死角。前所未有的興奮讓我覺得希望就如雨後的春草瘋長瘋竄！我摩拳擦掌努力想清楚事情的始末，決定為

歐陽提供有力的證詞。我一直等待有人找我，而且是威風凜凜的警官，或是公安。可是高潮迭起的興奮，一日日消解著企盼的熱情。

　　校園裏出現了前所未有的寂靜！「腳」相安無事，隨著時間的推移，事情就大事化小，小事化了，什麼事也沒有了。莊嚴的學校依然莊嚴。平靜的如同沒波沒浪的海面，一如既往。

　　「腳」並沒有因此毀譽，反而更加的囂張。

　　歐陽從此再沒有在南中出現，據說轉到別的學校上學去了。

六

此後我常常不經意中站下來發呆，歐陽也常常幻覺般地出現在我眼前，我知道這大概就叫做想念吧！不過在我這個年齡想念很難持久，只是歐陽的突然自殺讓我難以理解。

及至在數月後的一個黃昏，我路過一家冷飲店，歐陽「嗨」的一聲跳在我眼前，從聲音裏我聽出是歐陽，可在面貌上我難以辨別出來。她滿身的「社會」味兒，頭髮染成了一縷酒紅，一縷金黃，看上去如早熟的西瓜。嘴唇塗得血紅，眉毛是修過的，眼線紋的很有神，整個一個摩登女郎。她毫無忌諱地拉著我進了冷飲店，要了一個小單間，放著優雅的音樂，空調讓我全身涼爽。她要我坐下來，說要為我設一次「冰宴」。我一直很不安地望著她。

她說：「看我幹什麼？不認識了，沒想到你還是這麼一個靦腆的小男孩。」

她很有閱歷地說：「我是死過一次的人了，什麼都看開了，什麼學業，前途，名譽，地位去他媽的，誰給我提這個我跟誰急，快活是最重要的，何必過那種『朝七晚九』的刻板日子委屈自己。這世界本沒有什麼莊嚴，這世界就是金錢的世界，有了錢就有了一切。『腳』憑什麼屬害，不就因為他有一個有錢的土著？」

我驚異於歐陽的飛速轉變，她的話把我驚的一愣一愣的，她的超脫挺讓我羨慕。可我一直對她的自殺表示不解。

她說：「沒聽過一個詩人說：『中國人連活都不怕，難道還怕死嗎？』死一點都不可怕，而活著的包袱沉重的簡直可怕。

生與死其實只差是一步之遙，就像天堂與地獄只差一步一樣。死的感覺真的很好，萬物皆空，世界上的一切都與你截然分開，可我的父母卻非讓我好死不如劣活著。那我就給他們『活』唄。當你把包袱放下了，一切隨心所欲，『活』有時候比『死』又好一些。過去我學習多用功，我拚命按他們的要求做他們的好女兒，他們從沒有滿足的時候。人活著信任是挺重要的一件事，可我的父母從不信任我，好像他們的經驗就是真理。」說到這裏她的淚就潸然而下了……

此後我才知道，那天夜晚她被母親拽回家裏，進行了篇幅不短的審問，看她衣衫不整，想到我渾身是土，一連串的想像就變成了真理，她的母親非要問她和我幹了什麼事。歐陽做了不下二百遍的複述，她的母親還是不予以肯定。她的母親翻她所有的物品以期得到些什麼指示，結果是把歐陽藏起來的日用品搜查出來，砸了歐陽常用的小鏡子，砸壞了她的口紅，眉筆，還有她的粉餅，燒了她新買的衣服。她的母親認為這一切都是她走向無恥、下流、學壞的佐證。

歐陽心力憔悴了。她說：「這世界真是黑暗無邊了，連自己的母親都不相信他們的女兒還會有誰相信呢？」

後來她的母親說，為了保險起見天明帶她到醫院檢查。還逼著往她要我的名字。歐陽寧死不說。她母親就更斷定她與我有染。

說：「不給也可以，我到你們班一看就能認出來……」

歐陽說，她死的念頭就是從那一刻如閃電一樣路過腦際，於是她跑進浴室把自己關起來，幾乎沒有機會思考，操起父親刮臉的單面刀片，朝腕上一切，血就倏然噴出，她看到一根「紅柱」

憤怒地射出來，她一就朝室外的母親笑……開始沒什麼感覺，後來有些疼，再後來她就「死」了！

她在敘述這過程中，一直表現出很輕鬆很好玩的樣子。好像這種經歷是她最傑出的壯舉。她點著根煙抽了一口。我又是一驚。看到她很「社會」的氣派，我知道她徹底走向了社會。

她說：「我知道你其實很要面子，很渴望榮譽。我怎麼可以讓一個救我的人無辜毀譽呢？所以我只能選擇死……」

歐陽的話讓我心生感動，我望著她，難道我的名譽比她的生命都重要嗎？雖然我不能完全體會她的心情，可她不知哪兒非常吸引我。

她說：「傻樣，沒有見過我呀。」

我說：「你不是轉到別的學校讀書去了嗎？」

她說：「那是哪年的黃曆了，我知道我的爸媽為我轉學花了不少錢。我活回來的時候以為他們要給我主持正義，我要看到『腳』受到應有的懲罰。我也知道他們去過南中找過『腳』，可他們瞭解到『腳』的背景，嚇得如同老鼠見了貓倉皇逃竄。還裝出一付虛偽的面孔，說是為了我的名聲不便張揚。」

「哼！我的媽媽是個有軀殼沒良知的『空心人』，我讓她向你道歉，她道歉了嗎？我父親是個有技術沒性情的『機器人』！他仰仗『腳』的父親攬過幾期大工程，只怕斷了他的後路，就不顧我所受的侮辱。我在他們心目中算什麼？他們關心過我的心情嗎？到了二中，我以為躲過了是非之地，不料我的事很快成了議論的焦點。我整天都像被別人扒光了衣服在觀賞一樣。與其如此，還不如乾脆流氓一把，名符其實。逼良為娼好像是專為我用。所以我早就離開學校了。我好好做人的時候那兒都是問題，

如今只要我不死，那怕我成了叛徒，流氓，賣國賊，在我父母看來都不是問題。你說多可笑？成人們都是趨炎附勢的膽小鬼，不論是非的偽君子。我要讓他們的『多疑症』和『麻木症』付出代價！這世上有正義嗎？有是非嗎？我越來越不明白。真的！」

我的心突突地跳起來，歐陽的話不知為什麼很讓我恐怖。

她叼住煙狠抽了幾口，然後看看我說：「你也試試？」

我搖搖頭。她說：「好好做你的好孩子吧，我不反對。」

我說：「你在那裏做事？」

她說：「一家美容店，告訴你，我已經破包了。」

「破包為什麼叫破包？」

她說：「看你嫩的，破包就是給男人上床了。」

「哇」的一下，一樣不知什麼東西瓦片兒一樣扣在我頭上，悶悶的。我心裏明顯有刺疼的感覺。

我說：「你怎麼可以這樣？」

她說：「看不起我了是吧？哼，我是流氓我怕誰。感謝你的搶救沒有讓那畜生強暴了我，不然就不值錢了。一次給我二萬我憑啥不要呢？磨不了皮，蹭不了肉的。需要錢吭氣，鍾煒還上學吧？那「黴球」也夠慘的。她從精緻的坤包裏抽出一疊錢扔給我，給鍾煒上學用，我捐了。」

我不敢要那錢。我說：「要給你給，我不要。」

她說：「嫌不乾淨呀？公平交易啦。慢慢到了社會上，到處是卑鄙的勾當。有時候男人的錢比這錢還髒呢！我好在還付皮肉之苦。錢又不會叫人髒。傻瓜。」

我低著頭，不知因何淚水流了出來，我不希望歐陽是這個樣子，好與壞在我心裏還是有一些疆界的。她居然和男人……我的自尊好像受到了巨大的傷害。可我不願讓歐陽看見我的淚。

17條皺紋

歐陽說：「巴喬，其實我挺喜歡你的熱情和勇敢的，被老師稱道的那些『老夫子』哪一個愛管別人的事，別說挺身而出救人，就是天塌下來也與他們無關。他（她）們是父母的乖孩子，老師的好學生，社會的好青年。如此自私的傢伙就是上了北大、清華也扯蛋。真的，你是那麼陽光。我那次到醫院去看你，只怕你媽媽如同我媽媽一樣用審視的眼光看我，結果你的媽媽是那麼溫和，她欣賞我的禮物時，只有少女才會出現的新奇。所以你有那麼多的朋友。我要有這樣的媽媽，什麼樣的要求都不過分。我們需要理解。在校時只怕被扣上早戀的帽，想接近又必須努力遏制，裝出一副假眉三道的樣子，其實怕個屁，喜歡就是喜歡唄。」

我一直低頭不言，優雅的音樂始終不緊不慢地培養著人的性情，可我的呼吸有些坎坎坷坷，我想罵她可是找不到言辭。

她也沉默了良久，之後我臉頰上突然飛來一個吻，大概是剛吃過霜淇淋的嘴，涼涼的感覺，就像一隻小鳥突然飛到我的肩上，猝不及防地啄了我一下。由於突兒，我有好一陣回不過味兒。等我回過神來，歐陽已不知去向了……

無論如何這是我平生第一次嘗到女孩子吻我的滋味，而且是我久已隱藏的「夜中形象」，我在複雜無比的情緒下開始慢慢地沉浸，力求延續更長時間的陶醉，漫漫地浸入內心深處……

捐給鍾煒的錢，靜靜地躺在桌子上，在空調的吹拂下微微翕動。我認真做了清點是一千元，驚異過分的我抓起錢來追出去，歐陽已經消失在夏日的黃昏中……

這個吻，讓我維護著我的堅貞。可歐陽在哪裡呢？她是不是無數次地和男人上床。她說那種話的時候居然像涼涼流淌順路而行的小河沒波沒浪！我開始思念她的時候也開始痛苦……

17條皺紋

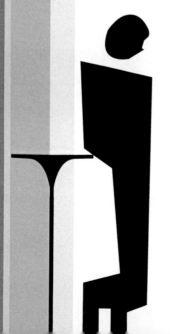

B 章

一

　　我看著姐姐抱著貝克慵懶在床上。姐姐和婦人大概是有一些區別。她若凝神沉靜的時候我覺得她是姐姐，她看上去的確稱得上美，那種發自內心的憂傷通過眼睛表現的淋漓盡致，讓人想安慰，想接近，想憐憫。她歇斯底里地向我提出要求我覺得她是婦人。她像狗子她媽？歐陽？都不像。她是個需要男人的女人。難道我可以充當她想要的男人嗎？

　　在她面前，我常覺得我像個破舊的風箏永遠也飛不起來。當我提出離開她的時候，姐姐勃然大怒！

　　她說：「你以為你能走的起嗎？你整天吃的、喝的、穿的、用的、包括住醫院的，花掉我不下萬元以上，你拿什麼還我？你能拿得出來放錢走人。拿不起你給我服務五年。兩條路由你選，我不攔你！」

　　錢，我自然是拿不出來的。拿不出來就得聽她的指揮，她不再把我當弟弟看了，她又讓我恢復了以前洗狗工的角色，她的反覆無常讓我左右為難。貝克又開始如頤養天年的老人一樣享受我的服侍，在我最潦倒的時候牠毫無憐憫之心，卻向我擺弄出異常神氣的姿態。連狗都不如的感覺又慢慢滲透著我的心……

　　姐姐說：「去，把浴室裏的擦『屁股』手紙倒掉。」

　　我就去倒掉。

　　「去，給我買五包衛生棉。」

　　我說：「還有很多呢。」

　　「那我也要你買。」

　　我就去買。彷彿讓我買這種東西是對我最大的羞辱和懲罰。

因為她瞭解我對此種差事表示過難為情，所以她就故意為難我。

「玻璃要一天擦兩遍，我白天需要『日浴』，晚上需要『月浴』。」

我說：「那要沒有月亮，太陽呢？」

她說：「那我要『夜浴』『雲浴』，這就是有錢人的活法。

「去，把便池洗乾淨。」

我就去洗。

她說：「看沒看見，池眼裏有尿鏽，用手把它摳掉。」

我說：「非得用手嗎？」

她說：「非得用，不然能洗得起來？用硬東西防止損壞外觀。」

「我的手重要還是便池重要？」

「你要是我弟弟當然是手重要，可你不是我弟弟了我的便池比你的手重要一百倍。」

我有些猶豫，就算專門的清便工也還需要相應的工具吧？可我債臺高築又怎麼可以不聽人的指揮呢？

我就在硫酸配製起來的清便水裏給她摳……

貝克圍著我「噢噢」地歡喜欲狂，表示著極大的取笑。我真想狠狠地揍牠一頓，可是姐姐一直站在我身邊如同監工一樣觀察著我的表情。她一邊享受著錢在這個世界上的至高無上，一邊痛恨錢使世界上的男人變壞變得喪失掉人性。她喜怒無常，變幻莫測，我常常被她搞得不知所云。

我沒有權力再討價還價，因為人情的集中使用，透支過甚連起碼的條件也沒有了。我覺得我彷彿是被冥冥中的巫術一步一步引入了某個圈套裏不能自拔，我曾經想過死，可欠別人的錢怎麼

可以死掉呢？我必須度過這漫長的五年才可以自由。我的世界陰雨連綿，我的前途黑暗無邊。掙錢給媽媽買睡衣的遠大理想已成一段舊夢。

我拚命想維護我的自尊，可姐姐最曉得怎樣消滅我所在乎的東西。這一刻二狗子的話突然在我耳邊想起：「什麼他媽的尊嚴。你們的尊嚴都是假的，你們的尊嚴是你們的媽媽給你們撐著你們才有力氣叫喊尊嚴的，我他媽忒知道尊嚴給活命帶來的麻煩和不利了……」

二狗子的話居然有了真理的意味，映照著我此刻的心。什麼是人的權力我早已模糊不清，只記得，衣食無憂的時候，在家裏往爸爸要人權，在學校往老師要人權，可眼下我又往誰要人權呢？人有支配自己的權力嗎？好像錢就是一切的權力！我直僵僵地望著正前的不知哪兒，手在不停地摳著便眼裏的尿鏽……淚水一點一點地溢上來……

我看到了世界凹凸不平，世界實質就是由凸凹組成的，可我還要天真地渴望平等。

我開始懷念我的父親，父親對人類的等級理解的太深刻了，所以他曾那樣渴望我能逃離普通人的範疇，不惜打磨掉我身上所有的稜角以求安全，去爭取自己一生的「尊嚴」。可我太熱衷於媽媽所講究的愛憎的意義了，愛憎彷彿是一個人心靈的品牌，是一個人起碼的是非疆界，愛憎使我熱情，熱情激發勇氣！可我從來沒有懷疑過熱情和勇敢，正義和良善成為我成長過程中心靈的疼痛！

是的，媽媽的人生在空幻的理想中，爸爸的人生卻在現實的生活中。

可是，難道媽媽的話有什麼過錯嗎？人難道可以沒有愛憎，不要熱情，公道，正義和良善嗎？然而，我並未意識到天下可以庇護因有了錢而無視於人間一切法規的人！於是，骨子裏的熱情，勇敢，正義，良善都顯得弱小無力……

17條皺紋

C 章

一

　　我們「飛鴻幫」曾經堅守熱情、誠信和勇敢無視於「腳」的
厲害與霸道，校足球隊整編好之後，教練決定選拔一個既有戰鬥
力，又有調動力和組織力量的人，此人選，非我莫屬，這個資訊
我早已從教練的目光和球員們的擁戴中獲勝。結果不出所料，在
民主選舉的過程中我獲第一。

　　但「腳」不允許，「腳」說他要當隊長。然後教練就得到了
校方傳來的一個紙條，情況就迅速變更。

　　全體隊員為此反抗，舉著拳頭喊：

　　民主！民主！我們要民主！

　　喊聲如雷，校方措手不及。「鎮壓」學生當然沒有道理。無
論暗箱操作的怎樣波瀾壯闊，但表層保持形象還是必要的。校長
親自出來訓話，要我們遵守學校法規，誰膽敢無視於校規就開除
誰……

　　後來司馬冒著被開除的危險大聲質問：「說民主、自由、平
等競爭是不是當代青年應該提倡的？」

　　校長並不否認。

　　然後我們就舉著拳頭又喊：「平等、競爭！平等、競爭！」

　　我們的抗議引起了全校師生的譁然，很多平日小綿羊一樣的
同學也禁不住伸長頸項燃起了激情，紛紛為我們平等競爭的要求
給予支持。

　　如此，為了「公平」起見。教練讓我們進行一次球賽，以勝
敗論隊長。賽前，我和「腳」各自組織各自的人馬。

　　「腳」在賽前給他的戰將從他家中搬來健力保管喝，以為重

賞之下必有勇夫。

夕陽西下，「腳」用眼睛蠱惑駝爺他們了，「四大天王」無可動搖。但他決定瓦解我們的潛力，他故意把整瓶子飲料扔在他們腳下。他們故意眼都不眨一下，表示意志堅強。「腳」轉身離去的時候，大家的目光立即身不由己地聚集在飲料上。四周靜靜的，沒有一絲聲音，都以為萬無一失了，小非洲用舌尖舔舔嘴唇，經不起飲料的誘惑率先揀起來一罐「咕咚」到肚子裏去了，還頗滿足地說了聲「爽！」。

如此一來，駝爺和飛毛腿均都蠢蠢欲動，怪難為情地用目光進行了高度視察，沒有發現異常也依樣地喝下去了……

小非洲說：「真他媽是個意外收穫！」

幾個人就怪不好意思地笑了！可就在這當兒，「腳」神不知鬼不覺地站在他們面前了，一臉是輕蔑的笑。然後斜睨著眼睛看他們。說：「我扔在這兒的飲料呢？喝了吧？好喝吧？沒有喝過吧？」

三個人的臉就頓時紅成了一片，出現了時間不短的尷尬。

「腳」說：「想喝跟著我，天天不少你們的。」

三個人就都低下了頭，吃人嘴軟，在這一刻他們體驗最深！飛毛腿率先逃避尷尬拔腿跑開了。「腳」，達不到要求，每人賞了一巴掌，算是對他尊嚴的補充。

我喜歡這樣公平的仲裁！

「勝者為王」讓我興奮不已。賽前我們養精蓄銳，也許競爭是我們這個年齡最為刺激的一件事。公正對我們就至關重要了。

在一天下午我對「將士」們進行了戰略戰術的交代，次日拉開了帷幕……

可悲的是我準備了足夠的力量迎戰，沒有費多大的力氣，甚至用不著戰術，獲勝者竟輕而易舉就成了「飛鴻幫」！這讓我大失所望，甚至是一種技術資源的浪費……

「腳」，總是與人對立，好像這天下用不著爭，就該是他的，競爭對他本身就是不公，就是侮辱。他任何時候都想坐享其成！在生活中沒有他不想要的，但也沒有他要不到的，甚至常常是他用不著伸手也會有的。他的世界大得很。

然而，球賽失手，我看到了他深重的挫敗感，眼神裏發出的光，都是硬硬的。「飛鴻隊」個個歡天喜地，這才叫揚眉吐氣呢！我也沒有更寬闊的胸懷給予他同情。

那一天，南中的上空如同蒙上了一床暖暖的被子，喜悅「撲通」一下蒙住了我！望著「腳」氣急攻心的樣子，有一句話再一次匆匆掠過腦際：

「去，別擋住我的陽光」！

是的，沒有人能夠擋住我們小飛鴻的陽光。興奮持續升溫，我高興，我快樂，我想哭，我想笑，我不知怎麼樣才好。我若坐在旗台前，就無數次地重複著想像中的頒獎儀式，我看到萬人敬慕的神態！國旗做我的背景……

我若走路總沒有安分的時候，我一路走一路跳，我舉起手把林蔭道上的樹葉掃的涮涮落地，葉兒驚驚顫顫好像還沒有足夠的思想準備落葉歸根，就被無辜勒令下崗，左右窺視，倉皇地飄了一地才發現是一個毛小子拿它們逗樂呢！我唱著，叫著，在這座城市的上空迴盪著，把城街上的路人都嚇得慌慌地站下來給我讓路，連汽車也有些善解人意不和我爭先恐後。我覺得我是那樣的至高無上，比這座城市的樓房都高；比路旁的電線杆子都挺拔；

我的眼睛比夜晚的路燈都亮；比白天的太陽都光芒四射。

我完全是個勝利者了！

不僅是球賽的勝利，頂要緊的是平等競爭的勝利，世界讓我獲得了平等！勝利者的心情原來是這樣的好，眼裏的事物又是這麼樣的美。匆匆路過的人也格外親，親的讓我很想學雷鋒。

對面站著三個盲人，表示橫過馬路的困難，我毫不遲疑地跑過去幫助，並且把僅有的一元五角錢送給他們。三個盲人向我點頭鞠躬。「高尚」又使我自豪。

回到家裏我可是得收斂一些，球賽始終是我的小秘密，父親是因了我迷戀足球才把我搞到南中去的，我知道我不能明著傷他們的心。我決定一方面完成我的使命，一方面還得好好抓緊學習，不能露出蛛絲馬跡破壞了大事。我曉得跟爸媽多談學習上的事他們就會顯得容光煥發。

我說：「媽媽，你說我能考上重點高中嗎？」

「當然，媽媽任何時候都相信你！」

「萬一考不上呢？」

「那說明你沒有努力。」

「媽，我覺得我很笨。」

「一點都不，一個人心裏裝著信念，勝利會一點一點靠近你！誰笑在最後誰才最美！就像那天你站在高桌上演講，你完全進了狀態，你完全投入了真感情才發動了那麼多人的支持。因為你心裏裝了信念，你不願意你的朋友鍾煒失學，所以你做了最大的努力，結果就出奇制勝……學習和這是同一個道理……任何事情都大致相同！」

媽媽說這話的時候臉上出現了陶醉的色彩。她說：「我的兒

子為挽救一個失學生，站起來抑揚頓挫的演講，我看到了他的真性情，看到了他的真勇氣，我看到了一個人生命過程中的燦爛。這真是我一生最偉大的作品！這樣的人做什麼樣的事會不成功呢？」

媽媽的話，好像在一點一點應驗。就如同我戰勝「腳」一樣，他用物質收買隊員，而我們「四大天王」靠的是實力，感情，凝聚力。我彷彿覺得勝利也不僅僅是球賽，而是精神的什麼東西。這個讓我說不明，道不白的東西，力量好像很大，它讓我對任何事情，任何我應該做的事有了積極的態度。我真想把我戰勝「腳」的這個偉大勝利告訴媽媽，可是我不敢，媽媽信賴我，我可是沒有足夠的勇氣信賴媽媽……

然而，我並不知道這卻是我與媽媽最後一次談話。現實老不和心情一致，就在當天晚上駝爺他們受到了襲擊，本來「腳」的目的是要打斷我的腿，讓我的四肢分解，以達到他奪取足球隊長的最終的目的。他是不會讓我順利當上隊長的，這是這個時代賦予他的秉性和脾氣。結果借助夜的掩護，駝爺是我們「四大天王」的追隨者，有駝爺，就會有我成了他們錯誤的判斷。

上天有靈，那天我負責值日，駝爺們無法將我交出來，導致陰錯陽差，傷其人誤傷自己的重大失誤，可這一切進行的時候我卻一無所知……

然而，我沒有逃脫了厄運，一張名片，就成了「黑社會陰芽勢力」的犯罪嫌疑人。一封聯名信，集體幫我虛擬了一個「戰爭」的指使者。從而名正言順地把我趕出了校門……

我的一點小勝利就這樣扼殺在無形的手掌裏，那一點點小平等，付出了如此驚人的代價。駝爺和小非洲可以用金錢買回他們

的「錯誤」。可我的「錯誤」是金錢也解決不了的。我不知道該恨誰，該怨誰。

鍾煒的「失學」可以發起全社會的支助，可我的失學有誰來同情，又有誰敢來同情？只有我的朋友鍾煒憑著一點意氣搞清事情的原委，卻讓我對世界產生了更深重的惘然……

17條皺紋

B 章

一

一切的現實和記憶讓我覺得人還不如一條狗。

外面的狗隨地一臥就可以睡，而人是不可以在街上睡的。家裏的狗如同主人一樣地供養，但牠一有厭煩主人的情緒一扭屁股就可以走了，不管任何人間世俗的事。

狗受了冤屈還有汪汪叫幾聲的權力，可人受了冤屈連說話的餘地都沒有。

然而人又不能像狗，人還得為良知負責。設若我不管良知，趁姐姐不注意，一跺腳也就走了。可我走不起，我得還姐姐的債，聽姐姐的指使。世界在我的心中是個冷的東西，即便花開了，葉綠了，也覺不到一點點春的氣息。我的心是空的，所有人身上應該有的，我什麼都沒有了，包括熱情和勇氣……我成了一個金錢的人質；一頭骯髒圈裏的豬；鞭子底下的牛；繩索裏的狗！我不肯哭，可是眼淚卻死皮賴臉自己往下流……

姐姐說：「雨，你哭了？」

我說：「沒有！」

她說：「哭了！」

我說：「我就沒有哭。」

她說：「看著你眼裏流淚，怎麼能說沒哭呢？」

我從便池裏抽出手來，用胳膊狠狠擦了一下眼睛，以達到掩蓋真相的目的，卻不料姐姐大驚失色抓住我的手說：「怎麼指甲縫裏全是血？」

是的，我也看到了血，十個指頭全滲出血，便池裏的尿鏽那麼頑固，勞指甲的大駕幫忙怎麼可以不流一點血呢？可我卻覺

不出一點兒疼！我還看到便池裏成了一個小小的「血湖」，我居然一點兒沒有注意到。我注意到的是我的心，鹹鹹的好像在流血……

姐姐不知因何哭了，姐姐用肥皂水給我洗去手，然後緊緊地抓住，樣子好像比我還疼！

她說：「雨，是姐姐不好，姐姐怎麼可以讓你做這種粗活呢？姐姐養得起你，姐姐完全可以請一個清便工幹這種粗活。雨，你為什麼不聽姐姐的活，你要聽姐姐的話，你就能過闊少的生活，不聽姐姐的話你連狗都不如你知道嗎？雨，姐姐不會害你，姐姐只是太寂寞，太孤獨了，姐姐夜間醒來很害怕，希望床上能有一點人氣兒，姐姐希望醒來的時候看到的是一個人而非是狗，難道你忍心讓姐姐的另一半床上永遠臥著一條狗嗎？」

我瞥了一眼貝克，牠永遠不懈地圍著姐姐搖尾乞憐表現它的忠誠。只不知貝克是否聽懂了姐姐這一番話。

可我對姐姐的反覆無常失去徹底的理解，我僵僵地一動不動，好一陣回不過味兒來。難道我可以為過上闊少的生活做自己不該做，或不願做的事嗎？這是我惟一堅守的一點點自尊了。

姐姐喋喋不休的訴說，我慢慢被姐姐說的心軟了，我開始同情姐姐。我決定為姐姐做點事。

於是我站起來。我說：「姐，你等著。」

然後沒經姐姐同意我就擅自走了。我覺得姐姐身邊陪著的不該是我而該是她的老公。我決定把姐姐的話轉告給他的老公，我想她的老公聽到一定會感動的，連我都被感動了，難道他會無動於衷嗎？姐姐的要求那麼簡單，就是孤獨，寂寞，希望他的床上能有一點人氣兒。這有什麼難呢？他老公一定會答應的。我要告

訴他我會幫助姐姐一同服侍好他。

可是我失敗了！我費了那麼大的事兒等到了他，但他絲毫沒有把我當一回事兒，好像我根本就是無故竄到他面前的一隻小貓，一條小狗，或者是一個叫花子。當我找機會把我的意思告訴他的時候，他一副玩世不恭的樣子盯著我說：「怎麼，你姐姐不好使嗎？我要回去你怎麼辦？你告訴她，她愛的是錢，愛的又不是人，既然她喜歡錢我就終生滿足她的要求，錢會給她幸福的，我沒有辜負她吧？好好回去侍候你的『姐姐』吧，我有事做你趕快給我離開公司，否則我對你不客氣！」

我說：「你沒有同情心。」

他說：「你有就夠了。」

我說：「你不懂愛情。」

他說：「你脫了褲我看看你的毛長齊整了沒有，還愛情呢。」

我的臉紅了，燒得很厲害。

我孤伶伶地站在城市的一角很是茫然，我救不了姐姐。我真的不明白他們的心思。

回到家裏我勸姐姐離婚。姐姐說為什麼？我就把男人的話告訴姐姐。我挨了姐姐一巴掌。姐姐痛恨我出走給她帶來的消息。後來姐姐就趴在床上哭了一個下午。我是不會哄勸人的，我甚至連貝克都不如，貝克看到姐姐哭還溫情脈脈地臥在姐姐身旁給她一些關愛呢，可我連句像樣的話都不會說。

該吃飯了姐姐還哭。天暗下來後，我知道我該組織一頓晚飯。我還知道姐姐平日訂飯的地點，我打了一個電話，有人就送來了晚餐。

我把姐姐扶起來，我說：「姐姐吃飯。」

姐姐不吃。

後來我說：「姐姐我餵你好嗎？在醫院你常常餵我的。」

姐姐就認真地盯住我看，然後她把我手上的碗拿下來放在一邊，就突然把我抱住了……

她說：「雨，你知道你是多麼好多麼乖的一個小男孩嗎？心靈乾淨的就像雨水洗過的藍天，姐姐真的很喜歡！姐姐才比你大十歲，那些男人泡的女孩比他們大三十、二十歲都有。何況，女人命苦，男人永遠處於主動，你不情願，姐姐又能怎麼樣呢？雨，陪姐姐好嗎？姐姐不強迫你，直到你長大，直到你願意為止……」

我好像是懂姐姐的意思，可是我告訴姐姐：「有一個人不允許我這樣，每當我拗不過姐姐的時候，她就出來幫助我……」

姐姐突然把我鬆開，動作有一些失常，姐姐驚異的表情令我恐怖，她凝神盯住我說：「誰？」

我說：「我的同學歐陽。」

「你喜歡她？」

我點點頭。

「你喜歡她什麼？」

我說：「我喜歡她的正義感！她為了我的名譽可以去死！」

「哦，沒想到你這麼小倒有一些經歷。」

「她喜歡你嗎？」

我點點頭。

「她又喜歡你什麼呢？」

「她說她喜歡我的熱情和勇敢。」

姐姐說：「熱情和勇敢能頂飯吃？慢慢的生活就會把人身上的好處磨得乾乾淨淨，那時她還喜歡你嗎？你要喜歡姐姐你一生都衣食無憂。」

我說：「我不願意這樣活，我要自己有出息。」

姐姐說：「你對那女孩兒只是喜歡不是愛！」

「愛和喜歡有什麼不一樣嗎？」我說：「我不管愛還是喜歡我就要這個！」

我知道這是我惟一的一點點堅持了，可我卻傷了姐姐。姐姐把我狠狠地推開，她的五官就不在正位上了……

我重新端起碗來勸姐姐吃飯，姐姐就一巴掌把碗打翻在地，貝克「嗖」地竄出來囂食，我忙著收拾慘局，不料姐姐又飛來一巴掌！一巴掌還不夠，她的瘋勁兒如同火一樣竄起來，抓住我的頭髮往床上碰，由於床墊子的回力，對我的肉體形成實質性的保護，姐姐心有不甘，抓住我的胳膊又掐又擰，還用牙咬，還卡我的脖子……

我咬著牙，我不躲，可是我的淚卻不聽支使就流下來了。姐姐對我的殘忍不知從何而來，我也難以找到抵禦的辦法，我知道我是不會和她反抗的。我覺得我的目光一定表現得很絕望。

姐姐終於鬆手了。她也許是看到了我的淚心軟了吧？她說：「你不是勇敢嗎？你怎不還手呢？你的勇敢哪兒去了，我怎麼一點也看不出來？你打我呀，你罵我呀，你掐死我呀！」

我說：「你就是打死我，我也不還手，你是姐姐，我怎麼可以還手呢？我媽媽說男孩子是應該保護弱小女子的……」

姐姐就又把我抱住了，抱住我哭得唏唏噓噓。她說：「雨，你多乖啊，連你這麼大一點的小人兒都知道保護弱小女子，可那

些大男人，咋就只會喪心病狂地傷害女人呢？」

　　姐姐抹一把淚說：「姐姐真是糊塗，怎麼可以對你這樣狠心，雨，你打姐姐，你打呀你打⋯⋯」

　　我死活不打，姐姐就又哭了⋯⋯

二

　　在此後的日子裏，我和姐姐都悶悶的，彼此不多說話，姐姐也沒有再要求我陪她睡覺。我還是住在我的「工作室」裏。但我彷彿覺得她比先前更孤獨了。她總是抱著狗一個人發呆，眼裏總少不了兩包淚。我每看到這個情景心就有些隱隱的疼，我想陪姐姐說說話，可是找不到言語。

　　我說：「姐姐我陪你出去散散步好嗎？」

　　姐姐像個聽話的小女孩，順從地隨我一同出去，外面有硬硬的風，好像很冷，我又返回來給姐姐拿了一條毛披肩加在身上，姐姐也沒有表示反對。我牽著貝克，就這樣漫無目的地走。濃蔭的紫丁香垂頭喪氣地圍在別墅的四周，更加了些寂靜的氣氛。

　　走出草坪，身後有人「鴨子，鴨子」地喊。

　　我回過頭來卻看不出誰在說這種話，可我知道這話一定是衝我來的。在這個時代，鴨子並不費解，和「娼妓」沒有什麼區別。彷彿一朵小黑雲向我飄來，我有一種被人扒光的感覺……

　　回到家裏我眼眶裏有兩包淚，我覺得我的心在痛，自尊在痛，衣食無憂的闊少和街頭窮小子如同兩個理由相當又能言善辯的律師，各持己見爭執不休，不！好像根本問題還不是這個，是什麼呢？我想不明白。我想走，可是該姐姐的錢怎麼辦？

　　姐姐一直怔怔地看著我，彷彿看透了我的心事。她說：「雨，你想離開姐姐嗎？」

　　我心一驚！覺得姐姐真是厲害，我本能地點點頭，但馬上又搖頭否定。我說：「我想走，可是我走了姐姐怎麼辦呢？姐姐寂寞，孤獨的時候誰來管？」

我這樣說著，突然覺得找著了問題的根本。是的，我有點放不下姐姐……我看到姐姐的淚水奪眶而出……但她很快就控制住了。

　　她說：「雨，能告訴姐姐，你現在最想幹什麼嗎？」

　　我說：「最想讓我媽重生我一次。」

　　姐姐顯出很意外的神色說：「為什麼呢？」

　　「我想消除我以前的經歷，重活一次。」

　　「那多累啊，好不容易長到十七歲。」

　　我想，那倒也是。然後是很長一段時間的沉默。

　　就在這天晚上，我站在陽臺上，依著護欄，我盯住天上的星星，那麼渴望改變一下我的命運。可是怎麼改變呢？也想不出個總主意。要想改變命運除非重生一次！我一直這樣，可是誰又能做到重生這個奇蹟呢？心的無聊讓我難耐難忍，後來我突發奇想，替我的重生設計了一個絕妙的辦法。看看姐姐的房間已熄燈，我便翻身回到我的房間，拿起久違了的紙和筆讓記憶重新返到校園──

永恒的夢想——記我的重生

一

我叫葉雨楓，今年十七歲，屬狗，一九八二年生於北方一座城市。我的同學說我熱情、勇敢。這點當然我也不否認。我和歌星劉德華同一天生日。和義大利的「球星」羅伯特巴喬長得大致相同。我的球風敢與他媲美。可惜，人間的嫉妒如一個血口把我的一切才華吞噬，使我失去了應有的歡樂。我是個善良的人，我很愛我的父母，但我做的事一再傷他們的心。我雖然當過班幹部，但又進過令人難堪的派出所。我曾為我們班奪過五項田徑冠軍，但沒有走上領獎臺……

我每天都在作一個夢，讓媽媽重生我一次。父親最好是在我生下的那一天就是教育局局長，讓所有的老師都怕爸爸，同學們也不敢惹我。媽媽還是原職。我是有錢的商人（未來）

二

我對桌子的感情是不言而喻的，在學校我的唯一愛好是睡覺，我在桌子上夢到我的過去和未來。

星期六的晚上，我正睡得香甜，突然有一個聲音把我震醒了：「天降大任於斯人也！」我在迷惑中揉揉眼睛，發現一個外星人乘著太空船徐徐而降，太空船停下後他就破窗而入。

他對我說：「朋友，我的太空船壞了，能幫我找些工具嗎？」

由於新奇，我來了精神，我跑著去找了工具盒給他，然後隨

著他的需要，我為他傳遞扳子、鉗子，等工具，經過幾個小時的工作，太空船修好了。

外星人說：「謝謝你的幫助。」

我說：「沒什麼。」

他說：「交個朋友好嗎？」

我說：「當然可以。」

他說：「你有什麼煩惱需要我幫你解除嗎？」

我說：「我從小把爸爸媽媽氣壞了，學習很少拿到好成績，爸爸為我的事總是愁眉苦臉。」

他說：「那我幫你什麼？」

我說：「地球上的事，你哪裡能幫得了，我看你不行的。」

外星人急了說：「有什麼我辦不到的，我可以把科學、音樂、藝術、體育統統移植到你的腦中，你從此一定很棒！」

我搖搖頭說：「可我這十七歲以前的恥辱呢？所有的人都不會忘記我的以前，中國人靠印象看人。」

「你有錯嗎？」

「我不知道我有沒有錯。反正學校把我當壞人開除了。派出所非說我是嫌疑犯。」

外星人說：「那你到底想怎麼樣？」

我說：「我想重活一次，但我一生下來還得有現在的智慧和水平。」

外星人「啊」了一聲。

我說：「你不行吧？」

外星人笑了：「誰說不行，我只是為你這個決定驚奇而已。走吧，進我的飛船裏去。」

三

　　我隨同外星人進了太空船的科技箱，他讓我坐下，說忍著點。

　　我閉住眼睛，我彷彿覺得有一條紅線穿過，就聽到外星人說：「啟動時光倒流系統，十、九、八、七、六、五、四、三、二、一、零，起程！」

　　我的身體在飛速旋轉中一圈圈瘦小，我漸漸消失了，並且墜入了黑暗中很久很久，我憋得喘不上氣了，我正想喊一聲，突然眼前一亮……

　　有人說：「這孩子怎麼不哭啊？是不是死掉了？」

　　「啪！」一個巴掌打來。

　　「哎喲，好疼！」

　　嬰兒喊了一聲，嚇得醫生差點把嬰兒扔掉。其實此嬰兒就是我。我重新誕生在一家醫院。醫生為我一生下來就說話嚇傻了。我一時還沒有適應嬰兒的狀態，我感到不對勁兒，馬上咧開嘴「哇哇」大哭，盡量混淆醫生剛才的記憶。以彌補我的過失。我偷偷地看了一眼媽媽，媽媽躺在床上正在微笑，我也詭異地笑了。

　　外星人幫了我的大忙，他不僅讓我重生，抹去了我十七年的壞名譽，最要緊的是我又回到媽媽的身邊。而且可以盡情地享受母愛。

　　醫生抱著我大叫：「看，這小孩笑得多成熟啊！」

　　我又嚇了一跳，趕緊收住笑。心想，這醫生的眼睛真賊，笑都能分別出種類來。

站在產房門外傻等的父親，聽醫生說生了個小子，就高興的跳起來。說：「這下對我爹有個交代了。」

醫生說：「好好地樂吧，這孩子眉清目秀的，長大一定很酷！」

我在父親的懷抱裏想，如果我長得好，將來可就不發愁找媳婦了。

四

回到家裏，熱暖暖的氣氛撲面而來，爺爺，奶奶都在沙發上坐著，父親剛進門爺爺就問：「是孫子還是孫女？」

父親回說：「當然是孫子了。」

爺爺就高興地誇爸爸真棒！說：「又生了個兒子，葉家又有後了，好好地看著，可別長大再叫跑了。」

我知道爺爺還在想以前的我，我感動得哭了。但是沒有哭出聲音。

爺爺奇怪地說：「這孩子怎麼光流淚不張大嘴哭呢？這哪像個小孩子啊！是不是有毛病？」

我聽了這話趕緊哭出聲來……

我成了家裏的寶貝，輪流看護，媽媽晚上為我哺乳幾乎不能睡覺；父親為我洗尿布非常辛苦；一家人為我忙得顛三倒四。我心裏過意不去，真想說我能行，可是我又怕把家人嚇壞，只好忍了。

到了學話的時候，家人發現我學得太快，第一天叫媽，第二天我就沒有耐心等了，爺爺，奶奶，叔叔，阿姨脫口而出。而且撒尿的時候，我可以說：「上廁所。」爸爸媽媽拍手叫絕認為我聰明過人。我心想，要不是怕把你們嚇壞，我早就跑開了。

後來爸爸媽媽上班之後，我就開始預習小學的功課，我拿起筆一行行地寫字，我想一定要讓爸爸媽媽開心，補回我前生十七年的過失。可是這一切必須在秘密中進行，不然爸爸媽媽可是承受不住。那一天，我用鉛筆寫了幾個字覺得沒勁，就用毛筆揮毫潑墨般地寫了個「龍」字，正自得其樂，爸爸突然回來了，一看我小小的身體，正站在凳子上，小手抓著毛筆，小臉全是墨汁不由的愣住了！

　　我說：「爸你怎麼回來了？」

　　爸沒有回我的話，卻驚奇地盯住我說：「這是你寫的？比我都寫得好，小子你神了啊，誰教的？」

　　我謙虛地說：「看著牆上的書法瞎寫的。」

　　「書法？我的媽呀，你這麼一丁點兒，居然知道還有書法？」

　　我知道又失言了。我說：「我是聽媽媽說的。」爸爸的神態稍微恢復了一點正常，但還是不住地表示詫異。我看出父親的驚喜是發自內心的。他在抽屜裏亂七八糟地翻。我說：「爸，你找什麼？」爸嗯、哦地應著說：「找我的工作總結。」

　　我從另一個抽屜裏拿出來說：「我給您抄了一遍。」

　　爸一看又愣住了，他像看一個外星人一樣地盯住我說：「神了，簡直神了。好兒子，你成了神童了。」爸爸表示了最大程度的驚異之後說：「好好玩，等我中午回來再說。」

　　爸爸走了，我把家裏打掃乾淨，本想替媽媽把飯做好，可又怕過分張揚只好忍住。我打開十二吋小電視看開了《西遊記》

　　中午爸爸回來，開了一個家庭擴大會議，一致同意我去學書法。

五

　　書法班裏最小的是四歲，但我只有兩歲。剛開始老師不同意，說年齡太小。最後成了旁聽。我在小小的角落裏根本看不起那些練字的小孩，無論是楷書，行書，隸書，草書我樣樣精通。這樣的事第一次發生，驚奇的連老師都不可思議。我成了學習班最小也是最好的學員。被老師視為高徒。

　　小學一至五年級我都是全班第一名，我考上了本市最好的初中，學雜費一律減免。爸爸高興得晚上都睡不著覺，一晚上跑過來看我好幾次。我看到爸爸神采飄逸，風度翩翩，再也不是點頭哈腰的樣子，我自豪極了！初一我還不知道美，初二我已經打扮得和明星一樣，學習上超常規發揮，每次除語文外都是滿分進級。爸爸因此也榮升教育局局長的高位。

　　因為我是教育局局長的兒子，老師對我像對「腳」一樣地客氣，像對程超一樣地好。沒有人敢欺負我。只是我太狂了點，老師就考查我的學習想壓住我的狂，給我出了好多難題。我一看，說這題太簡單了，我不做，沒意思。老師有些不快，她教了三十年的書，沒見過這麼狂的學生。然後老師找了有史以來最難的題給我做，我竟然全做對了，嚇得老師上了三次廁所。

　　我無師自通五十個國家的語言，英語更不在話下，我可以給外國友人對答如流。有一次一個美國官員非常讚賞我的智商便對我說：「可以免費去美國留學，將來在美國發展。」

　　我說：「我要用自己的能力考上公費留學，學了本事回到中國發揮作用。」

　　美國官員表示惋惜。父親還誇我有志氣。

早戀是每個中學生都有的毛病，很多女生給我寫情書。說實話，我是過來的人了，什麼都清楚，早戀實際上都是泡沫式的愛戀，沒一個長性，費時費力，還引出很多麻煩，為了不讓爸爸媽媽擔心，所以我都婉言拒絕了。

　　中考時，我以六百九十五分的成績獲全國第一名，考上清華附中。在那裏我照樣狂，誰都不放在眼裏。高一的時候就參加世界奧林匹克數學競賽和物理競賽的金牌。在世界上我擁有了十大傑出青年的稱號。真可謂少年得志。父親終於又成了有威勢的父親。院裏的鄰居見了父親都矮他三分，在爸爸面前點頭哈腰，誇我有出息。

　　當我從清華大學畢業回了家，辦了一個小企業，這個企業由於管理得當，信譽至上，從小到大一直發展到壟斷了世界企業界。一直都是由我經營。我有了用不完的錢。

　　我還了姐姐的錢。我給姐姐找回了他的丈夫，因為她的丈夫很怕我，所以很愛姐姐。姐姐再也不孤獨了。

　　我給爸爸買了一個莊園，那裏環境優美，空氣清新。

　　我給媽媽買了好多好多的書，還給媽媽買了一個自動散步的床椅，讓媽媽每天在樹蔭下邊散步邊看書。

　　然後，我在中國辦了一個最大的律師事務所，專為那些沒權沒勢，無處伸冤的平民打不平。這個事務所的所長由鍾煒出任掌管。王子犯法也與庶民同罪。

　　「腳」不敢霸道了，他的爸爸被槍決。我要「腳」必須娶童妞妞為妻，把他們家的錢分出一部分給童妞妞的家鄉建一所學校，讓她們村的孩子都上了學。

　　那些趨炎附勢的警官統統被開除。

我辦了一個國家級足球訓練隊，由司馬和程超當教練。

　　我把二狗子交給那個外星人，讓他重生了一次。做一個為人師表的好老師，決不讓他從學生身上刮油水，犯了錯誤的學生也不能一棒子打死。尊重學生的愛好。

　　把歐陽白雪找到也讓她重生了一次！做了我的愛人，她給我生養了很多聰明的孩子。長大後繼承我的思想和意願。

　　我有出息了，我從小到大一直很乖，爸爸媽媽高興了……

　　寫到這裏天亮了，我用手支著下巴，望著窗外的世界，很是蒼茫，麻雀開始啁啁啾啾叫得好寂寞。

　　我過了一個狂歡的夜晚。天一亮，夢卻要醒了，我又開始對自己的境況發愁。

　　姐姐悄悄地走進來站在我身後看我都沒有察覺。姐姐大約看了一陣，伸手要翻到前面看，把我嚇了一跳！我不好意思阻擋姐姐的閱讀，難得她對一件事感興趣，我就讓她拿起來從頭至尾地看。看後她「噗嗤」笑了。但笑意很快又消失了。她把我寫的東西還給我，然後一直默默地望著窗外。可我卻隨著姐姐噗嗤一笑，淚，即刻冒了上來，我知道這是永遠實現不了的夢！我希望我自己好，可一個被學校開除了的人是永遠好不起來的，世俗就是一床骯髒的被子，只要蓋在誰身上誰就為之犧牲。為了掩飾我的悲傷，我站起來開始收拾房間，給姐姐在微波爐裏熱奶……

　　姐姐回過頭來說：「雨，別忙乎了，過來聽姐姐說。」

　　我停下手望著姐姐深謀遠慮的表情有些費解。

　　姐姐說：「你走吧，出去找工作，姐姐盼你能有點出息，或者回去找你的爸爸媽媽，你找工作還不現實。」

　　我說：「不，我不回去，我一定得找到工作，掙了錢，有一

點出息才能回去。」

姐姐說：「那你去吧，現在就去找，什麼時候找到工作什麼時候你就走。」

我注視著姐姐，我想搞清楚事情的真實性。我說：「欠姐姐的錢怎麼辦？」

「你真能有出息還怕還不了姐姐那一點兒錢？告訴姐姐，你怎麼不讀書了？」

「我被學校開除了。」

「犯事了？」

我低頭不言。

姐姐說：「講講你的故事吧，或許我對你有幫助。」

我當然不能拒絕姐姐的要求，何況那也不是什麼不可告人的事。於是離家出走的一幕一幕情況如同空域裏的小黑雲一朵一朵洶湧而來……

六

一縷陽光透過窗幔歪歪扭扭地照著我和姐姐的身體。姐姐整個人嵌入沙發裏，從頭至尾聽完我的故事出現了若有所思的神情，並沒有出現應有的驚異。好像這一切都應是順理成章的事一樣，那種見怪不怪的態度讓我掃興，我多麼希望姐姐為之憤慨。然而她任何情緒都沒有表示，只是習慣性地拍拍我的臉說：「去找工作吧，祝你好運！姐姐還想睡一會兒。」話畢就躺在沙發上做出睡眠狀。

難道這就是她對我的幫助嗎？哦，姐姐也是富人，她當然會站在富人一邊。我開始不滿意姐姐了。可是姐姐突然的開通讓我

費解，也許這是她對我的幫助？是的，若她真放我出去找工作，當然對我是最大的幫助。是的，她的決定，讓我看不出她有不誠之處。我決定按姐姐的話去做，可我惟恐她出爾反爾把我中途叫住，然而姐姐沒有叫。我加快步伐走出來的時候好像並沒有覺出有多少快樂。離開姐姐到哪裏去呢？再回去住老萬的工棚？不，天涼了，我必須找到有住宿的工作才是。可要是找不到呢？哦，找不到我還可以回到姐姐這裏來的。我這樣安排著自己，也不管姐姐是否同意。

在這座城市，我幾乎跑遍了所有的美容廳，都沒有找到歐陽，我想，找到歐陽可能會幫我一點忙的。可是我的設想破滅了！心沉沉的，再沒有剛跑出校門那時候的雄心壯志了，在學校「陽光」的不得了，好像是「正義」的化身。可一出校門卻無能為力。媽媽曾經認為我是她一生中最偉大的作品，可我這部「作品」還有人閱讀嗎？媽媽還為之驕傲嗎？媽媽一定慚愧死了。一切的希望越來越渺茫，眼前是一片漆黑，大千世界僅沒有我做事的地方……

可事情的湊巧，是我碰到了街頭哭泣的外鄉妹，那時候她餓得五塊錢就可以把她給我，可惜我五塊錢都沒有。如今看上去她也闊了，她拿著手機，和誰談笑的非常大膽。她一會兒背靠著樹，一會兒抱著樹轉圈兒。從她的衣著打扮看早已脫了先前的土味兒。她是怎麼發的財呢？我忍不住有了探究之心，當她進行了篇幅不短的談話關了手機之後，她發現了我的目光，瞥了我一眼，很牛逼地轉身要走，又突然翻回身認真地盯住我。

她說：「你……」

我說：「你……」

我知道我們誰也叫不出對方的名字，但我們好像很熟。

我說：「那天妳跑了之後，我幫人辦事掙了十塊錢，我想假如你沒有走，我一定分給你五塊錢，可惜我已經找不到你了。」

她說：「你有那麼好心嗎？那我可要謝謝你啦。」

我說：「看你現在很有錢，你是怎麼發的財？」

她說：「保密啦，反正在你這裏我是發不了財的。你找到工作了嗎？」

我說：「沒有，妳能幫忙嗎？」

她說：「你想幹什麼？」

我說：「只要能掙到錢什麼工作都行。」

她稍加思索說：「天氣冷了，我們村的工程隊已經回去了，不然你當小工一天可以掙到十五塊錢。要不到我老鄉的拉麵館做事，那裏需要一個幫手。」

「真的？」

「看你對我有過好心，現在我就帶你去找他？」

七

事情的成功，讓我猝不及防，由於突兀我好像不敢相信事情的真實性。蘭州拉麵館很火，老闆上下打量我說：「留下吧，一天給你七塊錢，幹不幹？要幹現在就留下，時間是早晨六點晚上九點，睡覺就在閣樓上，你可以不必帶鋪蓋捲兒。工作衣我一會兒發給你。」

我馬上就可以賺錢了？馬上就可以有事可做？喜悅如同一床溫暖的被子一樣蓋在我頭上，我樂不可支了，我領到工作衣之後，決定回去告訴姐姐。

風，不再很冷，世界也變成了喜慶的顏色，我似乎與這座城市的喧嘩融入其中了。

「姐姐，姐姐，我有工作了！」我這樣樂顛顛地喊。

姐姐從床上站起來：「說這麼快？」

我彷彿看到姐姐的身體倏然瘦小了一圈，臉一下子蒼白如雪。姐姐穿了一身素白的睡衣，抱著雪一樣的貝克，挺挺地站著一動不動，黑洞洞的眼睛空洞無物，好像一尊凝固了的石膏像……

我對姐姐說：「老闆讓我馬上就去上班。」

姐姐說：「這麼快？這麼快？」她不停他重複這句話，樣子有些六神無主。

她說：「不行！明天一早吧。」

我說：「老闆答應今天給我三塊錢呢！」

姐姐說：「我給你三十塊！」

我就不好進步堅持了。

這天晚上姐姐叫了一桌豐盛的晚餐，不知為什麼她點燃了很多蠟燭。燭光使這座小樓充滿了神秘和浪漫。我和姐姐對飲了威士忌，這一次我喝多了，我不知道我是怎樣躺在床上，怎樣脫掉了衣服的。我只記得姐姐不停地給我講安徒生的童話《海的女兒》。當她講到美人魚為了不傷害她心愛的王子，自己用刀尖刺向自己的心臟，化成了一縷金光，然後變成了大海裏的泡沫……姐姐邊說就邊哭起來，流了很多很多的淚水，然後再和我說話就泣不成聲了……

我醒來的時候，姐姐正坐在床邊守著我，兩隻眼睛如一對泉眼，淚不停不停地流……

我喊了一聲：「姐——」

姐姐就趕緊擦掉眼淚，轉身出去了說：「起床吧，六點上班該走了。」

這天，貝克對我特別的關照，在我床前跑來跑去，不時用嘴扯扯床單向我叫幾聲。然後叼著我的鞋四處撒歡，眼神裏的笑意一波兒一波兒地蕩漾……

我起床穿齊整了，走進衛生間洗漱，洗著洗著就特別的想哭，我把臉泡進池子裏好一陣才起來，我知道這是最後一次在這裏洗漱了，這裏的一切都讓我觸景生情。這當兒我想起的儘是些姐姐的好，要不是姐姐我也許早就餓死在街頭了。我的眼睛脹得厲害，我用毛巾捂了一會兒，鬆開之後，淚水還是熱呼呼地往下流，通過鏡子我看到姐姐已經提著一個碩大的皮箱在等我。我不敢回頭，我怕姐姐看見我的淚……

可姐姐已經走近我，用手把我扳過來，柔情似水地盯住我，勾起食指刮著我臉上的淚說：「乖，不哭啊！展開你的小翅膀好好地飛吧，一定要飛出自己姿態。」

我向姐姐點點頭依舊不住地流著淚。

姐姐不讓我哭，可她的淚卻汩汩地往下流。姐姐抓起我的手將皮箱遞給我說：「這是你換洗的衣服，和一些日用品。去吧，姐姐等你有出息……」

我突然失聲哭了。我說：「姐姐我會回來看你的，你不要孤獨……我掙了錢回來還姐姐……」

姐姐說：「我知道，乖，不哭啊，到外面多長個心眼，太老實會吃虧的。」

我向姐姐點點頭。

姐姐抱起貝克說：「和雨再見。」貝克就伸出一個蹄子表示再見！

　　我提著姐姐給我準備好的皮箱走出去，回頭見姐姐站在落地窗前和貝克一同向我招手，姐姐和貝克是一體的，都是一身的素白，在燈光的映照下格外的素雅⋯⋯

　　走出來的時候，有一種類似斷奶一樣的疼痛，我停下來好想跑回去再讓姐姐抱抱我，可是我不敢，我怕我走不出姐姐的視線！一聲鳥叫清脆地劃破了夜空。我將淚水嚥進肚裏，咬緊下唇匆匆離開那幢小樓⋯⋯

A 章

一

　　我拿到了第一份工資，覺得珍貴無比，老闆對我謙和的態度和禮貌待客帶來了生意上的不斷升溫表示感謝，獎勵我五十元錢。我高興至極！更要緊的是有一天晚上老闆讓我幫他結賬，不知因何丟在吧臺上一捆十元錢票面，我火速電話通知老闆的遺漏錯誤。結果老闆面對我的時候，表情完全可以用出奇不意的辭彙來形容。他兩眼直勾勾地盯著我，就像盯著一個兩腳走獸一樣新奇。我摸摸我的臉，看看我的腳，並無異常。

　　我說：「我做錯事了嗎？」

　　他說：「沒有，你做得太對了，以後幫我理財吧，你是個誠實的店員，很能靠得住。我一直想物色一個像你這樣的幫手。」

　　我一向對別人的表揚特別在乎。如果得到別人的信任，賣命都不在話下。我並不知道這是老闆為重用我設下的「試金石」。老闆為此第一個月就讓我領到了三百塊錢。我可以開始還姐姐的債了，我還要把老闆的重用和好感一同帶給姐姐。我換了乾淨的衣服，是姐姐最喜歡的那一套。飯店髒，我已好久沒有穿了，可是衣襟上有一個用布縫死了口的硬包，不覺有些好奇。我裁開一看，裏面是一封信和一張存摺，數額是十五萬，名字竟是葉雨楓！我嚇了一跳！我在驚異中不斷重複著瀏覽我的名字和數額，以確定事情的真實性。我彷彿一下子進入了童話般的境地。展開信，我看到姐姐娟秀的筆跡，她說：

　　雨：

　　看到這封信之後，你一定要聽姐姐的話，趕緊回去找你的爸爸媽媽，你還小，一定不可以在社會上混，你找的那份工作不會

有什麼出息。你只不過是眾多『盲流』中的其中一個。姐姐在這世界上已無親人，你的出現使姐姐一度找到了親情和愛情的雙重幻想。姐姐為此十分的感激！你的女同學喜歡你的熱情和勇敢，而姐姐更喜歡你純潔，善良、堅定的美好人格！

欠姐姐的錢不必再還，錢對姐姐已毫無用處。幸福來自內心而不在金錢！你一走姐姐也無歡樂可言。這十五萬元錢是姐姐拍賣了洗車行的資金，存在你名下，拿著它找一所好學校讀書。按你的想像去做吧，姐姐終於知道你最想做的事是「重生」，考上清華大學就等於「重生」。這點錢或許能為你「重生」奠定一點基礎。去替姐姐完成未完成的大學課程，去做一個天底下最公正的仲裁！你頭腦聰明，心底磊落，姐姐相信你日後必成大才。你想給你媽媽買的紫粉色睡衣和你爸爸的高級公事包姐姐已一併給你買好，帶著你可愛的願望回家。

切記！

愛你的姐姐！

有什麼涼涼的東西爬出眼瞼，姐姐的聲音如同鴿群在空中飛過。繼而淡遠，淡遠⋯⋯

我手忙腳亂地把皮箱裏的東西翻出來，我怔住了！箱底下果然有姐姐替我給爸爸媽媽買好的禮物。直到這一刻我並不知道事情的嚴重性，我只為姐姐所感動，只覺得不該要姐姐的錢。我決定送回姐姐的錢，並且要還她的債。

然而，我已經找不到姐姐了⋯⋯

二

　　站在那幢小樓面前我的心房「嘩啦」一聲塌了！小樓已成大火焚燒的廢墟，除去水泥鋼筋凝固起來的框架以外，一切已成灰燼！

　　我看不到屋裏凝神佇立的姐姐，看不到跑前跑後的貝克。我跑進去，從一樓到二樓，又從二樓至一樓，黑色的灰燼「唰唰」地隨著我的腳步如同一枚枚炸彈瀰散開來，一群麻雀早已在此安居落窩，被我一驚，撲棱棱亂飛。此外，屋內空無一物，靜如墓地！

　　我直僵僵地站著一動不動，我不敢想像姐姐的下落……可是一個黑色的念頭，電閃兒一樣掠過，我不能不朝那個方向去想，姐姐最後平靜地把我送走，也許是早已做好了準備？不！姐姐怎麼會那樣呢？說好的她等我有出息。可是歐陽說過，生與死只差一步……

　　到處是黑的灰燼，我的心隱隱出現悔恨，我多麼希望姐姐再走出來抱抱我，那怕她再打我，擰我，掐我，咬我都行啊！可是姐姐到哪裏去了？記憶，如同紅油鍋一樣地炸煎著我的心，孤獨頓然讓我覺出了恐懼！

　　姐姐哪裡去了呢？這句話在我心裏一直不停地重複，我問天，我問地，我問大樹小鳥，我問水泥鋼筋直到問得我淚流滿面……

　　我從來沒有想到我和姐姐聯繫的這麼深……

　　轉眼間我彷彿成了一隻迷途的羊羔。在心裏，我姐姐姐姐不停地叫著，我希望有一個人告訴我姐姐的去向，哪怕是天邊，哪

怕是海角我都要去找到姐姐。可是姐姐沒有下落，難道姐姐生我的氣，再也不想見我了嗎？

我怔怔地望著天邊，我慢慢地離開這幢焚燒的小樓，我試圖從附近能打聽到一點姐姐的消息，可是沒有人願意說這件事。

他們說：「別問，晦氣！」

我說：「我姐姐惹你了嗎？」

他說：「你看看把我的棗樹林都燒毀了，以後我靠什麼活。她一個人死掉還不夠，還要連累別人！」

咚——的一聲，好像一面銅鑼在我腦際裏敲響！我拔腿跑回小樓，我使勁地喊：

「姐姐——」

「姐姐——」

只有長長的聲音穿越長空，一切都煙消雲散了……

三

姐姐在世界上消失了，可在我的心裏卻從此誕生！十五萬塊錢重如泰山，讓我喘不過氣來，但我知道應該怎麼處理它。我找到她的老公，我彷彿看到了一個仇人。

他依然從容不迫，沒有絲毫不爽的現象。好像他們家裏死去一隻螞蟻或是與他無關的蚊蟲一樣不動神色。我知道我胸中燃著怒火，眼裏淌著淚，我不怕他恥笑我。我對他說：

「我雖然敬佩過你賺那麼多的錢，創造那麼多的資產，但你有錢卻沒有心肝！這十五萬塊錢是姐姐留給我的，我知道我沒有理由要這錢。你不愛姐姐，可你卻以盛氣淩人的臭錢供養她，你把姐姐，當貓看，當狗看，可你從來沒有把她當作人來看！這錢是你的，我不要你的臭錢！如果錢會變成殺人的工具，我寧可去愛戴一個善良的窮光蛋。」我把存摺朝男人臉上揚去，頭也不回地走了……

我不知道那男人有什麼感受，但我覺得很痛快。

那天晚上我睡在姐姐「床上的另一邊」陪著她的靈魂過了一夜，我希望姐姐在天之靈永不孤獨……

我望著窗外的星星，我聽到姐姐一夜都在給我講《海的女兒》，海面上風聲鶴唳，姐姐的淚涼涼地滴在我的臉上，藍色的海面匆匆變灰，我看到美人魚用尖刀刺向自己的心臟，變成了一縷金黃，化成了海的泡沫……

我聽到夜鶯在悲鳴，悲鳴永不覺醒的王子……

世上的麻木令我驚異，我該用怎樣的行動喚醒人世的麻木？白天我沒有更多的時間想姐姐，夜晚在時間不長的睡眠中我都用

來思念她，淚水浸透了枕巾，我希望我能在夜晚看到姐姐，都說人死了會變成靈魂，靈魂是萬能的，若是心有靈犀，姐姐就一定會來看我！

閣樓裏的空氣很糟糕，我怕姐姐嫌髒，我睡前總把閣樓打掃一遍，然後噴一點姐姐喜歡的檸檬香清潔劑。然後我換上姐姐給我買的白色的絲質睡衣。睡不著，我故意閉住眼睛然後睜開，重複臨別前姐姐坐在床邊的圖景……如此，我覺得姐姐還在，可以緩解我的思念……

然而，上蒼無情，無論我做著怎樣的努力，姐姐都沒有前來與我相會！姐姐難道是生我氣了嗎？

四

　　我沒有聽姐姐的話回家找我的爸爸媽媽，我還是堅持等我有一點出息，否則我難以交代我出走的時間。

　　老闆說，就是摩天酒樓垮了，他的拉麵館也不會垮，只要天下有老百姓，他的拉麵館就永遠會「火」下去。他說讓我鍛鍊，將來再開一個分館讓我掌管，然後他每年只收我的專利費。

　　我就是奔著這點「出息」留下的。因為我不知道我還會有什麼更大的出息。可是在一天中午麵館正「火」的時候，我發現了一雙焦慮的眼睛，如同觸電般的感覺，我脫口喊道：「鍾煒？」話音未落我臉上已吃了他一拳！由於突兀，所有的人都驚下不動了！

　　老闆跑過來說：「怎麼了？你為啥平白無故打我的店員呢？」

　　鍾煒不管為啥，也不聽老闆的，力大無比地把我拉出去，走到一個背人的地方，不論青紅皂白就把我一頓狠揍！但他眼裏淌著淚，語氣裏帶著血。他說：「你這豬你這狗，你媽快瘋了，你爸都快死了。你好歹給家裏說一聲，多長時間了，你的心還是肉長的嗎？你的出走有多少人為你付出代價你知道嗎？」聲音在熙攘的街市裏橫衝直撞鑽進鑽出。把我震得每一個毛孔都颼颼冒著涼風！

　　我望著鍾煒，我不相信事情的真實性，我甚至以為是他激我回家的手段，我於是反撲過來痛揍了鍾煒一頓。我說：「你居然敢咒我爸我媽，你才是豬你才是狗！」

　　鍾煒泣不成聲地雙腿一曲跪在我面前說：「毛驢，我都找你

好幾個月了，我去過好幾個城市找你，可我根本沒有想到會在這麼近的省城找到你。快回家吧，你爸是血癌！他拒絕治療，他已經快不行了，我求求你快回去吧，我雖然願意一輩子充當他的兒子，可我頂替不了你，不然你就再也見不到你爸了，真的……」

我僵僵地站下不動了。風，好像餓了一般，使勁地啃著我身體的熱量，我不知是冷的還是嚇的，我的身體瑟瑟地發抖！我看到高樓大廈一勁兒朝我傾斜，樹木都在拔根斷苗地倒下來……

圍觀的人提醒我：「傻愣什麼，還不趕快回家去，誰家的爹媽死前都想見見自己的親兒女。這是頂頂重要的！」我這才醒過神來，是的是的，我是該趕快回家了，我是得回家去了，我並沒有忘記給爸爸帶上公事包，雖然不是我買的，但這是我的心願，我還指望爸爸提上它會抬高他的身分，再也不用向別人小心翼翼，再也不用點頭哈腰……

可是……可是我回到家裏，我站在爸爸的床前，爸爸已成了薄薄的一張白紙，我看見他閉著眼睛，一隻手緊緊地抓著貼身襯衣的口袋。

我喊了一聲：「爸……」

爸爸睜了一下眼。

我又喊了一聲：「爸……」

爸又睜了一下眼，洩出了一點兒光，是灰暗的，絕望的，瞳孔漸漸擴大成碩大的問號……

「爸……我是雨楓呀……我是你的兒子呀爸……爸我給你買了公事包，我給媽媽買了粉紅色的睡衣……爸你睜開眼睛看看呀爸……爸你不要死，不要離開我和媽媽，我已經會賺錢了爸！我賺錢給你看病，你不要死不要死呀爸……」

爸爸徹底睜開了眼睛，眼神裏好像跳過一個亮點，眼裏滾落出兩滴清淚，緊緊抓著衣袋的手鬆開了⋯⋯並且向我點了點頭⋯⋯

媽媽從衣袋裏掏出的是一張二萬塊錢的存摺，背面寫滿了「讀書、讀書⋯⋯」

媽媽淚雨滂沱了⋯⋯

媽媽有氣無力地揪住我，使足勁兒抽了我一巴掌！以示替爸爸對我進行最後一次教訓。我看到媽媽眼神裏滿是迷惘，滿是悲傷，她舉頭望著窗外不知在想什麼⋯⋯

歲月的變遷，媽媽已不再年輕。在我生命的海洋中，在我記憶的童年裏媽媽始終是照明我心靈的一盞孤燈，那麼溫暖，那麼持久。然而那一抹火焰終於失去了堅定和自信，被灰暗的人生海浪拍碎了，吞沒了⋯⋯

五

命運抽走了父親生命中的最後一縷游絲……

世界頓然灰邋邋的，我的心空曠的如同一片了無生機的沙漠。我的目光不會打彎，我的眼裏好像久旱無水的枯井擠不出一點兒淚水，一切感覺都像滅絕……我只聽到身後的一座大山「轟隆轟隆」一勁兒地坍塌，震動的整個宇宙都有些哆哆嗦嗦！粉粉沫沫的塵埃飄盪不止……在飄盪的塵埃中，我彷彿看到了一個圖景，我彷彿聽到了父親的聲音。好像在天邊，好像在眼前。

——一個幼兒坐在父親的肩膀上，小手撫摸著父親的額頭？：「爸，你的額頭上為什麼有三條小溝呢？」

爸說：「那不叫小溝那叫皺紋，以後你長一歲，爸爸的額頭就會填一條，長一歲填一條，等你長大了，爸爸的皺紋也就填滿了。那時候也許你是政治家，也許你是軍事家，也許你是科學家……但無論什麼家，爸爸的條條皺紋裏都填滿了驕傲……」

然而，爸爸生命的皺紋還尚未填滿，而十七歲的我卻已是滿心的皺折。父親總是熱衷於我驚天緯地，可命運卻注定我一生平凡。我只想在平凡的生命獲得一點人格的平等！然而這卻讓我付出了料想不到的代價，我親自體會到「盲流」群裏的卑微，也看到了金錢和權力堆積起來的「高貴」！人人都在自己卑微和高貴的疆界裏拼殺著，階層之間的同情也只是形式而已，人世間喪失了真性情，所有的人都在遊戲中把玩生活，把玩規則……

六

　　我站在南中的操場上，冬天的風，迷了我的眼睛，於是我的眼睛不再清澈，我的夢也不再年輕，曾幾何時老師說我們的心靈是嶄新的心靈。可我的一切感覺都在迅速腐朽，我想喊，可是沒有聲音，我想哭，卻流不出眼淚，面對人世我好像看到很多人在溺水中，我不知道是我想救人，還是想讓人來救我。總之我想喊一句：「救救我們！」

　　那怕，所有的高樓大廈全都傾倒，只要我還沒被砸死，我就要發出最後一聲呼號：「謀殺生命的兇手也許可以找到，可謀殺正義，公道，天真，良善的兇手又到哪裏去找？」

　　我的朋友鍾煒和司馬曾經堅信公道，他們集體審判了駝爺他們的不義，並讓他們寫了為保全自己出賣同學的自白書，曾經欣喜若狂！他們以為自己是『修天補地』的妙手，以為自己在做一件令人刮目相看的偉大事業而面呈老師，他們等待的是正義的伸張。可他們眼睜睜看著老師將他們苦心得到的證據揉成紙球扔進垃圾箱，表情是前所未有的疲憊和不屑，僵硬的語言是堅信法律的仲裁，而我的生死存亡早已置之度外。司馬據理力爭卻遭到了暴牙老師及其冷漠的態度。

　　她說：「正經讓你們學習一個也找不到，歪門邪道一個也不少！」

　　他們的心涼透了。一個人遭到誣陷，被無辜驅出校門，朝夕相伴的老師居然無動於衷。

　　司馬說：「人世可以有恨，有愛，有怨，有苦，怎麼可以容忍冷呢？」

可怕的力量不是拒絕而是冷！

司馬在一段時期內出現了「失語症」，他的眼神如同迷濛的大霧，難以洞開，難以穿透……

期中考試他再一次失敗。

此後，司馬在日子不詳的一天，突然失蹤了……

他母親的夢想徹底破滅之後裁縫店關了門，什麼也不幹了！

我的朋友程超曾經天真。他說「腳」因為他的父親有錢而屬害。可他的父親也有錢，為什麼他就不能屬害呢？

他曾經胸有成竹地向同伴們宣言：「我要我的父親用錢為我們的朋友葉雨楓討回一個公道，如果錢是統領人間一切法規的領袖，那我作為有錢人家的兒子，怎麼能眼睜睜看著我們的朋友被人陷害呢？」

可是當他滿懷希望慎重地對他的父親說出他的「偉大理想」時，他的父親表現出極大程度上的麻木和冷漠，好像他的兒子是一個隻會吸血的蚊子和沒有思維的跳蚤。

他的父親說：「你知道什麼是公道，什麼是平等？這世界只要有人，就永遠沒有平等，沒有公道。世上有高樓就有茅屋。你一個小孩子有你吃有你喝，管別人的閒事作什麼用？我讓你好好學習就是讓你擁有『公道』的權力！能夠在你身上『把玩』住公道！」

程超說：「『公道』不是我自己的，我讓所有的人都能擁有公道，你要給我的朋友討回公道，我就保證給你考上清華！」

他的父親說：「這是一筆荒唐的交易！」

程超就淚流滿面了。他說：「爸，在我最孤獨的時候只有葉雨楓肯和我在一起，我在最危險的時候只有葉雨楓領人幫我打

架，他把我從「潑皮」手裏救出來。可現在他受到誣陷，被學校開除，我的同學有危險你為什麼就不肯救他呀爸……」

爸爸面無表情說：「愛管閒事是最大的危險！」

當程超對他的夥伴們復述了父親的態度之後，眼神裏出現了前所未有的絕望。他說他考上清華，北大是他父親夢寐以求的事，以前他只要用這樣的承諾換取父親的某種幫助，無論多麼困難父親都要滿足他的要求。他曾經以這樣的理由替鍾煒索要了一千元錢；也曾經用同樣的方式為班裏爭取了一次「夏令營」活動的經費。可是這次他只要一個公道。父親居然像聽小孩子過家家一樣，如此不屑，如此麻木，如此漠然……他仰頭望著藍瓦瓦的天幕哭了，哭得很傷心……

第二天他用碳素筆在他胸襟上寫了「我是富翁的兒子」的幾個字，一個人跑到派出所吶喊，我是富翁的兒子，我要為我的朋友葉雨楓討還公道！

他以為「富翁的兒子」就可以把一切人嚇住，就可以像我們班的同學「腳」一樣想做什麼就可以做到什麼。然而並不是所有的「富翁」都能做到同樣的事。何況他只是富翁的兒子而已。最初還有民警出於好奇心打問情況。程超臉上於是閃爍著希望的光芒，不下數十次地複述我的冤情，以求幫助找回公道。然而人家以十二分的耐心聽完他的複述後說：「這完全是學校的責任與派出所無關。」然後就採取不予以理睬的態度被逐出門外。卻是招來了很多人像觀看精神病患者一樣的目光。嘲笑，如同狂風一樣漫捲而來，他沒有討來公道卻是被一群賴小子盯住他胸前的招示，把他綁架到一處荒僻的廢墟裏進行了一番搜索卻沒搜索出一分錢。最後失望且兇狠地踢了他一腳說：「他媽的，冒充富翁的

窮光蛋！」然後憤然離去。

　　沒有人知道，就在當天夜裡程超悄無聲息地割腕自殺了……

　　他的母親瘋了，跑在街上一勁兒地喊，救救孩子，救救我的孩子……

　　他的父親睜著黑洞洞的眼睛終日不語，他只是把人民幣一張一張地拋向空中……

　　在我們眼裏「錢」曾經如一隻碩大無比的「腳」踩著我們的肩膀，可現在「公道，熱情，善良」，原來比金錢更珍貴！

　　多麼可怕，我已找不到天真而驚詫，如同星星一樣發亮的目光打量世界，我只看到一張張千篇一律沒有表情的面孔在為生計奔波！

　　一切都是木呆呆的。

　　心，一勁兒地起著小風，我睜著乾枯的眼睛，望著灰濛濛的天，天空中一朵朵蘑菇雲如同原子彈一樣無聲無息地爆炸開來，無聲無息地擴展，無聲無息地變形，我彷彿看到姐姐，父親，程超，司馬從蘑菇雲裏旋風般地颳下來，從天而降變成一個個碩大無朋的驚歎號木樁一樣地栽了下來……

　　疲憊的灰色小路，蜿蜿蜒蜒地爬向漠然的前方，一座座灰色的城市正在地平線上困惑地張望——人類的童心正在迅速腐朽，一個個年邁的商人掛著一張張衰老的皺紋臉，如同風化了的石像疊立在前面……

（2006年5月修改）

17 條皺紋

附錄

（附錄一）

心靈歸依
——讀陳亞珍《十七條皺紋》

—王秀萍

　　陳亞珍是靠作品本身的實力與魅力而引人注目的女作家，閱讀她的作品，總讓人感到內心深處在世俗的硬結中時有悔悟。這一點同樣表現在她最新出版的長篇小說《十七條皺紋》之中。如果說《十七條皺紋》與陳亞珍出版的其他幾部長篇小說有什麼不同的話，那就是作者以辛辣，幽默，鮮活的現代語境描述了當今青少年在人生的十字路口中的迷惘，書寫了一位十七歲的少年在他校園生活中所遇到的紛繁複雜的意外情景。在世人的心目中，學校應該是一片淨土，是教育，引導青少年怎麼學好文化課。做一個有理想，有道德，品學兼優的好學生。然而，學校展現給孩子的情景卻如金錢物質的交易所。「皺紋」以強烈的批判現實主義風格而面世的確怵目驚心！

　　「父親，我多麼想做一個有道德的好青年，可客觀不允許。」這是孩子痛徹心肺的獨語。孩子純潔無邪的心靈一次又一次地受到冤枉，誤解，委屈卻又不能伸辯，眼睜睜看著孩子的心靈被世俗扭曲，成人卻沉澱在生活規則中束手無策。在我的想象中這孩子必壞無疑，然而作品的發展並非如此，十七歲的葉雨楓儘管生活無情地把他推向了冰天雪地，霧海塵涯之中，卻在其中顯現了人性的光輝與不屈的靈魂，他沒有因世俗的殘酷失去自己的精神自尊。他沒有在醜陋面前失去了美，沒有在卑微時刻失去

尊嚴。這是作品最具感人之處。然而作品中所體現出來的，學校
——家庭——社會失落了人文靈魂，削弱了文化文明，幾乎三位
一體地惡性翻炒，淪喪了教育，這才造出少年悲劇，民族悲劇！
這是整部小說的悲之根!而作家呼喚的是：人文關懷!!要找回人性
共往的真、善、美!!!——這是這部小說思想哲性的價值所在！讀
《十七條皺紋》，給我最大的感受是，陳亞珍又一次蕩滌了讀者
良知上的塵埃，從「盛世」的錦被之下，警示民族的危機所在，
同時讓讀者的心靈得到歸依。在作品的最後，通過那個百無聊賴
的有錢「婦人」最後的覺醒，讓人感到最醜陋的靈魂也最嚮往美
好。這是作家本身對生活的熱愛、追求和期待。

「我們並不因自身遭受不幸而獲取世人的憐憫。」

「我們向人類渴求的只是一份持久的友情和一份永恒的感
動」！

這樣的句子，讓我們感受到作家內心的一種曠達與開敞，以
及作家在不斷地審視生命的過程中，高揚道德理想，讓讀者在閱
讀作品的旅途中實現「心靈返鄉」，同時也愈加感受到作家人本
的真誠與文本的魅力。在與陳亞珍交談中，她曾說過：「她最大
的寬容是允許世人左右逢源，阿諛奉承，因為他們需要生存。然
而她對自己最大的苛刻就是拒絕奉迎，『奉迎』是尊嚴的天敵，
寫作更需要思想上的獨立，人格上的健全！」生存技術上她是個
落伍者，理想與現實左右夾擊常常使她困惑。也因此組成了她痛
苦善思的人生。只有進入寫作狀態中，她才最幸福。她的心靈在
人世間受盡了煎熬。也正是這種煎熬造就了她撼人心魄的作品。
藝術是完美人生的一種途徑，寫作是淨化心靈的一種表達，從
《十七條皺紋》中走出來的陳亞珍，對人生的感悟也愈加透徹，

文字也更加練達，思想更加深刻，藝術更加成熟了。談吐中憤世嫉俗，時有哲思之語，如同一把把小匕首，令人歎服！強烈的悲憫意識，又使她的作品在精神層面上得以進一步的昇華。陳亞珍在不斷的寫作與追求中悄然完成了一次生命的蛻變，看上去她更加謙和沉靜，更加樸素無華。簡樸的生活作風，掩飾不住內心的豐盈。這樣的人生，讓人覺得在這光怪陸離的世間獲得應有的尊嚴！因此，讀她的作品讓我的靈魂再一次受到了震撼！

「盛世」錦被之下的危機

—孔瑞平

　　幾天的時間，認真看完了《十七條皺紋》，深為折服和震撼！書中對傳統道德懷疑的審觀，對黑暗現實無情的鞭撻以及對「五四」以來雖經大賢一再提出、卻苦無良藥可醫的「國民劣根性」的嚴厲拷問，實屬振聾發聵、令人動容！真是很多年沒有讀到這樣精彩的現實主義作品了。

　　眼前被日漸豐腴起來的物質生活悉心掩蓋的國民精神狀態又是怎樣的呢？「盛世」的錦被之下，人性的危機、道德的危機、信仰的危機，精神的危機，還有生存的危機，隨著作者抽絲剝繭的筆觸一頁頁越來越深刻地裸陳于讀者面前。以中國之大、人口之多、教育水平之發展而言，誰敢說沒有高明之士？但是僅從文壇的現狀來看，卻也甚少肯于振臂疾呼之人。常說「作家是社會的良心」，如果大家都沉默，都揣著明白裝糊塗，都顧自去嘩眾取寵、爭名奪利、粉飾太平，那麼可以說，這個社會的良心也就沒有了！從這個意義上說，這本書稱得上是偉大的作品！因為它在一派麻木的沉默中振臂而起，大聲疾呼，因為它剝去了這個危機四伏的假「盛世」溫情脈脈的面紗，把它醜陋扭曲的內核展示給世人，力圖引起人們的警覺和思索，這就是它的價值所在。單從這一點來說，此書就足以「藏之名山、傳諸後世」了。是的，我就是這樣認為的。

　　在無情的揭露和痛快淋漓的鞭撻中，不難感覺到作者的焦

慮、憤懣、無奈甚至茫然。書中的人物大都具有典型意義，似不經意實則各有深意，是個鮮活的標本群。從真善美和假惡醜兩大陣營的對壘情況來看，真總是被扭曲，善總是被欺壓，美總是被殺戮，而假卻總是大行其道，醜總是得意洋洋，惡更是一手遮天。這很明顯不是作者的問題。因為，這就是當今的社會現實，是不走樣的真實！而且這些問題確實無望在短時間內得到解決。我們不得不生活在這樣醜陋的現實社會中，如果再閉目不看、塞耳不聽，那將是更大的悲哀了！

但是掩卷回思，悲憤之餘，又忍不住擊節讚賞了！現在的文壇，有種虛假的繁榮，到處都可看到空虛無聊的媚俗文字，到處都可聽到異想天開的胡編亂造，到處都有妄想一夜成名其實毫無根基的夢想，有正義感的作家，有力度的作品，能夠審思歷史、批判現實的大作確實太少太少。這也從一個側面折射出了當今社會的形而上的水平。中國社會的歷史展閱到今天，具有了很多獨特的時代內容，如何解決這些現實問題，前人典籍中沒有現成的辦法和答案，所以一味的鑽故紙堆是沒用的。中國需要的，正是陳亞珍這種敢於直面人生鮮血的作家。一者，記錄現實，二者，喚起民眾的有效思維。

看完書，已是深夜，即興發點議論。還望陳亞珍筆下繼續能有醒世的作品問世，以解讀者的精神之渴。

凌晨3點

國家圖書館出版品預行編目

17條皺紋 / 陳亞珍著. -- 一版. -- 臺北市：
秀威資訊科技，2006[民95]
　面；　　公分. --（語言文學類 ；PG0102）

ISBN 978-986-6909-17-7（平裝）

857.7　　　　　　　　　　　　　95022882

語言文學類　PG0102

十七條皺紋

作　　　者/陳亞珍
發　行　人/宋政坤
執 行 編 輯/林世玲
圖 文 排 版/莊芯媚
封 面 設 計/林世峰
數 位 轉 譯/徐真玉　沈裕閔
銷 售 發 行/林怡君
網 路 服 務/徐國晉
出 版 印 製/秀威資訊科技股份有限公司
　　　　　　台北市內湖區瑞光路583巷25號1樓
　　　　　　電話：02-2657-9211　　　傳真：02-2657-9106
　　　　　　E-mail：service@showwe.com.tw
經　銷　商/紅螞蟻圖書有限公司
　　　　　　台北市內湖區舊宗路二段121巷28、32號4樓
　　　　　　電話：02-2795-3656　　　傳真：02-2795-4100
　　　　　　http://www.e-redant.com

2007 年 1 月　BOD 一版
定價：580 元

讀 者 回 函 卡

感謝您購買本書,為提升服務品質,請填妥以下資料,將讀者回函卡直接寄
回或傳真本公司,收到您的寶貴意見後,我們會收藏記錄及檢討,謝謝!
如您需要了解本公司最新出版書目、購書優惠或企劃活動,歡迎您上網查詢
或下載相關資料:http:// www.showwe.com.tw

您購買的書名:＿＿＿＿＿＿＿＿＿＿＿＿＿＿＿＿＿＿＿＿＿

出生日期:＿＿＿＿＿年＿＿＿＿＿月＿＿＿＿日

學歷:□高中 (含) 以下　　□大專　　□研究所 (含) 以上

職業:□製造業　□金融業　□資訊業　□軍警　□傳播業　□自由業
　　　□服務業　□公務員　□教職　　□學生　□家管　□其它＿＿＿

購書地點:□網路書店　□實體書店　□書展　□郵購　□贈閱　□其他

您從何得知本書的消息?

　　□網路書店　□實體書店　□網路搜尋　□電子報　□書訊　□雜誌
　　□傳播媒體　□親友推薦　□網站推薦　□部落格　□其他＿＿＿＿＿

您對本書的評價:(請填代號　1.非常滿意　2.滿意　3.尚可　4.再改進)

　　封面設計＿＿　版面編排＿＿　內容＿＿　文/譯筆＿＿　價格＿＿

讀完書後您覺得:

　　□很有收穫　□有收穫　□收穫不多　□沒收穫

對我們的建議:＿＿＿＿＿＿＿＿＿＿＿＿＿＿＿＿＿＿＿＿＿

＿＿＿＿＿＿＿＿＿＿＿＿＿＿＿＿＿＿＿＿＿＿＿＿＿＿＿＿＿

＿＿＿＿＿＿＿＿＿＿＿＿＿＿＿＿＿＿＿＿＿＿＿＿＿＿＿＿＿

＿＿＿＿＿＿＿＿＿＿＿＿＿＿＿＿＿＿＿＿＿＿＿＿＿＿＿＿＿

11466
台北市內湖區瑞光路 76 巷 65 號 1 樓

秀威資訊科技股份有限公司　　　收

　　　　　　　BOD 數位出版事業部

....

（請沿線對折寄回，謝謝！）

姓　　名：＿＿＿＿＿＿＿＿＿　年齡：＿＿＿＿　性別：□女　□男

郵遞區號：□□□□□

地　　址：＿＿＿＿＿＿＿＿＿＿＿＿＿＿＿＿＿＿＿＿＿

聯絡電話：(日) ＿＿＿＿＿＿＿＿＿　(夜) ＿＿＿＿＿＿＿＿＿

E - m a i l：＿＿＿＿＿＿＿＿＿＿＿＿＿＿＿＿＿＿＿